大湘西演义

李康学　著

光明日报出版社

图书在版编目（CIP）数据

大湘西演义 / 李康学著. -- 北京：光明日报出版社，2018.9（2022.9 重印）

ISBN 978 - 7 - 5194 - 4642 - 0

Ⅰ.①大… Ⅱ.①李… Ⅲ.①章回小说—中国—当代 Ⅳ.①I247.4

中国版本图书馆 CIP 数据核字（2018）第 217209 号

大湘西演义

DAXIANGXI YANYI

著　　者：李康学

责任编辑：庄　宁　　　　　　　责任校对：赵鸣鸣

封面设计：中联学林　　　　　　责任印制：曹　净

出版发行：光明日报出版社

地　　址：北京市西城区永安路 106 号，100050

电　　话：010 - 63131930（邮购）

传　　真：010 - 67078227，67078255

网　　址：http：// book. gmw. cn

E - mail：gmrbcbs@ gmw. cn

法律顾问：北京市兰台律师事务所龚柳方律师

印　　刷：三河市华东印刷有限公司

装　　订：三河市华东印刷有限公司

本书如有破损、缺页、装订错误，请与本社联系调换，电话：010 - 67019571

开　　本：170mm×240mm

字　　数：296 千字　　　　　印　张：18

版　　次：2018 年 9 月第 1 版　印　次：2022 年 9 月第 2 次印刷

书　　号：ISBN 978 - 7 - 5194 - 4642 - 0

定　　价：68. 00 元

主要人物表

田兴恕：湘西凤凰人，曾任贵州巡抚等职。

杨岳斌：湘西乾州人，曾任陕甘总督等职。

熊希龄：湘西凤凰人，曾任中华民国内阁总理等职。

沈从文：湘西凤凰人，现代著名作家。

贺　龙：湘西桑植人，解放军十大元帅之一。

陈渠珍：湘西凤凰人，曾任湘西巡防军统领等职，主政湘西20余年，人称"湘西王"。

贺　英：湘西桑植人：曾任湘鄂边游击队长等职。

王尚质：湘西桑植人，曾任国民党新编三十四师参谋等职。

陈慕素：湘西桑植入，曾任国民革命军独立十九师秘书长等职。

向子云：湘西永顺县人，曾任国民党新编三十四师第二旅旅长等职。

顾家齐：湘西凤凰人，曾任国民党一二八师师长等职。

周燮卿：又名"周矮子"，四川江津人，曾任"反共忠义救国军司令"等职。

汪援华：湘西永顺人，曾任国民党暂一军副军长等职。

汪之赋：湘西永顺人：曾任国民党七十三军军长等职。

罗文杰：湘西永顺人，曾任国民党军统湘西站站长、暂编四师师长等职。

曹振亚：湘西永顺人，曾任国民党暂五师师长等职。

周海寰：湘西永顺人，曾任"永顺反压迫人民自卫军"总指挥等职。

彭春荣：诨名"彭叫驴子"，湘西永顺人，曾任湘鄂川边区民众抗日游击指挥部总指挥等职。

瞿伯阶：湘西龙山人，曾任国民党暂编第十师师长等职。

师兴周：湘西龙山人，曾任龙山县民团团总等职。

聂鹏升：湘西保靖人，曾任国民党湖南八区行政督察专员等职。·

汤子模：湘西大庸人，曾任靖国联军第一军军长等职。

陈策勋：湘西桑植人，曾任国民党暂二师师长等职。

覃辅臣：湘西大庸人，曾任红四军第二路指挥等职。

吴恒良：湘西永绥县人，曾任川鄂湘黔革屯抗日军总指挥等职。

隆子雍：湘西永绥县人，曾任川鄂湘黔革屯抗日军副总指挥等职。

石维珍：湘西永绥县人，曾任革屯抗日军第三团团长等职。

梁明元：湘西永绥县人，曾任湘西苗民抗日革屯军指挥等职。

龙云飞：湘西凤凰县人，曾任湘西革屯抗日救国军总指挥及国民党新六军暂五师师长等职。

张　平：湘西古丈人，曾任国民党暂十一师师长及湘西自卫军沅、古、泸边区总指挥等职。

张玉琳：湘西辰溪人，曾任国民党暂二军副军长等职。

徐汉章：湘西泸溪人，曾任泸溪县民团首领，自封为"军长"等职。

杨永清：湘西芷江人，曾任湖南省绥署直属纵队第三司令等职。

目 录
CONTENTS

第一章　田兴恕刺臂入箪军
左宗棠刀下救乡党

咸丰二年八月，一个骄阳似火的下午。

湘西凤凰厅北门道口边，一伙人在围看一张新贴的告示。其间，有个小伙子穿一件粗布汗衫，手里拿一根挑马草的扁担，由于不识字，只拉着旁边的长胡须的老人问道："这布告上写的什么内容呀？"

"招兵哩！箪军要招兵去打仗！"

"打仗？"

"正是，正是。现在他们从广西打到了长沙，骆巡抚都着了急。"老人拈须回道，"听说箪军这回要招好多兵去守省城。"

"那我也去报名当兵，你看行吗？"

"你呀，就怕个头小了点，还像个孩子。"老人看着他照直而言。

"个头小就不能当兵吗？"这小伙子有些忧虑。他告别老人，挤出人群，心里盘算着：要建功立业，这次招兵是个好机会。至于和谁打仗，他可管不了那么多。只要能当兵，将来就会有出息。那么怎样才能当上兵呢？无疑先要征得母亲同意，这　关他估计没多大问题，因为母亲向来通情达理，对孩儿的正当要求不会拒绝。他担心的是自己的年纪，只有十五岁，个头确实小点，招兵大人万一看不上怎么办？有没有办法在报名时使招兵大人满意呢？

小伙子一面在心里琢磨，一面慢慢往家里走去。这位小伙子名叫田兴恕，他的家就在北门河对面镇箪镇的擂草坡上，是三年前才从麻冲苗寨搬迁过来的住户。田兴恕 7 岁时，父亲就病逝了，从此母子俩相依为命，日子过得很艰难。擂草坡上，眼下只有两间茅棚栖身，母亲白天到镇上卖油粑粑，晚上做些针线活。前两年田兴恕替人家放过牛，近来不放牛了，专割马草卖。原来，这凤凰城是著名的镇筸城，据清乾隆《凤凰厅志》载："东北有坪曰竿子，西北有所曰镇溪。故统曰镇筸。"其时，此镇筸城就像个大兵营，四座城门加上数百座碉堡，里面都是驻军。总共才2万人的小城，镇筸兵就占了7000多人。由于养的兵马多，马草的需求量就很大。田兴恕每天早中晚要割三担马草送给兵营。靠卖马草的收入，母子的生活有些改善，但也仅能维持生计而已。作为男子汉，田兴恕越来越渴望到外面去闯荡世界，像历代英雄好汉一样去建功立业。虽然田兴恕从小没读过书，但他很爱听《三国演义》和《说岳全传》之类的故事。特别是《说岳全传》里的岳飞这个英雄形象，他十分崇拜。想到岳飞，田兴恕不禁眼睛一亮，对了，何不学岳飞也在身上刺几个字？

有了这个主意，田兴恕立刻返身来到城门内一家刻字店里。那刻字师傅姓赵，田兴恕和他很熟悉。

"赵师傅，想请你帮忙，刺几个字，怎么样？"

"刺什么字？我这里只刻字！"

"我要你刺字，在我手臂上刺四个字！"

"四个什么字？"

"精忠报国！"

"你刺这几个字干啥？"

"我要去当兵！"

"当兵就去当呗！怎么要刺字？"

"你不知道，我怕人家嫌我小哩！刺这几个字好打动人家！"

"呵，你这小家伙，就鬼点子多。"赵师傅很快明白了他的意图。对于这田兴恕，他是很了解的。一次，田兴恕怕别人偷了他喂的水牛，竟想了个"掘坑待偷"的主意，即在牛栏前挖个深坑，上面铺上稻草，结果，有天晚上真的将一偷牛贼活活擒住了，此事传开之后，人们都说这田兴恕人小心大，脑瓜子聪明得出奇。

赵师傅当下对田兴恕说："臂上刺字你不怕痛？"

"怕什么，人家关云长'刮骨疗毒'都不怕痛，我刺个字算啥！"

"好，我这就给你刺！"

赵师傅说着，就找出一枚钢针，用火烧了烧，便一针一针在田兴恕手臂上刺起来，每刺一针都要出血，田兴恕却面带微笑，脸不改色。刺过字后，赵师傅再用草药水揉搓了针眼伤口，很快，那手臂上就清晰地现出了"精忠报国"四个大字。

"这是你的工钱，谢谢你刺字！"田兴恕将一两卖马草得的银子放在赵师傅桌上，转身回家了。

傍晚，母亲炸油粑粑收了摊回到家，田兴恕便对母亲说："妈，孩儿今日到镇上见到贴了告示，筸军这两日要招兵，我想自己已15岁了，应该去报名，好搏个前程，将来若能得个一官半职，使你养老也有个着落。你看怎样？"母亲当下流了泪说："你年纪虽小，却有这番好心和志气，要当兵去干大事，我也就不拦你，你放心去吧，妈的身体还好，混口度日还是过得去的！"田兴恕听了母亲这番话，喜得立刻给娘磕了一个响头，以表示感谢。

第二天早上，田兴恕吃过饭就来到了招兵的道台衙门。此时，来报名当兵的都一个个到厅堂经守备大人邓寅达过目测试。轮到田兴恕时，邓守备坐在太师椅上望了望他道："你叫什么名字？"

"田兴恕。"

"今年多大了？"

"16。"田兴恕有意多说一岁。

"怎么个头这么小？"邓守备摇摇头道。

"告大人，我个头虽小了点，可志气不小呢！"

"呵，说说你有何志气？"

"大人你看我的手臂就知道了！"

田兴恕说罢，撸起袖子，将手臂上"精忠报国"四字呈现了出来。

邓守备细看之后，果然大加赞赏："不错，人小志大，以后定会有出息。我问问你，带兵打仗靠什么行事？"

田兴恕想了想道："将在谋兵在勇，带兵打仗，首要的是靠谋略和计策！"

"好！说得好，你这兵我收下了！"邓守备高兴地点着头，立刻吩咐旁边亲兵领田兴恕去注册，并办妥了一切招兵手续。

过了两日，由邓守备率领的一支上千人的筸军队伍就向长沙开拔了。在军队没几日，田兴恕就结识了几个一道当兵的同乡，如熊兆祥、沈宏富等人，后来都成了他的至交；筸军这支队伍，原是明朝隆庆年间为防范边民起义而在凤凰山设立的驻地军队，开始叫凤凰营，并一直延续到了清朝。其兵源多来自少数民族寨子里的山民，这些人入了伍，大都骁勇剽悍，打起仗来最不怕死，而且抱团成伙，最讲义气。清朝康熙39年（1700年），朝廷又在镇筸专门设立了凤凰厅，专门管辖湘黔边境一带的苗民。而驻防镇筸的军队，就开始被称作筸军了。其时，在长沙的骆秉章巡抚，正因城里的绿营战斗力不强难抵太平军围攻而发愁，幸亏邓绍良率领三千多湘西镇筸军及时赶来。再过几日，贵州的一支镇筸军也开到了，长沙防守力量得到了增强。此时，两支镇筸军分段驻守，田兴恕所在的营队被指派守天心阁。这天心阁地势较高，城墙很厚，太平军攻了数日，未能攻上城头，于是改用挖地道的办法，欲将城墙炸垮。为了弄清被挖地道的方位，镇筸军的守备决定派人去侦察，田兴恕随即主动请战。

田兴恕装扮成小孩模样，悄悄从小吴门跫出城外，然后到外围据点，将天心阁下地道的方位牢记清楚了又趁黑回到城内，把所看到的情况向邓守备做了报告。邓守备有了防备，使对方计划落空。

天心阁一段城防被保住后，骆巡抚传令，奖励田兴恕50两银子。田兴恕高兴过头，当晚拿了这锭银子到一家酒楼参加赌博，中间他输了两次，当他拿出银子要对方找零时，对方没有碎银子找，又欺他年小，就将这锭银子全拿了。田兴恕立刻和他争吵起来。正吵得不可开交时，一位巡哨官走来，将他叫到路边，不分青红皂白就训斥他道："谁叫你到这里吵闹的，你赌博输了，还想赖账是不是？"

"是他差我银子，我怎不吵！"

"啊，你还敢顶嘴！"巡哨官立刻抓住田兴恕的辫子，顺手朝他脸上就是几拳头，接着又猛踢了几脚，口里嚷道："我叫你嘴硬，老子要揍死你。"结果，竟把田兴恕打昏在地，那哨官见他不吭声了，就将他扔在路旁，然后扬长而去。后来，幸被长沙知县毛葆生巡城时发现，当即命人用姜汤将他灌醒，才救了他一命。

田兴恕吃过此亏后，自此再不贪玩赌博，他暗自发誓，不成就一番功业誓不为人。后来，清军招募了一支敢死队，准备去河西。田兴恕报了名。当晚，几个队员驾着一只小船乘夜过了江，到对岸后，几个人悄悄摸到对方的营房外潜伏起来，田兴恕这时摸出烟袋抽了一口，然后无意中把烟袋往地下一磕，没料到"轰隆"一声巨响，原来他的烟斗磕到了地雷，他赶紧往后一滚，万幸没被弹片伤着，而对方的营房燃起了大火。田兴恕急忙和几个队员向江边跑去，待到骑兵追来时，敢死队的人已全部渡过了江来。此次袭击之后，田兴恕被提拔当了哨官。

在镇算军干过两年，田兴恕渐渐露出了头角。1855 年，田兴恕所在部队随骆秉章来到广西，在攻打柳州的一次战斗中，骆秉章命他拿了一块大令去督战，田兴恕到了阵地上杀得性起，一时把大令弄丢了。当他回到军营报功时，骆秉章问道："你的大令呢？"田兴恕往口袋一摸，这才知道大令丢失了。"你提的这首级怎么没有右耳了？"骆秉章又问。田兴恕看那首级果然不见了一只右耳，他立刻说："明明是有右耳的，也不知是谁偷割了！"

"我看你是想冒功吧！"骆秉章忽然厉声问。

"不，骆大人，绝不是我冒功，这首级真的是我斩杀的！"田兴恕辩解道。

"你还想欺骗我？"骆秉章怒气冲冲地又喊，"来人，给我拉出去斩首！"

立刻，几个亲兵按住田兴恕，就要往外拖去执刑。

"慢！"这时，坐在骆秉章旁边的幕僚左宗棠劝说道，"骆大人，请息怒！这位哨官我看可让他解浏阳之围，给他一个机会，让他戴罪立功！"

左宗棠是骆府有名的高参，对于他的话骆秉章一直是言听计从。当下骆秉章就收回成命说："既是左大人美言，就保你一命，你可照左大人的吩咐，火速带人去解浏阳之围！"

"是，"田兴恕满怀感激地说，"卑职立刻就动身！"

半个月后，田兴恕带领数百兵士果然完成了任务，解了浏阳之围。此次战斗之后，田兴恕正式带兵 500 人，其队伍被称为"虎威营"。

田兴恕带了"虎威营"后，又打了许多胜仗。咸丰八年，他被提升为副将，加总兵衔，赐号尚勇、挚勇两巴图鲁。

当了副将的田兴恕，于当年八月转战回到了凤凰故乡。此时乘着在家乡驻扎队伍的间隙，田兴恕新修了房屋，让母亲搬入新居，同时，完成了婚娶大事。他讨的夫人是当地有名的朱家大户的一个女儿。结婚那天晚上，众人闹洞房散去后，田兴恕拥着新娘子说："朱小姐，你还记得当年在你家门口卖马草的一个小孩吗？"。

"记得，你问那个小孩干啥？"

"那小孩当年受到过你的奚落，他不是发过誓要娶你，有这回事吗？"

"是有这么回事，你怎么知道呢？"朱小姐疑惑地问。

"你看我像谁？我就是当年那个卖马草的孩子呀！"

朱小姐仔细一看，果然发觉面前的新郎和当年那小孩有些像。那一年，朱小姐在门前玩耍，见到一个卖马草的孩子从门前经过，她曾用鄙夷的口气奚落他说："卖马草的，你看什么，还不快走。"而那孩子当时就说："你凶什么，我将来长大还要讨你这娇小姐做老婆哩！"想不到这孩子果真有这么大出息，朱小姐不禁感慨万端，口里却撒娇似的说："你呀，真坏！怎么就硬要娶我为妻？真是前世修来的姻缘呀！"说着就倒在新郎怀里。田兴恕抱着娘子，不禁哈哈大笑起来。

第二章　胡缚理招摇过闹市
田提督怒惩洋教徒

　　田兴恕完婚不久，又奉命率军从征。此后的两年内，他又屡获战功，因而不断提升。咸丰十年十一月，24 岁的田兴恕在贵阳正式担任提督之职，并补诏授为钦差大臣，从而成为一省的最高指挥官。

　　田兴恕当提督不到半年，一场意想不到的教案事件的发生，使得他的仕途命运很快发生了逆转。且说咸丰十一年四月初四上午，田兴恕的提督衙门外，忽然空前热闹起来，一位名叫胡缚理的法国传教士，因为新近获得了"传教士护照"，又担任了贵阳地区的天主教教主一职，想乘此机会见一见贵州的军政官员，企图取得贵州官府对传教活动的正式承认。

　　胡缚理出门前精心打扮了一番，他肩挂着紫带，头戴着方帽，又乘坐了一辆豪华紫呢大轿，在数十名教徒的前呼后拥下，一路招摇过市，显尽了主教的威风和气派。胡缚理先到巡抚何冠英那里去拜会，说了一番来黔传教请求支持的话，不料，何巡抚对他态度十分冷淡地回答说："汝等来此传教，实有不便之处。黔省教门已多，亦无增加教门之必要。今后，教徒如有违法乱纪之事发生，汝等不能辞其责。"

　　胡缚理在何巡抚处碰了钉子，只得悻悻离开。接着他来到提督府前，欲要见田兴恕，想看看这位提督的态度如何。田兴恕此时早已得到通报，为了杀一杀这位主教的傲气和威风，他借口事忙让主教在门外等候。这一等过了两个小时，胡缚理终于等得不耐烦了，而看热闹的人又越来越多，还有巡街的士兵不断穿梭来往，胡缚理唯恐等下去更有麻烦，就悄悄弃了轿子溜回教堂。

　　胡缚理走后，提督府猛然响起炮声，田提督传命让主教进门，可是衙役已找不着他了。过了一会儿，一位探子回府向田兴恕报告，胡缚理已溜回教堂，并派另一位传教士梅西满去了重庆，欲向在重庆逗留的法国驻清政府公使馆秘书德纳马汇报并商议对策。田兴恕了解这一情况后，立刻带侍卫骑马出城，亲自去追赶梅西满，想阻止他去重庆。可是追出城外不远，那匹坐骑突然一颠，竟将这位提督坠下马来。田兴恕由此十分气恼，他决定不再追赶，随即忍痛回到城内。接着将何冠英叫来，俩人一起商议，制订了一个扑灭洋教的"秘密公函"，决定对不法传教士"处之以法"，并且还规定了奖惩办法。

此"秘密公函"一发，驻青岩的团务道赵畏三立刻抢先筹划执行起来。这一年的端午节，青岩街上众多群众照传统习惯"游百病"，在经过姚家关大修院门口时，一群小孩高声叫道："火烧天主堂，洋人坐班房。"那大修院的4个修士闻声而出，立刻和守门人一起对小孩和群众进行恐吓和谩骂，双方争吵激烈。正在冲突之时，赵畏三派兵包围了大修院，对教徒们给予了警告，并要修士们放弃洋教，限期五天答复。五天后，赵畏三见无人来答复，立刻又派人对大修院进行了查抄，将衣物、书籍及宗教用品统统收缴，抄完又将大修院一把火焚毁了，然后将教民罗廷荫、张文澜、陈昌品抓起来关进了监狱。接着，赵畏三便飞奔贵阳，把消息报告给田兴恕，田兴恕听后十分高兴，立刻将赵畏三由团务提升为团务总办。

与此同时，贵阳主教胡缚理得知此消息后，急如热锅上的蚂蚁。他一连写了两封信给田兴恕和何冠英，要求立即放人，田何二人却置之不理。胡缚理遂又向德纳马告急，德纳马以法国公使馆的名义写来了一份措辞强硬的信，逼迫田兴恕马上放人。田兴恕认定这信是拿中法不平等条约来进行威胁恫吓，但他全然不怕。他将来信退回，并立即下令，让赵畏三将几个教徒押赴刑场斩首。当团练们押着张文澜等三人来到青岩北门城外的谢家坡时，忽又发现大修院厨工王马尔大在院中洗衣，于是索性一道抓去，将4人全部斩首。此次事件，即是贵州历史上有名的青岩教案。

青岩教案发生后，田兴恕和巡抚何冠英的处境就渐渐不妙了。清总理衙门在法国公使的压力下，不久罢去了田兴恕的钦差大臣之职，只保留了提督一职。而何冠英此时已经病死，青岩教案的责任，就全部落到了田兴恕一人的头上。尽管压力大，但他反洋教的决心却没有动摇。过了一段时间，在开州地方，又发生了一件重大教案。此次教案的起因是：同治元年正月十五元宵节，开州地方按习俗要举行祭龙仪式，事前"一心团"总办周国璋通知天主教徒参加，但天主教不准教徒参加。双方为此发生争执，周国璋将此事禀报知州戴鹿芝，戴又飞报给田兴恕，田兴恕对洋教徒本无好感，现又见其传教士敢如此对抗，遂又提笔批示给予正法。结果，周国璋率领团练数十人，立刻将天主教传教士文乃尔，教徒张天中、吴圣、陈显恒、易路济抓获，并凌迟处死，将他们的首级挂在开州城门上示众。此案历史上又称"开州教案"。

这次的教案发生后，在国内外又引起了极大反响。法国公使馆当即向清朝廷提出了严重交涉，清朝廷再也不能等闲视之了。恭亲王奕䜣出面亲自与法国公使进行谈判，法方认为传教士被中国官员处死，是损伤了法国"尊严"，必须处死田兴恕；而清朝廷则认为田兴恕是一品重臣，封疆大吏，如果处死，会损大清帝国威信，还怕引起群众反对，所以双方的谈判相持不下。

在谈判的同时，清朝廷于开州教案发生的当年 11 月撤销了田兴恕的提督一职。接着又先后派了成都将军崇实、两广总督劳崇光、四川总督骆秉章、云贵总督张亮基等大臣对两次教案问题进行查处。这些大臣大都和田兴恕有着公私情谊，因而在处理此案中自然都对田兴恕有所偏袒。结果经过了几年周折，直拖到同治四年（1865 年）初，清廷才与法国官方达成协议了结此案，决定将田兴恕与"教案"有关人员张茂萱、谢葆龄三人一起发配新疆，永不赦免。

同治五年三月，田兴恕一行被解送到了陕西秦州，因为通往新疆的道路阻塞，他被左宗棠接收监管。左宗棠与田兴恕曾是老相识，当年，他曾在骆秉章发怒时救过田的命，现在，田兴恕虽被革职发配充军，左宗棠对他仍然信任有加，且十分关照。在左宗棠安排下，田兴恕来到了甘肃兰州，衣食无忧，虽然无职无权了，日子还算过得舒适。为了打发寂寞，田兴恕此时开始用功读起书来。他看了《史记》和《汉书》，尤对《汉书》颇感兴趣。

这一日中午，田兴恕正将《汉书》中的李陵传看得津津有味时，忽然有人径直走进屋来叫他道："兴恕兄，你可真用功啊！"

田兴恕抬头一看，认得是湘西乾州厅的老乡杨岳赋来了，他惊喜地忙起身招呼说："哟，杨大人，你怎么屈驾到我这寒舍来了？"

"你还客气什么？我早就想来看看你哟！"杨岳斌是个爽直的汉了，他在十多年前跟随着曾国藩人了湘军，与彭玉麟一道组织水师队伍，立下了汗马功劳，官职一直升到了陕甘总督。数年前，他和田兴恕在江西征战时就有过几次面交，所以彼此熟悉。

"你来看望我，真是难能可贵呀！我田某现在是什么人，一个革职的囚徒，还值得你看吗？"

"管你现在什么身份，在我眼里，你还是一条好汉！你敢下令杀洋教徒，长我大清帝国威风，我怎能不佩服！"

杨岳斌的这番话，说得田兴恕热泪盈眶，他连连感谢说："还是你这同乡理解我！"

"走，咱俩难得一聚，我请你到外面喝几盅去！"杨岳斌热情地邀请着。

田兴恕也不推辞，两人走出门去，早有杨岳斌的侍卫备好了两乘轿子，待二人上了轿，就径直抬到了街上一家酒楼前。

两人下了轿，一道相邀着人店内楼上坐下，店家很快端来热气腾腾的酒菜，俩人边喝边谈。杨岳斌喝过几碗酒后，忍不住就发牢骚说："兴恕兄，这官场上的事，真是祸福难测呀！你堂堂的一品被革了职，我现在也被降为三品顶戴，我真没想到，到陕甘来当了总督，却会成为这个结局。"

田兴恕听罢杨岳斌的话，不禁生出几分同情。这杨岳斌本来是个水师统领，朝廷调他到陕甘来镇压捻军。杨岳斌新招募的5000湘军来到甘肃后，因为军粮缺乏，军营处于十分困顿的状态。由于兵饷接济不上，军营里还闹起了兵变，幸亏杨岳斌临机决断，处决了为首者百余人，才将兵变平息下去。而朝廷派来的布政使林之望还连上两次奏折内称杨岳斌"未能防范"，朝廷由此将他降为三品顶戴，并另外任命左宗棠当了陕甘总督。杨岳斌心灰意冷，现在，他借酒浇愁又对田兴恕说："官场的风险很大啊，我这些年的经历也算看透了。这一次，我已几次向朝廷坚请回原籍养病，若朝廷批复，我将返回故里！"

"我衷心祝愿你早日脱离这地方！"田兴恕喝口酒又道，"这陕甘边疆也不是久待之地，我亦日夜思念回到家乡去才好！可还不知有没有盼头哩！"

"有，一定会有的！"杨岳斌又说，"你在左大人手下充军，他不会亏待你的！这甘肃有个提督杨占鳌是湘西古丈人，你可去结识，也可相互关照！"

"杨提督我亦早闻大名！"田兴恕说，"看来我们湘西人才真的不少，在这边陲之地就有几多将领，这真是一种福缘。我在这里充军也就不会寂寞。"

"你也可以战场上立功，这样或者可以将功折罪，使朝廷放你回原籍！"

"我亦有这种奢望，但不知左大人会让我带兵否？"

"相信左大人会让你带兵上战场的！"杨岳斌肯定地说。

两人边谈边喝，直到傍晚时分，才尽兴而别。

第三章　慈禧准奏回故乡
临终叮嘱抚幼子

　　杨、田二人在兰州酒楼相会不久，杨岳斌即获朝廷批准，径自退居回了湘西故乡乾州，并在故里捐修过杨氏义仓、义庙、书院及乡试考棚等公益建筑物，为此深获乡邻好评。十多年后，这位曾国藩部下的著名水师统领在乾城老家病逝，享年68岁。

　　再说田兴恕在杨岳斌回乡后，又"戴罪"在甘肃生活过数年。其间，左宗棠有意让他带兵与杨占鳌配合，镇压捻军和回民义军。由于田兴恕作战有功，深得左宗棠赏识。除了打仗之外，田兴恕在看书学习上也颇有长进。短短几年时间攻读，这位原本大字不识几个的革职提督已能粗通文墨并作诗文。随着所学知识的不断增长，田兴恕深感自己过去因没有文化吃了大亏。为了重新振作起来，为国家效力，他提笔给慈禧太后写了一份奏章，文内回忆了自己数十年的坎坷经历，写明了自己的志向，并情调恳切地请求改名为"更生"。

　　奏章写好后，田兴恕即找到左宗棠说："左大人，我给太后写了份折子，您看内容如何，可否帮忙呈送上去？"

　　左宗棠接过奏章仔细看了一遍，随即点头说道："只要功夫深，铁棒磨成针，从这奏折来看，你这几年时间看书学习，进步真不小哇！"

　　"谢大人夸奖！"田兴恕回道，"我有今日文化上的进步，也是靠您左大人的关照啊！"

　　"听说你把《汉书》都看完了？是吗？"左宗棠又问。

　　"看完了，我刚刚还在重读其中几篇文章。"

　　"看了这书有什么感想？"

"感想很多！"田兴恕拍拍后脑门回道，"那书中描写的历史人物都不错，但我印象最深的是两个人物，一个是李陵，一个是苏武。"

"何以见得？"

"我觉得这两个人写得非常真实，看起来就像在眼前一样，那李陵孤军深入，拼力死战后才被俘，假如朝廷不杀他一家，他恐怕还愿归回汉朝，然而家人被杀了，他回去还有何益，所以最后他拒绝朝廷使者劝告，在匈奴生活了20年直到病故。李陵这样的战将的归宿，使人扼腕叹息。还有苏武这个人，班固将他写得很动人。苏武啮雪咽旃毛流放至海边掘野鼠而食之，始终仗汉节而牧羊，直到节旄尽落，须发全白才归来，其不屈的气节真令我辈崇敬！"

"好，你看《汉书》真有所得，亦算不负我一番期望。"左宗棠遂又询问道，"你现在还想不想回家乡？"

"想啊！怎么不想回家乡，我做梦都希望早日回归故里！"田兴恕回道。

"那好！我马上就给朝廷写奏折，请求太后赦免你罪，让你回故乡去团聚。"左宗棠接着又分析说，"你的这份奏章我会一同呈送上报，我估计朝廷不会让你官复原职，虽然你有为国效力的想法，但朝廷若起用你，那洋人岂能干休，所以我劝你，只要能争取赦免回乡去就不错了！至于是否更名，关系其实不大。"

"行，我一定听从您的劝告，您说怎办就怎办！"田兴恕道，"能够赦免我罪，让我回家去，我亦知足了！"

"好吧！就这样办！你可以作回家的准备，我想朝廷也应该放你回乡了！"

田兴恕听了左大人的这番话，即告辞而出。当夜，左宗棠就提笔向朝廷上了一份奏折，内称田兴恕自革职之后，在边疆流放能洗心革面，认真服罪，并在与捻军和回民义军的作战中，踊跃争先，立了几次战功，在边疆数年，还能刻苦发愤读书，并已粗通文墨，进步很大，又称该革员长期征战，已患风湿等病症在身，行动不便，为此特请求朝廷赦免其罪并将其释放回原籍。

第二天，左宗棠将田兴恕的奏章和自己写的奏折一同封好，派人专程速送至京城。

且说慈禧太后此时大权独揽，凡是有关国事的奏折都要经她过目批阅。这一日上午，慈禧在金銮殿接受百官朝见后，又亲自御批了数十件奏章。当她读到田兴恕要求更名的奏章后，随即提笔在奏折上批了两句话：

只要子心诚，

何必更其名。

又看完左宗棠请求赦免田兴恕并准其回乡的奏折，随手又批了二句：

边关征战有功，

可予赦免回家。

慈禧太后的批文，很快被信使送到了兰州。左宗棠拆阅之后，立即派人找来田兴恕，向他传达了慈禧太后的批语。田兴恕跪地作揖表示感谢。

接着，左宗棠设宴对田兴恕获得赦免表示祝贺，同时安排了十多名武装兵士，由一队官率领，准备护送田兴恕回湘西故乡。

过了数日，一切准备就绪，田兴恕与左宗棠郑重告别，便同随从一起上了路。

走过千山万水，一路风尘仆仆。沿途说不尽的辛劳，幸有士兵殷勤护侍，田兴恕才不觉困苦。约莫走了一个多月时光，一行人终于来到了湘西凤凰厅境内。

这一日下午，当田兴恕等人骑着马从麻阳顺着沱江来到镇篁城外时，驻凤凰的辰沅兵备道台杨翰率领一班文武官员到接官亭进行了礼节性的迎接。从接官亭到城内的一公里多路面，全都铺着一色的青条石板，石板路坎下，缓缓而流的沱江水清澈碧绿，风光旖旎；石板路之上，紧傍南华山的听涛小山岩壁突兀，草木葱郁，宛若仙境。田兴恕在众人的簇拥下，一踏上这故乡的青石板路，就不禁心潮起伏、感慨万端！当年，从这条石板路上当兵走出去，后来带兵凯旋归来，在家完婚后又去征战。如今从边疆流放再赦免归来，这人生的大起大落真恍如一场梦啊！田兴恕回味着这无常人生的滋味，不觉间已随众人走过东门城楼，再往里朝一个小巷进去百余米，片刻即到了他在十余年前修的一栋故宅门前。这栋故宅是砖木混建的两层楼房，内有小天井庭院。他妻子朱氏自田兴恕发配边疆之后，就一直和几个亲眷住在田家故宅。此刻田兴恕赦免归来，在故宅的亲眷都万分高兴。夫妻二人见了面，更是喜极相泣。

当日傍晚，由辰沅兵备道台杨翰相邀，为田兴恕及其随从人员办了几桌宴席。作为一个已被革职的封疆大臣，回到故乡还能受到地方官员的隆重接待，这使田兴恕感到了一分意外的慰藉。

第二天，奉命护送田兴恕的随行人员就告辞了。田兴恕从此回到老家过了几年安居日子。

且说田兴恕回故居之后，其妻朱氏因为一直没有生育，心里感到就像欠了丈夫一份债似的很觉不安。这一日夜里，朱氏在枕上主动向丈夫提醒说："我的夫君，给你纳个小妾，我们一同生活，你看怎样？"

"劝我找小妾，你不吃醋？"田兴恕嬉笑着反问。

"我吃什么醋！只要你找了小妾不嫌弃我，咱们就能好好相处！"

"我当然不会嫌弃你，你是正宫娘子，咱怎敢背信弃义！"田兴恕又道，"你是怎么想到要我找小妾的呢？"

"我看你年近40，还没有子嗣，这辈子指望我恐怕不行了，还是纳个小妾，生几个儿子好继承你的香火嘛！"

"好，感谢你一番好意，只要有合适的，你就帮我物色吧！"田兴恕回道。"你要什么标准的？"

"我有什么标准，你难道不知道？"

"你呀，无非就是想年轻一点，漂亮一点，丰满会生育，还要有点修养，对不对？"

"对！对！知我者，莫过妻子也！"

"好吧，这事就包在我身上。"朱氏慷慨应允着。

过了不久，朱氏果然亲自为丈夫物色到了一个姓杜的苗家姑娘。这位苗家姑娘只有19岁，长得健壮匀称，一对辫子粗又长，一双巧手就如藕节又白又嫩，一张圆月般的脸盘和那丰满的臀部尤其引人注目。田兴恕与这位姑娘相会后即一见钟情，经过朱氏亲自撮合，俩人很快办了喜事。

这位苗女过门后，第二年便为田兴恕生了一个儿子，田兴恕高兴之极，办了几十桌宴席，镇筸城内稍有名望的仕绅都纷纷前来表示祝贺。

在以后的数年内，田兴恕的这位小妾连生了三子一女。三个儿子分别取名为田应高、田应全、田应诏，女儿取名为田应弼。

有了子嗣，田兴恕心中倍觉欣喜。看着一个个孩子呱呱坠地，就好像自己也获得了新生一样。在边陲之地流放期满，他曾真诚地想改名更生，虽然慈禧太后给他御旨不必改名，但他决心已定，从此吟诗作赋，都用了更生署名。回到故乡，在几年闲居之中，他时常吟诗作赋，最终竟集成了一本名为《更生诗稿》的诗集。

田兴恕回故乡后，他昔日的部下和同僚亦经常来看望他。有一天，一个名叫杨岩宝的老部下来到田家。进门时，田兴恕还和他亲热地拉着家常话，可是谈着谈着，田兴恕突然就变了脸并厉声喝道："杨岩宝，你给我跪下！"

身壮体高，相貌堂堂，年纪比田兴恕还大几岁的杨岩宝，竟然乖乖地在客厅跪了下来。

"你为什么要赌博？"田兴恕又吼着问。

"我，我在家实在闲得无聊！"杨岩宝解释说。

"闲得无聊，你就不会做点正经事？"

"做什么呀，家里什么都不要我做。"

"没事做，你就看书，古人说活到老，学到老，你为啥就不长进？"

"我学不进啊，年纪大了，哪能是读书的料。"

"你不读书，做点别的事也好嘛，养花喂鸟，难道你也不会？"

"我没兴趣！"

"没兴趣，赌博就有兴趣？你呀，硬是没出息。"田兴恕又数落说，"我多次给你们讲过，做人要正直磊落，不要沾染坏习气，一个嫖，一个赌，是军中最坏的恶习，你怎么就沾上了呢？现在你给我好好跪着，不思过改正，你就别站起来！"

田兴恕说罢，便怒气冲冲地转身进了里屋。

剩下杨岩宝跪在客厅，仍一动不敢动。一旁伺候的家人，一个个都面面相觑，谁也不敢劝说。

正在为难之际，驻镇筸城的辰沅兵备道台杨翰忽然拜访田兴恕来了。杨道台进门一看，见杨岩宝跪在客厅里，不禁惊讶地问："杨总兵，你怎么会跪在这里？"

"我赌博的事田大人知道了，他让我跪着思过！"

"啊，田大人罚你思过！"杨道台顿时明白了。这田兴恕治军严厉，果然名不虚传：瞧这杨岩宝，在田兴恕部下本是有名的传奇英雄。据说有一次在一个村寨打仗，由于火炮轰鸣，烟雾弥漫，杨岩宝禁不住张口打了个喷嚏。碰巧，敌方一发炮弹打出的铁丸射入他的口中，将他噎死。杨临终说不出话，只用手指旁边的一副棺材匣子，意思是央求参将沈宏富、刘祖成将他放进匣了安葬他。刘祖成力气大，提起杨岩宝的双脚朝木匣子里丢，谁知杨岩宝被猛摔一下竟吐出铁丸活过来了。杨岩宝大难不死，后来因战功显著，一步一步从普通士兵提升当了古州镇的总兵。当黔省安定后，杨岩宝便告假解官回籍养伤，在凤凰城里安家已数年。由于大字不识，加上闲居无聊，杨岩宝常借打牌赌博打发时光，想不到今日竟被田兴恕知道而罚跪思过。按理田兴恕已无职无权，杨岩宝却还乖乖听他节制管束，真是不可思议！眼看杨岩宝跪着无人敢劝，杨道台便进房内对田兴恕道："田大人，请息怒！杨总兵征战功高，你就饶了他吧，这赌博的毛病相信他会改掉的。"

田兴恕见杨道台出面相劝说情，这才走进客厅说："看在杨道台的份上就饶了你，快起来吧，以后可别再犯！"

"是，谢大人！今后我一定不再赌博了，再赌你就砍了我的手！"杨岩宝站起身，又对杨道台拜了一拜，方才羞愧告辞出门。

杨岩宝走后，杨道台在客厅坐下，便请教田兴恕道："田大人，都说您治军有方，适才见了您对部下的严格管束，真令我敬佩万分，我不知您是怎么在下属面前建立这么高威信的，可有什么秘招教我吗？"

"秘招谈不上！"田兴恕息了怒气，只认真地相告道，"孔子曰：'其身正，不令而行；其身不正，虽令不从'。若说有什么服人秘招，我看照孔子这几句话去办就行了！"

"我明白了，田大人说得很有道理，今后我也要把这个秘招学到才好哇！"

杨道台说毕，又关心地问了问田兴恕的生活起居情况，要田兴恕多加保重身体，然后才起身告辞。

时光如白驹过隙，转眼又一个冬天到了。田兴恕的风湿病和作战留下的枪伤忽然发作起来。他只觉疼痛难忍，躺在床上不能动弹。家人为他找遍城中名医，开了几十副药，作了无数针灸，不见好转。待到两个月过去，田兴恕已瘦得只剩皮包骨头了。眼看病势沉重，田兴恕自知大限将到，遂在一个晚上对夫人朱氏和小妾当面叮嘱了后事。

"我死后，你们俩要同心协力把孩子抚养大。"田兴恕说，"我这一辈子吃了没文化的亏，你们要让孩子吸取我的教训，要送他们多读书！"

"你放心，我们会记住你的话！"朱氏和杜氏都跪下来点头作答。

"只要孩子有出息，我死也就瞑目了！"

田兴恕说罢，就不再多言语。数日之后的一天夜里，一阵剧痛突然袭来，田兴恕在床上作了一阵剧烈的挣扎，接着便两腿一伸，撒手而去，死时年仅41岁。

始终守在丈夫床头的两个夫人，这时一起放声大哭。几个孩子由于年幼，正在酣睡，还不知发生了什么事。

第二天，闻讯而来吊唁的人络绎不绝。接着，田家人接连做了七天道场，然后才将田兴恕的棺材抬上山作了隆重安葬。

第四章　痛殴教官遭除名
东渡日本成学业

　　田兴恕病逝之后，他的两位夫人牢记丈夫的临终遗嘱，精心呵护着几个孩子。朱氏夫人虽没有生育，却把孩子看得和亲生一样，时时都细心管教照顾。那二夫人对孩子亦很看重，却偏于溺爱。稍稍长大，两位夫人便把他们先后送到了私塾学堂去读书。

　　且说这几个孩子小时都很聪明，读书也很用功，唯独第三子田应诏十分调皮，少时就放荡不羁，尤其喜弄拳棍，常与一班无赖少年打狗捉鸡取乐。有一天放学时，田应诏和几个无赖少年又跑到一个巷子，将邻街一户人家的一条看门黑狗打死了。这家主人跑到田家对朱氏告了状。朱氏立刻派一家丁将田应诏找了回来。

　　"你放学跑到哪儿去了？"朱氏板着脸问。

　　"没，没哪去！"田应诏低着头小声回道。

　　"没哪去，你还撒谎！你把人家的狗都打死了，人家告状来了！"

　　"不是我一个打的，还有几个同学。"

　　"几个同学不是一样，你为何要和他们搞在一起？"

　　"是他们邀我的！"

　　"人家说是你邀他们的哩！你看你，越来越不像话！只知道打狗惹祸！你读书读到哪里去了？要是你父亲在，不打断你的腿才怪！我今天也不打你，你只给我跪下，好好面壁思过！"

　　朱氏训斥一番，吩咐家丁严加看管，让田应诏在房里面对墙壁上挂的一张父亲的画像跪了半个小时，才准他起来吃晚饭。

　　自此之后，田应诏便有了些悔悟，读书慢慢用起功来，但其逞强好斗的性格仍时有显露。

　　田应诏的大哥田应高，人很本分又聪明，17岁那年坐船赴省城参加考试，途经沅水青浪滩时由于滩险浪急，艄公不慎翻了船，田应高掉进水里，被人救起时已人事不省，后来虽救醒，却已被水呛伤转回家中，终未治愈，不久便去世了。

　　田家两位夫人失去长子，悲痛不已。此后对另外几个孩子更悉心抚养。二子田应全长到16岁时，两位夫人就张罗着为这孩子找个媳妇结门亲事，但物色了几户人家的女儿都觉不如意。不料这一日田应全走过镇台衙门时，却意外地喜结了一门良缘。原来，这镇台总兵周瑞龙爱看杂剧戏，这天请外地一个戏班在衙门内作表演，田应全到衙门边时，听到里面鼓乐齐鸣，唱戏声不绝于耳，便好奇地想走进去观看，那守门的护卫却不让他进。正在这时，总兵周瑞龙来到门口，瞧见这年轻小伙长相不凡，便开口问道："你是不是学生？"

　　"是呀！我在敬修书院读书。"

　　"叫什么名字？"

　　"叫田应全。"

　　"家是不是住这城里？"

　　"是住城内。"

　　"你父亲是谁？"

　　"田兴恕。"

　　"啊，原来你就是田兴恕的孩子。"周瑞龙点头又道，"你排行第几？"

　　"老二！"

　　"好，请进吧！"

　　周瑞龙说罢，亲自带田应全来到了戏场，陪他看了一阵戏，然后又留他到家里坐了一阵，让家人给他倒了一杯香茶，接着细致询问了他的学业情况。

　　通过一番观察，周瑞龙对这小伙子十分满意，心里就有意招其为婿。于是叫来小女相识。那周氏女儿年方15，长得细皮白嫩，如花似玉，田应全猛一见，便如痴如醉般为这总兵的女儿倾倒了。当日告辞回到家后，便将此番看戏到周家的事说给母亲，二位母亲无不欣喜异常。第二天，朱氏托了媒人来到周瑞龙家为田应全求婚，周总兵很爽快就应允了这门婚事。过了不到一年，这一对年轻人正式结婚。

　　田应全结婚成了家之后，继续攻读学业。由于得到岳父的支持帮助，1903年，田应全东渡日本留学，其弟田应诏也得到周瑞龙的推荐考上了长沙的武备学堂读书。

　　话说那武备学堂分为将弁班和兵弁班。田应诏被录取在将弁班入读。将弁班聘请了一位德国教官希那克。这希那克长着鹰钩鼻，蓝眼珠，个头高大，头发翻卷，满脸横肉，因其脾气暴躁，动辄龇牙咧嘴，拿着马鞭骂人打人，学员们背地里都称他是"黑虎"。

田应诏入学约半年之后，有一天上午做操，希那克点名清查人数，田应诏解手稍迟了一步。当他跑人队列后，希那克厉声喝道：

"田应诏，出列！"

田应诏向前跨了一步出列。

希那克提着马鞭走到他面前，眼珠一鼓又问："你刚才干什么去了？为什么迟到？"

"报告长官，我早起不舒服，拉肚子去了！"田应诏立正报告解释说。

"你想骗人，想要花招，想找借口？"希那克扬起马鞭，突然"啪"的一鞭就打在了田应诏的头上。

田应诏顿时血往上涌。当希那克的马鞭再次举起时，他闪身顺势接住一扯，希那克一个趔趄像狗吃屎栽倒在了地上。学员们看到教官的狼狈样，不禁都哈哈大笑。希那克从地上爬起，恼羞成怒，口里骂着："湘西蛮子，你还敢还手？"一面骂一面挥鞭向田应诏打来，田应诏一不做二不休，又拿出从小练就的防身拳术，接连几拳打去，竟将那希那克打倒在地。希那克自知不是这学员的对手，躺在地上便如杀猪般的嚎叫起来。

众学员见教官倒地不起，慌忙围过来，七手八脚把希那克扶起送往医院。校内的警卫闻讯赶来，立刻将田应诏带到禁闭室关押起来。

田应诏痛打教官的消息霎时传遍了武备学堂，也震惊了校方。校长室当即下令将田应诏先关禁闭24小时，然后听候处分决定。

这是一间潮湿阴暗的平房小屋，田应诏像一头困兽一般在里面不断地来回走动着。禁闭室里什么都没有，关在里面，任何人都不准进来探望。大半天过去，田应诏便觉又渴又饿，到傍黑时分，有人从高高的窗户上甩下一包东西，他一摸发觉是一大包馒头和一小瓶水。田应诏心底顿时涌起一股感激之情，想不到还有人敢冒危险来给他悄悄送东西吃。

第二天，24小时的全禁闭结束了。校方派人当面向他宣布了"除名"的处分决定。田应诏坦然走出禁闭室，默默回到宿舍去收拾行李，准备离校，众学员此时都纷纷来看望安慰他。

"你是好样的，给我们出了气！"

"那教官早就欠打了，他平日跋扈欺人太甚了。"

大家你一言我一语，都表示对田应诏很同情，但谁也没法帮忙保住他的学籍。

田应诏收拾好行李，正欲和大家告别时，一位穿兵弁服装的年轻人走了进来。这位青年身材壮实，五官端正，两道浓眉分外突出，一双眼睛炯炯有神，那目光里深藏着常人难以察觉的几分睿智、几分坦诚和几分狡黠。这青年走进来就打招呼说："应诏兄，昨晚关禁闭没饿坏吧"

"没有哇！有人关照了我。"田应诏回道。

"给你几个馒头，吃得好吗？"那青年又道。

"嘿，陈渠珍，你这家伙，我以为是谁给的，这么说是你送的？"田应诏感激地问。

"我听守卫说，你被关禁闭了，还不准送东西吃，所以才从后窗悄悄给你甩进去！"

"真多谢了，不是你送这几个馒头，我都饿坏了。"

原来，这陈渠珍也是凤凰人，他原名叫陈开琼，是父亲按氏族排行为他取的名。琼意为赤色美玉，后来他自己改名为陈渠珍，意思是丢在水沟里的珍宝，又别号"玉鍪"，"鍪"为古代武将头盔，玉鍪即玉做的武将头盔。《淮南子·氾训》中有"古者有鍪而绻领，以王天下者矣"一语，陈渠珍取此名，可见其用意深远。当他凭自己的优异成绩从凤凰一家私塾馆考上了芷江明山书院读书后，不久又考上了长沙武备学堂兵弁班，在兵弁班成绩又很优秀，学校曾出通报表扬，田应诏早就与他相识。

"你是将门虎子，我要多向你学习哩！"陈渠珍谦虚地说。

"我这个将门虎子就是爱闯祸！"田应诏自嘲地说。

"这怪不得你，只怪那教官欺人太甚！"陈渠珍说，"现在学校要除掉你的学籍，我看你应该想法去力争！"

"这还有什么可争的，打了教官，他们还肯留我？"

"应该有办法。用兵者，不仅要善于斗勇，更要善于斗智嘛。"

"怎么个斗法？你说？"田应诏不禁被陈渠珍的话打动了。

"你去找赵尔巽巡抚告教官状，他是你老爷子当年的好友啊！这不是一个好办法吗？"

"赵巡抚倒是不错，只是这件事他肯不肯帮忙？"田应诏经他一提醒，心中豁然开朗。

"我陪你一道去说！他肯定会帮你忙的！"

众同学也认为这办法很好，说不定赵尔巽出面，还能保住田的学籍。

田应诏于是决定去试试。

俩人随即走出校门，在街上叫了一辆人力车，很快来到了巡抚衙门外。

通过一番盘问检查，门卫让二人进了大院。赵尔巽此时正埋头在一间房子里办公，抬头瞧见田应诏二人进来，立刻劈头问道：

"好你个田应诏，你怎么敢殴打洋人教官？真如乃父一般鲁莽！你现在还有何话可说！"

"启禀巡抚，我叫陈渠珍，也是武备学堂的学员。这事您有所不知，容我们禀明。"

陈渠珍当即将那洋教官平日如何作恶、凶狠，学员们如何痛恨他，田应诏又如何被迫打他的事说了一遍。

赵尔巽听罢陈渠珍的话道："不管怎样，军人以服从命令为天职，洋教官虽有不对，也不能殴打。"

"我只是忍无可忍。他诬蔑我们是'湘西蛮子'，我才动了拳头。"田应诏说，"我动手打他是不对，事后也在禁闭室反思了过失。可学校把我的学籍开除，这处分也太过分了，还望大人主持公道。"

"对，校方这样处分也太袒护那洋人了，赵大人，现在只有您出面能说话了。"陈渠珍央求道，"你老就帮忙主持个公道嘛！"

"此事弄僵了啊！"赵尔巽摸了摸胡须，脑子里思考着，假如要学校保住田应诏学籍，那洋教官必然不会服气，以后还少不了会发生冲突。看来这事只有另想办法。忽然，他想到朝廷近期将保送一批学子去日本振武学校深造，湖南亦有几个名额，于是便询问道："这武备学堂你不必读了，我给你推荐另一处地方去读书，你看如何？"

"去哪里读？"

"到日本去，读振武学校，这是难得的机会，朝廷近期有保送计划，我可以保举让你去！"

"好呀，那就太感谢您啦！"田应诏喜出望外。他的哥哥田应全也在日本留学，现在俩兄弟都能到海外深造，他怎能不欣喜。

陈渠珍也说这是天大的好事。两人当即向赵大人表示了真挚的谢意，然后告辞出来。

过了约一个多月，在赵巡抚的推举下，田应诏赴日留学的各项手续果然办好了。一个春光明媚的上午，田应诏从长沙坐船向上海启程了。临行前，陈渠珍将他一直送到轮船码头。分手时，陈渠珍告诉田应诏，武备学堂已通知陈渠珍填补田应诏的空缺，由兵弁班转到了将弁班读书。

田应诏高兴地说："祝贺你呀，渠珍，你到将弁班好好干，将来一定会大有出息。"

陈渠珍也深情地说："值此朝廷百孔千疮一蹶不振之时，你能到日本去留学真是一个大好机会，将来为国为民定有大用，必定前程无量，我衷心祝愿你努力深造，以后成为振兴国家的栋梁之材！"

"咱们彼此努力吧！"田应诏通过此次事件，发觉陈渠珍有着非凡之才，遂推心置腹，引为知己地赞扬说，"你成绩优秀，才华横溢，将来我们可以共同奋发图强，为国家效力！"

"好，我等着你凯旋！"

两人紧紧握手，郑重相别。

约半个多月后，田应诏顺利到了日本东京，开始在振武学校就读，后入陆军士官学校深造。此间，他与哥哥田应全经常相会。田应全此前已与在日本的孙中山、黄兴、蔡锷等人相识，并参加了孙中山创立的反清组织同盟会。受田应全的影响，田应诏的思想也发生了很大转变，他亦渴望与孙中山相识并加入同盟会。

夏日的一个星期天，经田应全的引荐，田应诏在东京一家小旅店里与孙中山先生秘密相见了。孙先生笑着对田应诏道："你是学军事的，将来很有用啊！你父亲是有名的武将，他为清廷卖力一生，最后却被流放边疆，像这样的功臣都不能容忍，这大清皇朝，你说还怎能赢得人心？现在全世界人民都在向往走民主立宪的富强之路，可中国还是皇帝专制统治，难道我们不应该将这样的腐朽皇朝推翻吗？"

"对，早就应该把清皇朝推翻了！"田应诏十分赞成孙中山的民主革命思想，随即又说，"我早久仰您的大名，今天与您相识真是有幸，我也想参加你创立的同盟会，并愿效犬马之劳！"

"很好，非常欢迎！"孙中山说，"反清人士我们要团结得越多越好。"

"只要您看得起，我随时听从您的命令。我是个军人，为着革命大业，即使赴汤蹈火，也在所不辞！"

"行！只要你肯为革命出力，将来一定会有大用场的！"孙中山又道，"目前，你应努力完成学业，注意隐蔽自己身份，一旦有革命行动需要，我们会通知你！"

"好，我一定照办！"

和孙中山这次会面不久，田应诏便正式加入了同盟会组织。而这时的田应全，则受命回国，进行秘密的反清联络宣传活动。

田应诏自与孙中山结识之后，内心受到极大鼓励。此后，在陆军士官学校读书，他不再与人吵架斗狠，性情也变得稳重多了，规定所学军事技术课程，他样样都认真钻研。有一天，他正在教室里聚精会神晚自习时，忽然有一对青年男女找他，他走出去一看，原来是妹妹田应弼和妹夫熊希靖。

"妹妹，你怎么也到日本来了？"田应诏好不吃惊。

"我也来留学啦！"田应弼得意地说。

原来，田应弼从小也饱读诗书，后来长大成人，嫁给同县留洋的学生熊希靖。此次她东渡扶桑，是追随丈夫来日本留学的。她当时是凤凰县第一个出洋留学的女子。

"你学什么专业?"

"我学手工技艺!"

兄妹俩在异国相见，彼此都激动不已。田应诏立刻请假，带了妹妹妹夫一起来到一家日本餐馆，点了几样酒菜，一面吃一面畅叙家事国事，过了许久才各自回校。

第五章　返湘西出任镇守使
摆奇阵挑选好参谋

1908 年 7 月，上海黄浦江边。

"鸣……"随着一声汽笛长鸣，一艘由日本开往上海的轮船缓缓靠近了黄埔港码头。

轮船一侧的船舷旁，有一位穿白色衬衫的年轻人正朝码头深情眺望。他就是刚从日本陆军士官学校留学 4 年毕业归来的田应诏。

"欢迎你们！欢迎你们归来！"轮船靠岸，乘客踏上码头之时，清朝廷军机处派了一位名叫王武义的特使要员专程到上海来迎接田应诏等一行十多个留日学生的归来。

双方一一握手寒暄之后，众人便乘坐出租车来到了临江一家豪华的酒楼。

当日的晚宴十分丰盛。王特使在酒会上全权代表朝廷宣布授予田应诏等十多名毕业生为武举人头衔。田应诏那一刻想：若不是出国留学，这武举人头衔在国内哪能轻易得到！外国的月亮莫非真的比中国圆？为什么朝廷对他们都刮目相看？十余天后，田应诏被分配到了南京第九镇徐绍桢部三十四标第三营当管带。在军中，他按照孙中山的指示，暗中积蓄革命力量，准备等待时机举行反清暴动。

转眼到了 1911 年 10 月。当在武昌的新军率先发动了推翻清王朝的武昌起义后，南京的同盟会急起响应。同年 11 月，田应诏奉命率部组成敢死队，配合义军一道进攻清军据守的雨花台。在战斗中，田应诏率领的敢死队立下了汗马功劳。南京光复，田应诏被提升为第二十旅旅长。

田应诏当旅长不久，有一天忽被南京留守总司令黄兴叫去。黄兴对他说："孙中山先生辞去了临时大总统职务，袁世凯继任此职，他现在下令要解散第二十旅，你打算怎么办？"

"袁世凯为何要解散我们这支部队？"田应诏感到很吃惊。

"因为南方的军队他管束不住，所以要排斥！"

"这袁世凯必定是个大野心家哩！我不明白孙先生为何要把大总统一职让给他！"

"孙先生是从推翻帝制，建立民国的大局出发才与袁妥协的啊！"黄兴解释道，"袁世凯握有北方兵权，南北如若议和不成，就难免爆发内战，孙先生正是为了维护国民根本利益才作让步呀！"

"可现在袁世凯得志便猖狂，我怕他迟早要向革命派开刀哩！"

"我们就暂时作点忍让吧！"黄兴又道，"如果袁世凯胆敢背叛共和，与人民为敌，我们就可以再推翻他了。"

"那么，我们就走着瞧吧！"田应诏说，"部队解散了，我亦不知怎么办！"

"你可以回湖南去！"黄兴说，"孙先生对你很器重，他让我转告你，你回湖南去设法谋一个军职，以后会有机会作大用哩！"

田应诏于是服从孙中山和黄兴的指示，在南京去职后回到了长沙。

其时，湖南督军谭延闿听说田应诏到来，便派亲信邀他到府上一叙。田应诏来到督军府，谭延闿请他坐下并亲手倒了一杯茶奉上，然后热情招呼道："田旅长，久闻你大名，听说你已解职回湘，不知意下欲往何处？"

"从哪里来就到哪里去！我准备回凤凰！"田应诏回道。

"是思念故乡了吧？"

"是啊，我自日本留学去后，多年来一直没回家乡。现在解职当然想回故乡嘛！"

"回去很好。"谭延闿道，"凤凰是湘西的中心所在，那里的军事地理位置十分重要。去年辛亥革命，原辰沅道尹朱益浚已被赶跑，湘西各县都已宣告光复，但是还没有一个能担当统领大任的人。你的凤凰同乡熊希龄现在是国务总理，他很关心你的去向，特意向我推荐建议由你去主持湘西军务，我认为这个提议很好，以你的资历一定能够胜任，但不知道你自己是否愿意？"

田应诏听了谭延闿的这番表白，方才明白让他回湘担任统领原是熊希龄的意思。这熊希龄在凤凰大名鼎鼎，少年时就有湖南神童之称。后来考中进士，官职做到了国务总理，这对田应诏来说，在朝中是一个有力的支撑。田应诏的妹妹又嫁给了熊希龄的弟弟熊希靖，两家实际上已成亲戚关系，有熊希龄的关照，田应诏在地方上任职还能有什么顾虑？他觉得这个机遇不能错过，于是赶紧表态道："只要你谭都督瞧得起，我当尽力效劳任好此职！"

"好！就这么说定了！"谭延闿随即道，"我就委任你当镇箪总镇湘西镇守使，并兼辰沅道尹！"

"是！卑职一定不负您的期望！"

田应诏起身表示了一番诚挚谢意，然后告辞走出督军府门。

过了数日，谭延闿果然将一纸委任状送到了田应诏手中。田应诏立刻带了一班亲信，在督军府派出的一队护兵护送下，很快回到了湖南凤凰就职。

且说田应诏回凤凰的那天，凤凰城的所有文武官员都兴高采烈地在道台府排队夹道欢迎。田应诏在欢迎仪式上作了简单的就职演说。接着，在议事厅内，他又仔细听了哥哥田应全及其他地方官员讲述的辛亥举义中凤凰城的光复经历。

"我自那年从日本回国后，多年来一直在外做反清联络工作。"田应全说，"前些年我主要到四川一带活动，在赵尔丰的庇护下，任过川边大臣的一等随员，后又到成都兵工厂任过提调之职。去年9月，受同盟会派遣，才回到凤凰进行策反活动。那时唐力臣也刚由云南回来，他是云南青帮老大，又接受同盟会领导，所以我和他相识后，推心置腹，歃血盟誓，结了兄弟，决心共图凤凰光复大业。当武昌首义的消息传来后，我们就加紧作起义准备。我和他商议好，由他在外聚集四方光复军，向城里进攻，我则在城内联系人做内应。我们把攻城时间约定在农历十月二十八日。当我把守备东西北南门的几个哨弁杨再椿、向总和、陈学武、江斐金、马子林等约好后，谁知辰沅兵备道尹朱益浚诡计多端，为防变乱，他临时将守城官兵全部作了调换。唐力臣这时在外组织了5000义军，他怕走漏风声，又提前在十月二十七日夜里就向城内发起了进攻。结果，我们双方没取得联系，城内没有人策应，进攻的义军受到很大伤亡，这次攻城就失败了。"

"那次没打赢，我俩就吃了亏！"唐力臣补充说，"第二天，朱益浚到处搜捕义军，他在城内城外抓了几百人，把他们集中关在城内天王庙，听说是用'打卦'来定杀头罪的！"

"是啊，当时我就在场！"一个名叫龙义臣的地方知名士绅插话道，"那天朱益浚的清兵不分青红皂白，在城里见人就抓，我也被他们当作嫌疑犯押到了天王庙中。那庙里关押的人太多，朱益浚下令用打卦的办法定罪。这种卦是用竹筒劈成两瓣，卦掷在地上，一瓣翻一瓣复的为'胜卦'，可定无罪，两瓣都翻的为'阳卦'，两瓣都复的为'阴卦'，无论'阳卦'和'阴卦'都被视为义军，即被定罪处斩，我幸好抽到'胜卦'，方才活下来。"

"真是愚顽残暴！"田应诏不禁愤愤地说。

"他们总共杀了一百七十多个人哩！"田应全又道，"当时城边溪水都被血染红了。"

"后来呢？你们是怎么取胜的？"田应诏又问。

"后来凤凰籍军官杨新国、曾君聘由省城又奉命回凤凰策动光复。"田应全道，"他俩回来后，我们在天王庙又聚众召集一次大会，会上通过决议，给朱益浚写了一封书信，促其革面反正。此时帝制已经推翻，全国多数地方都已光复，朱益浚见大势已去，为保全身家性命，他不得不复函洁身引退，还请求我们护送他出境。我们答应了他的要求，准许他离境回籍。他一走，凤凰就宣告正式光复。"

"凤凰这回举义成功，还多靠我岳父周瑞龙暗里支持！"田应全道，"若不是他的保护，我这颗头颅也早就掉了。"

"若论凤凰举义之功，田应全和唐力臣功劳最大哩！"周瑞龙接着又道，"田应全作了许多鼓动工作，我就是被他鼓动的！至于唐力臣嘛，他组织那么多义军，那次攻城又身先士卒，挺着一把大刀独自杀上城头，守城清兵都为之胆寒，他确实算个好角色！"

"好！是功臣就要重赏！"田应诏高兴地说，"田应全有光复策动之功，本镇守使任命你担任巡防营管带之职。唐力臣有组织义军和攻城之功，本镇守使任命你担任镇前营都司兼右营游击之职！"

"多谢镇守使提拔！"唐力臣又道，"我们为凤凰光复做的事微不足道，只是那些死去的义军大家不应该忘记。我建议镇守使是否考虑把他们的遗骸收集埋葬在一处，再立个碑纪念，你们看如何？"

"这个提议很好！应该给这些烈士立个碑。"众人纷纷表示赞同。

"好，就依你们的建议办！"田应诏立刻做了答复。

过了不久，田应诏果然履行诺言，拨出银元在擂草坡修建了辛亥革命死难烈士墓，并将原分散在擂草坡、金家园、豹子湾三处的义军烈士遗骸合葬到了一处。墓园之内，立着一块长条石碑，碑上刻着田应诏亲笔写的一篇

《烈士纪念碑文》，其文云：

自来鼎革之变，艰难缔造者，二三特达之彦。涤荡成功者，四野椎鲁之民。当其势机所迫，有一发而不可遏抑者，古今如出一辙焉。顾亭林所谓天下之大，鄙夫与有焉，诚知言也。彼蚩蚩之氓，何解杀身成仁之义？乃铤而走险，偏毫无顾忌之情，人或谓自天而动，有莫知为而为者，非也。夫穷则思变，人心皆同。自满清窃主中华，凡三百年来，专制淫威激刺吾民者，至深且痛。平时隐忍而不敢发者，情见势绌也。辛亥秋间，武昌起义，甫兼旬而直省响应。吾湘尤具其先。西路民族，方额手称庆，讵料镇筸道朱益浚，老耄顽固，甘为满人奴隶，挟制兵民，极力反抗三月之久，势必招致民军蹂躏我乡土，群情惶惶，呼吁无门。于是乡绅田君应全、唐君世钧、张君胜林等，密布光复祖国大义，激励乡中强毅子弟，数逾万余。并得黔之松桃张君烈士尚轩，率数百人来筸联络举事，约定十一月二十八日，天明入城，诛逐朱道。藉以维持大局，保全桑梓，计良苦矣。奈何群情淬厉，先时猝发，内应不灵，且昏黑中莫辨为匪为民。加之邮电不通，省垣现状莫卜。是以城中发枪轰阻，嗟我义民，皆徒手揭竿而起者，势不能退避其锋。而土备不查，见其负伤奔窜，疑为匪类，反捕送道署，此烈士数十人，所遭骈诛之惨。城北溪水为之赤。可哀矣！草菅人命虽犯众怒，然犹未敢发也。乃至营员腾代春，备历艰险，领解饷糈抵境，地方共庆生存有资。而朱道又闭关检查，腾君乃暗将光复现状，布告兵民。于是构成筸军竖旗反正效果。太息烈士尸骨暴露多日，至是始得瘗墓山麓，封树成一大冢。较诸明逮周顺倡欧缇骑之五义士冢，偶乎远矣。从此，英魂浩魄，蔚起青葱，上与日月争光，虽死犹存也。谨将事实镌诸片石。用垂不朽！

陆军少将三等文虎章镇筸总镇湘西镇守使田应诏谨撰

此墓园建成之后，田应诏又亲带全城军政官员到墓地祭奠，表示了对义军烈士的无比悼念之情。

冬去春来，草木复苏，百花争艳。田应诏为招揽幕僚参谋人才，忽然间想到一个别出心裁的妙主意。这一日上午，太阳刚刚从东方跃起，田应诏就命人在幕府内布置一番，将一张八仙桌抬到堂屋内，又置一束蒜、一件衣和一碗饭放到桌上，然后又命人在府前的大门外贴了一份告示，告示上写有一首诗：

华堂八仙桌，朱颜内烁烁。

靠前置辛蒜，稍后衣食着。

过尽纨绔子，首晃足舌缩。

读遍兵家书，孰见此阵脚？

诗的末尾加注说明，谁破此阵脚，谁就可进镇守使幕府当参谋。

过不多时，告示传开，远近的各色人等都纷纷前来观看，却没有一人敢破这龙门阵。

约莫中午时分，一个穿着家织布便装的年轻人忽然走来，对那首诗仔细看了一番，又鼓起眼睛对府内的八仙桌望了一望，然后胸脯一挺，抬脚就走进庭堂。守阵的兵弁见其气度不凡也不敢阻拦。只见这青年走到桌前，伸左手拿下那束蒜放在地上，再伸右手一记直拳，力劈华山，把那束蒜砸得稀巴烂，接着打开那件叠放的长衫穿上；然后，大模大样端起那碗饭就吃起来。守阵的兵弁急了，一把抓住他，另几个兵弁急急跑进内屋去报告镇守使。田应诏出来见此情景，忙叫兵弁放开手，让那青年好好吃饭。随后，田应诏抖抖衣袖，上前拍着那青年的肩膀说：“我等的就是你！”

此时，围观众人都不解其意，一个兵弁悄悄问田应诏，田哈哈大笑说：“穿衣呷饭，先打蒜（算）嘛！”众人遂恍然大悟。

那位青年吃罢饭，放下碗忽又对田应诏道：“镇守使，你等的是我，我盼的也就是投奔你啊。”

“你叫什么名字？”田应诏仔细看那青年，忽然觉得好面熟。

“在下陈渠珍，田大哥，你不会忘记吧？”

“啊，原来是你！”田应诏喜出望外，“你这些年跑哪去了？我一回来就打听你的下落，可谁都不知道你的行踪！”

“一言难尽呀！”陈渠珍叹息一声不再言语。

“啊，有话慢慢说！”田应诏随即吩咐大摆宴席。众人为陈渠珍的到来接风洗尘，着实尽兴热闹醉饮了一番。

第六章　入藏四年芫野梦
历经艰辛返故乡

当日午宴完毕，待到人走席散之后，陈渠珍应邀来到田应诏的内室，细细将自己数年来的曲折经历讲述了一番。

原来，自从当年两人在长沙分别之后，陈渠珍专心攻读学业，两年后以优异成绩从武备学堂将弁班毕业，旋即被分配到宁乡任见习军官，半年后再调至长沙任湖南新军第四十九标队官（相当于正连长），后几经周折，辗转来到四川，在新军协统钟颖的部下当了六十五标队官，驻扎在百丈邑。

1909年夏季的一天，陈渠珍突然接到钟颖的命令，让他到成都商谈援藏事宜。

"最近西藏局势紧张，朝廷已命我部出川援藏。"钟颖见面后征询他的意见道，"对于援藏这事，你有什么看法和良策吗？"

"朝廷派兵援藏，此事甚好！"陈渠珍侃侃而谈，"英俄等帝国窥伺西藏已久，近来又有兴兵侵略迹象，西藏上层又动摇不定，各师情况十分复杂，依我管见，值此强邻逼近之时，我大清国果断决策，派兵进藏支援边防，当可固守藩篱。"

"那么，就请你草拟一个出征西藏的计划，怎么样？"钟颖又问。

"我已草拟了一份！"陈渠珍从随身挎包里取出一份《西征计划书》，双手递给了钟颖。

钟颖接过一看，只见这份西征计划写得十分详尽周密，里面还附有草图和说明，不禁大喜："你是什么时候写的？"

"我已写了多时！"陈渠珍解释道。自从到百丈邑任职队官后，他即利用公余之便，悉心搜集有关川边西藏的史地资料，并进行系统研究。为不使国家"金瓯玉缺"，才精心写了这部《西征计划书》，准备适当时机向上启奏，没想到此时正好用上。

"太好了！有了这计划书，我们就可尽快出征！"钟颖非常欣喜地又道，"你有先见之明，说明很有才能，从现在起，我就任命你当一标三营督队官（此职相当于副营长）。你可准备一下，我们过几日就起程，如何？"

"我恐怕去不成……"陈渠珍此时很犹豫，因为他的妻子刘茨湘这时在成都，如果他去了西藏，家眷就会"留无依，归无资，送无人"。

"没关系，我可帮你资助安排好家眷！"钟颖看出他的心思，当即送他一笔钱，又加了他的薪水。

陈渠珍见钟颖执意要他去，也就不再推卸。考虑到自己原在湖南就加入过同盟会，并进行过反清的秘密活动因而被怀疑，在湖南未能立足，经时任湖北巡抚的赵尔巽介绍来到四川川滇边大臣赵尔丰手下，也仍被看作"革命党"人而受到怀疑，此时远去西藏，倒正好作"避秦之游"，遂决计应允下来。

数日之后，陈渠珍安排家眷返回老家湖南，就同钟颖一起，率川军向西开拔了。

按照预定计划，钟颖的这支川军经雅州、打箭炉、甘孜、曾科、麦宿、岗拖等地，到达昌都，沿途餐饮露宿，跋山涉水，不知闯过多少艰难险关，吃过多少苦头。在昌都扎营后，陈渠珍自告奋勇带了一名熟悉藏情的通事（翻译），深入到腊左塘侦察敌情，途中在一小溪傍山的藏民房中躲藏时被藏兵搜寻抓住，一藏兵用刀把将陈渠珍击昏，接着将陈渠珍和那位翻译捆在马上，走了10多里，押到梭罗坝后进行审讯。藏兵的带队军官叫堪布登珠。当陈渠珍表明自己是赵尔丰大臣派来的使者后，堪布登珠慑于朝廷威力，当即将二人松了绑，表示了歉意，同时为陈渠珍作了包扎治疗，并亲自带兵将陈渠珍二人护送回了腊左塘才转回营去。

当夜陈渠珍回到军营，正值赵尔丰率部也到了昌都。赵尔丰得知陈渠珍的历险过程后，认为他有胆有识，当即提升他担任了管带。

在梭罗坝的藏军不久被川军击溃，堪布登珠亦被斩杀。陈渠珍率部进占恩达，接着经江达到了工布。工布海拔较低，气候温暖，冬季仍有野花怒放，加上当地物产丰富，因而素有"西藏的江南"之称。在工布的德摩驻扎期间，陈渠珍将营部设在第巴家里。第巴是西藏的地方长官，陈渠珍与第巴感情甚好。

有一天,第巴家里来了一位老人,他是第巴的舅父,现任贡觉营官加瓜彭错。他见了陈渠珍就相邀说:"陈大人,我今日慕名而来,想邀请你到寒舍作客,不知大人肯否赏脸?"

"你家离这儿多远?"陈渠珍问。

"没多远,就几里路!"

"他家里可好玩哩,有几位姑娘舞蹈跳得极出色,你看了保证会赞赏。"第巴也劝说道。

"好,明日我一定拜访。"陈渠珍点头应允了。

第二天上午,陈渠珍便带着几个随从前往贡觉,彭错夫妇早已在门外恭迎。

"陈大人,欢迎光临!请到客厅喝茶!"

陈渠珍点头表示了感谢,接着就跨进门槛,进了客厅。只见这彭错家装饰得十分豪华,地下铺着毛毯,四周墙壁金碧争辉,餐具茶具全是一色白银铸成。

彭错夫妇殷勤地不断招呼侍候,一位仆人端来热气腾腾的酥油茶,陈渠珍喝了满满一大碗。

喝过茶后,彭错即说:"陈大人,请观赏我们藏女的舞蹈吧!"说罢,就带陈渠珍来到一个大厅。此时早有十余位打扮得花枝招展的藏女恭候在此,客人一到,便轻舒玉臂,扭动腰肢,犹如一个个仙女般翩翩舞起来。陈渠珍看得如痴如醉,嘴里连声称道:"不错!乃绝世妙姿。"

看过舞蹈,彭错又领陈渠珍来到一个大观园,但见此处陈列着许多整齐的弓箭。几位藏女当场作了射箭比赛,其中一位长得十分秀丽的妙龄女子技艺超群,连射3箭都中了靶心,引得众人一阵阵大声喝彩。陈渠珍也不禁惊奇地赞叹道:"此女真不简单,堪称神射手,她叫什么名字?"

"她叫西原,是我的侄女!"彭错介绍说,"西原在我们藏族女子中,算得上是出类拔萃的姑娘,她不仅会射箭,骑马技术亦很高超!"

彭错说毕,又领陈渠珍来到一片绿草如茵的坪坝,接着吩咐人在草地上每隔数十步放一条洁白的哈达。布置好后,即领众藏女举行骑马比赛,凡骑马俯身拾得哈达最多的人就算胜者,结果,口令一发,十多名藏女骑马疾驰,但见西原矫健敏捷异常,她在马上翻飞,俯身拾得哈达数量最多,从而赢得了第一名。

"此女真不简单！射箭和骑马都超过常人！"陈渠珍赞赏不已，回到彭错家，吃饭喝酒时还赞不绝口。

"君若不嫌，愿将西原许配以供箕帚，不知您意下如何？"

"好！好！能得此女相配，此乃姻缘天配，我要感谢神灵了！"陈渠珍高兴地作了应允。

过了数日，那第巴和彭错夫妇，果然郑重将西原送来与陈渠珍成了婚。洞房之夜，陈渠珍看那经过精心打扮的新娘西原，只见她一副脸盘有若圆月，一双大眼含情脉脉，那丰腴的身体散发着芳香，比起那日白天所见，西原似乎显得更加美丽迷人。这一晚，俩人相拥而卧，不禁都陶醉在温柔乡中。

陈渠珍与西原结婚后，在德摩又住了一段时间。不久，清廷驻藏大臣联豫传来命令，让他带兵进占波密。陈渠珍遂带西原一起率部离开了德摩。途中在八浪登与藏兵展开过一场激战。其时一群藏兵从背后向陈渠珍突然袭来，幸亏西原及时发觉，大喊一声提醒了他，陈渠珍转身一枪将最近的一名藏兵击毙，其余突袭者才慌忙逃走。

又经数月与藏军苦战，陈渠珍所带的部队已损失很大，到达朗鲁后，协统钟颖从四川募兵补充，分给陈渠珍一队新兵，这些新兵大多来自湘西和贵州，从此，陈渠珍就掌握了一支比较可靠的队伍。

转眼到了1911年初，驻藏大臣联豫突然传令调钟颖回藏，其协统一职由驻藏参赞大臣罗长炜接任。罗长炜上任后却很难统领这支川军。而川军内部此时受内地革命风潮影响，哥老会势力已遍布军中。罗长炜为防范哥老会起义，秘密逮捕杀掉了13名哥老会的头目。此举虽然一时平息了军中的骚乱，但实际上却已埋下了更大的隐患。这年10月，当武昌起义的消息经英国的《泰晤士报》传到拉萨后，罗长炜闻讯十分惊慌。他找到陈渠珍和另一位管带陈庆商议对策，三位头领一分析，都觉得哥老会闻风必定会乘机动乱，于是决定退兵到江达坐观其变。

过了几日，川军内部果然骚乱起来。协统罗长炜连夜从倾多寺出逃到拖卡，来到陈渠珍的防地。陈庆随后也赶来了。由于陈渠珍平日待人宽厚，军中的湘西子弟兵较多，其时尚未受到威胁。但三位首领都明白，此时军中处境险恶，如何才能脱离险境是三人共同面临的难题。陈渠珍主张退走德摩再做计议。结果，三人一同到了通麦，管带陈庆忽然不辞而别，迳自带了十余人奔昌都去了。罗长炜怕被士兵发觉，也想从小路去昌都，陈渠珍于是派了一班士兵将他护送走了。

与罗长炜分手后，陈渠珍又率部走了 9 天才到达德摩，在西原家中刚刚住下，忽有湘西籍士兵杨兴武飞马来报道："罗协统已被人杀死啦！"

"谁杀的？"陈渠珍大吃一惊。

"是义兵赵本立、陈英几人！"

杨兴武气喘吁吁地诉说了罗长炜被杀的经过。原来，罗长炜是被钟颖谋杀而死。那钟颖本是正黄旗人，其父钟晋昌是清咸丰皇帝奕詝的妹丈，故此，钟颖与同治皇帝载淳是姑表兄弟，素为慈禧太后所喜爱，年纪轻轻就当了四川新军协统。此次在西藏被撤换职务后，钟颖心有不满，他留在乌苏江不肯去拉萨，而欲公开与联豫、罗长炜相对抗。罗长炜杀了哥老会一些头目，在军中结怨甚多，不少官兵暗中便与钟颖沟通，欲支持老长官上台再当统领。当罗长炜与陈渠珍分手准备去昌都，一哥老会的头目探知了行踪，钟颖便让陈英、赵本立在路途中将罗长炜捉住，然后捆绑在马尾上，一路打马飞奔，直拖了十几里路。到达寺庙时，罗长炜已命断气绝。

陈渠珍知道罗长炜被士兵们杀死，当下也不敢多吱声。过了一会，杀死罗长炜的士兵陈英等人回来了。一伙人又找到陈渠珍。要他响应革命，并推举他组织军政府，陈渠珍未置可否，但他又应允愿率队到江达一行。第二天，陈渠珍偕同妻子西原一起上路了。来到江达后，陈渠珍探明哥老会的人都依附了钟颖，而驻藏大臣严豫从四川领回的军饷 30 万也被钟颖派兵劫走。想想拥护自己的人数毕竟不多，与钟颖不可争高下，那联豫又会怀疑自己与钟颖同流，看来在西藏已经无可立足，于是决定走出西藏。为了避免引起川督赵尔丰的误会，他决计不走昌都而从青海出甘肃入内地。

主意打定，陈渠珍即找来杨兴武等人作了详细商量，取得一致意见后，即开始分头作出发准备。经过摸底，全部人员共 115 人，每人备了一匹马，另有随军驼牛 100 多头，准备糌粑 40 余驮，估计足够一个多月的粮食。

农历辛亥年十一月十一日清晨，陈渠珍率领这支队伍出发了。七天之后，部队来到了哈刺乌苏。此时，一支上千人的藏兵队伍忽然跟踪在后，陈渠珍下令主动出击，一仗结束，共毙伤藏兵 300 多人，并缴获了许多牛马、粮食。

第十天后，陈渠珍率队进入了"羌塘"，此处又称酱通荒漠，是康藏高原的顶部，海拔高达 4000 多米以上。这荒漠既无人烟又无鸟兽，触目之处，全是冰雪。沿途没有水喝，渴了只能敲冰饮雪。晚上没有帐篷，睡在荒漠上，寒风一吹，冷入骨髓。许多兵士晚上躺下去，早上就再未爬起来。陈渠珍的大部分人员和随行牛马，就在这荒漠中被吞噬了。

第五十天后，陈渠珍一行人来到了通天河，此处是西藏与青海的交界处，这时部队只剩下 30 余人，每天只能靠打猎维持生命。

从通天河踏冰而过，再往前行，仍是一片冰天雪地。陈渠珍等都患了雪盲症，每迈进一步都很困难。

第一百天后，所有能吃的东西都被吃光了，而野物又匿迹不易猎获：众人一时饿得不堪忍受。一个姓杨的士兵死了，尸体被狼吃掉，剩下两只手一只脚，竟被众士兵抢着烧吃了。

第一百三十天后，陈渠珍和西原在荒漠中饿得走不动，掉在了队伍后面。忽然狂风怒起，吹得人睁不开眼。俩人为避风转入一山沟歇下。过一会天色黑了，远处忽又传来阵阵狼嚎，西原吓得小声哭了。陈渠珍忙安慰她道："别哭！狼远着哩！我们就在这里宿一晚吧！黑夜看不清路，若是狼看见人影就会扑来，只要我们不动，就不会暴露！"说罢，就解开皮带褥垫，俩人坐上去，上面盖着薄被子，一人握一支枪，屏声静气地看着远处，准备与那逼近的狼群搏斗。幸好，那嚎叫的一群狼到了山沟旁没有往下走，只在山梁叫了一阵就渐渐远去了。狼群一走，俩人才松了口气。陈渠珍这时拿出一块仅剩的干牛肉递给西原道："来，把这肉吃下，饿坏了吧！"

"不，我不饿，我能几天不吃东西，你不可不吃。我万里从君，可以没有我，但不可没有你，如果你饿死，我还能活吗？"

"我的好西原，你这话说得我心更痛，我没能保护好你，让你跟着受了这么多苦，真是造孽啊！事到如今，也没有别的办法，我们只有咬紧牙关，到了甘肃，一切就好办了！现在，我们都要争取活下去，这块肉我们就各吃一半吧！"说罢，就自咬了一半，再将另一半喂进西原口中，强逼着让她吃了。

吃罢这小块干肉，俩人相拥着睡了一晚。第二天清早又蹒跚而行，走了约半天，才又赶上队伍。这时正好有几头野兽被猎获，众人饱餐之后，继续向前走去。

第一百五十天后，一行人往前走，见到了一些稀疏的树林。这时碰到了带着 4 个骆驼的 7 个喇嘛，这 7 个喇嘛送了两只骆驼和一些糌粑给众官兵，但谢海午等士兵尚不满足，在途中竟开枪杀死了 3 个喇嘛，另 4 位喇嘛飞奔而去。谢海午和两位士兵亦被喇嘛开枪还击致成重伤。最后均被野狼吃掉。

第一百八十天后，陈渠珍的队伍只剩下 13 人，其间又经过月余跋涉才到达青海通向西藏的要道柴达木。由柴达木再走 500 公里到达青海的西宁，此时已是 1912 年的 6 月 24 日了。陈渠珍一行人原计划一两月走出西藏，想不到这一走共历时 223 日才到西宁，而生存者此时只有 7 人了。

在西宁找一家旅店住了三月，大家里外换衣彻底清洗了一番，陈渠珍一行人才又乘车到了兰州。

驻兰州的甘肃督军名叫赵维熙，陈渠珍经人引荐前去拜见。赵督军听了陈渠珍一番出藏的叙述，认为陈能吃大苦且很有才干，就有意留用他。但过了几日，陈渠珍的一位部下周逊，到督府告密，说陈渠珍杀了罗长炜，陈渠珍闻讯后十分气愤，他立即来到督府，向赵维熙细述了罗长炜之死的经过，赵督军听罢，即吩咐陈渠珍邀集旅甘湘人，当面与周逊作了对质，周逊自知理亏，亦无词可辩说。

此事虽经赵督军调解而被平息，但陈渠珍已觉有些丧气，遂决计回归湘西。赵督军见其去意已决，也不再挽留，送了陈渠珍 50 两银子作旅费。陈渠珍将这笔资金分别打发了几位士兵，让他们各归了家去，自己便携西原乘车到了长安。

由于路费欠缺，到长安后，陈渠珍租了一家民房住下，接着给家里写了封信，请家里赶快给他寄钱好回湘西。

在长安住了一段时间，眼看初冬渐至，天气转冷。陈渠珍手中的钱也花光了，而家里的汇款尚未到来。为了生活，西原将母亲临别送的一件玉珊瑚交给陈渠珍道："你把这宝物卖了吧，可换点银子来过活！"陈渠珍一时也想不出别的办法，只得拿了玉珊瑚到一家古董店换了 12 两银子，两人又维持了一段生活。

又过了一个多月，还不见家中寄信和钱来，而卖珊瑚的钱又用光了，陈渠珍只得将随身的军用望远镜又卖了 6 两银子。这时，西原不幸患了天花，躺在床上高烧不止。陈渠珍请来医生开了一服药，西原吃后，病情不仅未好，反而更加沉重了。这一日深夜，西原从昏迷中醒来挣扎着对陈渠珍说："我的命薄矣，万里伴君，原想与你白头偕老，谁知到了长安会病入膏肓，所幸君已渡过难关，我死也瞑目了！我死后，你要千万珍重，平安回家！"说罢，竟溘然长逝。

陈渠珍抱着西原尸体，顿时泪如雨下，号哭不止。

西原死时，陈渠珍手头无钱办理丧事，幸得在长安有位当私立中学校长的永顺籍人士董禹麓，得知陈渠珍的不幸遭遇后十分同情，当下拿出20元光洋，帮助陈渠珍买了棺材和寿衣，将西原人殓后，雇人抬出灵柩停放在城外的雁塔寺。安顿完毕，陈渠珍想到西原跟自己饱受的种种苦难，不禁又抚棺大哭一场，直到泪尽声嘶，才在董禹麓的劝慰下回到城内。

丧事办完，陈渠珍又等了二十余日，家中才寄了80两银子。陈渠珍接到钱后悲喜交集，他买了祭品，又到城外雁塔寺向西原的灵柩作了告别，然后才起程回乡。

经过一个多月的长途奔波，陈渠珍终于在1913年农历正月底回到了凤凰黄丝桥老家。这时凤凰已光复一年多了。当他闻讯田应诏担任镇守使并摆阵招参谋人才时，他便大胆前来揭了榜。

第七章　京城庭讯赢官司
一份电召担重任

听完陈渠珍的入藏历险经历，田应诏既感惊奇同情又十分器重。他当即劝慰陈渠珍道："玉鍪，你大难不死必有后福！孟子云'天将降大任于斯人也，必先苦其心志，劳其筋骨，饿其体肤，空乏其身，行拂乱其所为，所以动心忍性，增益其所不能。'你既经过了这么多大苦大难，我看今后必会大有出息和作为！"

"多谢军门夸赞！军门若有所用，虽肝脑涂地，我亦在所不辞！"

"好吧，我现在就任命你为中校参谋！"田应诏道，"我所辖部队现在还是清朝绿营旧制，战斗力很差，我想照北洋军武备学堂训练办法先办一个军官团，把带兵者先培训好，为提高部队战斗力打好基础。你就担任军事教官吧！"

"是！我一定不负军门期望！"陈渠珍郑重接受了任务。

经过一番筹备，湘西军官团很快就在凤凰城院殿办起来了，参加的学员有排长以上110多人。田应诏任命中营游击滕代春当了军官团的团长，陈渠珍、赵开忠、熊子候、尹锋等人为军事教官。其中比较出名的学员有戴季韬、陈斗南、顾家齐、谭自平、田杰时、田景福等人，他们大都是凤凰人。

在军事教官的授课中，学员们对陈渠珍的讲课最感兴趣。陈渠珍在长沙武备学堂学习时，本来成绩就很出众，加上近几年来的传奇阅历，见多识广，讲起课来生动传神，学员们都听得津津有味。有一次陈渠珍在讲课时说："诸葛武侯有言：'区区于笔砚之间，数黑论黄，舞文弄墨，寻章摘句，世之腐儒，何能兴邦立世。'我在沅水经校学堂当学生时就觉得，士生千古之下，而处斯世，遇斯事，岂宜区区于文字之间而已耶，……我国甲午之役，丧师赔款，全国震惊。余闻之，十分愤慨，认为国家兴亡，青年有责，爱国之心，油然而起。庚子之变，盛倡瓜分中国之议，我更痛心国事，遂决心投笔从戎。诸位学员不知是否有同感，你们投身军营，难道不也是想为报效祖国而有所作为吗？现在辛亥革命虽然已取得胜利，但时局仍很动荡，全国各地群雄并起，鹿死谁手，尚未可知，我们湘西欲求辖地之安全，就要坚固自己的军队，你们现在都已是带兵者，带兵者最要具备的本领就是有勇有谋。"

此时，学员顾家齐举手问道："请问教官，怎样才算有勇有谋？"

陈渠珍随即答道："勇者，有匹夫之勇和豪杰之勇的区分。苏东坡《留侯论》云：'古之所谓豪杰之土，必有过人之节，人情有所不能忍者，匹夫见辱，拔剑而起，挺身而斗，此不足为勇也。天下有大勇者，猝然临之而不惊，无故加之而不怒。此其所挟持者甚大，而其志甚远也。'可见，一个军人，特别是一个带兵的军官，光具备匹夫之勇是微不足道的，最重要的还要看是否有大勇，即豪杰之勇。有豪杰之勇者必有大志，有大志者还需有大谋，只有有勇有谋者才是为将之道。故而兵法上曰将在谋而不在勇，兵在精而不在多，当然兵既精且多，将既谋且勇，那就更好了！"

这一番课有理有据，讲得头头是道，学员们听了茅塞顿开。课后有学员就议论陈教官的课讲得好，有水平。可是军官团团长滕代春听了这些议论却泼冷水道："陈教官会讲什么课？他只不过耍嘴皮子而已！"这话传到陈渠珍耳里，他心里感到很生气，但一时忍住也没与滕计较。

时光如梭，转瞬即逝。不觉间一年过去，陈渠珍正全力帮田应诏训练军事骨干之时，有一天上午，田应诏将他叫进密室相告道：

"玉鋆，我接到袁总统从北京来的一份电令，他说你谋杀了罗长炜。命我将你逮捕解京！我看你赶紧逃避一下，到时我就说无法缉拿了事，你看如何？"田应诏说毕，就将密电让陈渠珍看了一下。陈渠珍万没想到此事又要吃官司，他想了想便郑重说："军门对我信任有加，我将没齿不忘。不过这件案情实属冤案，罗长炜根本就不是我谋害，我想我是没有必要逃避的！"说罢，就将罗长炜前后的死因又详细向田应诏说了一遍。

田应诏听毕又道："你虽然是属冤屈，但现在有人控告，袁总统又下令捉拿你，你若不逃避，岂不会解去枉送性命？"

"你放心，俗言有理走遍天下，无理寸步难行。我确实没做这桩亏心事，又怕什么鬼敲门呢！"陈渠珍坦诚地分析说，"我若真逃避，岂不弄假成真？

反使无罪变有罪，而且不仅自己受害，还会连累军门，所以我不必逃避，你就按电令将我解送京城，到时我一定会把真相讲清！"

田应诏听陈渠珍讲得很合情理，于是只好吩咐人将陈渠珍逮捕，押送进京，一面又写了两封信暗里送去，一封给国务总理熊希龄，一封给高等军事裁判长傅良佐，请求二人为陈渠珍多加斡旋。

熊希龄接到田应诏信后，立刻给傅良佐又写信，让他在审判时务必澄清真相，找到真正杀罗凶犯。傅良佐亦是湘西乾城人，又是熊希龄的学生，此时见熊希龄和田应诏都来信为陈渠珍说话，他自己亦很顾念乡情，于是对此案审理得格外认真。

陈渠珍被解送到京后，被关在陆军监狱。几天后，军事裁判处进行庭讯，傅良佐亲自进行庭审。

傅良佐问："请问原告，你是怎么知道你父亲是陈渠珍和钟颖谋杀的？"

原告罗青山即回道："我是听周逊说的。周去年春上到过我家，把我父亲的骨灰带了回来，他说我父亲是被陈渠珍谋杀的。后来驻藏大臣联豫回到北京，我去问过他，联豫又说我父是钟颖谋杀的，我就认定钟颖和陈渠珍都是谋杀我父亲的凶手，请法官明察！"

傅良佐又传周逊出庭对证，并问周逊告陈渠珍谋杀罗长炜有何证据，周逊原有些理亏，他在甘肃诬告陈渠珍没有得逞，内心仍然不服，才跑到京城来鼓动罗的儿子告状的。这时他来到庭上，便又咬定说："罗长炜是陈渠珍指使杀的，因为那几个行凶的士兵都是他手下的人。"

傅良佐再传联豫出庭作证，并问他："有何证据钟颖杀了罗长炜？"

联豫道："罗长炜是我驻藏时的军务大臣，我派他任协统一职，调钟颖任参务大臣，钟颖对此不满，拒不到任，还公然率兵抢了运藏饷银，后来又进兵拉萨逼我解了职。我回京把此事向袁大总统做了汇报，袁大总统才下令查实此事。后来钟颖又指认此事是陈渠珍干的，说凶手赵本立是陈部的司务长，所以袁大总统断定陈渠珍是杀罗长炜的主犯，为此才电令缉拿陈渠珍。这事到底谁是杀罗的主犯，依我看钟颖可能性更大一些。"

傅良佐遂又问道："被告陈渠珍，你对此案有何辩说？"

陈渠珍于是讲述了罗长炜之死的前后详情，最后分析说："罗协参赞开始取代钟颖任协统时，钟协统就很不满，他曾在德莫山下对众军官说，罗长炜是乘我之危，多方谋划，取我代之，悔不该认贼作友。钟协统既恨罗长炜，又恨联豫大臣。他不肯返藏，留在乌苏江观变，并纵兵劫夺联帅运藏饷银，又招变兵，据拉萨。罗参赞听信周春林密报，策划暗杀了十多名川籍官兵。兵变发生后，罗参赞去昌都，我劝他从东路走他不听，偏要从西路走，他带的随从又少，以至途中与变兵相遇，被哥老会士兵陈英、赵本立用绳索捆在马尾上活活拖死。这就是事情真相。至于我和罗长炜，平日关系一直友好，我对他可说是解衣推食，患难与共，这是有目共睹的，许多人可以作证。"

"钟颖，你还有何话可说？"傅良佐又问。

"我没有杀罗长炜。"此时钟颖只管作着抵赖，但却讲不出一点具体细致的情况。

联豫这时又当众质问钟颖道："你既指明赵本立是杀害罗长炜的真凶，为什么入藏后你又提拔赵本立为营长？"

钟颖听了此话，顿时无言以对。

傅立佐随即起身宣判：确认钟颖为杀害罗长炜的主谋，决定判处死刑，立即执行。同时宣布：陈渠珍无罪释放。

一场冤案就此宣告洗清终结。陈渠珍终于松了口气，重又回到了凤凰，继续担任田应诏部的中校参谋原职。

到京城折腾了两个多月，陈渠珍好不容易摆脱官司纠缠，回来任职不久，没想到与中营游击滕代春之间的矛盾又爆发了。那是一个夏日的中午，田应诏兴修的一座杜母园落成了。他在祭母后宴请了所有来贺的文武官员。酒席上，中营游击兼军官团长滕代春喝得烂醉如泥。这时，有人站起来说："我们今日请几个名角来弹唱助兴如何？"滕代春手舞足蹈地高叫着说："好，好！让戏旦来唱，就叫玉整的娘来唱吧！他娘是当妓女的，一定会唱。"

众人听了这话，顿时有的笑，有的气。此时陈渠珍愤然走过来质问道："你为何侮辱我母亲？"

"我……我哪里侮辱你母亲，你……你母亲本来就会唱戏嘛！"滕代春醉醺醺地说。

"你还说没侮辱！"陈渠珍怒气冲天地跑过来，对准滕代春的脸"啪啪"就连打了两个耳光。

滕代春被打，立时就要抽枪，这时众人拥上来，忙把他劝住，他才没有抽出枪。滕代春一面威胁着说："好呀，你个小小参谋，竟敢打我，小心老子报复！老子一定不会饶你！"

"士可杀不可辱，你要报复你就来吧！"陈渠珍愤愤说着就转身跑回了家。妻子刘茨湘见他脸色不对，忙问他出了什么事，他匆忙道："我把那滕代春打了两耳光。"

"为啥要打他？"

"他撒酒疯侮辱我母亲，我气不过才打的！"陈渠珍说，"他早就与我存有芥蒂，事事与我过不去，常在背后说我的坏话，我一直没多理睬他。以前他向人挑拨说我是小小参谋，参是参非，谋衣谋食，未必能成大事，我也忍了没吱声。昨日他请客我没去，他骂我'不识抬举'。今日又当众侮辱我，我实在忍无可忍，就打了他，他口称要报复我，我只有出走不和他共事了！"

"你打算到哪去？"

"到酉阳去找张子青，谋个差事是不成问题的，你们在家就多多保重吧！"

陈渠珍匆忙交代完毕，就在当晚连夜出走了。第二天，滕代春果然派了几十个兵士来抓陈渠珍，谁知到他家却扑了个空。众士兵回去报告，滕代春也无可奈何，后经田应诏和田应全兄弟一再相劝，滕代春不好再计较，此事也就不了了之。

再说陈渠珍连夜出走，第二天来到酉阳，找到好友张子青，将自己出走原因一说，张子青即向革命党人石青阳作了引荐，石青阳这时正在四川组织护国军，遂让陈渠珍以税务局长的名义在酉阳就地招募了新军，准备相机举事。谁知上任没有几日，有一天邮局忽然送来了田应诏发给陈的一份急电。陈渠珍打开一看，只见上面写道：

"玉鍪接电请速回过往事我已责代春你亦不必再计较一切以大局为重，你尽可放心归来并拟大用应诏"。

陈渠珍捧电文在手，吟诵再三，眼里不觉涌出热泪来，自己毕竟还是田应诏器重的呀！若不回去，怎么对得住田的一番知遇之恩？如此想罢，他即刻向石青阳递了辞呈，接着就返回了凤凰。

入夜，星光闪烁，山城静寂，镇守使田应诏在灯火通明的卧室内一榻横陈。一名侍女殷勤地将一管银制的鸦片烟枪烧好后递给他，他含在嘴里贪婪地猛吸几口后，便在烟雾中陷入了深深的思考。自从陈渠珍出走以来，他觉得身上就像缺了主心骨一般，一点也没劲了。尽管在他身边的幕僚不少，但能像陈渠珍那样有才气和谋略的人似乎再也找不出第二个。为此他感觉自己已离不开陈渠珍这个智囊了。特别是眼下时局变化极快，袁世凯在筹备称帝，全国人民反袁呼声很高，湖南督军汤芗铭也不得人心，受到驱逐。护国川军和黔军正酝酿挥师北上讨伐袁军，在这种复杂的局势下，作为威震湘西一隅的军队统帅该怎么办？这是摆在他面前必须尽快作出抉择的一大难题。他拍了电文召陈渠珍速回，但却不知陈何时能赶来。正在思虑之时，忽有门卫来告，陈渠珍在门外求见。

田应诏立时来了精神，即刻丢了烟枪，亲自来到门外招呼陈渠珍道："玉鏊，快进来，我早就盼你归来哩。"

陈渠珍握着田应诏的手，感激地说："要不是您传来电文相召，我实不敢回来啊！"

"你和滕游击的事，就别再提了，我已教训了他，并撤了他的职，谅他不敢再欺侮你的！"田应诏说毕，早有家仆奉上茶来，两人就坐在太师椅上，细细谈起时事来。

田应诏将目前面临的复杂局势说了一阵后，即征询陈渠珍的看法："依你之见，我们现在对时局该采用怎样的对策？"陈渠珍想了想道："眼下袁氏复辟帝制，遭到全中国人民反对，其倒台之时，指日可待。不过，南北对立，尚未交战，局势未明朗之前，为军门计，我觉得可北看袁项城，南观孙中山，对北阳奉阴违，对南随声附和，如此审时度势，再加整军修武，伺机而动则可矣！"

"好！好！你概括得极好！"田应诏听后大笑着说，"玉鏊到底有眼光，善观形势，所言极是。我们应立即加强部队训练，准备随时应战，此事就交给你专门负责！"

陈渠珍随即起身表示："唯军门之命是听！"

第二天，田应诏又特意召集文武官员，为陈渠珍归来欢宴洗尘。同时召集会议，宣布由陈渠珍负责训练军队。从此陈渠珍就有了一定军事实权。

又过一段时日，袁世凯不顾全国人民的反对，一意孤行，竟于1915年12月13日登上了皇帝宝座。云南都督蔡锷等即通电各省宣布独立，并组成了护国军总司令部，开始讨伐袁世凯。接着贵州也宣布了独立，组成了护国黔军，开始向湖南进军。袁世凯此时亦派陆军第六师中将师长马继增率部往湘西堵截。两军有一触即发之势。

处在湘西中心凤凰的田应诏，这时的动向亦显得更加重要。一天下午，田应诏又招来陈渠珍商议说："近日护国黔军王文华和北洋军的马继增、卢金山均派了代表来凤凰联络，我已将他们分别安置住下，他们都想要我出兵援助哩！"

"军门打算怎么办？"陈渠珍问。

"我看这事很难办啊！那王文华与马继增、卢金山与我都是故交，我们都同过学，我援助哪一方都得罪老朋友啊！"

"为军之道，当为正义而战，但为正义即难顾私交也！"

"此言有理！参谋长蒋隆菜、中营游击安定超等也都这样劝我，主张我顺应潮流，应该援助护国军。"

"不过我还是主张暂守中立，以静观变！"陈渠珍又道，"有道是羽毛不丰者，不可以高飞，文章不成者，不可以诛罚。现时袁世凯虽然当伐，黔军当助，无奈湘西地瘠民贫，如若贸然出兵，凤乾各县必为战场，胜则数载难医创伤，败则将会一蹶不振，此战无论谁胜谁负，我们卷进去都将不利啊！"

"是啊！这都是必须考虑的后果！"田应诏叹道。

陈渠珍又道："兵法云，知彼知己，百战不殆。知己而不知彼者，鲁也；知彼而不知己者，愚也。既鲁且愚者，必败也。我军本为绿营旧式军队，尚未经好好训练，战斗力弱，一旦战败，将不堪设想。故我觉得只有暂守中立应变才是上策！"

"好！玉鏊分析得透彻有理！此事就照你的建议办！"田应诏遂下了决心。

第八章　熊凤凰脱出樊笼
田应诏湘西独立

　　按照陈渠珍的建议，田应诏采用"暂守中立"的对策，在护国黔军和北洋军对峙的战斗中坐山观虎斗，结果，不仅自己一方部队未受损失，还在南北战争中坐收渔利，大发了一笔"洋财"。那北军初战惨败，马继增自杀，北军溃退时的许多枪支都落入了筸军之手。同时，田应诏以"兵单械少"为由，向袁世凯要得1000余支枪和18万发子弹，筸军由此势力大增，而田应诏对陈渠珍也更加器重。

　　袁世凯不久又增派师长周文炳、唐天喜率部进行反攻，与护国黔军在湘西一带展开了拉锯战，双方各有胜负。眼见武力镇压一时未能奏效，袁世凯遂又给已下台的原国务总理熊希龄封了一个"湘西宣慰使"的头衔，派他到湘西来，企图让他做护国黔军的劝说工作。其实熊希龄对袁世凯的倒行逆施早已不满。利用这次机会，他脱离了北京，到了常德后，就将宣慰使署设在常德青阳阁李雨田家中，接着便派张学济、杨玉山等人分头到麻阳、乾城、永顺等地活动，策划湘西独立；又派朱树藩、张学济去广西、贵州等地与护国军商议临时停战办法。他自己又准备亲自到凤凰去说服田应诏公开树帜反袁独立。

　　正是春光明媚的一日，熊希龄在几位随从的护送下，乘着一顶轿子，从麻阳青石板铺的大道进入了凤凰县境。随着一路熟悉的青山绿水映入眼中，熊希龄不禁忆起已往难忘的人生历程。

　　1870年7月23日深夜，镇筸城一栋旧式宅院内，一声"哇"的响亮哭叫突然打破了夜的寂静，宣告了一位不平凡的婴儿降临到了人间。这婴儿的叫声很尖很大，全家人当时都惊喜异常，祖父给他取了"熊希龄"的名字……当然，这一切都是家人后来说给他的情景。

从出生到 7 岁之间，熊希龄一直都在镇箪城生活。这期间他依稀还有印象的，是儿时的读书生活。他曾到城里一家私塾馆里念书，那个留着长胡子的塾师叫陈玉如，是个落第秀才，人很慈祥，学问又深。这位先生教了他识字启蒙，并夸他悟性好，记忆力特别强，《三字经》一天就能背诵。

7 岁之后，熊希龄一家迁往芷江，其父熊兆祥时任沅州府游击。在芷江，熊希龄开始在龙弼臣、潘大任先生主持的私塾读了八年书，此时读了《四书》、《五经》，还读完了《二十四史》，15 岁时以第一名的成绩考入沅水经校堂，成为熊氏家族第一名秀才，父亲为此对他寄予莫大期望。在沅水经校堂读书时，熊希龄又因成绩出众而闻名遐迩，被先生称为"奇才"。有一次，先生出一联让学生对，其联是"栽数盆花，探春秋消息"。很多学生对不出，熊希龄很快对出"凿一池水，窥天地盈虚"赢得老师特别赞赏。还有一次，一位姓陈的举人在朱太守家里出一句上联拿熊希龄姓氏开玩笑，其联曰："四只足行，有何能干？"熊希龄不加思索就回敬道："一边耳听，算甚东西？"那朱太守和陈举人听了都哈哈大笑。从此后，熊希龄有了一个雅号，人们称他为"湖南神童"。

21 岁时，熊希龄赴省参加乡试考中举人，24 岁时到京城考试被取为进士，接着受光绪帝赏识被选为翰林院庶吉士。入翰林之后，他本可以埋头于学问之中，或走一条循规蹈矩的升官之路，但随着甲午中日战争的爆发，他在北京坐不住了，连续几次上书请求革新政治、变法图强，结果反受到一班守旧大臣的排斥。此后他转而接受张謇观点，寻求办教育而救国的道路。不久他来到湖南，与谭嗣同、唐才常等人一起，共同创办过时务学堂，建立江南学会，创办《湘报》，为倡导维新变法而竭力奔走呼号过。

1898 年，北京发生戊戌政变，六君子被杀，维新变法运动彻底失败后，受此事件影响，熊希龄亦被清政府"革职永不叙用，并交地方官严加管束"。但熊希龄当时的处境并不险恶。只是过了半年之后，时任衡州知府的朱其懿受新政株连而被革职到长沙闲居，其父也受新政株连而被革职回了芷江，熊希龄随父回芷江又避难了一年多，此期间还遭到过辰沅道尹的搜查，但因未找到谋反证据而未受逮捕。直到 1901 年，清政府对维新运动态度大转变，慈禧太后在西安宣布"变法"，又推行"新政"，熊希龄才又从芷江来到上海。接着乘船东渡，到日本考察新式教育，回国后曾到常德讲过学，办过教育，后来又得到湖南巡抚赵尔巽的推崇，再度到日本考察，回国后创办过湖南实业。

1905 年，熊希龄作为参赞之一，又随同清皇朝载泽、端方、戴鸿慈等五大臣到美、英、法、德、丹麦、瑞典、俄国等国作过长达七个多月的出洋考察。这段宝贵的经历使熊希龄更大开了眼界，并坚定了他政治上走立宪政体代替专制政体之路的决心。此后，熊希龄回国后到湖南办过醴陵瓷业，1910 年又到东北任过东三省清理财政官。袁世凯上台后，看中他在振兴经济实业方面有突出才干，便任命他当了财政总长，不久又任命他为热河都统。到 1913 年时，为利用进步党来遏制国民党，袁世凯进一步任命熊希龄当了国务总理。熊希龄本是热衷于改革，并期望走欧美民主共和制政体道路而有所作为的，他上台后，曾组建过第一流的人才内阁，当时的著名社会名流梁启超、汪大燮、张謇等都在这个内阁中任过要职。但是，这个内阁虽有名却无实，身为总理的熊希龄，没有一点实权，他本来幻想组织内阁后，依靠袁世凯的支持来实现政治理想，但袁世凯想的却是利用他组阁来复辟帝制，当熊希龄领导的内阁不能服从于袁世凯的专制独裁愿望时，袁世凯便略施手段就将熊希龄的内阁给架空了。为了扫清障碍当上皇帝，袁世凯还有意制造所谓热河行宫盗宝案来挟制熊希龄，并使熊希龄签字解散了国民党和国会，最后逼迫熊希龄不得不辞去总理职务。熊希龄经过这次打击，深深认识到袁世凯用心险恶，此时他很想摆脱袁世凯的控制，但苦于没有机会，而袁世凯在逼他辞去总理之职后，又采取拉拢手段，让他当了一个全国煤油督办。熊希龄采取虚与应付的方式，大部分时间只在天津家中闲居。当袁世凯一意孤行登上了皇帝宝座后，不料蔡锷将军率先在云南发起倒袁革命，打响了护国战争的第一枪，袁世凯心中非常惊慌，他这时又采取两面派手法，一面派军队前往镇压，一面派人从中疏通关系，想让护国军自动偃旗息鼓。由于熊希龄与蔡锷是师生关系，袁世凯便派人将熊希龄从天津接到北京，让他去云南劝说蔡锷，熊希龄心中并不愿去做这种劝说，于是便借口母亲年老，欲回湘西芷江接老母到天津居住，提出请假。袁世凯想到湘西正是北洋军和护国军对峙的前线，让熊希龄回去正好做劝说工作，于是很快同意，并给熊希龄封了个"湘西宣慰使"职务，以便他去做调停工作。熊希龄就是带着这样的使命才回到了湘西。

在去凤凰的路上，熊希龄一路想着心事，不觉间镇守使署已到眼前。田应诏闻讯，早已率文武官员到大门前列队恭迎。双方寒暄一阵，田应诏便领熊希龄到了镇守使署后院的"退思补过楼"住下，这栋楼房是当年田兴恕回家住的地方。楼房前有怪石假山，松柏参天，环境十分幽静。

当天晚宴之时，熊希龄一面喝酒，一面透露了此行回乡的"使命"。他说："袁项城为人奸狡之极，他又想控制我，又想让我替他做护国军的劝说之工作，我亦正好有了脱身之计。假如他不给我个'宣慰使'帽子，我又哪能如此顺利回乡一游哟！"说到此，他顿了顿又道，"我现在奉命来'宣慰'，就是期望你们湘西军队都宣布独立，脱离这个老窃国贼的控制，田应诏，你意下如何？"

"我早就想宣布独立，只是眼下还在观望，主要是怕实力受损！"田应诏如实相告。

"现在你不必再犹豫！我断定这袁项城一定会垮台。"熊希龄道，"因为他太不得人心，几乎到了众叛亲离的地步！"

"好吧！只要大势所趋，我也一定会积极响应！"田应诏点头作了应允。

熊希龄见此行目的已经达到，在凤凰住了数日之后，便又返身回了常德。不久，在熊希龄的"调停"之下，护国军与北洋军达成了短暂的停战协议，而各地的反袁独立活动却仍如火如荼。4月28日，程潜在靖县讨袁大会上被推举为湖南护国军总司令，湖南宣告独立。5月3日，湘西大庸、永顺宣布独立。5月7日，张学济在湘西乾城宣布独立。5月24日，田应诏在凤凰就任湘西护国军总司令，宣布独立。与此同时，在全国先后又有广西、四川、陕西、广东、山东、浙江等省都相继宣告独立。袁世凯在众叛亲离的形势下，最后在绝望中害病死去。熊希龄在湘西完成宣慰使"使命"后也回到了北京。在北京的段祺瑞政府任命他为平政院院长，但熊希龄眼见全国军阀混战不休，生灵涂炭，心中对于政治已失去信心，所以不到半年他就辞去了平政院院长之职。熊希龄在晚年将全部精力用于创办慈幼事业，他办的香山慈幼院曾培养过数以千计的各类人才，熊希龄一生结过三次婚，第一个夫人廖氏早年病逝于芷江。第二个夫人朱其慧于1932年去世。此后，熊希龄在65岁时与时年39岁的毛彦文女士结婚，直至1937年12月25日在香港不幸病逝，享年68岁。他死后，尸体被葬入香港万国公墓，当时的国民政府给他举行了国葬仪式。过了半个多世纪之后的1992年5月，他当年培养出来的许多学子又自发齐聚北京，并将他的尸骨重新迁葬在香山脚下，以表达对这位杰出的政治家、教育家、慈善家的怀念，此是后话。

再说田应诏在宣布湘西独立之后，却仍按兵不动，每天只管与幕僚吟诗对联，饮酒取乐，疏于军政。而这时全国反段祺瑞的护法运动已经开始，在湘南，刘建藩、林修梅等宣布了护法独立，张学济、胡瑛、谢重光等也在湘西率兵响应。孙中山还委任张学济为湘西护法军总司令。此时田应诏还无意进取，陈渠珍心里便欲取而代之。有一天，他将自己的这一心事向镇守使秘书长滕凤藻作了透露，陈渠珍说："眼下军门耽于享乐，无意远图，我们应当另举人代之，你看如何？"滕凤藻道："能代军门者唯足下耳。足下常引《战国策》苏秦所言'羽毛不丰满者，不可以高飞，道德不厚者，不可以使民'。此乃至理名言。田镇守使经营湘西多年，部下多为他的亲友旧属，根深蒂固，且肇造民国，殊有功勋。如贸然取代，恐军心民心不服。若别人乘间图之，局面将更难收拾。欲益反损，切不可为。当今之计，足下只可对其取顺从主义，图其所好，用其疏庸，待到足下羽毛丰满、德高望重之时，水到渠成，田必自让。如此既不负篡逆之名，又能唾手可得军政大权，何乐而不为也？望足下三思。"

"好，若不与兄倾谈，险误大事！"陈渠珍当下表示放弃原来的想法，决定全力辅佐田应诏并劝其作出兵准备。

又一日，陈渠珍去见田应诏。其时田正在室内挥毫画兰。陈渠珍赞扬田画的兰花秀逸自然，潇洒清新。田应诏在兰草上题了两句诗："此是山中一种花，不求闻达自烟霞。"他请陈渠珍再续两句诗。陈渠珍道："军门所题，道出了香兰那种独藏隐逸的风格和幽芳高节的情操，不足的是还缺点豁达大度的浩然之气。"田应诏道："那就请你再添两句气魄足的吧！"陈渠珍略加思索，即吟道："旭日冉冉东风至，王者之香飘天涯。军门你看如何？""不错！不错！"田应诏道，"你的思路敏捷，添此两句，豁达明朗，很有气魄。"陈渠珍趁机又道："我这两句诗也是表达军门画中之意，应当为王者之香，不与众草为伍。今日虽是幽谷独茂，他日香气必飘天涯嘛！"田应诏很满意地点头道："对，我们应当有'飘天涯'的志向！"

谈完兰草，陈渠珍便引入正题，建议田应诏尽快加入护法军行列，宣布独立护法，并参加对北洋军的战斗。田应诏随即同意了陈的建议。不久，经与湘粤桂联军总司令谭浩明联系，田应诏被委任为湘西护国军第二路总司令，胡学坤为副总司令。该部至此已拥有7000余人枪，共编有四个梯团，一个卫队营。陈渠珍此时任参谋长兼第一梯团团长；安定超任第二梯团团长；唐力臣任第三梯团团长；郑乃文任第四梯团团长；熊振华任卫队营营长。田应诏宣布护法独立后，湘西镇守副使周则范也在洪江宣布护法独立，他被谭浩明任命为湘西护法军第三路总司令，共拥有 3000 多人枪。

1916 年 12 月，张学济、田应诏、周则范等部，各率湘西护法军挥师常德，三方人马共约一万六七千人，按照护法联军总部署，担任左翼作战。此时湘北方面北军势大，田应诏部奉命援鄂。陈渠珍与唐力臣各率主力分四路向安福进攻，安福的北军抵抗不住，弃城而逃。在澧州的王正雅率部增援北军，行至七重堰等地，又被陈渠珍的伏兵击溃。陈部乘胜进军，沿途击溃北军，一直进军到公安。在这次援鄂战斗中，陈渠珍每天都向田应诏、谭浩明报捷，为此受到联军嘉奖，田应诏称赞陈渠珍是勇谋兼备的"帅才"。

由于左翼进攻取得胜利，护国联军于 1918 年 1 月底，将北军全部赶出了湘境。但是年 2 月，冯国璋又派 50 多万兵力南下，很快乘火车、轮船杀到湖南，不久长沙、衡阳被占，谭浩明率部南逃。田应诏只得将陈渠珍、唐力臣等部从津醴撤回，并实施反攻，击溃了北军陈复初部，收复了常德。

北军被击溃后的一个下午，田应诏等在常德昭忠祠正追悼阵亡官兵，远处忽有几骑人马飞奔而至。为首者名叫胡瑛，是护法军湘西招抚使。只见他下马后匆匆来到祠内对田应诏道："田司令，北军第十六旅旅长冯玉祥给我写了一封信，我特来转交给你看看。"

"信上说什么？"

"他想与我们商订互不侵犯条约哩！"

"啊，有这样的好事？"田应诏把信接过一看，内容是说他虽奉北洋政府之令前来湘西攻打护法军，但其主张与吴佩孚一致，要胡瑛劝说湘西护法军让出常桃，作为缓冲地带，互不侵犯。

"如果真能互不侵犯，让出常桃也是可行的"田应诏高兴地把信又递给一旁的周则范道，"请你也看看，我们商定个对策吧！"

周则范看罢信也表示赞同道："眼下北军势力强大，冯玉祥能主动提出和解，这是求之不得的好事，我看就照他的提议办吧！"

田应诏点点头，数年来的带兵出征使他早已厌战。他于是表态道："我们就派个代表去津市与冯玉祥当面联系一下，商议个具体办法。"

过了数日，护法军派去的代表到津市与冯玉祥接了头。双方商定：护法军退到桃源的张家湾以上，张家湾以下由北洋军冯旅接防。

协议生效后，护法军周则范部即撤离常德回到了溆浦、洪江，田应诏则率部撤离，驻扎到了辰溪。

第九章　章太炎赋诗戏讽五将
陈渠珍出任湘西统领

田应诏到辰州不久，有一天下午在司令部办公时，一门卫忽然走进报告道："外面有一客人求见，他这里有张名片。"

田应诏一看名片，只见上面写着几个字：护法军政府秘书长章炳麟。

章炳麟即章太炎，其时早以学者和革命家身份闻名海内外。田应诏没料到章先生会来此地。他连忙戴好军帽，整饰衣冠出门恭迎。

来到院子外大门边，只见章太炎身着长衫，手提一根文明棍，神态显得气宇轩昂。田应诏忙上前行了一个鞠躬礼道："大驾枉顾，有失远迎。先生远涉风尘，深入不毛，望多指教。"

章太炎笑道："我奉孙中山先生之命，自滇黔川东行，假道贵处，特来拜访故友。"

田应诏忙请他进院内，安排到贵宾室坐下，并叫勤务员倒茶递水，只管殷勤地接待。接着，田应诏又派人去通知另外几个军长来赴晚宴作陪。哪几位军长？原来是张学济、胡瑛、谢重光、林德轩，加上田应诏，一共是五个军长。这五个军长原来都是湘西各路护法军的首领，曾从属于谭浩明的湘粤桂联军属下，当湘粤桂联军远去之后，湘西护法军即向滇黔川的靖国军靠拢，经同驻辰州的靖国军旅长卢涛联系，又将湘西这几支部队，律改编为湘西靖国军，并报请联军总司令唐继尧、副总司令刘显世，任命田应诏为第一军军长，有5000余人枪；张学济为第二军军长，有3000余人枪；胡瑛为第三军军长，有500多人枪；谢重光为第四军军长，有1000余人枪；林德轩为第五军军长，有800多人枪。

田应诏安排完晚宴招待事宜，即应章太炎的要求，陪同他去游览辰州市容。

　　来到街上，但见到处垃圾乱堆，污秽遍地。往来行人衣着褴褛，面容蜡黄，市面商品稀少，市场一片凋零。行乞老人、孩子更是遍处可见。

　　章太炎见此情景便问："凤丹辖区，何以满目疮痍？"

　　田应诏内疚地说："愧我不才，治理不善！"

　　"这也不能全怪你吧！"章太炎道，"如今军阀混战，连年不歇，民生困苦，由来已久！这战争该早日结束，老百姓才有盼头咽！"

　　"是啊！我现在都很厌烦打仗了！"田应诏也感叹地说，"打来打去，还是老百姓最吃亏！"

　　俩人看了一阵，田应诏便带章太炎来到一家酒店。此时一桌酒席早已安排妥当，五位军长以及陈渠珍、滕风藻、田星六等人正在恭候。章太炎一到，众人争相与他握手寒暄，接着，大家便轮换敬酒。吃喝完毕，侍者将酒席撤去，大家坐在桌前又向章太炎请教。章太炎遂又侃侃而道："今日到贵处，我与应诏刚才到街头转了转，感觉此地满目疮痍，民生艰困。这一方面是无休止的战争带来的结果，另一方面也说明我们带兵者对老百姓爱护不够。孟夫子曾言：'桀纣之失天下也，失其民也；失其民者，失其心也。得天下有道：得其民，斯得天下矣。得其民有道：得其心，斯得民矣。'诸位带兵者要多整饬军政，爱护百姓，与民生息，才能得到百姓拥护。这也是孙中山先生对你们的期盼。孙先生号召我们护法，统一中华，打倒列强，实行三民主义，亦望大家能竭诚响应拥护！"

　　章太炎说毕，又让人取来笔墨，当场作了一首诗：

　　　　　　闻道张林谢，频年不解兵；

　　　　　　低头观应诏，佛面见胡瑛。

　　这首诗将那张学济、林德轩、谢重光、田应诏和胡瑛五位军长都戏讽了一番，大意是批评五军长"好战不问民"，五军长看了这首诗，都连连点头直说惭愧内疚。

　　此时，张学济的秘书长、凤凰著名诗人田星六也写了三首诗请章太炎指教。其诗曰：

　　　　　　文㬨乱天象，凭国顽多奸。

　　　　　　集师驱北征，秣马厉中原。

　　　　　　智士怀远忧，举猷定时艰。

驾言驰南缴，逶迤适荆蛮。

修涂一万里，险塞穷山川。

悬车迟日暝，戒骑严朝餐。

遐方异中州，荒气迎肌寒。

果行重孤决，慷慨惊雄藩。

栖栖日遐迈，席暖不遑安。

高高五华云，郁郁三巴树。

青青巫黔山，迢迢辰沅路。

水深蛟鼍顽，嚱高猿穴据。

悠悠远役人，顿辔怀百虑。

边城秋易霜，饥卒惜寒戍。

谈笑睨群豪，乃昧勤远务。

观时重英略，饮马长河度。

纵横营八极，趾首而高步。

中心斯所期，翘首以延顾。

我非介胄士，激昂事戎戈。

振策入荆彝，前旃虎牙河。

交绥博贼穴，桓桓武士多。

谁令援矢绝，拍膺徒咨嗟？

各位不可辱，迴车南山阿。

倦翮息茂林，潜鳞濯清波。

往迹委东逝，雅志游太和。

顾问远至止，感切伤蹉跎。

临风将素怀，窬言用自歌。

　　章太炎仔细吟罢此诗道："星六文华出众，辞藻斐然，但浩然之气和革命勇气尚嫌不足。诗言志，志与气是分不开的，特别作为一个革命者，对革命更要有勇气，有勇气才不怕坐牢杀头，才能担当革命重任，与恶势力作奋斗，为国民前驱。"

　　田星六和在座众人听了，都不觉心悦诚服，恭称太炎先生指教得十分在理。

第二天，田应诏将章太炎送走后，又招陈渠珍来琢磨了一番章太炎的谈话。田应诏觉得写诗批评得很对，连年打仗使得民不聊生，这种状况不能再继续下去了！而陈渠珍却对此不以为然，他认为处于当今局势下，全国尚未统一，不打仗是不可能的，现在倒是应抓紧停战时机多训练扩充部队，以便随时准备应付时局的变化。田应诏觉得陈渠珍的见解也不错，只是他自感倦于操劳，诸事要陈代他善谋处断。

湘西护法军自从常德退出之后，由于冯玉祥采取和解的态度，湘西出现了短暂的偏安局面。此时，为了统一处理湘西的军政要五位军长又共同商定成立了湘西军民两政评议委员会，下设军政两处，由田应诏任军政处长，张学济任民政处长。后又增设财政处和教育处，俨然一个偏安的独立政府。但此局面没维持多久，形势即起了新的变化。1920年初，谭延闿三次督湘并派吴剑学、张辉瓒等进军湘西。在洪江的周则范，被部下廖湘芸毙杀，张学济与辰州的卢焘所部又奉靖国军之命调往四川去了。田应诏眼见自己势单力孤，只得数次派人到省向谭延闿表示拥护。谭延闿允许他镇守使原职，但又要他将镇守使署迁到长沙，把牌子挂到长沙。其时，田应诏的哥哥田应全已不幸病逝，田应诏深感人生短促，意志十分消沉，特别是对军政界的残酷斗争已深觉厌烦，心里只想过点安逸日子，于是他在深思熟虑后，把陈渠珍叫来说："玉鍪，我考虑好了，就按谭督军的意思，我决定把镇守使署迁到长沙去。这样可使他彻底放心。我走后，这军长之职就由你代理吧！你要好好干，把队伍带得更好！"

"军门如此重托，我敢不尽力！"陈渠珍道，"您尽管坐镇长沙，我决不会辜负您的期望！"

"那好，我走后，你就大胆带兵吧！"

田应诏去长沙后，陈渠珍即借剿匪名义，将指挥部从辰州撤到了麻阳。谭延闿对陈渠珍的才干亦颇为赏识，不久即任命他当了湘西巡防各军统领兼永、保、龙、桑、绥、古、乾、泸、凤、麻十县剿匪总指挥等职。是年冬天，黔川境内发生激烈军阀混战，张学济率部入川援助黔军，失败后退至来凤与鹤峰交界的中堡垅时，忽遇神兵包围打击，张学济陷入绝境无法突围，遂长叹一声对身边护卫道："此地中堡垅，应用中堡笼，我叫张学济，应是张学鸡，如今正像鸡进了笼，气数已尽。"说罢，持枪自杀而亡。张学济死后，其残部1000余人在杨再春的带领下为陈渠珍所收编。至此，湘西的军事势力全都归到了陈渠珍的掌握之中。

陈渠珍收编了张学济残部后，率部从龙山经永顺到了保靖。这日傍晚，忽有一位从常德省立二师学校毕业的年青教员王尚质前来求见。陈渠珍见此人生得相貌端正，气质不凡，遂和他纵论时局并征徇军事大计，陈渠珍道："依君之见，当今之时，我辈用兵如何才能立于不败之地？"

王尚质说："现时群雄逐鹿，争霸天下。陈统领若有心远图，当走出湘西逐鹿中原才可成大业。若无心远图，守住湘西一隅，则只可割据一方，亦能称雄于一时。但不知统领意下如何？"

"若致力使湘西独立自治，君认为可否？"

"可矣，但亦须有雄图大略苦心经营或能守住。"王尚质接着说，"但凡成功之道，在于天时地利人和。当今天下局面混乱，天时或有利于称雄者割据，而从地理位置来看，湘西山多地广，亦有利于坚守一隅。不过巡防军统领部我认为设在保靖为好，此地南接绥、乾，西靠川黔，北与永、龙、桑、庸相近，正是湘西所辖的中心之地。况且此处又得酉水之便利，上可通四川，下可至辰州、常德，进可攻，退可守，可谓称雄割据的难得之地。统领部设在保靖，对统帅整个湘西必然有利。至于人和，则是更为重要的一大因素。陈统领若不拘一格用人才，就是对那些土匪，我认为都可以剿抚并用，且以招安为主，如此治理湘西，又何愁能不安定发达耶？"

"好！君论正合我意！"陈渠珍听毕笑道，"尔来投我，令我又得一智囊也！"原来，陈渠珍虽当了湘西统领，却并无更大野心去逐鹿群雄争霸天下。在他看来，处在军阀割据时期，只要能保境平安，做一个独立的不受外来制约干涉的强大首领也就心满意足了，为此，他很醉心于搞湘西自治。而王尚质的一席话正对了他的胃口，所以，那王尚质此后便被陈渠珍留在身边当了参谋秘书。同时，陈渠珍又接受王的提议，将统领部正式移驻到保靖，并开始采用王提议的办法剿匪。

在保靖虎形山建了官署之后，有一天，一位穿长袍马褂的先生步上山来，声称要见陈统领。其时，陈渠珍正好从门口经过，一见这人竟是数年前在西安资助过他的恩人董禹麓，当下便热情地握住他的手道："董先生，是你呀！你找我吗？"

"是啊！我专来找你。听说你当了统领，我请你帮我报仇哩！"董禹麓眼晴红红的，像遇到了什么伤心事。

陈渠珍忙请他到室内坐下，又命人沏茶倒水给他。董禹麓喝了几口茶后才直说道："我的父亲被人杀害了，此次专程回来，想请你帮忙缉拿凶手！"

"啊！是谁杀了令父？"陈渠珍吃惊地问。

"是土匪黄包臣、彭南桥等人！这二人横行乡里，无恶不作。他们把我家抢劫一空，还将我父亲活活杀死了！"

"残暴土匪，真是无法无天！"陈渠珍听董诉说后立刻表态说，"如此凶犯，岂能让其嚣张。我马上叫龙营长与你一同去捕凶手，你看如何？"

"那就多谢统领了！"董禹麓含泪谢道。

陈渠珍立刻传令找来黑旗大队队长龙卓云，令他带黑旗大队一个连的兵力，即刻和董禹麓一道去永顺缉拿杀人凶犯。那黑旗大队是陈渠珍新组建的一支警卫部队，所有队员均着黑色便服，裹黑头帕，扎黑腰带，打黑绑腿，每人带一把短枪、一把大刀和四个手榴弹，装备优良，战斗力也很强，平日专作警备人员使用，特殊情况下才抽调去剿匪。

龙卓云领命和董禹麓去缉拿凶犯后，陈渠珍忽接凤、麻剿匪指挥戴斗垣来电，称该部在凤凰境内已将土匪莫老汪、潘大虎、黄小虎等30余名土匪抓获处决。陈渠珍获此讯甚感欣慰，当即回电给予了表彰。过了一会儿，他的心腹包轸一身戎装又进来告辞道：

"陈统领，我部已准备完毕，现在就出发去龙山，你还有什么指示吗？"

"记住，到龙山后一定要抓住刘紫梁，让他归服。这个人打仗勇敢，讲义气，作用大，剿匪时要特别注意区别对待，注意招安，来者不拒；怙恶不悛之徒，斩杀勿论。具体执行时，要因地因人制宜，谨慎从事，运用之妙，存乎其心。"

"是，我一定记着！"包轸点头应允。

"去吧！祝你马到成功！"陈渠珍起身与他握了握手，包轸就走出公署，率部到龙山剿匪去了。

陈渠珍目送他走远，回头又给古丈县的舒安卿等写了一封招安信。那舒安卿当过兵，并在麻阳参加过剿匪，陈渠珍对他印象不错，谁知他后来回家竟当了土匪。陈渠珍对人感叹说："橘生于淮南则为橘，生于淮北则为枳。舒安卿回去竟当了土匪，好人变成了坏人，这与我当年忽视对他的重用有关，我应挽救他。"结果，陈渠珍的信送去后，舒安卿果真感慨无比，从此又改邪归正，不仅脱离了田少卿匪部，还协助清剿土匪立功，陈渠珍提拔他当了营长。

过了一段时期，各地剿匪传来不少捷报，包轸到龙山后，招安了刘紫梁等4000余名土匪，又捕杀了1000余名大小土匪，使最猖獗的龙山土匪暂时得到了平息。在永顺，龙卓云带领黑旗大队不仅帮董禹麓缉获处决了凶手，还清剿平息了其他多股土匪。

第十章　朱疤子枪杀使者
陈统领除掉二虎

　　陈渠珍经过剿抚并用的策略，使湘西境内的土匪渐渐趋于平息，心里不禁甚觉欣慰。这时，他忽又想到湘西北的慈利县有个朱际凯，拥有一团人枪，半匪半军，时常在与大庸交界的地方进行骚扰，影响湘西边境的安定。于是也想把他招安收编。一天上午，陈渠珍即在统领部召开会议和众军官商议道："现在各地的武装首脑都和我们有了接洽，表示了愿意归顺投诚的意向，只有慈利的朱疤子那里，还没有动静。你们看，该派谁去做做工作才合适呢？"

　　年轻的参谋朱早观主动回道："统领，让我去吧！"

　　陈渠珍看了看他道："这个朱疤子名头很臭，是个反复无常的小人！现在争取他的不只是我们，还有北边的川军和东边的省军，他以前也想过投靠我，但不肯服从编排，我当然不会答应。你要是贸然去跟他打交道，只怕有危险。"

　　朱参谋道："统领，现在我们兵势强大，那个朱疤子胆子再大，我就不信他敢把我吃了！"

　　陈渠珍想了想，点头道："好，就派你去找朱疤子和谈，记住要小心！"

　　朱参谋点头道："是，属下一定不负重托。"

　　第三天傍晚，朱参谋乘坐四人抬的官轿，在四个彪形大汉的护卫下，就一路风尘，渐渐来到了慈利县保安团部门口。

　　一个持枪的门卫喝道："干什么的？"

　　朱参谋从轿子上下来，从口袋里取出一张名片，递给站岗的门卫道："我奉湘西陈渠珍统领之命，有要事会见朱团长，烦请相告。"

　　那门卫接过名片看了看道："请稍等！"说罢跑进院部内室道："报告团

长，湘西陈统领派人来求见！"随即将名片递上。

朱疤子接片在手看了看道："啊，是陈渠珍的来使！肯定是来收编我的，怎么办？"

张副团长道："赵恒惕总司令的使者在这里，团长刚刚答应归附。如果再投靠陈渠珍，恐怕不好吧？"

周参谋长也道："对，要是赵总司令知道我们脚踏两只船，肯定不高兴！"

赵恒惕使者王副官随即道："朱团长，张副团长，赵总司令的意思，我可说得很明白了！要是你们出尔反尔，惹得赵总司令不高兴，我可就帮不上什么忙了！"

朱疤子连忙赔笑："王副官，您千万别误会，我们既然诚心投靠赵总司令，哪里会管它狗屁陈渠珍啊？回去告诉赵总司令，我朱疤子说一不二，决不反悔！刘副官，你出去跟陈渠珍的人说，老子没空，要他们滚回去！"

张副团长道："朱团长，陈渠珍坐镇湘西，兵强马壮，我们要是与他正面为敌，难免会吃亏啊！"

朱疤子如梦初醒："对，张老弟说的对！刘参谋，你先把他们稳住，就说我明天见他们！"

刘副官："是。"即与卫兵一道出了门去。

刘副官来到门口即道："朱参谋，我们朱团长正在会客，让我领你们到旅店住下，明早再见。请吧！"

朱参谋冷笑道："嘿嘿，朱团长好大的架子啊！"

刘副官针锋相对："朱团长军务繁忙，还请朱参谋见谅了！"

朱早观等人只得跟着刘副官一起到了一家旅店住了下来。

晚上，朱疤子与几个心腹密谋商议道："大家说，陈渠珍的这个来使，我们该怎么打发呢？"

张副团长道："可以跟他们耗时间，让他们沉不住气，自己滚回去。"

王副官道："你们怎么做，我管不着，但如果你们投靠陈渠珍，赵总司令不会放过你们的。"

朱疤子道："王副官，请放心！为了表明对赵总司令的忠心，老子安排人手，今晚就把他们干掉，叫他们有来无回！"

张副团长："团长，陈渠珍是湘西王，我们这么做，只怕——"

朱疤子挥了挥手："老子管他什么湘西王！他自己送上门来，怪不得老子手下无情！"

张副团长："团长——"

朱疤子："张老弟，你别说了！我已经打定主意了！"

王副官满意地笑了一下，在朱疤子肩上拍了一下："要搞得利索些，不要让外人知道。"

朱疤子："没问题。我会安排可靠的人手！"

张副团长看着朱疤子，一脸的焦灼，却又不好说什么。

是日深夜，一轮残月悬在天空。

旅店里，朱参谋等人正在熟睡。几个带武装的暴徒来到门口敲门。

朱参谋问："谁呀？"

杨队长在外回道："请开门。"

朱参谋把门开了。众暴徒持枪而入："不许动！"

室内人惊醒，一个个被从床上拖起捆绑。枪械被收缴。

朱参谋惊问："你们是什么人？要干什么？"

带队的扬队长道："跟我们走一趟吧！去了就知道了。"

朱参谋等人遂被押至澧水河边。接着，众暴徒持枪射击，朱参谋与四随从倒在地上。

是夜，几位轿夫被枪声惊醒。正不知出了什么事情，忽然一个陌生人来到他们面前："你们是朱参谋的人么，朱疤子要杀朱参谋，你们快去看看！"

一位轿夫叫道："什么，朱疤子要杀朱参谋？你怎么知道？"

陌生人："这个你别管，要是房里没有人，赶快到河边去找！"

几位轿夫听完马上行动，跑到旅社一看，朱参谋住的房内空了。

一轿夫："朱参谋肯定出事了，走，我们去河边。"

四个轿夫当即来到河边，寻找到了五个人尸体。等找到朱参谋，只见他头上血淋淋的，但却还有微弱的呼吸，一轿夫欣喜道："喂，朱参谋还没死，他还有气！"

几位轿夫将他的绳索解开，朱参谋血糊淋淋，头上受了枪伤，再看其余尸体，都僵硬了。

另一轿夫："快，咱们把朱参谋抬走，他还有救。"

众轿夫将朱参谋抬起飞跑。

第二天下午，众轿夫抬着受伤的朱参谋到了统领府门前。众人围过来观看。陈渠珍也走了出来。

一轿夫道："陈统领，朱参谋被朱疤子的人打伤了。"

陈渠珍惊问道："哟，朱参谋，你伤势如何？"

朱参谋吃力回道："不……不要紧，要不是这几位轿夫，我恐怕再见不到统领了！"

陈渠珍道："说说看！朱疤子到底把你怎样了？"

朱参谋道："我们到了慈利，朱疤子不肯见我们，将我们安顿到旅店。谁知他竟然半夜里派人将我们几位绑起来，押到河边开枪打死。要不是轿夫救了我，我只怕也活不到今天了！"

陈渠珍道："这个朱疤子，真是狗胆包天！朱参谋，你安心养伤，这笔血账，我会找他清算的！"

说罢站身而起道："王参谋，这个事情，我们要好好商量一下。"

王尚智跟着进了室内。

陈渠珍道："自古以来，两国交战，不斩来使。朱疤子竟然敢杀我的使者，实在是欺人太甚。这件事，你看怎么办？"

王尚智道："听说川军的赵恒惕总司令，也想收编朱疤子，我估计这个跟赵司令脱不了干系。不过朱疤子下手实在太狠了，我们兴兵讨伐，也是名正言顺。"

陈渠珍道："好，那就马上出兵，攻打慈利、石门，让这个地头蛇知道厉害！"

商议至此，一副官走进门道："统领，朱疤子派人送了封信来。"

陈渠珍接信拆开看，信中略云："贵部朱参谋等来慈利，因防范不周，致使匪类将朱参谋和随从谋害，特函致歉。我部现正追缉凶犯，命人处理死者后事。"

陈渠珍将信递与王尚智道："这个朱蛮子，竟然还想开脱罪责！真是岂有此理！"

王尚智道："朱疤子反复无常，死有余辜！但我们提倡保境安民，如果贸然出兵，只怕会引起百姓的慌乱！我觉得不如下一个最后通牒，要他把凶手交给我们惩处；同时对死者和死者家属进行赔偿抚恤，并保证不得发生类似事件。朱疤子如果让步，我们暂时放他一马，等到局势安定，再跟他秋后算账。如果他不答应，我们立刻出兵讨伐，即日攻占慈利和石门。"

　　陈渠珍点头道："谷仙言之有理，比起保境息民，安定湘西来说，找朱疤子算账毕竟次要，好。就照你的意思办，这个回信，就由你来写吧！"

　　王尚智道："好，我马上写。"

　　过了一日，朱疤子接到了陈渠珍派人送来的信。他忙与周参谋长、张副团长等在慈利团防指挥部室内密谋对策。

　　朱疤子道："你们看看，这是陈渠珍写给老子的回信，口气好硬，要是我们不答应他们的要求，他马上就要来攻打慈利和石门。他妈的，你们说怎么办？"

　　周参谋长道："陈渠珍坐镇湘西，兵多将广，连桑植的贺胡子、大庸的张晋武、龙山的刘紫梁、师兴周、永绥的宋祚允等，现在也听其指挥。再说我们杀了他的使者，毕竟理亏，真要打起来，我们肯定不是对手哇！而赵恒惕司令，现在正遭受孙中山和谭延闿的两面夹击，我看他自身难保！当今之计，只有答应陈渠珍的要求，以免他来攻打慈利和石门啊！"

　　张副团长："当日我就说过，陈渠珍兵强马壮，我们不宜得罪，可惜团长不听忠言！"

　　朱疤子："好了，好了！算老子倒霉，咱们就认个罪，答应他们的要求吧！他们不是要凶手么，找几个替死鬼不就得了，至于抚恤费，给他们10000大洋，总他妈够了吧！周参谋长，这个事，由你全权处理好了！"

　　周参谋长道："团长，我愿意去保靖一趟，处理善后事宜，只是这抓人的事，恐怕要你亲自下令才行！"

　　朱疤子道："好，刘参谋，你去把杨队长叫来。"

　　刘参谋出门，把特务队杨队长叫了来。

　　朱疤子："杨队长，把枪缴了吧。"

　　刘参谋上前将杨队长的枪缴了。

　　杨队长："司令，你怎么缴我的枪？"

　　朱疤子："杨队长，你杀了陈渠珍的使者，他们现在要我交出凶手，否则就要攻打慈利，人是你杀的，我当然要把你交出去，只好委屈委屈你了！"

　　杨队长："团长，当初是你命令我下手的，现在要我替罪，我不服！"

　　朱疤子冷笑一声："杨队长，你可以不服，也可以骂我卑鄙小人，可我也是没办法啊。你要是乖乖替罪，我不会亏待你的家人，要是在陈渠珍面前说出半个字，你一家人的性命，老子可就不客气了！怎么样？你想清楚没有？！"

杨队长气得直哆嗦，却一句话也说不出来。

朱疤子挥了挥手："押下去，把他的同伙，统统给老子抓起来！"

几个护兵将杨队长押了下去。

第三日下午，周参谋长率一排人将几名凶犯押解着，另抬着四具装尸棺材到了保靖统领府前。滕凤翔、王尚智等人出来接洽。

周参谋长下马道："滕参谋长，朱团长派我请罪来了！你们的要求，我们全部答应，这就是杀害朱参谋他们的凶手。"

王尚智道："好，进去见我们的陈统领吧！他正在里面等着你呢！"

周参谋长随滕凤翔走进统领办公室。

周参谋长敬礼道："陈统领，在下是慈利朱际凯部的周参谋长，今日奉命，特带光洋一万元来贵部谢罪，并将凶手押送贵部处置！朱团长还表示愿与统领交好。"

陈渠珍一言不发，只默默地抽着自己的水烟。

周参谋长异常尴尬："陈统领，小人奉朱团长命令——"

陈渠珍挥了挥手："回去转告朱疤子，今后若是再惹是生非，不会再有这么好的运气了。"

周参谋长："是！鄙人一定如实转告。"

周参谋长退到门口，陈渠珍忽然又开口："凶手都押送来了吗?"

周参谋长连忙回话："送来了。"

陈渠珍："马上枪决，由你来亲自行刑吧！"

周参谋长："陈统领，这——"

陈渠珍望着对方，"嗯"了一声，周参谋长额头冒汗，连忙回答："是，是！"

然后，周参谋长走出门去命令："把他们押到河滩去！"

十多个士兵随即将杨队长等 6 位凶犯押往河滩。众人一路围观。

一排枪声响起，6 位凶犯倒在河滩。

此后，慈利的朱疤子终于对湘西王表示了友好臣服。

又过一段时日，有天上午，陈渠珍正在官署散步时，忽闻远处传来两声枪响。"是谁打枪?"他让人赶紧去查。不一会儿，黑旗大队的一个警卫跑来说："报告统领，彭司柱和田渊两人在河滩火并，各人开枪打死了对方。刚才这枪是他俩打的。"

"啊！他俩竟然火并了？"陈渠珍一挥手道，"走，看看去！"

一行人来到城外的酉水河滩，只见许多人都已跑来观看。在长满青草的一处沙滩旁，陈渠珍见到了两名死者，一个是彭司柱，他紧握枪仰倒在地上，枪打中他的右眼，脸上的血流了一地；另一个是田渊，他是趴着往前倒在地上，枪弹打在太阳穴上，脑上的血亦流了一地。看来二人都是极好枪法，子弹都打中了对方的头部。两人相距约50步远。

陈渠珍看着死者，不禁叹息道："可惜啊！两个都是好汉，却为女色而死！"原来，这彭司柱和田渊都是其直属部下的营长，平日作战十分骁勇，但二人自恃功高，不把人放在眼里，平日还惹事生非，引起百姓怨恨。人们私下都称其为"二虎"，陈渠珍早欲除掉这"二虎"，却一时无计可行。凑巧，前一日傍晚，彭司柱在一家酒店喝醉后淫兴大发，竟命手下道："去，给老子找个女人来玩玩！要年轻漂亮的！"几个护卫即奉命到街上去物色，在一转角处，发觉一打花伞女子美貌无比，遂即一拥而上，竟用手帕蒙了那女子的眼和嘴，然后背着，飞快送到那家酒店，让彭司柱关在屋内强奸了。事毕，这女子哭哭啼啼回到家，当晚将被强人抢走强奸之事一说，令那丈夫火冒三丈。原来，这女子丈夫不是别人，却是田渊。由于老婆不认识彭司柱，田渊一时查不清谁是强奸犯，当晚只好忍了一口恶气。

第二天，早有人将此事向陈渠珍作了密报，陈渠珍闻讯后顿生一计，他即派人叫来田渊，将那彭司柱的奸情向田作了密告。田渊气得二话没说，铁青着脸就带几个卫士来到彭司柱家里，将彭司柱的老婆亦强行奸污了。彭司柱回家得知消息，顿时暴跳如雷，他立即派人送下决斗书，约田渊到河滩上见。田渊亦不示弱，俩人遂照江湖规矩，在河滩上各距50步远的地方同时开枪，结果，双方枪法又准又狠，俩人同时中弹，双双毙命而绝。

陈渠珍见这"二虎"已死，想到过去这二人跟随自己也立过不少战功，不免也动了恻隐之心，当即吩咐道："给俩人各买副好棺木，赶紧安葬吧！"众随从随即听命办理，将"二虎"迅速入殓安葬。

第十一章　沈从文初闯京城
黄永玉勒石悼念

从河滩看完死者归来，陈渠珍埋头在官署书房治学读书，数日没有露面。他的书房在会议室旁边，书房内有两排大楠木柜子，一排柜子摆放着上千册各种古今书籍，另一排柜子则放着几十件明清的旧画和数十件古铜、瓷器之类的文物。在书房和会议室之间，还有一间小屋，住着一位专管会议记录的书记，同时兼作书房的管理员，陈渠珍需要看什么书时，就会在室内叫一声：

"小沈，小沈，帮我找本书来！"

那小沈名叫沈从文，其时是个十八九岁的青年，人长得斯文，脑瓜十分聪明，又写得一手好毛笔字，当听到统领这一叫后，就飞快走过来请示道："要找哪本书？"

"去把《武侯将苑》找来！"

"是！"

沈从文转身来到书房，不到一分钟，就将那书送到了陈渠珍面前。

陈渠珍崇拜诸葛亮，所以很爱读诸葛亮的书。这本《武侯将苑》陈渠珍已看过多次，此时，他翻开书，聚精会神地将书中几个喜欢的章节读了又读。接着，拿起毛笔，又亲自用条幅抄写了书中的两段警语：

兵者凶器，将者危任。是以器刚则欠，任重则危。故善将者，不恃强，不怙势，宠之而不喜，辱之而不惧，见利不贪，见美不淫，以身殉国，一意而已。

善将者，其刚不可折，其柔不可卷，故以弱制胜，以柔制刚，纯柔纯弱，其势必削；纯刚纯强，其势必亡。不柔不刚，合道之常。

写毕，陈渠珍高声吟咏一遍，自觉十分满意，又叫来小沈道："怎么样，你看这条幅写得如何？"

沈从文细看罢条幅赞道："这两段警语选得极好！统领的字也写得很有气势，可谓自成一家！"

"哪里哪里！我这字还未出道！"陈渠珍竟谦逊地说，"你年纪轻轻，写的字比我的还强多了！我看你就再抄几段条幅，把我这住宅、会客室和会议厅都挂几幅，怎么样？"

"遵命！请吩咐，写哪些警句？"

陈渠珍于是让他又寻几本书来，将那《武侯将苑》《孙子兵法》《百战奇略》《智囊》中的警句以及曾国藩、胡林翼等近代著名儒将的军事名言都各圈上数段，让沈从文用正楷字一一抄写于条幅之上，然后装裱，悬挂于各处室内及会议厅内，每日都要观吟几遍。

过一段时日，陈渠珍对保境息民和办乡自治、倡办教育又产生了浓厚兴趣。在一次营以上军官及统领部官佐会议上，他强调说："从来武力不足恃，秦始皇武功盖世，不二世而亡；楚项羽百战百胜，亦自刎而死。故兵法有云：'不战而屈人之兵，上之上者也。'混战多年的湘西，今已平定，为政之道，以教化为大，教化立而奸邪止，教化废而奸邪并出。目前必须偃武修文，与民休息，渐民以仁，摩民以谊，节民以礼。否则，法出而奸生，令下而诈起，如以汤止沸，抱薪救火。我以为办乡自治、设学校是当务之急，希望一心一德，其襄盛举。"

到会军官听了陈渠珍的讲话，大部分都表示赞成支持，但也有人缄口不语甚至反对。保靖县统带田义卿背后对几个军官议论道："统领常说强邻近逼，宜固藩篱，现在把房子砖墙板壁都撤掉，忙着在房内摆花架子，以后会有戏看。"有人将这话密告了陈渠珍，陈渠珍道：

"燕雀安知鸿鹄之志，此人是魏延，脑后有反骨'日后必反。他说以后会有戏看，这戏就在他身上吧！我要推行自治，谅他螳臂挡车，也起不了作用！"之后，还是按原定计划，实行乡民自治改革，又办了许多工厂，增设了不少学校，那工厂技师和学校教师均从长沙聘来，一时间小小保靖山城，骤然有了一派崭新的气象。

在倡导办学中，陈渠珍还特别注意培养各种专门人才。凡是品学兼优而又无力读书的学生，他都规定"由公家供给其学膳各费"，或资助送外地高等学校去读书。正是在这样一种重视办学读书的风气之下，在他身边工作的那位年轻书记员沈从文也心动了。这一天上午，沈从文在公署内怯怯地对陈渠珍说："陈统领，我想到北京去闯一闯，找个学校读书学点知识本领，您看怎样？"

"好，你有心去深造读书，我非常赞成。年轻人就要有远大目光！"陈渠珍鼓励道，"你到北京去看看，能进什么学校，一年两年可以毕业，这里给你寄钱去。情形不合，你想回来，这里仍有你吃饭的地方。"

陈渠珍说罢，又顺手写了一个手谕给他，沈从文凭此手谕到军需处去领了三个月的薪水共27块大洋，然后整理行装，就在这日下午，沈从文和陈渠珍作了告别。临行前，陈渠珍又特地派了一个护兵帮他提箱子并送他上码头。其时，只见一只矫健的鹞子箭一般飞过码头上空，然后直射向远处的山外。

船起锚了，艄公操起竹篙把船划向中心，再荡起双桨用力几划，那只载了几个客人的乌篷船便飞快地直向下游漂去。沈从文坐在船头，眼望着青山绿水从眼前晃过，脑海里不禁闪现出从儿时到现在的种种人生轨迹。

20年前，湘西凤凰城里一位姓沈的清末军人家中，有一个男孩呱呱坠地。这男孩本来生得还比较胖，但6岁时一场病害过，便瘦成了小猴儿精。

男孩人虽瘦小，却异常机灵聪明，不爱读书，常常逃学，冥顽不化却又天赋极高，老师指定要背的课文，他默吟两遍，当堂即能背出。

男孩不爱读印制的课文小书，却爱读"生活"这本大书。小小年纪，对身边一切事物都很留心，而爱玩好玩之天性，又使他不仅仅观察且亲身体验，得到了许多课堂中永远学不到的自然和社会生活中的知识，这一切为他后来从事的写作职业奠定了相当好的生活基础。

15岁的时候，他长得还不高，却为谋生之计投身到了军营。他先是在辰州当兵，部队统领是靖国联军第二军军长张学济，随这支部队到处转战，又经历了许多难忘的历程，认识了许多刻骨铭心的人和事。到后来，张学济兵败自杀，其部将一个个或杀或逃或被收编了，他却因待在后方留守处大难不死，自动解散在外流浪了一段，转而来到保靖，经熟人推荐当了司书，又因文字写得相当好而被陈渠珍看上，留在身边当了专管会议记录和抄写文书的书记。

这位男孩就是沈从文，他凭自己的天赋和不懈的勤奋努力当上了湘西最高统领的书记，按理说已找到一份相当不错的工作，而且极可能在统领部也有极大出息。但是，因了求知的渴望，在知识和权力面前，他宁愿放下权力去求得知识，由此而毅然作出了到北京去求学的决定，求学不成就去当警察，这是他给自己预想的两条路，他就抱着这样的期望远离了保靖，远离了湘西。

半个多月后，沈从文辗转从长沙经武汉、郑州来到了北京。在租了一间"窄而霉"的小屋住下后，他便开始去北京大学报名投考，谁知填了表就没有了消息，原来是他没有学历，竟连参考资格都没有。断了读书这条路，他也没有气馁，找一份糊口的工作亦非他所愿；思来想去，最后下定决心从事文学创作作为自己的职业。于是关在那间阴暗潮湿的小屋中，夜以继日，不知疲倦地挥笔写作，一篇篇充满泥土乡味的散文、小说从他笔下像水一样汩汩流淌了出来，他选定其中一些自认满意的作品向报刊投稿，可是因为没有熟人，并未引起那些报刊编辑们的注意，过了许久也没发出一篇。眼看着坐吃山空，生计日蹙，在痛苦之中，他大胆给当时的著名作家郁达夫写了一封信并寄了稿去，期望能得到这位作家的扶持。郁达夫接此信后，被这位年轻作者的作品深深打动了，他从字里行间断定此作者才力不凡，定有无限前途，只是眼下困于生计，应该帮他一把。于是，郁达夫在一个寒冷的上午找到了沈从文所住的"窄而霉小斋"，当他看到只穿了两件夹衣的沈从文，全身冷得发抖，还坐在桌前奋笔不止的情景时，深深被这青年的毅力所感动了。而沈从文弄清眼前这人就是大名鼎鼎的郁达夫时，也一时激动得不知所措。

"走，我请你到外边吃一顿去！"

郁达夫当下不由分说，带着沈从文到一家饭店里，饱餐了一顿，并尽自己所有，拿出五元钱支付了一元七角饭钱，剩下找回的钱全塞到了沈从文手里。那一刻，沈从文冻僵的心即刻就感觉到了一种相遇相知的温暖。临分手时，郁达夫还将自己的一条毛围巾披在了沈从文肩上。沈从文在郁达夫充满友爱的关心支持和鼓舞下，从此文交好运，作品接二连三不断在各报刊发表出来，在当时的文坛引起了广泛关注，到 25 岁时，便已成了闻名全国的著名青年作家。此后，沈从文又笔耕不辍，一直写了几百万字的小说散文。全国解放后，由于种种缘故，沈从文放下了写小说的笔，专注于古代服饰研究，出版过《中国古代服饰》等专著，在历史文物服饰研究方面作出过重大贡献。20 世纪 80 年代，沈从文曾被禁锢的小说作品再次获得新生，大量出版，国内外文坛对他的作品都十分推崇。至此沈从文终于成了蜚声中外的大文豪。1988 年 5 月 10 日，沈从文走完了他 86 岁的一生。他死后，其骨灰被运回家乡凤凰，葬到了他小时候常爱玩耍的听涛山上的一块自然岩石之下，那岩石上刻着沈从文所书的两句话："照我思索，可认识我，照我思索，可认识人。"
在其墓旁不远，有一块当代著名画家黄永玉所立的石碑，上面刻写着一行大
字："一个战士不是死在沙场便是回到故乡！"黄永玉是沈从文的表侄，20世
纪30年代从家乡流浪外出，到上海香港一带谋生，最后自学成才来到北京，
成为当代著名的大画家。沈从文在世时，黄永玉曾受到过他的许多教诲，因
而对表叔感情极深。沈从文逝世后，黄永玉为表达悼念之情，特树此碑以作
长久纪念。从那以后，沈从文墓地便成了凤凰县的一道旅游胜景，常引得无
数游客慕名前来观赏，此是后话。

再说陈渠珍正醉心于湘西自治时，有一天，邻近不远的川东边防军总司
令石青阳，突然来到保靖拜访陈渠珍。在统领部的会客厅中，陈渠珍与石青
阳热情交谈了好一阵。

石青阳道："此次我奉孙中山之命，路过保靖，准备进川组建军队。因我
部目前实力尚弱，想请玉鍪兄助一臂之力，能否借我一支部队，同去帮我打
开局面？"

陈渠珍回道："当年我出酉阳，承蒙您的关照录用，让我驻足一时，渡过
难关，此种情谊令我没齿难忘。如今你需要借兵，我自当鼎力相助。但不知
你需要多少人枪？"

石青阳道："一个支队怎样？"

陈渠珍想了想道："好吧！就借你一个支队，你看谁去合适？"

"这也由你定吧！"

"让贺云卿去怎样？"陈渠珍道，"此人打仗勇敢，堪称一员猛将，他对孙
中山的主张又十分拥护。"

"行！"石青阳道，"你就叫他来问一下，看他自己是否愿意！"

"我马卜通知他来！"陈渠珍随即写了一道手令，让人给贺云卿送去。

第二天，贺云卿接令即从浦市来到了保靖。这贺云卿即后来成为开国元
勋的贺龙，是湘西桑植县洪家关人，出生在一个农民家庭。他自小爱玩枪弄
棍，没读多少书，人却极聪敏机智，又很讲豪侠义气，年轻时赶过几年骡子，
在江湖上结交了不少好汉，加入过哥老会，又入过中华革命党和同盟会。
1916年初，响应讨袁护国号召，在石门泥沙夺枪起义，后同大庸罗剑仇的护
国军一起联合举兵，围攻保袁武装驻守的石门县城，战斗受挫后回到桑植，
再约集二十一条好汉奔袭本县芭茅溪团防盐局，夺得十余条枪，从此声势大

振，20 岁时，即被任命为湘西护国军左翼第一梯团第二营营长。护法战争中，贺龙到湘西护法军林德轩部下任第五团第一营营长，后又升任第三梯团团长。1920 年 10 月，林德轩部在援粤讨桂战斗中被击败，贺龙率部转回桑植。此时，陈渠珍及时派人游说，终于使贺龙率部在大庸教字垭接受了整编，并被委任为湘西巡防军第二支队长。1921 年 7 月，贺龙奉命率部开往桃源，不久又移防驻扎到了泸溪浦市。陈渠珍与贺龙的交往素有渊源。早在援鄂战争中，贺龙曾受到北军蒋光祖的围攻，由于陈渠珍率部大败了王正雅，从而在侧面援助贺龙乘势击溃了蒋光祖。贺龙曾听参谋长陈图南介绍，得知陈渠珍西域经历的不凡身世，大赞陈渠珍"是个英雄"，而陈渠珍也在常德时就主动拜见过贺龙，并一同参观过伏波庙。通过一段交往，陈渠珍认为贺龙是当世之杰，必定不会久居人下，所以也想有意放他远走高飞。如今石青阳来借兵，陈渠珍正好送个顺水人情。当下贺龙一到，陈渠珍就说："云卿，有个好机会，你去不去？"

贺龙问："什么机会？"

"四川边防军司令石青阳奉孙中山之命想到我处借兵，去川组建部队，我想让你去担此重任，不知你意下如何？"

贺龙想了想道："承蒙统领信任委派，又是孙中山先生的指示，我岂有不服从之理！"

"那好，就这样说定了，你就随石司令去吧！"陈渠珍说罢，就将贺龙介绍给石青阳认识。石青阳见贺龙长得年轻英俊，相貌堂堂，一表人才，心下更是十分高兴。第二天，贺龙回到浦市，就率部随石青阳去了四川。

陈渠珍将贺龙支队借出之后，其部实力仍有一万多人。为锐意整军兴武，他又在保靖兴办了一个军官讲习所，由黄光范负责，教官由戴季陶、李承业担任。其时，驻在保靖的部队，每天都要出操训练，陈渠珍也时常于清晨到操场检阅出操部队。这日清早，他带了几位幕僚一起去看部队出操训练，看过一阵后，他问秘书陈慕素："兵士操练完毕，即可唱歌，更好鼓舞士气，你觉如何？"

陈慕素道："统领见解极是！应当教士兵多唱几首歌，军营则更显生气！"

"我意教唱歌，就要作首自编的军歌！"陈渠珍道，"你是秀才，文笔又好，帮助作首歌词如何？"

"只怕才不堪用！不过，统领吩咐了，我一定勉力试试！"

陈慕素应允了，于是连夜苦思歌词。他本是个文人，系桑植县空壳树人，自幼好学，天资异常，童年即能诗文，后考上长沙广益中学，1914 年毕业。其后，又师从于慈利名师吴恭亨，研习过国学，回乡后为陈氏族中修族谱，到保靖与陈渠珍相识，被延至幕府当了秘书。陈渠珍见其文采非凡，乃将此作歌词任务让他承担。陈慕素不负期望，第二天就把歌词做了出来，又经陈渠珍和众文官商议修改，最后定出了一首《湘西巡防军军歌》，其歌词是：

"湘西西上五箪好河山，论疆域，连黔带蜀，级级有雄关。澧兰沅芷，纵横直荡，地势本天然。三军忠勇，十县团结，千里靖烽烟。"

此歌词修定后，陈渠珍又请有关乐师谱成曲，而后教给各部士兵传唱。一时间，军营上下，每天都能听到嘹亮的军歌响遍云霄。

这歌声标志着陈渠珍的湘西自治已初见起色，也昭示着这位湘西统领的武装已进入盛炽之时。

第十二章　田义卿行刺叛乱
陈渠珍引咎辞职

"咚喤咚喤……呜啦呜啦……"

一阵阵热闹的锣鼓唢呐声从保靖城内的一座大院里不断传出，引得过路的行人纷纷驻足观看。

这座大院是保靖巡防军统带田义卿的住宅，两日前，因其曾任过茶峒小寨千总的父亲年老病逝，田家还张罗做了两天孝事。今日，传闻巡防军统领陈渠珍要亲来祭奠，田义卿在大院内把大儿田癞子叫到身边悄悄嘱咐说："你带几个人准备好，陈老统到灵堂后，按我的命令行事！"田癞子心领神会地说："你放心，只要你下令，保证叫他有来无回！"

俩人商议妥当，就听门外早有院丁大声叫道："陈统领到！"

田义卿慌忙迎出门外，只见陈渠珍穿着一身青布长袍从轿内走出，他的前后紧跟着 12 名随身马弁。这些马弁都穿青布便衣，个个荷枪实弹，眼睛格外机警，查看着四周。

"陈统领大驾光临，义卿有失远迎！"

"我来祭奠令尊，你无须客气！"

俩人一面说着，就一同往灵堂走来。喧闹的锣鼓唢呐和噼啪的鞭炮忽又响起，待到鞭炮和锣鼓声停止，陈渠珍才在摆放黑漆棺材的灵位前站立，连鞠了三躬。其时田癞子披着白布麻衣，眼睛往田义卿脸上看了一下，田义卿正欲下令动手之际，忽见老母亲匆匆来到身边，将他一把拉着道："你来一下！"田义卿不知何事，只好随母亲到了一旁室内。老母亲严厉地说："义儿，你千万不要做蠢事！不能杀陈统领！他早有防备！这大院后面到处是黑旗大队的人在望着，你若动手，会遭满门抄斩，还要诛灭九族！"

"你们听谁说这屋后有黑旗大队的人埋伏？"

"是我刚才发觉的！"田义卿的妻子这时作了证实，亦劝田义卿不要妄动。原来，那田妻见陈渠珍的护卫十分警惕，而大院四周也有黑旗大队的士兵在走来走去，随即将情况告诉田母，田母才慌忙把儿子叫来进行劝阻。

田义卿只得应允母亲不动手了，接着佯装热忱来到院内和陈渠珍又寒暄几句。陈渠珍祭奠完毕，就告辞出了门去。

回到虎形坡官署，黑旗大队的一连人也"演习"完毕回来了。

陈渠珍惊讶地问妻子刘茨湘道，"谁让黑旗大队去护驾的？"

"是我叫去的！"刘茨湘道："我怕这田义卿靠不住，要他们以军事演习为名到田的住宅外暗中保护！"

"我的夫人，你真有预见！今日情形，是有点不对头！"原来陈渠珍祭奠时，发觉田母把田义卿匆忙叫走，过了一会才出来，便认定田义卿的行为有些蹊跷，从此对田也产生了更大的怀疑。

过了一段日子，陈渠珍命田义卿率部去攻打进占沅陵的蔡钜猷，其意在调虎离山，让田义卿去厮杀，以便削弱其力量。田义卿却觉得这是一个极好的割据称雄的好机会，随即率部水陆并进，直向沅陵杀去。那蔡钜猷不摸田的虚实，见其来势凶猛，便不战而引兵退去。

田义卿轻而易举地夺得沅陵城后，洋洋得意而又骄横地向部下吹嘘说："老子打仗，从来没有攻不破的城池！现在咱们占了沅陵，要怎么做就怎么做，陈老统也管不着！"说罢，就吩咐派人增设关卡，向过往的商船、烟客征收重税。一日，一位奉命征税的刘连长向田义卿报告道："统带，我在南门码头截获一只运军火的船，里面有 8 挺新机枪和一些弹药，是陈统领派来的人押送去秀山送张子青司令的，你看怎么办？"

"扣起来，这机枪我们正用得着嘛！"田义卿吩咐道。

"要是陈统领追究起来怎么办？"那连长问。

"不怕！我自有办法应付他！"田义卿说。

过了几日，陈渠珍闻讯机枪被扣，不禁大发雷霆。因为这机枪是他亲自指示送给派驻在四川边防联合清乡督办公署张子青部的，没想到田义卿竟敢大胆扣留！"这家伙要反了！"陈渠珍发一顿肝火后，忽又冷静下来，他知道此时靠下命令不起作用，弄不好他会公开竖旗造反。于是只好写了一封信去亲自交涉，说明此批机枪是批拨给张子青的，该部需加强边防力量用来剿匪，请他务必放行！那田义卿接信后，却回信答复说，驻沅陵亦需加强防卫力量，就把这批机枪先作"借用"！陈渠珍接回信后又气又恼，于是决计下令将其调回永绥驻防，其沅陵剿匪总指挥一职，让张子青来接替。张子青原来任职的四川边防联合清乡督办公署则被撤销了。

且说张子青奉令率部来到沅陵接防，田义卿开始有意拖延，态度很冷淡。过几日后，忽然又大变，并亲自送来请柬，邀请张子青赴宴，说是要为张子青"洗尘"，同时交接驻防事宜。张子青信以为真，第二天只带两个护兵去赴宴。乘轿来到田义卿的司令部，张子青迈步连进三道门，那门卫即高喊："张司令到！"田义卿在内厅答道："请！"张子青发觉两厢警卫隐伏杀机，气氛显然不对，忙扭头就走。那门卫又报告道："张司令走了。"田义卿即下令："走了，给我打！"话音刚落，一阵雨点般的子弹射来，张子青和两个护卫身中数十弹，当场倒地毙命。

"把他们的尸体甩到阴沟去！"田义卿提着枪跑出来，又命令部下道，"快，去打张子青的司令部。"

田义卿的儿子田癫子一马当先，立刻向张子青的司令部冲去。

"啪啪啪……"还未接近目标，张部的十多挺机枪一齐吼叫，田癫子带的人马立刻被打倒了十多个。

"他妈的！他们有了防备！"田癫子闪身躲到一堵墙边，双方一阵激烈扫射，战斗打成了胶着状态。

田义卿眼看进攻失利，立刻传令撤出沅陵，临走，又将监狱门打开，把所有犯人全放走了。这时，张部营长顾家齐、曾宏、佘斌诚等，又率部进行反击，田义卿率众边打边退，最后撤回到永绥城。

顾家齐接着派人向陈渠珍报告了张子青被杀和击退田义卿袭击的详细经过，陈渠珍闻讯深觉震惊，遂任命顾家齐担任辰沅剿匪总指挥一职，同时通令悬赏缉拿田义卿，接着又组织了几路人马向永绥进行清剿。田义卿在永绥城抵挡不住，率部再退至弥诺。为了寻求新的靠山，田义卿派幕僚杨敬轩去找川军第二混成旅旅长贺龙联系。杨敬轩来到川边找到贺龙后说："田义卿与陈渠珍闹翻了，他派我来联系，欲投靠你部川军，你看如何？"

贺龙问："你们怎么闹翻的？"

杨敬轩道："陈渠珍对田义卿实行排斥，他派张子青来接替田的职务，田义卿对此不满意，而张子青又威逼田义卿交出防地，俩人发生冲突，田义卿不得已，用计设宴为张子青'洗尘'，才将其击毙。现在陈渠珍四处悬赏缉拿田义卿，田部在湘西难以立足，故此特来投靠川军，还望能在汤军长处美言推荐，给予委任。田义卿将十分感谢！"

贺龙回道："此事容我报告汤军长再作定夺吧！"

三天后，贺龙即带杨敬轩来到汤子模的军部。那汤子模是湘西大庸合作桥人，其父是个穷秀才，又精医道，但因卷入一场官司而倾家荡产。汤子模早年失学便投身行伍，由于作战勇敢而逐年提升，从一个普通士兵升任为川军第二军军长。此时，汤子模听罢贺龙介绍的情况后又问："那田义卿平日为人如何？"

贺龙说："我与田义卿交往不多，听说他原来驻龙山县当过营长，张学济、冯绍麟部曾围攻龙山县城48日没有攻破，后来被迫撤兵，田义卿即投奔了陈渠珍。他在陈部剿匪有功，又生擒过土匪田少卿，因而获得陈渠珍信任，委任他当了保靖巡防军管带。现在，田义卿刺杀了张子青，陈渠珍容他不下，这其中谁是谁非一时尚难断定。"

汤子模想了想便道："我部响应孙先生号召，现在组织建国联军进行北伐，正是用人之际，扩展越大越好！田义卿既然主动来投奔我部，不管其人动机如何，我们可以容纳了再说。他要封职，就委任他为第五混成旅旅长！"

杨敬轩得到汤子模的回复，连夜奔回了永绥。田义卿接到汤子模的委任状后，大喜过望："好，老子现在升了旅长，还怕那陈老统吗？有北伐军撑腰，咱们只管和他对着干！"

不多久，建国联军挥师北上，熊克武、汤子模率部经湘西来到了常德一带，其前锋贺龙部占领了津市和澧州。正当北伐进展顺利时，孙中山先生却于1925年3月不幸病逝。群龙无首，北伐暂停，数万滞留湘内的建国联军的去向成了大问题。熊克武、汤子模决定收兵返粤，贺龙部以"湘军返乡"为由留在原地未动，赵恒惕权衡利害得失，以省府名义委任贺龙当了澧州镇守使。

熊克武、汤子模率部假道湘西返粤，途经保靖、永绥时，打了陈渠珍部一个措手不及。其时，陈渠珍闻讯川军一部绕道古丈，抄袭其后，大队联军长驱直入，不由得惊慌失措，乃急下令向凤凰方向撤退。行至永绥，又遇田义卿率部堵截，双方一番激战，陈渠珍部损失惨重。好不容易冲出重围来到乾州时，得到凤凰腊尔山守备隆屏候、隆屏贵兄弟率2000余人前来接应，这才从容撤回凤凰城。川军这时又兵临乾州城下，陈渠珍命滕久长、滕文作、田应昌、韩六地、周大德等率部增援固守城池，川军师长罗觐光率部围攻四十八日，竟未能攻下此城。7 月中旬，熊克武、汤子模先后引兵经凤凰、麻阳离开湘西，向广东开去。

正当陈渠珍受挫之时，田应诏从省城也回到了凤凰。陈渠珍听说田应诏回来，立刻主动登门拜见："军门，此次变乱迭起，湘西受到重大损失，玉鏊深感赧愧，我现已引咎辞职，这统领一职，就请您收回！"

田应诏久居省城，其时也是静极思动，又见陈渠珍兵败受挫，亦有意收回旁落兵权。而陈渠珍主动请辞，他也就点头应允道：

"目前局势尚很严峻，你虽辞职，亦望不要气馁！古人云：胜败乃兵家常事。你可多总结失败之教训，以后不愁没出息。"

"多谢军门指教！"陈渠珍遂将统领印章之类交出，接着就退居到了凤凰、泸溪交界的猫儿口处。

那猫儿口位于沱江上游，山高河深，古木参天。陈渠珍住在一家农户小屋里，每天布衣麻鞋，或负薪白炊，或看书作文，或垂钓沱江，俨然一个息影林泉的隐者。其实，他仍在时时关注时局的变化。他知道田应诏此时上任亦非易事，说不定到时还得请他出山收拾残局。果然，不到半月，田应诏就派人送信来，请他重新担任统领应付局面。原来，田应诏上任后，立刻面临着一个极大威胁：那田义卿此时见风使舵又投靠了湘西善后督办叶开鑫，已被委为永绥防备指挥，并扬言要踏平镇篁城，生擒陈渠珍，活捉田凤丹。田应诏曾下令组织陈斗南、顾家齐、张化南、宋海涛四路人马进行讨伐，谁知进攻失利，反被田义卿反攻追击到了乾城，凤凰、泸溪县也受了极大威胁。田应诏再下令四处调兵增援，无奈各处守将以防务吃紧为由，竟不肯听命前来相助。眼见局面十分不利，田应诏才意识到陈渠珍经过多年经营，其羽翼已成，湘西之事，没有他谁也难统领驾驭了。于是经过反复利弊权衡，最后决定彻底退出，并以"让贤"为由与陈渠珍开诚相见，自己表明今后只领湘西镇守使虚衔，并即日转回长沙，湘西的一切均由陈来统领。陈渠珍见田应诏如此诚心相让，便称允出山重又回了凤凰。

陈渠珍再执兵权后，立刻电令陈斗南、顾家齐、宋祚永三个团分头再向永绥进攻，务必将田义卿彻底剿灭。田义卿领兵激战一昼夜后，抵挡不住撤往保靖。过了数日，陈渠珍欲再组织兵力去追剿田义卿时，忽然接到湘西善后督办叶开鑫的一份来电，内称田义卿巨匪已被缉拿处决，特此告慰。陈渠珍喜出望外，后经仔细了解才知田义卿被处决的详细经过。

原来，田义卿自到保靖之后，因为此城已被抢空，部队给养困难，叶开鑫便派人邀他到沅陵另谋出路。田义卿随即率部到了沅陵。

在沅陵驻防之后，田义卿最初还小心翼翼，但见叶开鑫连日热情相待，慢慢地也就放松了警惕。7月24日傍晚，叶开鑫再邀田至亚细亚洋行赴宴，宴毕又陪田打了一阵麻将。时至深夜时，田的参谋长舒蔡甲来到酒楼，催田义卿道："咱们回去吧，夜深了！"田义卿即告辞出了门。此时，有二十余名护兵前后相随。是夜月光高照，街上行人稀疏。一行人来到考棚街十一旅司令部门前时，有门卫忽高声叫道："口令！"

"什么口令？都是自家人！"田义卿的领头护卫应声答道。

"没有口令，给我打！"

黑暗中，随着这喊声，街旁忽然拥出几十名伏兵，一阵猛烈扫射，田义卿身中数弹，负伤倒地，其余护卫死的死，伤的伤，也有几个跑得快的，侥幸躲过了追杀。田义卿和他的儿子田癞子以及参谋长舒蔡甲等，负伤后都被捆绑了起来。

"叶开鑫，你为啥要暗算我？"负伤的田义卿心有不甘，想要弄清叶为什么杀他。

"你听着，"叶开鑫道，"我是奉上司命令行事！你这人反复无常，作恶太多，不杀不足以谢民愤。去年你将张子青谋杀，现在也请你到此地偿命，这岂不很公平嘛！"

说罢，即命手下将田义卿、田癞子、舒蔡甲等押至张子青被害处，一起处决。田义卿死到临头也终未明白，叶开鑫的上司为何下令要杀他。实际上，叶开鑫所说的上司就是省长赵恒惕，其中的真正内幕是：田义卿在永绥城内驻守时，有个副官廖世德和参谋田善元与该城绅士陶显武结有宿怨。廖、田两人阴谋杀害陶显武，伪造了一封假信，内称"田义卿现已弹尽粮绝，请速派兵攻打永绥，我们可作为内应……"信末签上了八个绅士的名字，并盖有假私章，信封上写着陈渠珍亲收。田善元派一心腹将假信带在身上，在经过城门哨卡时，故意东张西望，引起田癞子怀疑，田癞子从他身上搜出此信，又将此信交给五叔田庆昌。当陈渠珍组织人进攻永绥时，田庆昌在战场被打死。田义卿派人抢回尸体，从田庆昌荷包里搜得这封假信。廖世德和田善元就以此信为据，挑拨田义卿说："若不是这些绅士私通陈渠珍，我们的五哥怎么会被打死？现在这些绅士又要为五哥举行祭奠，这不是猫哭老鼠假慈悲吗?"田义卿听罢信以为真，于是决定将计就计，竟在给田庆昌出葬的那日早晨，将前来送葬的绅士陶显武、宋祚鑫、陈筱樵、姚化南、张桂钦、杨鼎铭、杨勋臣、陶子翼、李寿生、杨仲轩父子等人全部用枪打死。此事顿时激起全城绅士义愤，他们纷纷向北京政府中担任吏部、司法行政部主事的同乡人张称达、宋泽生告状，张、宋二人与田应诏又系旧交，三人一起又联名向熊希龄告状，熊希龄其时虽未任职总理，但他仍感到很义愤，遂派一亲信黄少波来到长沙，要求赵恒惕将田义卿擒杀，赵恒惕最终就向叶开鑫下达了处决田义卿的密令。

第十三章　汤子模殒命天柱
三志士血洒凤凰

　　田义卿之死，使陈渠珍解除了一个心腹大患，从此他重整旗鼓，对外联络贺龙互不相犯，对内除暴安民，抚慰灾民，局面又渐好转起来。

　　时入深秋，陈渠珍在乾城忽又接到省长赵恒惕一份电令，命他与贺贵严、刘珊、叶开鑫各部一道讨伐贺龙。原来，贺龙在澧州任镇守使后，政治上明显倾向支持共产党，这使赵恒惕下了决心进行武力讨伐。

　　陈渠珍接此电后，即召集几个幕僚进行商议。陈幕素向他进言道："前不久我奉你旨意，与贺龙联系已重修旧好。他主动出让永绥、保靖、永顺等县的防地让我们接管，现在若出兵去攻打他？于情于理，实乃不合。"滕风藻则建议道："不执行赵恒惕命令，他怪罪下来对我们不利。我看派兵做做样子未尝不可，只要不损害实力就行。这样可两面应付。"

　　陈渠珍点头道："贺云卿上次让出防地，显然没忘旧情。且顾我于艰难之中，这次赵恒惕要讨伐他，我们当然不能替赵卖命！此事就派陈斗南率部去应付一下，可虚张声势，给贺龙让出一条道来，让他去川黔边吧！"

　　如此计议妥当，陈渠珍即命陈斗南率一团人马前往永顺一带，说是奉令堵截贺龙，暗中却在永顺、保靖闪开一条大路，让贺龙部顺利从津澧经大庸永顺龙山开往了四川。贺部离开后，陈斗南才命部下对空一阵射击，然后电告赵恒惕，说贺龙"轻装偷袭，猝不及防，经派部追至里耶，发生激战，斩获甚众……"云云，以此便把事情敷衍了过去。贺龙率部离开湘西后，陈渠珍亲带部队到各县督办剿匪。一日来到麻阳，忽有一位身着军服的川军军官前来求见。

　　陈渠珍让门卫带他进来，只见那军官五短身材，皮肤白皙，模样很显精悍。

"陈统领，慕您大名我特来拜访！"那军官自我介绍道，"我是川军汤子模部下的周燮卿。"

"啊，你原来就是周旅长，诨名'周矮子'的就是你！"陈渠珍打趣说。

"正是，正是！"周矮子道，"别看我矮，本事还是有的。一般人我还瞧不起。不过，对于您陈统领，我是打心眼里钦佩！"

"这是为何？"陈渠珍问。

"因为我听别人讲过你的经历。你在西藏远征几年，在那样的不毛之地生活了那么久，又带兵跋涉七个多月走到青海甘肃，100多人只剩下几个人活着回来，如此大难不死的经历，真正是英雄壮举！就凭这一点，我简直就佩服得五体投地！"

"好！好！"陈渠珍被周燮卿一番话说得心里很舒服，嘴里却又轻描淡写地说："看来你对我的身世经历是有所了解。不过，那都是过去的事了。"

周燮卿又道："你从西藏回到湘西这些年，也干得相当出色呀！从一个普通军官升到巡防军统领，把一支旧式箪军训练得有了相当战斗力，又剿了那么多土匪，办了那么多工厂和学校，把一个湘西治理得好有起色，若不是去年川军过境受到损失，湘西的发展如今必定已令世人瞩目矣！就凭你治军治政的这种大才大略，我也十分佩服，所以决心来投奔你。为你效劳，不知陈统领可容纳我否？"

"你在川军不是干得也很好吗？为何要投奔我？"陈渠珍又问。

"我们那支川军，现在四分五裂了！我的顶头上司汤子模也被人打死了！"周燮卿伤感地说，"汤军长待我如同手足，想不到他却遭人暗算了！"

"他是怎么死的？"陈渠珍吃惊地问。

"说来话长哩！"周燮卿端起茶杯喝了几口又接着说："我们川军自那次从湘西撤走，经湘黔边境到了广东连县、三江、星子等地，中间走了两个多月。10月3日，熊克武和余际唐接到蒋介石邀请去东山寓所公谈，两人一去就不见回来。后来听说他俩已被用船载到虎门软禁起来了。这时鲁涤平、朱培德的两个军又摆开阵势向我们川军围了过来，汤军长见势不妙，就率我们川军赶紧向贵州开来。当我们的部队来到天柱县牛场时，忽遇一名黔军从背后突然向汤军长射击，汤军长背部连中两弹，顿时毙命。军部警卫连当即反击，将那凶手打死，结果认出那凶手竟是罗覲光部下的营长李华斋，他是伪装黔军专来刺杀汤子模的。为此我分析这罗觐光是个叛徒。此后罗觐光又拉队出走了。我和肖毅肃旅长就找了副棺木将汤子模尸体入殓了，并送其灵柩来到常德，交由其弟汤子林接回，将其棺木葬在了大庸合作桥故居之地。现在，我们几支川军都各自分散了，我便打定主意投奔到你处来！"

"如此说来，那汤子模竟被叛徒所卖，这背后的阴谋还很复杂哩！"

陈渠珍从周燮卿的叙说中终于弄清了川军分裂溃败的一些内幕情况。如今建国联军既不存在了，周燮卿愿来投奔，陈渠珍也正好借此扩展势力，于是满口应允收编了周燮卿这支川军。

过了数日，陈渠珍为督促剿匪，带着随从来到麻阳县尧市剿匪指挥部。只见一栋四合院内，四处张贴着剿匪标语。

陈渠珍骑马视察。顾家齐等迎接到门口。

陈渠珍问："近来剿匪情况如何？"

顾家奇道："报告统领，部队已经进入全面剿匪阶段，匪首周叫鸡公被我部歼灭，他部下几十名土匪前来投降。"

陈渠珍点头道："好，凡是投降的土匪，我们都应该一视同仁，好好对待。"

顾家齐道："投降的土匪里面有个姓曹的，外号叫作'飞天虎'，是个神枪手，杀了我们不少兄弟，他说非要见统领一面，才肯投降，统领，您见不见？"

陈渠珍惊道："有这种事？！好，带他过来见我吧。"

顾家奇："是，统领！"

陈渠珍坐在大厅，不一会，只见顾家奇领着一个虎头虎脑的彪形大汉走进了院子内。

陈渠珍看着他道："你就是飞天虎？"

那汉子回道："老子就是飞天虎曹振亚！我要见你们陈统领！"

顾家齐道："飞天虎，你真是有眼无珠！这位就是陈统领。"

曹振亚仔细打量陈渠珍，似有所识："陈统领好面熟，难道，难道咱们以前见过？"

陈渠珍仔细想了一下，微微一笑："我们当年见面的地方，应该在桃花溪吧？"

顾家齐："啊，统领跟这家伙，真的以前就认识啊？"

陈渠珍淡淡一笑，并不言语。

曹振亚非常惊讶："大人，莫非，莫非你就是当年的陈秀才？"

陈渠珍点了点头，笑了一笑。

曹振亚惊讶道："唉呀，恩公，恩公！"一头跪下。

陈渠珍抬手道："起来，起来，有话慢慢说——"

曹振亚感概道："都说山不转水转，恩公，真想不到，我们会有见面的时候！"

两人都不禁想起了多年前的往事。那是十八年前，桃花盛开时节。芷江沅水经校堂。陈渠珍作完功课，正在桃花溪漫步观景。忽然背后闪出一衣衫褴褛的彪形大汉。

大汉："秀才，借点买路钱来用用！"

陈渠珍哼哼冷笑："我一个穷秀才，哪里有买路钱给你？"

大汉："没有，那就别怪老子不客气！"说罢一拳打来。

陈渠珍身子一缩，躲过飞拳，脚一钩，将大汉钩翻在地。大汉不服，站起身来，又被陈渠珍一脚踢翻，连续几次，直到被打得鼻青眼肿。

大汉趴在地上："好汉饶命，饶命。没想到你是个武秀才，怪我瞎了眼。"

陈渠珍："有话好说，你起来吧，堂堂男子汉，怎么干起了这种勾当？"

大汉爬起道："我也是没法啊，我家有七十老母，近来得了重病，我没办法才走上了这条路，还请秀才高抬贵手，放我一马。"

陈渠珍："好，我身上也没什么钱，就给你两百铜圆，以后再做这种事，我绝对饶不了你！"

大汉跪头作揖："是，是，多谢秀才！"

曹振亚脑中闪过这段回忆即道："自从上次遇到恩公，我就回老家做了一个岩匠，打算平平安安过日子，不久老娘去世，我也娶了个老婆，还生了个儿子，日子虽然穷，也还过得有滋有味。"

陈渠珍问："好好的，怎么后来当起土匪了？"

曹振亚脸上露出悲愤的表情："四五年前，我有一天外出，有一群北军到了我家里，要强奸我老婆，我老婆不从，那些狗日的北军，就把我老婆和儿子都打死了。我咽不下这口气，约了本寨20多个弟兄偷袭那些畜生，夺得了七支步枪，上山当了土匪，队伍也慢慢拖到了一百多号人。这次看了你们的布告，投降自首可以宽大，没想到竟然遇到了恩公！"

陈渠珍："飞天虎，我看你是条汉子！剿匪军不同于土匪，军纪严明，你既然真心投诚，以后可要遵守军纪，不可再扰民滋事！"

曹振亚道："只要统领把我们当人看，弟兄们就算肝脑涂地，也决不皱一下眉头！"

陈渠珍："好，从现在起，我接受你们100多人的投诚，编成我们剿匪部队的一个连，由统带戴斗垣统一指挥，由你担任副连长。这样安排，你还满意么？"

曹振亚道："谢统领提拔！从今往后，飞天虎誓死效命统领！！"

陈渠珍点了点头："去吧！把身上的衣服换一换，从现在起，你就是正规军了！"

曹振亚十分感激道："是！"便转身走出了门去。

又过了一段时间，陈渠珍通过招抚和剿灭并用的策略，先后消灭了一批危害很大而又顽固不化的匪首，如凤凰的龙妹堂等。同时，对永顺的向子云、辰溪的张贤乐、张玉昆，泸溪的杨善福，麻阳的张先齐，永绥的麻佩钦，芷江的陈方前等武装头目都给予了收编录用，让他们当了团长或营长，这样陈渠珍的实力又渐渐扩充到了一万余人。

到了1926年春，北伐军分左、中、右三路从广州出发向北推进。中路前敌总指挥唐生智率部进入湖南，并代理湖南省长之职。陈渠珍见风使舵，急电省府拥护北伐。唐到任后，即宣布撤去了田应诏的湘西镇守使职务，同时任命陈渠珍为湘西镇守使兼湘西屯边使。不久，北伐军为稳定左翼，又由国民政府军委会委托贵州握有重兵的袁祖铭担任了左翼军前敌总指挥，委任陈渠珍为左翼军前敌副总指挥。左翼军主力为第九军和第十军，军长分别为彭汉章和王天培，何璧辉与贺龙则各为独立师师长。前敌总指挥部其时设在常德，副总指挥部设在沅陵。袁祖铭负责指挥入军作战，陈渠珍则负责湘西黔东一带通道安全及后勤保障。同时，陈渠珍还派了唐力臣率一团人到王天培部去参加北伐。

且说袁祖铭出师北伐，到了常德之后，却又迟迟按兵不动。这年年底，他在常德指挥部忽收到一份慰问请柬，是唐生智留驻在常德担任左翼警戒的教导师长周澜派人送来的，内容是春节慰问驻湘友军，特请袁祖铭等赴宴联欢。袁祖铭遂与参谋长朱崧、独立师长何璧辉及警卫20余人一道欣然去赴宴，谁知刚到周澜公馆，即遭到两厢伏兵的猛烈袭击，袁祖铭等20余人全被击毙。接着，周斓又下令包围击溃了袁在常德的三个团。

袁祖铭为何会遭此暗算呢？原来，他参加北伐后。在常德大肆招兵买马，却又目中无人，妄自尊大，由此引起了唐生智、蒋介石、何应钦等军政首脑的怀疑和猜忌。唐生智在报告蒋介石并与何应钦密谋后，即授意自己的部下周斓，除掉袁祖铭。周斓经过一番秘密策划，最后终借年关慰问为名，设宴击杀了袁祖铭。

再说袁祖铭被杀之前，唐生智为稳定陈渠珍情绪，经呈国民政府批准，委任他担任了国民革命军第十九独立师师长。袁祖铭被杀，陈渠珍闻讯大为震惊。因他过去一度与袁祖铭合作关系密切，故而害怕因此株连自己。为防不测，他将指挥部撤回了乾城。同时，又派陈士到武汉去见唐生智，再次向唐转达竭诚拥护之意。唐生智本欲缉拿与袁祖铭相关密切的有关人员，并且已下令撤销了湘西镇守使，免去了陈渠珍的镇守使职务，恰巧此时蒋介石叛变，宁汉分裂，唐生智准备兴兵东下讨伐蒋介石，故想到用陈渠珍为其巩固后方，于是转变态度，并通过武汉国民政府重申委任陈渠珍为国民革命军第十九独立师师长。

陈渠珍此次化险为夷之后，对于卷入军政界的斗争更加小心翼翼，为了保持相对的独立性，他只期望把根子稳扎在湘西。对于外界给予他的任何封号，他本意都不大感兴趣，但是没有封号，就没有护身符，所以，他只想利用这些封号，不断扩大自己的实力，以便更好地维持自己的生存利益。

随着形势的急剧变化，1927 年 4 月 12 日，蒋介石在上海发动了反革命政变，对共产党人进行了大屠杀。5 月 2 日，长沙又发生著名的"马日事变"。紧接着，湖南各地都进入了一个大肆捕杀共产党人和革命群众的恐怖时期。

5 月 26 日上午，天上乌云密布。凤凰县城文昌阁小学里，有四位年轻人正秘密聚集在一间小房子里开会。忽然，一个打扮艳丽的女人来到房前敲门叫道："韩校长，找你有事，请出来一下。"

韩校长即小学校长韩仲文，是一个 25 岁的小伙子。听到叫声他开门问："你是哪位？有何事？"

"我是顾旅长家里人！"那女人说，"顾旅长给你们几位写有个条子，说邀你们去商谈个事！"

韩仲文接过纸条一看，只见上面写道："县党部刘邵民、韩仲文、杨子锐、李馥速来我处，有要事相商，顾家齐。"

"好吧，你先去，我们就来！"韩仲文看完纸条应允她道。

"你们早点来啊！顾旅长等着呢。"那女人说罢就转身走了。

"去不去呢？"韩仲文把纸条给大家看。

"我看这事有诈！"杨子锐说，"顾旅长请我们商谈要事，是不是想抓我们？咱们开展农民运动，触犯了他的利益，他早就不高兴哩！现在又正值风头上，各地都在清共捕人，咱们可要小心啊。"

"咱们不去他更会怀疑。"韩仲文道："他如果要抓我们，派兵来抓就可以，也用不着请我们去。"

"去还是要去，咱们的会等会儿再开！"刘邵民最后作了决定。

这四个人中，刘邵民是头儿。他是国民党省党部派驻凤凰县指导农运工作的特派员，30来岁。韩仲文与杨子锐都是本县人，中学读书时还是同班同学，此时一个25岁，一个23岁。两人从湘西十县联合中学毕业后，回到县里小学担任了教员，韩仲文由于能力强还当了校长。李馥也只有20多岁，在小学任总务工作。四个人中，除李馥外，都是共产党员，李馥则是革命积极分子。前段时期，在刘邵民的领导下，几个年轻人四处发动组织农民协会，已有入会会员1000余人。农会成立后，三位领头人又带领农民斗土豪，反苛捐杂税，把农民运动搞得轰轰烈烈。5月5日那天，还举行过一次大规模群众集会，进行过声势浩大的游行活动，并将县商会会长罗荣久等人押至会场批斗了一顿。由于斗争激烈，一些地主豪绅逃跑了，有的自杀了，而这场运动还直接触犯了陈渠珍、顾家齐等人在凤凰的利益，陈渠珍与顾家齐岂能容忍在自己眼鼻下让这些年轻人来革命？一旦接到上司指令，他们便要不动声色地开展对共产党的清洗了。而当危险悄然逼近时，这几个年轻人还没有引起足够的警觉。所以，当顾家齐的家人送条子让他们去"商谈要事"时，几个人还是毫无防备地去了。这一去就上了当，当几个人刚进到顾家齐的公馆内，一群士兵就拥上来，立刻将四人用绳索五花大绑了起来。

"你们为什么要捆人？"韩仲文大叫着问。

"我们奉命逮捕共产党，你们死到临头还不知道？"一位副官回答道。

"卑鄙！真卑鄙！骗我们有要事相商，原来是个圈套！"杨子锐也气愤地骂着。

"顾旅长，我们犯了什么法，你如此对待我们？"刘邵民大声问。

"听着！"顾家齐从室内走到庭院道，"省府下了密令给陈师长，陈师长又将密令转给我让我部执行，要将你们处死！这也怪不得我顾家齐手下无情。谁叫你们参加共产党的？看你们前些时闹得好凶，打什么土豪劣绅，还戴高帽上街游行整人，孔圣人的像你们也敢砸，简直是无法无天，再不把你们杀头，又怎惩效尤？你们自己想想，犯了造反罪还有什么话可说？"

"放你妈的屁！"刘邵民大声骂道，"共产党闹革命才是正义的行动，你们这些反动派终究要被彻底打倒！"

"对，我们好汉做事好汉当。"韩仲文道，"参加了共产党，就不怕死。反革命有枪，我们有血！为革命需要，头可抛，血可流，我们决不会屈服！"

"好哇！你们几个小子骨头倒挺硬的，那就送你们上路吧！"顾家齐一努嘴，一伙枪兵就要将几人押走。

"扑通！"忽然，那个名叫李馥的年轻人跪了下来，大声哭着叫道："顾旅长饶了我吧！我没有参加共产党！"

"你没有参加共产党，为何要跟他们一起起哄？"顾家齐反问他。

"我……我是一时鬼迷心窍了。"李馥哭丧着脸道，"我……今后再不敢了，顾旅长，看在我们沾点亲的分上就放了我吧！"

"好啦，今日不会杀你！但是你要汲取教训！"顾家齐训道，"以后再敢和共产党分子来往，决不轻饶！"

"是！是，我一定会重新做人！"李馥忙跪头谢恩。

"押一边去吧！"顾家齐吩咐道。

两个士兵将李馥押走了。

"叛徒，真是可耻叛徒！"韩仲文忍不住大声骂道。

"跪着生不如站着死！让那胆小鬼去苟活吧！"刘邵民说，"咱们几位才是真正的共产党员！要杀就杀，决不退缩！"

顾家齐随即下令将三人向池塘坪刑场押去。一路上，三名年轻共产党员昂着头，还不断高呼着口号。此时，闻讯而来的群众越聚越多。韩仲文有个姐姐与陈渠珍是亲戚，她当即打电话到乾城找陈渠珍，欲给兄弟说情，但是，陈渠珍的一个秘书接电话后，却称陈渠珍不在家。其他人来刑场给韩仲文和杨子锐求情，也都无济于事。刘邵民因是长沙人，此时无一个亲人前来相见。最后，只听刑场上一排枪响，三位年轻的汉子晃了一晃，就倒在了一片松软的荒草地上。

5月27日，在沅陵驻防的另一旅长陈斗南，亦奉陈渠珍转来的省府密令，突然闯入正在召开的农民代表选举会场，当场逮捕各界农民代表 60 余人，并将其中的革命志士姚鉴雪、任霞、张维新、吴纯熙、李顺齐、程涛等七人枪杀。

除凤凰、沅陵之外。湘西其余各县军警亦奉令大肆逮捕杀害共产党人和革命人士。过了不久。由于唐生智害怕残酷镇压会引起湖南人民暴动。局面难以控制，才电令停止类似"马日"捕杀行动，整个湘西的白色恐怖才暂告停止。

第十四章　贺云卿桑植起义
陈策勋凤凰受编

1928 年 2 月的一个晚上，桑植县走马坪乡的一处庭院内，有位名叫钟慎吾的团防首领坐在吊脚木楼上，正专心致志地在灯下练习书法。

忽然，一阵急促的马蹄声传了过来。钟慎吾推开窗户往下一瞧，见有两人翻身下马已到门前，月光下看不清来人面目。

"是谁?"钟慎吾丢笔问道。

"我是贺龙!"来人朗声应道。

"唉呀，是贺云卿呀!"钟慎吾好不惊奇，连忙下楼亲自开门，

"你怎么会来到这里?"

"我专来看看你嘛!"

"快请进!"

随贺龙的护卫叫卢冬生，两人一起走进院子，在正房内坐下。

钟慎吾忙命家人端来茶水，进行招待。贺龙早在 1916 年当骡马客时，就与钟慎吾认了"老庚"，结了莫逆之交，所以二人早就相识。

"听说你军长都当了，却戴起了红帽子，入了共产党是不是?"

钟慎吾开门见山问道，"这到底是怎么回事?"

"我是入了共产党，这次回来就是要大干一场哩!"贺龙随即将自己的转变历程向这位"老庚"细述了一番。

原来，贺龙自率部参加北伐后，与共产党人的交往就越来越密切了。其时他的秘书长严仁珊有个亲戚叫周逸群，是铜仁籍的黄埔军校学生，早在贺龙驻铜仁时，周逸群就寄来许多书刊和介绍国共合作情况的信件，贺龙看后，对共产党便有了向往。贺龙北伐到常德后，已是共产党员的周逸群又带着一

支宣传队到贺龙部队，两人一见如故，从此关系十分亲密。周逸群帮助贺龙在部队里办了政治讲习所，聘请了中共教员来讲课，为贺龙部队培训了2000余名基层骨干，这批学员对贺龙领导的部队走上革命之路起了重要作用。

1926年9月，贺龙又任命周逸群担任了第一师政治部主任，并让共产党在第一师营以下各级官兵中秘密发展党员。贺龙倾向共产党的态度日益明朗，这引起了贺龙部队中以陈图南为首的一些旧军官的强烈不满。陈图南系留日学生，桑植空壳树人，曾加入过孙中山的同盟会，又在早年介绍贺龙加入过中华革命党，与贺龙共事多年。但值此国共分裂之时，陈图南却要靠向国民党，他与贺龙之间就不免产生了重大分歧。当1927年"四一二"政变发生后，陈图南便联络师参谋长陈淑元、他的侄子、机枪营营长陈策勋、手枪队长陈佑卿等人一起在部队形成一股右翼势力，并在第一团内煽动士兵制造闹饷事件。贺龙到该团训话时，队列里有人向贺龙开了一枪，但未击中。事后贺龙采取果断措施，让共产党员吴德峰任局长的武汉公安局出击，在武汉大智门大陆旅馆逮捕了陈图南、陈淑元、柏文忠等人，并处以死刑。陈策勋、陈佑卿等见风头不对，匆忙拖枪叛逃离去。

此后，贺龙的独立师又转战河南屡立战功，不久被国民革命军扩编为暂编第二十军，贺龙任军长之职，部队亦开回了武汉。7月15日，汪精卫在武汉开始逮捕和屠杀共产党人，在此关键时刻，贺龙又坚定地站在共产党一边，帮助掩护了许多革命党人，因而更赢得了共产党的信任。南昌起义前夕，周恩来即代表共产党前委委任不是党员的贺龙担任了起义军总指挥。贺龙指挥部队在8月1日凌晨2时起义，到凌晨6时，即消灭了朱培德的警卫团等守敌3000余人。

南昌起义之后，国民党迅速调集优势兵力对起义军进行围追堵截，贺龙奉命率部撤往广东，最后在潮汕一带被打败。不久，贺龙从海上到香港，从香港来到上海。经贺龙一再要求，中央批准他回湘鄂西发动武装起义。贺龙于是从上海又到武汉，接着来到洪湖，与老部属贺锦斋在洪湖汇合活动一段后，才又辗转经石门往桑植而来。

钟慎吾听罢贺龙的讲述后又问："共产党到底能不能成气候？"

"能，怎么不能！"贺龙说，"共产党的学说是得民心的，得民心者得天下，将来掌政权的必定是共产党，国民党一定会垮台！"

"你讲的有道理！"钟慎吾道，"不过我对共产党的学说没有研究，云卿兄愿走这条路，我一定助你一臂之力！"

"好，你愿助力就不错！"贺龙表示满意。

当夜，贺龙和卢冬生就住在钟慎吾家。第二天一早，钟慎吾派内弟熊赐五，带了一个排的兵力护送贺龙，临行又对贺龙说："昨晚我派人探听，得知陈策勋派了陈黑（又名陈佑卿）到土地垭设伏，你们千万不要走空壳树去洪家关！那土地垭距这里只有20里，你们千万小心！"

"放心吧，那广用（陈策勋又名陈广用）抓我不着，我们还要敲他的屁股！"

贺龙笑着说罢便和钟慎吾告辞。一行人来到咸池峪，与昨晚住在此地的周逸群、贺锦斋等商议了一阵，决定绕开空壳树，经冉家坪、青峰溪、梅家桥、狗脚垭而抵洪家关。当日回到老家，已是傍黑时分。贺龙的大姐贺英、二姐贺成妹等正在家里。见到贺龙回来，贺英又惊又喜地说："我就知道你会回来的！"贺龙说："我现在当了共产党员！"贺英说："当了共产党很好嘛！"贺龙接着又将周逸群向贺英作了介绍。贺英表示将尽全力支持共产党闹革命，并愿意将自己拉的一支数百人的队伍交给贺龙统一指挥。

贺龙回乡不到数小时，他的一些旧部属和族里的亲属们都纷纷前来看望，贺龙便将自己已加入共产党并回乡拉队伍的意图向众人作了解说。周逸群也代表党的领导将共产党闹革命的道理宣传了一番。这时，贺龙不少旧部属和亲族都表示愿跟贺龙再次举义革命，但也有几个族人很不赞成。一个叫贺星楼的老秀才拈着胡须对贺龙道："云卿，你是当过镇守使和军长的人，前程大得很，现在为何要当共产党呀？拿着皮鞋不穿穿草鞋，这是何苦？你到底图个什么？"

"不图什么，我这大半辈子就是想寻求真理，找个好主义，好领导，所以才决定跟共产党走。"贺龙回答。

"现在是国民党一统天下，跟共产党能干出什么名堂？"有人这样问。

"共产党一定能打败国民党，这天下将来就是共产党的，不信你们走着瞧。"贺龙又道。

"你这样做，难道就不怕犯条律？当红脑壳是要诛灭九族的！"有人又这样指责。

"我干共产党干定了，你们害怕咱们就分道扬镳！"贺龙坚决地说。

此时贺英也站出来说道："我们自己的事从来不用别人管，往后各人走各人的路，谁也用不着谁管！"

几个持反对意见的人见无法说服贺龙，只得自讨没趣地走了。

回乡第二天，贺龙和周逸群即着手筹备组织中共桑植县委，决定推举李良耀当县委书记。接着，又以中共湘鄂西特委和桑植县委的名义，分别派人到县内的凉水口、桥子湾、谷罗山、南岔、刘家坪等地，走村串户，联络群众，号召进行武装起义。过了约半月，县内有数处武装就开往洪家关来聚义了。这其中的多半系贺龙的亲属和旧部，其首领主要有贺英、贺文渊、贺满姑、刘玉阶、钟慎吾、王炳南、贺沛卿、李云卿、贺桂如。这些队伍多者有数百，少则有几十，加上一些新动员参加的入伍人员，总计3000余人，200余枪。

有了这些武装后，贺龙继续筹集军费，并动员大家捐献了一些金银首饰资助队伍开支，又派人分头到周边大庸、永顺、龙山、保靖、石门等县向大大小小的团防头目送了近百封信函，同时向他们游说，示意友好或劝其参加革命，或至少保持中立，不与贺龙部队作对。为了稳住湘西最大的统领陈渠珍，贺龙还想派一个得力的人士去凤凰联系游说。派谁去好呢？正在他犹豫不决时，忽一日，县城澧源镇有个晚清老秀才陈南星慕名到洪家关来拜访他。贺龙喜出望外，立刻请老先生到内室进行了一番密谈。原来，这老先生有个儿子叫陈伯陶，是早年留学美国的硕士生，思想很开明，1920年回国后，曾在湖南省任过议会副议长，贺龙那时与陈伯陶及其父亲就有很深的交情。陈南星父子在省内亦负盛名，他与陈渠珍又是本家族属，如能让陈南星去凤凰一趟，去做陈渠珍的工作，岂不很合适吗？如此想罢，贺龙就把回乡举义的意图向陈南星详细作了说明，然后征求他意见道："这次举义我还想请您老也帮帮忙。"

"我都老朽了，能帮什么忙呢？请讲。"

"您到乾城去找陈渠珍联系一下，怎样？"贺龙说，"陈渠珍这人很有头脑，过去我还是他的部属，你告诉他，我虽然做了共产党，但还希望和他交朋友，期望他能理解我的苦衷，不要与我们革命军对抗，至少能保持中立！我们举义后也保证不去进攻他。咱们的矛头只对准蒋介石和何键！"

"啊，即为这等大事，我就为你专走一趟，也学学苏秦，凭这三寸不烂之舌去游说游说！"陈老秀才高兴地应允了。

贺龙于是亲笔给陈渠珍写了一封信，让陈南星带着。陈南星接受这一任务后，即告辞回到县城，把家中事务料理一番后，便悄然启程去了凤凰。

又过了十余天，贺龙在洪家关召开了一次誓师大会，会上对集结的起义军作了统一编队，并宣布正式成立"工农革命军"。革命军下辖一师、两团和六个支队，贺龙任军长，贺锦斋任师长，李云卿、贺桂如分别任一、三团团长，贺炳南、钟慎吾、刘玉阶、贺沛卿、文南甫、王炳南分别任支队长。誓师大会的第三日，贺龙便将工农革命军部署成三路，从东西北三个方向浩浩荡荡向桑植县城杀奔而去。

此时，桑植县城驻守的部队只有陈策勋、陈黑和张东轩等数百人的地方团防。陈策勋自从南昌起义前拖队返乡后，即思报叔父之仇而与贺龙誓不两立。回空壳树老家后，他变卖家产购得一批枪支子弹，拉起了一支数百人的团防武装。前些日子，当风闻贺龙潮汕兵败，从洪湖经石门慈利回桑植时，他亲派陈佑卿率500余人在土地垭设伏，欲将贺龙擒拿。谁知贺龙却绕道从麦地坪、梅家桥去了洪家关。陈策勋因兵力不足，不敢贸然向洪家关进攻。近日获悉贺龙在洪家关正聚集各方队伍，准备起义攻打县城，陈策勋一面紧急向省清乡剿匪公署告急求援，一面加紧布置城防守卫。4月2日上午，他召集几个首领开会说："贺逆前日在洪家关已召开誓师大会，他们很快就要来攻城了！各位应战准备得怎样？"

"没问题！"陈黑轻蔑地说，"贺龙还有什么威风，现在不是当军长时候了，落魄回乡，靠几个乡巴佬来拉队伍，那都是些乌合之众，保证不堪一击。"

"你不要轻视！"陈策勋道，"现在他们枪不多，人员却不少，那贺龙又诡计多端，各位还是小心为妙。"

"小心是对的，但也不用怕！"团防局长张东轩说，"我们各负其责，城西归我守住，城北、城南归你们！咱们只要齐心协力，就一定能打退他们的进攻。"

几个人正开会这样商议着，忽听远处"啪啪啪"攻城的枪声已经响了。

"快，共匪来了！赶快去守住！"陈策勋大叫着，众团防首领随即飞奔自己的防地。张东轩来到城西，贺锦斋、李云卿已率部从南岔、朱家台渡河杀奔而来。一阵激烈枪声响过，张东轩抵抗不住，忙率百余人转向仙鹅方向逃奔而去。城东陈策勋率200余人驻守，眼见城西已破，陈策勋本来就胆小，这下更无心恋战，于是慌忙从后山撤退溜走，剩下守北门的陈黑，抵挡一阵，也不得不沿着陈策勋撤走的路线飞逃而去。

贺龙指挥的工农军很快就将县城占领了。那陈策勋从西界翻山逃入小溪，接着率部来到桑植与石门交界处，碰上了贵州四十三军李燊部的第五旅正在乡下剿匪，旅长名叫龙毓仁，陈策勋早在云南讲武学堂读书时就相识。当下陈策勋报告道："贺龙回乡起义了，他率部将桑植城占领，我部经过激战，因寡不敌众才匆忙撤出。"

"他们有多少人？"龙旅长问。

"有三四千之众！"陈策勋道，"都是他当年的一些旧部属，现在又归到了他的旗下。他们占领了桑植县城，乘其立足未稳，要赶快去剿灭才好！"

"那就请你带路吧！"

陈策勋于是当了龙毓仁的向导，很快又向桑植杀奔而来。到了县城，方知贺龙率部已经撤出该城。陈策勋遂又带龙部经双溪桥向洪家关逼近。临近梨树垭时，忽遭到当地农民自卫团谷志龙部的伏击，那时谷志龙正准备去洪家关投奔贺龙，陈策勋此前曾派人收编谷志龙却未成功，现在又见他挡住去路，不禁怒火万分，在龙毓仁率部赶上之后，集中机枪和钢炮，进行了一阵猛烈射击。谷志龙抵挡不住，遂率部撤出了梨树垭。陈策勋拿下山头阵地，乘势带龙毓仁旅杀至洪家关，贺龙却率部已转移至罗峪和凉水口一带。

又经数日追击，双方部队在苦竹坪展开了一场激战。龙毓仁旅装备精良，工农革命军又未经训练，结果，起义军很快被击溃打散。周逸群在战斗后与贺龙失去联系，不得不转移去了鄂西沙市一带，贺龙、贺锦斋等则只率剩下数百人的队伍，转移到桑鹤交界的土土坪一带活动去了。

再说陈南星接受贺龙交给的任务后，经数日跋涉来到乾城，在独立十九师师部拜会了陈渠珍。两人相见后，陈渠珍果然十分热情。两人寒暄一阵后，陈南星便把贺龙写的亲笔信递给他，陈渠珍看后，又将陈幕素和参谋土尚质叫来，几个人一起商议密谈了很久。最后，陈渠珍回复陈南星说："人各有志，贺龙走上这条路，也自有他的追求。他若不侵犯我的地盘，我们亦可友好相处！"

陈南星又说："贺龙也正是这个想法，他说他们的对头是国民党蒋介石，他不会把矛头对着你来，期望你能理解和支持他！"

"我只能睁只眼闭只眼啰，他们国共之间打仗，其实与我何干！不过，我这个师长也是蒋介石封的，不做点剿共样子也不好交差，你就告诉贺龙，我不会真心打他，最多派点兵应付应付，请他好自为之吧!"

"好，有你这句话就够交情了！我一定回去转告云卿，让他们不要进攻您的地盘!"

陈南星如此游说一番，在乾城住了数日，接着又往龙山、保靖等地，拜访当地团防首领，为贺龙广泛联络了一些关系后，才又返回桑植。

此后不久，陈渠珍果然闻讯贺龙在桑植起义，又拉起了一支队伍。蒋介石与何键一面调集其军队前往桑鹤清剿，一面下令陈渠珍派部配合作战。陈渠珍只派了余承俊一个团去应付清剿，主力部队却按兵不动。一个多月后，听说陈策勋带领龙毓仁旅击垮了贺龙部队。贺龙只剩下了数百人在东躲西藏，处境相当艰难。想到贺龙部若被剿灭，在此时军阀混战的情况下，对自己一方的生存可能反而不利，陈渠珍于是借口整编部队为由，下令将反贺龙最坚决的陈策勋部调到了凤凰。陈策勋奉命把部队带来之后，陈渠珍让他参加部队"整训"，直到过了几个月后，省清乡督署任命其担任桑鹤剿匪临时指挥之职，陈渠珍才不得不又放他回了桑植。

第十五章　张恒如偷袭黄家台
贺满姑就义桑植城

时入盛夏后的一个炎热之夜，桑植县与永顺县交界的一个小寨子里万籁俱寂，村民们大都进入了梦乡。

临山崖边有一单家独户的瓦屋里，一点微弱的桐油灯光，还在忽明忽暗地摇曳闪烁着。灯光下，一位腰插双枪的女人，正神情紧张地倚在木格窗上向外瞧着什么。她，就是威震敌胆的贺龙胞妹——贺满姑。满姑自从哥哥南昌起义失败辗转回到家乡闹革命起，便和姐姐贺英一道，将旧部人枪全数交给贺龙，组成了工农革命军队伍。这支新起的革命军刚成立不久，便遭到了敌人的疯狂围剿而受到惨重损失。部队作战失利之后，贺龙带一小部分人转移到桑鹤边界一带去隐蔽活动，贺英带一部分人转移到桑植四门岩、割耳台一带去牵制敌人，满姑一人独自分散隐蔽到桑永边界的黄家台寨子里。黄家台地处偏僻山村，不易为人发觉。寨子里有一个可靠的地下交通员，名叫薛绍洛，是个50多岁的老人，以开铺子为名作着地下工作。为了满姑的安全，老人将她安排在侄媳覃家里居住。覃小妹30多岁，家里没有孩子，丈夫在外长年放木排。满姑住在她家，对外以姐妹相称。村里人开始也没谁引起怀疑。满姑觉得住在这一家比较安全，遂又通过亲属，让人把自己两岁多的女儿金莲接了来。母女俩隐蔽住了一个多月，本来平安无事，却不料这日下午，寨子里来了一个挑担子的货郎，挨家挨户做买卖，那样子鬼头鬼脑，满姑觉得此人来得有些蹊跷，心中怀疑这是敌人的侦探。待货郎离开村子后，她便与薛绍洛和覃小妹商议，准备另外转移一个地方。当晚，满姑清点了随身物品，待到夜深人静，正欲去背熟睡的孩子金莲启程时，忽听大门外一阵汪汪狗叫。满姑一惊，返身来到窗户边，透过窗眼向外一瞧，只见门外不远处有一群黑影正向屋边摸索。满姑知道大事不好，怀里刚拔出双枪，覃小妹从外屋匆匆进门报告道："不好，一定是敌人来抓你了，你快跑吧！"

"不，来不及了！你快看孩子去，让我来对付他们！"满姑说着，将一支枪从木格窗里伸出去，向那逼近的一个黑影瞄准了。

"汪，汪，汪！"门外的黑狗冲上前去，更狂地叫起来。

"他妈的，我看你叫，我看你叫！"一个匪兵高声地骂了两句，接着便听"啪啪啪"几声清脆的枪响，黑狗惨叫一声，倒在地下不再动弹了。

"冲呀，给我砸开屋，抓活的。"敌人嚎叫着成扇形直向木屋包拢来。

"啪！"满姑扣动扳机，打响了第一枪。冲在最前边的一个黑影应声倒了下去。

"啪啪啪啪！"满姑又一阵连射，又有两个黑影撂倒不动弹了。

嚎叫的敌人开始惊慌地往后撤。接着，一阵猛烈的枪声响起，木屋被打得噼里啪啦，直掉瓦片。敌人的枪弹没有朝板壁平射，这是奉命来捉拿贺满姑的侦探队队长张恒如，临行前上司曾反复地叮嘱他要捉活的回来，所以，张恒如给手下人下了令，也要求捉活，敌人的枪弹才都射得高。这一阵枪弹打过，张恒如远远趴在土包后又大声地喊："贺满姑，贺满姑，你被包围啦！快出来投降吧！"

贺满姑侧身在木窗旁，听到张恒如的喊叫，十分镇静地回道：

"想要我投降吗？你看我这枪子儿答不答应！"说罢，瞄准那喊话的土包处，"啪"地放了一枪。这一枪不偏不歪，正从张恒如的头顶上擦了过去。张恒如吓得倒抽了一口冷气。倘若不是趴在地上有土包作掩护，这一枪打来不就要了命？他惊恐地想着，心里知道这贺满姑不是轻易能捉拿的。这位女游击队长，手持双枪，百发百中。早在几个月前，他就曾领教过她的厉害。那一次是在一个白天，贺满姑也在一个寨子里被张恒如的二十多名团丁包围了。张恒如带着兵丁几次冲锋都被她打退。后来，贺满姑持双枪从屋内冲出来，张恒如指挥一挺机枪扫射，都没有封锁住大门。贺满姑冲出重围去，连毫毛都没有损伤，而围追她的兵丁却死伤了七八名。打这之后，张恒如便深知这位女游击队长是难以抓获的，她的枪打得那么准，谁能近她的身？但是，一个女子单身一人都抓不住，这又使他很不甘心。他的上司——桑植县团防局局长张东轩，也视贺满姑为心头之患，多次指令张恒如加紧搜查，欲要将贺满姑早日抓获归案。张恒如奉令四下察访，一个多月来用尽心机，也没探得一点蛛丝马迹。一直到今天傍晚，他的一个装扮成货郎的侦探，才回来报告在黄家台发现了贺满姑的踪迹。张恒如听到这一报告大喜，当即率领40多人枪，连夜出发，夜半时分，从桃子溪赶到黄家台，包围了贺满姑的住地。按照偷袭计划，张恒如原准备悄悄摸进木屋去活捉贺满姑，不料他的侦探未到门边，就被藏在暗处的一只黑狗发觉，黑狗一叫，便暴露了目标，张恒如忙开枪将狗打死，接着即令士兵扑上前去，准备破门而入，谁知里面的人早已有了准备，贺满姑从窗口射出几枪，几个兵丁立刻被打倒了。张恒如才又将队伍往后撤了一下。

僵持了一阵，双方都不再打枪了。张恒如也不敢再轻易往前进攻，只叫士兵团团围住木屋，进行严密封锁监视，不得让屋内人冲出来。

贺满姑在屋内静听窗外没了动静，即踅身进到内房一瞧，见女儿金莲已被惊醒，覃小妹趴在床上正哄着她。满姑蹲下身欲抱孩子，覃小妹劝她道："你快冲出去吧，待在这屋里危险！"

"我冲出去了，孩子怎么办？你也会被他们抓着啊。"满姑犹豫地说。

"抓我不怕！他们不会将我怎样的，你还是快走吧！孩子就由我来照看。"

"不，孩子怎能扔下不管呀？"满姑摇摇头，她不肯只顾自己脱身，孩子是自己的亲骨肉，倘若落在敌人手里，于心不忍，倘若把孩子背着一起突围，却又会被拖累跑不动。怎么办呢？满姑紧张地考虑了一番，末了，决定还是看看情况再说。

满姑返身来到一旁侧门，悄悄把门栓开开，一看，只见一轮残月照在当空，月光下，二十多米开外有一个个探头探脑的人影在晃动，显然，敌人将木屋包围封锁死了，如果现在冲出去是危险的。

身在木屋暗处，利用黑暗作掩护，还可以抵挡一阵哩！满姑稍一思索，即作了最坏的打算：就在小屋里坚守！遂将门闩好，又来到前门的窗户下向外盯着。

屋外围困的敌人，有几个又在蠢蠢欲动。这几人伏在地上，一步一步向木屋门前爬来。满姑手握着枪，屏住呼吸，直盯着这几个人的爬行。近了，近了，快到木屋门前了。

霎时，那爬行的几个敌人猛然站起身来，飞快地向木门边扑来。几乎就在同时，满姑手里的短枪响了，"啪啪啪"又是一阵连射，前面的两个敌人仰面倒在地上。剩下几个兵丁，飞快转身，没命地赶紧撤了下去。

躲在土包后面指挥的张恒如，眼见几个兵士偷袭未成，忍不住又高声大叫道："贺满姑，你投不投降？再不投降就打死你！"

"你打吧！咱看谁的枪子儿认人！"贺满姑厉声回答。

张恒如被激怒了，他命令兵丁们朝着木屋一阵猛烈射击，那密集的子弹将板壁不知射穿了多少窟窿，然而满姑侧身在屋里的灶坑，却没被打着。

枪声响过后，十多个不怕死的敌人又喊着冲了过来。满姑跑到窗前，接着又一阵点射，十多个敌人留下二、三具尸体后，不得不又撤了回去。

张恒如眼看着几次冲锋不但没奏效，反而丢下好几条命，只得下令众兵丁紧紧包围着木屋，暂时不敢再发起进攻。

双方就这样又陷入了一片沉默的僵持之中。

时间在飞快地流逝。过了一阵后，天渐渐亮了。张恒如怕再延宕下去会让贺满姑跑脱，遂又下令向木屋冲锋。当四十多个兵丁猫着腰小心翼翼一齐逼近木屋时，奇怪，这一次兵丁们未遇到一点抵抗。原来，满姑两支枪的子弹全打完了。她把两支空枪一支藏在柴火堆里，一支藏在灶孔里，敌人没听见枪响，即刻砸开木屋冲进去一看，只见贺满姑手执木梳，正从容地梳着头发，毫无一点惧怕的神色。众兵丁端枪对着满姑，一个个都感到非常惊讶。满姑的枪到哪里去了？张恒如下令全屋搜查，众兵丁翻箱倒柜，最后在柴草堆里搜出一枝。张恒如拿着那枪一看，见弹匣空空的，遂哈哈大笑道："贺满姑，你打呀，怎么不打呀？你没有枪弹了？好呀，现在你可得跟我们走一趟罗！"

张恒如说罢，即命令将贺满姑绑了，然后让覃小妹背着满姑两岁多的女儿，一起押着向桑植县城送去。

当天下午，早已回桑植县城驻防的团防局长张东轩，得知贺满姑被抓获，顿时欣喜若狂。几个月来，为彻底剿灭贺龙为首的红军和游击队，上司一再电令他多方寻找侦查，务必将贺龙等头领一网打尽。张东轩绞尽脑汁派人到处侦查，却始终没有查着贺龙隐蔽活动的地方。现在好不容易抓住了贺满姑，这可是一个重大收获！贺满姑是贺龙的亲妹妹，她必然会知道贺龙贺英等人活动的踪迹。只要设法让满姑招了供，要捉拿贺龙贺英等人岂不容易多了！

张东轩如此盘算着，待贺满姑押到县城，即命人将满姑母女送进一间密室。开始数天，都让人好好服侍，好吃好喝供给她，企图感化满姑而让她自首，连审讯都很少进行。贺满姑也不动声色，只用冷冷的眼光看敌人要些什么花招。

过了一星期，张东轩开始正式审问了。这天是早饭后，他让人将满姑押来。满姑刚进屋，张东轩即起身满脸堆笑道："贺队长，委屈你了！这几日过得还好吗？"

"好不好又怎样？要杀要剐随你便！"满姑回道。

"唉，请不要误会。我们抓你来并不是为了杀你。"张东轩劝说道，"只要你肯自首，和你哥哥他们划清界限，我们马上释放你！"

"呸！你们不用白日做梦！"满姑一甩袖道，"要想我自首，要想我和我哥哥划清界限，除非日头从西边出！"

"你不要把话说那么绝吧。你哥哥他们闹共产，如今闹得只剩几个光杆司令了，他手下的人被消灭得差不多啦。你跟着他们一起干，有什么好处？"

"这是我自愿！跟共产党闹革命，打富济贫，消灭你们这些土豪劣绅，让天下百姓都得解放，这有什么不好？我就是要跟我哥哥一起闹革命！"

"革命，你们那个革命能成器吗？聊聊几个人，被打得七零八落，到头来只会被全部剿灭，其它还有什么出路？"

"你们剿不灭的！因为革命是正义的，虽然我们暂时受了挫折，但要不了多久就又会壮大起来。那时候就会把你们这些反动派统统送进坟墓！"

"嘿，蛤蟆打哈哈，好大的口气！我劝你还是放实际点吧！你们的队伍都快消灭光了，还怎么壮大？你也落在了我们手里，还有什么话可说？难道你就不珍惜你的生命？"

"我一条命算不了什么。你们要怎么处置，随你们的便。要想让我自首，这是妄想！"

"你可不要后悔！"

"我没有什么后悔的！"

"好吧！你要嘴硬，到时我会叫你开口！现在嘛，我还会给你点时间，请你三思而行，好好考虑，是自首呢还是受皮肉之苦，你要好好想想！"

张东轩说罢，手一挥，示意守卫人员押了贺满姑又回到了密室里去。

满姑回到房里，在床上刚坐定不久，一个送饭的老婆婆，手提着一个木桶走了进来。

"来，吃晚饭吧！"老婆婆弯下身子。从木桶里将一钵饭一碗茶取出，顺手放在地下，嘴里又轻声道："饭底有纸条！"说罢，转身出了房门。

满姑待她一走，端了饭钵，用筷子戳开米饭一看，里面果然夹有一张字条。她迅速扫了四周一眼，见门外没人注意，即展开纸条一看，只见上面用铅笔写道："家里正设法救你，请应付周旋敌人，注意配合。"

满姑看这字，认出是老交通员薛绍洛的笔迹，心下甚觉高兴，组织已知道她被逮捕的情况，而且要想办法营救，这使她感到欣慰。然而，她细一想，关押自己的这地方，看守十分严密，敌人兵力又很强，红军游击队近来因受挫折，尚未恢复元气，如果现在组织人来救她，岂不要冒极大风险？万一弄得不好，自己人还要吃大亏呀！

满姑如此一考虑，即刻在那张黄纸条背面用墙上的石灰粉写了几个字："危险，勿轻举妄动！"

写毕，将纸条折好，迅速吃完饭，将纸条放进碗里压着。过了一会儿，老婆婆收碗具来了，见到空碗里的纸条，老婆婆会意地一点头，迅速将纸条捏在掌心，便匆匆提木桶走了出去。

过了一天，老婆婆再送饭来，又转给她一张纸条。薛绍洛告诉她：组织上还是决定营救，时间定在当晚 12 点，并要她随时作好准备。

满姑见组织已作决定，这一晚便注意听着动静。到半夜时分，她卧身在床，猛听得外面有杂沓的脚步声响，有人高喊："谁？站住！"接着便听到几声枪响。显然，劫狱人员已被敌人发现，双方开了一阵枪，闹嚷了好一阵后，团防局才又平静下来。

第二天，满姑从送饭的老婆婆口里才得知，昨晚组织上派几个人来救满姑，当摸进大门时，不小心弄出声响惊动了站岗哨兵，双方展开枪战，在激烈的枪战中，几个劫狱人员边打边退，最后在翻墙出去时，有位游击队员不幸牺牲了。

满姑闻此消息，深为那牺牲的游击队员感到悲痛。劫狱不成，敌人必将更加注意防范，对她的审讯也肯定升级了。果然，第二天一早，两个兵丁押着她又到了团防局审讯室。满姑一进去，便觉一股冷森的气氛。只见团防局长张东轩全副戎装，坐在桌子后，一副怒气冲冲的样子。

"贺满姑！"张东轩一改往日的斯文相，口气严厉地审问道，"你考虑好了吗？是自首还是不自首？"

"我没有什么考虑的，何必废话。"

"哼，你不自首，那可别怪我张某不客气了！"张东轩又阴沉着脸说。

"你早就用不着客气的。"满姑一耸肩道，"要杀要剐，我等着！"

"好，你是不见棺材不流泪呀！我就给你点颜色瞧瞧！"

张东轩说罢，一声断喝："来人呀！"

立刻有三四个彪形大汉，罗汉似的立到了面前。

"给我把她带下去，玩几个花样让她看看！"张东轩吩咐道。

"是！"几个兵丁立刻架起贺满姑，飞快向刑室走去。

行刑室里，各样的刑具五花八门。满姑一拖进去，便被反剪双手绑了绳索，然后吊上半空中，两个大汉手执皮鞭使劲地抽她，直打得满姑来回摆荡，好似荡秋千一般。此刑名曰"鸭儿扑水"。一般人经此吊打，轻者损伤皮肉，疼痛难忍，重者伤及筋骨，昏死不醒。

满姑被吊打时，紧咬牙关，也不呻吟。这一阵鞭子抽打下来，放在地上她已昏迷动弹不得。一个行刑大汉又拿来一把点燃的香火，直对着她鼻子猛熏。满姑刚被熏醒，行刑者又高声喝问道："你说不说？贺龙在哪里？游击队在哪里？"

"贺龙和游击队在哪里，我知道，但我不会告诉你们的！你们就是能淘干澧水河，也别想从我嘴里掏出一个'招'字！"满姑忍着剧痛斩钉截铁地说。

"不说吗？不说再给她个'红鸟爬壁'，看她硬不硬！"张东轩赶过来又大声地下令。

另一个行刑的彪形大汉，立刻将一支壮如红鸟似的烙铁，在火上烧得通红后，一把将满姑肩上衣服撕开，把那烙铁猛一下向满姑手臂烙去。随着一股青烟冒起，满姑"啊"的一声惨叫，被烙得痛昏过去。

"你说不说，你说不说？"彪形大汉揪住满姑的头发咆哮着。

满姑咬着牙，嘴角渗出了点点血水，却连一点声音都没再发出。

看着贺满姑已被折磨得奄奄一息，张东轩得意地狞笑着将手一挥："拖回去！"

站立在旁的两个兵丁，随即上前架起贺满姑，重新向一间新的秘密囚室押去。这一间囚室设在团防局的地下室里，它比满姑开始住的那间屋阴暗多了，里面充满一股难闻的霉味。

两个兵丁来到门前，将囚室的门打开，把遍体鳞伤的满姑朝里一推，即转身锁了房门走了。满姑推进门时还昏迷不醒，她趴在地上，眼睛浮肿着，好久没有睁开。此时此刻，她迷迷糊糊也不知自己躺在了什么地方，全身的伤痛得连感觉都麻木了。也不知过了多久，她终于慢慢从昏迷中醒了过来。睁开眼一看，黑暗暗的房子里除了一架狭窄的铁床外，其他什么都没有。她这才知道自己重换了囚室。这屋里没有亮，也没有水喝，她嘴里干渴得要命。

舔舔舌头，她发觉还能感到一种苦涩的滋味，方才明白自己并没有死，刚刚被拷打的场面又浮现在眼前。

"你说不说？你说不说？……"烙铁冒着烟，行刑者发狂地咆哮着。

说什么呢？贺龙在哪里，革命军和游击队在哪里，伤病员在哪里，地下交通员是哪些，这些她都知道！然而她能交代自首吗？不，绝不能！革命军的机密，她是一个字也不会说的！她觉得哥哥走的路没有错，革命军的事是正义的事。闹共产革命，打土豪劣绅，让穷人都过上好日子，这也是她衷心拥护赞成的。她很小的时候，因为苦难的家世经历就渴望为穷人打抱不平。别的女孩儿在小时喜欢玩的是娃娃，她却像男孩一般喜爱把木棍当枪玩。那一年，哥哥"三把菜刀起义"砍盐局，夺回了十几条枪，满姑瞧着好不羡慕："哥哥，给我一支枪吧！我也要枪！"

哥哥瞧着妹妹天真的样子，笑着逗她："我拿枪是要打妖魔鬼怪的，你要枪干嘛？"

"我也要打鬼怪，你给我吧！"满姑一本正经地说。

"好，等你长大了就给你枪！那时我可要看你敢不敢斗鬼怪！"

"我敢，我一定敢！"

满姑像男孩一样拍着胸脯。后来，哥哥拖起队伍，开始打土豪劣绅时，满姑毅然参加进去，哥哥真的分给她人员枪支，她也真的从此闹起革命，打起"鬼怪"来了。

短短几年游击战中，满姑出生入死，大智大勇，给了"鬼怪"多少次沉重的打击！然而革命的路从来就不是平坦的，经过几番较量，革命军现在受了挫折，这是令人痛心的事。但是，纵然头可断血可流，也决不能做对不起革命军的事！决不能屈膝变节，俯伏自首呀！

满姑忍着巨大的疼痛，在迷糊中静静地想着。过了一会儿，她挣扎着爬起来，好不容易靠墙壁坐下了。这时，忽听门外有一孩子在大声叫着："妈妈！妈妈！"

啊，是女儿金莲的声音！满姑抬头一看，一个看守已打开了牢门，女儿金莲被覃小妹背着来看妈妈了。

满姑忙欲撑身站起来抱孩子，可是刚一站立便摔倒了。"妈妈，妈妈呀！"女儿见到妈妈被打得伤痕累累，扑上前就大哭起来。

覃小妹见满姑受到这般折磨，也忍不住眼泪扑簌簌直掉。

"别……别哭！好孩子，要坚强！"满姑从地上强撑着坐起来，坚强地对女儿道，"妈妈不要紧，你别哭！"

金莲果然止住哭声。这孩子，虽只有 2 岁多，却像怪懂事的很听妈妈的话。妈妈被捕了，她被覃小妹带着住在一旁，每日倒也不哭。

满姑瞧着孩子这般大就跟着吃苦，眼里禁不住也噙满了泪花。孩子是自己的亲生骨肉啊，又怎能不疼？现在，自己这做母亲的已经身陷囹圄，孩子的将来可怎么办呢？把她送回去，让她的爹带走该多好！可是她爹这会儿在哪里？满姑知道他必定早已藏起来。丈夫向生辉一向是个忠厚老实的农民。满姑自十多岁起嫁给他，两人多年来感情很深。自从满姑拖上队伍之后，向生辉自己没有参加，但他也不拖后腿，他在家里带着几个孩子，使满姑在外从事革命活动也很少后顾之忧。红军游击队作战失利，敌人到处通缉捉拿满姑时，向生辉便携家到外地隐蔽了起来，现在也不知去了何处。满姑身边，就这小金莲一人跟着。如今满姑受刑，孩子由覃小妹带着，满姑倒也放心。覃小妹掩护藏匿满姑，敌人为此抓了她同来坐牢，但因覃小妹毕竟只有藏匿罪，敌人倒并不在她身上下功夫拷问追究，只要服刑期满，她会有释放的机会。所以，满姑又一再嘱咐，托她把金莲带好，覃小妹含泪一一应允了。

覃小妹带着金莲走了。过了一会，一个女看守送饭来了，因为上一次的劫狱活动引起了敌人怀疑，那个曾给满姑递过条子的老婆婆被撤换了。这位新来的女看守长得个子高大，性情凶悍。她将送来的饭菜朝地上一放，恶声恶气地直叫："别装死，快吃！"

满姑撑着身子摇摇头，一则刚用刑痛得吃不下，二则那发霉的饭菜一看就不想吃。她只要求喝点水。女看守骂骂咧咧地端来一缸子清水让满姑喝了，又将原封未动的饭菜提着，锁了牢门而去。

这一次用刑之后，满姑躺在床上有几天没有动。张东轩却还不罢休。为防止游击队劫狱，张东轩——面加强了防范，另——方面加紧了审讯。不到几天时间，满姑又再次被提到审刑室施了酷刑。

张东轩命人将她的十个指头用铁丝紧紧绑在木柱上，然后在十指间施楔用力往下打，此酷刑名为"猴儿抱桩"、"梳指"。满姑经此施形，十根手指全被钉烂了，骨头也被钉碎了。但她紧咬着牙关，还是什么也不肯说。眼看各样的酷刑都用尽了，从满姑嘴里还是得不到什么。张东轩终于摇头叹服了。看来要这位女革命者交代自首，供出什么机密是彻底不行了。面对这样的人，还能有什么办法令她屈服呢？倘若从她嘴里总掏不出话来，岂不要坏事？张东轩这般考虑后，遂决意对贺满姑下毒手。

这一日夜里，天气突然变了。整个天空黑沉沉，阴惨惨，看不到一点亮光。须臾，闪电划破长空，雷声震天动地轰响。阵阵狂风挟着雨点吹打，屋檐上的水柱开始瀑布似的直往下倾泻。过了没多久，"霍霍"的大水声隐隐约约从河边传来了，这是澧水在暴涨，汹拥的洪水声将全县城的人都惊醒了。

到天亮时分，风停了，雨住了，太阳却没有冒出头。天空还是那么阴沉沉的。

连日来被酷刑折磨得奄奄一息的满姑，早晨起来强撑着身子刚刚梳了梳头发，牢门便被"哗"的一下打开了。瞬间，四个全副武装的兵丁出现在面前。

"贺满姑，恭喜你，今日奉命为你送行啦！"为首的一个小头目阴阳怪气地说。

满姑听了这话，又细瞧众兵丁的装束与神色，心里全明白了。生命的最后时刻已经到来！但她觉得没有什么可畏惧的，生与死既已置之度外，赴刑场又有什么可怕！她从容地站起身来，再仔细拢拢头发，便昂头慢慢向牢门外走去。

几个兵丁跟在后边，先押她到了团防局的一间大房子里。张东轩此时坐在太师椅上，嘴里吸着烟正喷云吐雾。见到满姑押进来，张东轩一敲桌案道："贺满姑，你要是自首的话，现在还来得及。怎么样，这是最后一次机会了！你还有什么可说吗？"

满姑坚定地一摇头道："你们杀吧！何必再啰唆！革命者是杀不尽的，总有一天，也会轮到人民来审判你们这些反动派！"

"好哇，死到临头你还嘴硬！"张东轩无可奈何又道，"要见阎王了，你还有什么要求？"

"我要看看孩子！"满姑大声说。

"让她看看！"张东轩答应了。

一会儿，在匪兵的押解下，覃小妹抱着小金莲来了。满姑忍着巨大的疼痛，将孩子抱在手，亲了又亲，小金莲连声叫着"妈妈"，满姑看看孩子可爱的面庞，忍不住鼻子一酸，终于无声地哭了……

短暂的相见结束了。满姑含泪和女儿作了决别后，便毅然迈步走出团防局大门，直向县城外的刑场——校场坪走去。

校场坪就在城外的澧水河滩旁。坪场四周，此时此刻挤满了成千上万来看施刑的人群。为了防止游击队抢劫刑场，团防局长张东轩和驻县城的余团长，将所有的兵力全部布置起来，在全城各个交通要道都站岗把守，行刑的校场四周，更是岗哨密布，警卫森严。所有观刑的人只能远远立在校场坪之外，不能越向刑场一步。

施刑的坪中央，也早已立好几根木桩。赤着膊的两个刽子手，手执锋利的刺刀，早已守候伫立在木桩旁。

临近上午 10 点，贺满姑在全副武装的一队兵丁押解下来到了坪场中央。满姑没有眼泪，没有悲伤，她缓缓地迈着脚步，眼睛平视，脑子里还在回想着。回想着什么呢？或许回想到了很早时候的苦难生命吧！据说，她生下来的时候，父母已有五个孩子，她算是第六个。她的父母因为家里穷得难以糊口，生下她后更觉没有办法养活，于是用件破衣服包了，将她放在离家不远的一个岔路口，指望有人收养了去，可是等到天亮没有人收养，后来还是一位邻居婶婶将她抱着送了回来。父母当时接过孩子，忍不住伤心地哭了起来。满姑生下来的命运就是这般苦，父母觉得女儿是被丢弃过的，就像水缸里满出的水，所以取名满姑……满姑来到这世间，人生的路才走了三十年，三十年就完成了归宿，她还会想些什么？或许，她什么都没有想罢。她只是从容不迫地来到刑架前，而后面对着无数观看施刑的人群，高呼了几声撼天动地的口号："共产党万岁！打倒土豪劣绅……"

她的口号尚未喊完，嘴里便被人用棉团封住。几个兵士毫无人道地强行剥了她的衣服，竟把她赤身裸体四肢分开地绑在了木架上，接着，两个赤膊刽子手拿着锋利的刺刀，对准她的身子就是一阵残忍的猛刺，一直刺了十几刀方才罢手……

第十六章　贺云卿智设空城计
向子云命丧赤溪河

　　且说贺满姑于桑植县城就义时，贺龙正率部在石门县境内活动，并遭受了又一次重大挫折。原来，自工农革命军被打散之后，龙毓仁旅已撤离桑植驻防到了鄂西，陈策勋亦被调往凤凰整编去了。贺龙乘此时机又汇聚了一些被打散的队伍回到桑植，并于1928年6月25日在桑植小埠头设伏，将最后撤离桑植县城的龙毓仁旅一个辎重连全部歼灭，缴获了许多物资弹药。这次战斗不仅鼓舞了士气，还使队伍又扩展到1000余人。

　　此后不久，贺龙领导这支工农革命军在罗峪整编，后部队改称为工农革命军第四军，也就是人们通常所称的红四军。整编之后，贺龙按照湘西特委指示，率部来到石门磨岗隘一带活动。9月初，溇阳、泥沙镇一带连遭敌军第十四军教导旅李云杰部两次袭击，红四军伤亡惨重，参谋长黄鳌、师长贺锦斋阵亡。贺龙率残余人员突围撤出，到达鹤峰堰垭一带，清点人员，只剩下91人、72支枪了。就在这山穷水尽之时，又是贺英率部带了一批粮食物资前来接应，方才渡过这一段最困难的日子。

　　再经数月休整，贺龙这支队伍又渐渐缓过气来。接着，贺龙率红四军来到鹤峰邬阳关及宣恩、咸丰、利川一带，先后收编了陈宗瑜、杨维藩等部"神兵"，使部队又增加了战斗力，同时还攻下鹤峰县城，打退了湘鄂西民团总指挥王文轩等团防部队的进攻。红四军乘胜进军，1929年6月上旬，贺龙率部再次攻占桑植县城。红四军部队这时又扩展到了3000余人。

　　鹤峰、桑植县城被红军攻下后，担任桑鹤剿匪的陈策勋接连去电向蒋介石告急。蒋介石接电后，急令何键和陈渠珍派兵围剿。陈渠珍此时亦不敢怠慢了，他立即电令在永顺驻防的步兵第三团团长向子云，要他派兵去桑植清剿。向子云正欲点将派兵，忽有人送来贺龙写的一封亲笔信。向子云拆开展读，只见信中云：

近闻公将兴兵犯桑，吾劝尔不要来，来则送礼而已。红军矛头只在反蒋反何，与尔等实无利害冲突。公若不来犯我，我则决不犯公。公若置若罔闻，恐将后悔不及。是战是和，还望公能三思！

向子云看毕，将信朝地上一掷，轻蔑地对幕僚们说："贺龙那几十鸟人，枪没得几根，口气还蛮大。劝我不要去，去了只有送礼，真是狂妄。"

在一旁站着的副团长周寒之说："贺龙是个打不死的程咬金，去年就听说他被剿灭了，怎么现在又冒出头了，还占了桑植县城？不知他到底有多少人枪？"

"他哪有多少人枪，不过是一些乌合之众！"

向子云道："去年贺龙带农军起义，号称几千人，龙毓仁旅一击不就垮了吗？这次他死灰复燃，谅他也没成气候。现在赶快去进剿，乘他立足未稳，可一举聚而歼之！此次我就派你去打头阵，给你一个立功的好机会！"

"是，卑职一定竭力进剿！"周寒之心里没底，与贺龙交战还是头一次，但向子云下了命令，他不得不硬着头皮接受了任务。

经过一番准备，周寒之第二天带着一千多人出发了。从永顺到桑植只有百余公里路程，周寒之率部急进，第一天走完了90多里，到达塔卧住了一宿。第二天清早又出发，走了几十里路，中午到达沙堤，此时碰上陈渠珍部的一个参谋罗文杰。他是奉陈渠珍之命到桑植去任代理县长的，因为带的兵力不多，走到沙堤就停滞不前了。周寒之见了他便问："罗县长，你怎么还呆在这里？"

"我等你呀！"罗文杰道，"桑植城被贺龙红军占领了，我这光杆县长怎么上任？还不靠你带兵把红军赶走才好上任嘛！"

"咱们一起走吧。"周寒之道，"我正愁没有好谋士相伴，与贺龙也没打过仗，不知他情况如何。听说你前几年到川军干过，对贺龙一定很了解吧？"

"我那时是随田少卿投奔川军的，贺龙还是我们的上司。后来贺龙北伐，我们才又到陈老统部下。"罗文杰又道，"贺龙这人，我与他也有过交往，人倒很讲义气，是当世豪杰。可惜他现在戴了'红帽子'，当了共产党，要不然早就当大官了！"

"是他咎由自取！"周寒之说，"他发动工农和那些泥巴杆子搞在一起，能成什么大事！我们此去一围剿，他岂不又作鸟兽散？"

"与贺龙打仗，还不能大意哩！"罗文杰说，"虽然他的部队都是些乌合之众，没经过什么训练，但我们也不能轻视，还是小心谨慎为妙。"

"依你之见，这仗该怎样打？"周寒之又问。

"我们可到桃子溪去找张恒如，他很熟悉桑植情况。可请他出出点子！"罗文杰说。

两人随即率部继续往前而行。约莫傍晚时分，到了桃子溪。此地距桑植县城只有30余里。当地团防张恒如听说剿共正规部队到达，早率了一班人马在街道恭候欢迎。晚上，周寒之、罗文杰在酒醉饭饱之后，便邀张恒如商议进兵计划。张恒如说："贺龙此次回桑，比去年势力要大。如以千余兵力直接攻城，估计难以奏效。我有一计，咱们从利福塔顺小河穿金家台，再下去直插南岔渡河，然后从侧背进占梅家山，居高临下，再攻桑植县城，就容易拿下了。"

"好！这个计策不错！"周寒之用铅笔在军用地图上圈了一番，不禁点头笑了。

"从南岔渡河，即可攻县城，又可切断洪家关与县城联系，这着棋着实妙！"罗文杰也觉得这个进攻路线可行，于是就确定了下来。

第三天一早，周寒之与罗文杰就率部从利福塔顺河直向南岔杀奔而来。两个多小时后到了南岔渡口，其时适值雨后涨了洪水，渡口船只太少，周寒之下令四处搜集船只，好不容易征来十几条船，时间却被耽误了几个小时。这时早有人飞奔进城报告了贺龙。贺龙随即率部赶至南岔，占据了河旁山上制高点，待到周寒之率部渡过河快上岸时，贺龙一声令下，红军的机关枪和步枪一阵猛射，周部的兵顿时大乱，许多人当场被打死在河滩，有的转身逃往河中。即被洪水淹没。周寒之、罗文杰见势不对，赶紧上船又往回逃，船至河中央忽被浪头打翻，二人落水泅过河去，幸得河岸预备队接应，二人才率残部又顺来路直向永顺逃去。

两天后，周寒之落魄回到永顺，向子云见面大骂他道："你就没得卵用，一开战就败退回来，还把人枪损失了几百，真是丢老子的丑！现在只有老子亲自出马、一定要把贺龙那几个鸟人斩草除根！"

向子云发了一通脾气，然后传令速作出兵准备。一个多星期后，他点齐3000多兵马，抬着钢炮和几十挺机枪，浩浩荡荡又向桑植杀奔而来。两天后，向子云又到桃子溪。那张恒如上次未被打死,也狼狈逃回了桃子溪。此时见向子云带了大队人马来围剿红军,遂又出点子道:"上次周团副从南岔过渡,主要是调集船只耽误了时间,使红军有了防守准备。所以吃了亏!这次我们可以早征船只。用强火力掩护,从那里进攻还是可行的!"

"可行个屁。"向子云道:"你尽出些馊点子,我们为何要去南岔?我看就从赤溪过河,直杀桑植县城,谅他贺龙有几支破枪也守不住。我要用钢炮把桑植城打平!"

向子云自恃兵力强大,根本不把红军放在眼里。张恒如讨了个没趣,落得不往前带路冲锋,也就不再吭声了。在桃子溪住过一晚,向子云听人说红军有支神兵十分骁勇,他们都穿红衣,戴红头巾,捆红布腰带。手拿红缨刀枪,作战如有神助,枪打不进,刀砍不入,只有用乌鸡血或狗血泼浇才能镇邪得胜。于是传令让士兵带了许多竹筒,里面装满狗血,然后才向赤溪进发。

来到赤溪渡口。只见河水浑黄一片,水深流急,没有船只无法过渡,遂又下令找来数十支船,将士兵一船一船送过了河去。河那边其时也无人拒守,过罢河,再行5里就是桑植县城。向子云命令其弟向捷先带着先行过河的特务营迅速向县城挺进,自己则骑着骡子在后督阵。

再说贺龙部在南岔大败周寒之后,他料定向子云必不会甘休,还会前来进犯,于是派人随时了解向部动向。当向子云率部来到桃子溪时,贺龙将几位战将招来,在军部商议如何抵御敌人进攻。

第一路指挥王炳南说:"向子云这次来势汹汹,我们可以沿河布置兵力,他在哪里进攻,就在哪里打!"

一团团长贺桂如道:"我估计敌人不会再从南岔来,他们不会那么蠢去重蹈覆辙,我看可将兵力放在赤溪河,防止他从那里强渡。其它地方加强警戒,随时可以驰援即可。"

四团团长陈宗瑜道:"不管怎么打,这条澧水河就是一个天然屏障,敌人总不能一下飞过来,我们就可以凭险据守!像上次南岔一样,等他们过河就可以打!"

贺龙听罢诸将意见,只含着一杆烟袋默不作声。众人问他到底怎办才好,他磕了磕烟灰道:"大家的意见是守住澧水河决一雌雄,这样打只有拼实力!上次周寒之吃了亏,我们再用这法子,恐怕就不灵了。"

"那该怎么打?"贺桂如问。

"我看哪，就放他们进县城！"贺龙抽口烟又道，"我们把部队撤出城去，在四周山上设伏，等敌人进来就打他个措手不及！"

"他们会进城吗？"王炳南问。

"会，他们一定会来！"贺龙胸有成竹地说。

"这办法可行，可打他们措手不及！"众人纷纷表示赞成。此计就这样定下来了。

贺龙接着命令一团团长贺桂如率部在梅家山八斗溪设伏，负责从北门进攻，四团团长陈宗瑜率部在汪家坪、乌龟嘴设伏。负责从东门进攻，二团团长文南甫在西界，茅岩设伏，断敌退路。谷志龙的独立团在蛾子坡等处设伏，负责向赤溪渡口堵截，军部总指挥部则设在梅家山顶，以便指挥全局。

贺龙布置完毕，各部红军便按照指定位置埋伏到了城外，城内所有群众也作了疏散，几个城门全部敞开，连城墙也拆了多处缺口，使敌人进城后无法防守。

当向捷先一马当先，率领特务营来到县城西门时，瞧见城门大开，里面寂静一片，心里便犯疑道："为何不见一个人影？"到此时他亦不往后退，只管率部继续往城内钻去，来到县城东门一带时，忽闻梅家山上一声信号枪响，顿时弹如骤雨，四下枪声直向城内射来。向捷先大叫一声道，"糟糕，我们中计了！"就返身往后退。

"嘀哒嘀哒……"随着一阵军号声响，四周忽又响起排山倒海的冲杀声。

"快，给老子抵住！别慌！"向捷先挥着手枪，作着最后抵抗。

"冲啊！"贺桂如指挥二团红军眨眼已从北门进了城。陈宗瑜指挥的四团从东门也攻进了城，这个团的红军果然一片红装，远远看去就像一团火苗。

"神兵，神兵来啦！"向捷先特务营的士兵们一片惊呼。

"快，用竹筒泼狗血！"向捷先急忙命令着。

众特务兵慌忙把用竹筒装的狗血往逼近的"神兵"泼去，谁知这些"神兵"丝毫不怯，反而端着那雪亮的红缨枪和鬼头刀杀得更猛了。特务营抵挡不住，不一会儿死的死，伤的伤，只剩下少部分人由向捷先带着逃出城外，与后续部队一起又往河边退去。

红军乘势猛力追赶，埋伏在赤溪渡口不远的蛾子坡的红军也发起了进攻。几路红军夹击，向子云的部队就全乱了套，只往后退去。红一团的胖子罗营长一手拿枪，一手拿着一把大蒲扇，因为天热，边追着敌人边扇风。追到半途一个转弯处，他举枪射击，一连毙倒了两个敌人。"这家伙是个扇子兵，好厉害，一扇子扇倒了几个人！"有个士兵边撤退，边向后面的士兵描述说。那些士兵本来已闻风丧胆，听此一说，一个个更加溃退如潮。那向子云眼见兵败如山倒，难挽颓势，亦只得骑着骡子往后退去。待他退到渡口，见那停放的船只不见踪影，心中顿时叫苦不迭。

"冲啊！抓活的！缴枪不杀！"红军的喊声直逼河滩。向子云的兵马到此时无处可退，有的便跳进了河中，有的做了俘虏。向子云情急之下，唯恐被红军抓住，于是赶着骡子下河，想抓住骡子尾巴泅过河去，谁知到了河心，一个大浪卷来，向子云和骡子顿时被洪水灭了顶，一起向下游漂走了。数日之后，有人发现，他的尸体漂到了津市，脖子上还挂着一支枪⋯⋯

赤溪河这一仗，以红军全胜而结束了。张恒如因为留了个心眼，率部跟进尚未过赤溪河就溜了，不过，后来红军赶到桃子溪，还是抓住并处决了他，为贺满姑报了仇。

红军一举歼灭向子云3000余人，在当时可是一次了不起的大胜仗。事后，众战将都觉贺龙料事如神，在庆功宴会上，大家纷纷问他为何想出了空城计，贺龙笑着道："我这是学的诸葛亮的办法嘛！你们读过《三国演义》吧？诸葛亮在西城退敌，不就是用的空城计？那司马懿生性多疑，见孔明坐于城楼，焚香操琴，带着15万兵不敢进城，怕中埋伏，而孔明不过2500人，还不是把司马懿吓走了吗？当然，这向子云不比司马懿，他的特点是骄横傲慢，自恃兵力强大，不把红军放在眼里。此人我过去就和他打过交道，知道他的脾性。南岔一仗周寒之被打败，我料定他不会服输，必会孤军深入，亲来决战，所以就诱他钻进县城。我这里设好埋伏，他不正好中计嘛？这就叫作知彼知己，百战不殆。兵法所云，岂不妙哉？"

一席话说毕，众人恍然大悟，钦佩不已。

第十七章　陈渠珍暗斗何键
王家烈窥图湘西

　　赤溪河之战后的当天夜里，陈渠珍在乾城师部的办公室里踱来踱去，烦躁不安。他心里有种预感，向子云进兵剿共恐有不测。果然，不一会儿，一阵急促的电话铃声响了。陈渠珍伸手抓起话筒问："谁呀？"

　　"我是罗文杰，报告师座，有紧急军情相告。"

　　"什么事，说吧！"

　　"向团长在桑植战死了！"罗文杰沮丧地说。

　　"什么？向子云战死了？怎么死的？"陈渠珍大吃一惊。

　　"今天上午他亲自从赤溪河过渡向桑植县城进击，谁知这座城是空的。整个部队中了埋伏，红军凭借地利把我部压到了河滩。向团长抵挡不住，在过河时被水冲走了！我部官兵大半被歼，只有几百人撤回来了。"

　　"你这次去参加围剿没有？"

　　"去了，我在后卫部队，留守在桃子溪，我是听撤回来的人员讲明情况才向你报告的。"

　　"唉，真是没用！一个团的人马竟然被红军吃掉！我叫你们和红军作战要小心，向子云就是不听！这下可吃了大亏！"陈渠珍震怒地说了几句之后，又指示道，"我现在命你代任永顺保安团团长，你赶紧守好永顺城防，别让红军占了永顺！"

　　"是！我一定会守住永顺，请师座放心！"罗文杰一颗悬着的心放下了，他这次没有随向子云进攻，是留了个心眼的，原以为会挨陈渠珍的骂，谁知陈渠珍对他仍信任有加，遂赶紧作了保证。

　　陈渠珍放下电话，心中更觉不安。他立刻请来几位幕僚商议，并连夜起草急电，将向子云战死的消息报告省府，同时请求省长何键对向部的武器损失给予补充。

第二天，何键回电对向子云剿共战死表示安抚，并应允补充部分弹药武器。但是，数月过去了，这些许诺没有兑现。由此，陈渠珍才深觉何键阴险奸诈，何是借清剿红军来削弱陈的实力。从此后，陈渠珍对于"剿共"就更消极了，只是为应付上司命令，才不得不派兵去应付应付。

随着国民党不断增派部队围剿，贺龙领导的红四军其后又转移到湖北鹤峰、五峰、长阳、澧县、石门一带打游击。1930 年 7 月 1 日，鄂西红军占领公安城，贺龙率部赶去。红四军与红六军在此会师。两军接着组成红二军团，一时兵力大增，不久连克石首、藕池，进而夺南县，占华容，下津市，围澧州。湖南当局震动，何键电请川军赖心辉部与湘军各路武装共同会剿这支红军。经过几次激战，红二军团最后被打散。一部撤往洪湖，只剩 3000 余人的主力又撤往鹤峰山区。

在这次围剿中，陈渠珍所派的戴季韬警卫团和陈斗南所率的一团也各受到很大损失，且没有得到省方补充，陈渠珍为此更加恼恨何键，认为何键是不断借打击红军而削弱湘西武装实力。陈渠珍在战事结束后，即电令部队调回老巢，并臭骂了戴季韬和陈斗南一顿，认为两人没有领会好出兵意图，不该与红军硬拼消耗实力，中了何键"借刀杀人"的毒计。

为与何键相对抗，陈渠珍又召集亲信幕僚研究对策，并决定送王尚质到中央军校参加一段培训学习，以便让他到南京去联络蒋介石的侍从室主任贺贵严，因贺是陈渠珍过去的一个老部属，由贺再向蒋介石进言寻求政治上的支持。王尚质临行时，陈渠珍叮嘱他道："你要贺贵严争取弄个新的番号，我们藉此好摆脱何键的控制！"

王尚质对此心领神会："您放心，我一定会弄个新委任状回来，保证让您满意。"

王尚质走后不久，在长沙看病的秘书长陈慕素突然不治身亡。陈渠珍闻讯十分悲痛。他传令将陈的遗体运回凤凰，并亲自写了一篇祭文前往灵堂吊唁，其文曰：

维中华民国十九年，陆军独立第十九师师长陈渠珍，率全体弁兵，谨以酒醴肴馔不腆之仪，致祭于本军秘书长军荐一阶陈君慕素之灵座前曰："呜呼，吾慕素至少之贤，知慕素者，无异词也。慕素从余七年而哭慕素，吾之悲何如也。慕素此次长沙之行，来吾话别，吾之别于慕素较难，隐然若知其不复相见者，此吾所以尤悲也。慕素之始来，为民国十二年春，吾斯时驻节迁陵，治军余暇，颇从事于故里文献。方以民德新民，恒基于敦宗睦族，久处相习，延至幕府，司笔札一年，因知慕素不仅深于学而豪于文。其性情之纯笃，尤为可亲也。中经历川黔军之役，慕素相从于戎马斯沛之中，由保靖而凤凰，旋又由凤凰而保靖，而龙山，而乾城者复年余。讨贼之役。慕素与田君瑶阶，滕君剑龙同留守乾城，慕素由卯达子恒书声琅琅。一日十二时中，休焉息焉不过四时止耳，今剑龙犹在，犹言之凿凿也。洎吾移住凤凰，慕素住宗祠中，犹读书如故也。慕素之勤于学，吾目中所仅见也。慕素之疾，即由兹起，并由之而愈深也。方疾之加剧，吾曾屡诫之，其友人亦多劝之，犹读书如故也。慕素治小学尤劬，所为文亦本之。其处心清洁，缊道诚笃，假仍以十年掇拾研究，当能理坠绪，契道真，直跻于亭林船山之诚，而如昌黎氏之文，起八代之衰不难矣！抑或神游广漠，托志林泉，览胜登临，啸傲湖山，以潇洒于当时，畅怀于言表，举一心之忧虑，寄百代之讴歌，虽慕素之学且勤，而慕素之疾或不与之俱深也。奈何山屺钟残，珠沉月碎，广陵孤琴，不复人间；山羊哀笛，弥增楚凄，中原龙争，征程满几；大湖豕突，烽火燃眉；孙思势众，张鲁术横；涓流不塞，溃岸为虑。抑以大地河山；破碎一沉，百年身世，蜉蝣俄顷。生有何乐，死有何哀，吾又何庸为慕素悲邪？独是生死贵贱，交道乃见。慕素有亲，垂白发于高堂；慕素有妇，斩然而衰裳，方挈幼子，留滞于异乡，此早逝者之赍恨，极人士之悲伤。吾苟息而尚存，当尽力而教养，决不使吾慕素饮泣黄泉而独抱无涯之戚也。蕴泪万斛，顾瞻四方，鬼神森列，吾言敢谎？尚飨！"

为陈慕素办完丧事，陈渠珍接连许多天心绪不佳，只在家静静养神。忽一日，王尚质从南京回来，向他报告："师座，祝贺你，蒋主席对你有了新委任！"说罢，将一张写有蒋中正亲笔签名的委任状递了过去。陈渠珍接过手一看，见这委任状是委任他担任国民革命军新编陆军三十四师师长，职务虽未提升，但却不再受何键的任意摆布了，心中顿觉大悦。

"有这个招牌，就可以扩编招兵！"王尚质说，"现在何键就不好干涉了！"

"好！你办得不错！"陈渠珍夸赞了一句又问，"你是怎样活动到这委任状的？"

王尚质遂向他汇报了这次活动的详细经过。

两月前，王尚质到南京后，乘着在中央军校学习的机会，抽空去拜访了蒋介石的侍从室主任贺贵严。见面后，王尚质对贺贵严说："陈师长要我向你问好！他目前的处境不怎么妙，省主席何键处处与他为难，省里不断调湘西部队与红军作战，损失消耗很大，何键却不补充，陈师长请你一定帮助想办法，能否在蒋主席面前吹吹风，给一个新番号！"

贺贵严道："你转告玉公，叫他不要老想守在湘西，坐井观天，要看清外面的形势。与何键斗法，必须上下活动，多搞政治攻势。他现在处境困难我能理解。有机会我一定帮忙，请他耐心等候。"

过了几日，贺贵严果然在蒋介石面前大讲何键的坏话："主席，有人反映何键这人阴险奸诈，野心勃勃！"

"何以见得？"蒋介石问。

"他在湖南大搞结党营私，排斥异己。"

"有证据吗？"

"听说他私自扩编了很多兵马，打红军只调别的部队在前线拼杀，自己的部队不肯消耗实力。"

"你是听谁说的？"蒋介石又问。

"我是听湘西部队首领陈渠珍讲的，他是十九师师长，何键经常排斥他，他的部队在澧州打红军损失很大，何键表面应允补充军火，实际却不肯兑现。陈渠珍为此很恼火，他参加打红军，没有武器弹药补充怎么行，所以他不想受何键的气，请求主席能另给个番号！"

"这个要求可以满足！"蒋介石稍一掂量就应允道，"就给他委任暂编三十四师师长吧！由中央给大洋三万元作为军费！"

蒋介石的意思是湖南目前还需何键来撑台，而给陈渠珍一个新番号，可不受何键控制，利用两人即可相互牵制，又都置于自己的直接控制下。

贺贵严就这样给陈渠珍争取到了蒋介石亲自签署的暂编三十四师师长之职。

陈渠珍听了王尚质讲述的经过后说："贺贵严到底比我见识高，计谋好，这事应当感谢他！"

有了新编陆军三十四师师长的委任，陈渠珍立刻在凤凰把新招牌挂了出来，接着即大肆扩编兵马，将部队编成了 6 个旅 16 个团，又设立屯务处，陈渠珍自兼处长，下辖屯务军 5 个独立营，总兵力已达 25000 余人枪。为加强对外联络，又在南京特设了一个办事处，由李济民和王尚质分任正副主任专门负责在上层进行活动，争取反何势力。陈渠珍采取的这一措施，使他在中央有了靠山支持，而何键见陈渠珍得了新的番号，不好再直接干涉，只得采用羁縻策略，把陈笼络住，并邀陈渠珍共办吗啡厂，好赚取巨额利润相互分成。陈渠珍见有利可图，即派戴季韬出面主办此事。经过一番筹建，该厂不久在凤凰昭忠祠正式投产了，每月所产鸦片烟土有 100 余担，烟土包装后，由陈渠珍与何键分派武装押送，转运到上海等地进行交易。

有了编制有了经费，陈渠珍便加紧对部队进行训练。从 1930 年起，又成立了一个军官教育团，由王尚质任教育长，汤子纯任教育主任，来军官教育团学习的都是连排长以上的军官，又在凤凰办了一所经武学校，专门招收下级军官和社会知识青年参加学习，并聘请了河北人武术大师朱国福当该校校长和武术教官。为训练教育官兵，陈渠珍还根据自己的经验编写了《军人良心论》一书，当作教材让官兵进行学习。该书认为："没有良心的人拿枪炮便是土匪，因为军人存心是处处求人民的利益，不顾自己的牺牲；土匪存心是处处求自己的利益，不顾别人的痛苦。"所以，陈渠珍要求军人应用"良心"来衡量检查和统帅一切，而一个军人具有良心就需要做到"六要"、"九尚"和"七忌"。"六要"即要早起、要谨言、要整齐、要有节、要守业、要守分；"九尚"即尚公、尚勇、尚信、尚任、尚勤、尚俭、尚节、尚耻、尚恒；"七忌"即忌骄、忌忿、忌嫉、忌躁、忌怠、忌吝。陈渠珍这套关于军人"良心"的论说，对于指导所辖部队的思想建设，确实起了不少作用。

眼见陈渠珍在湘西的势力渐渐壮大，何键又深觉不安起来。他正愁其羽翼丰满尚无好办法将其解决时，忽有陈渠珍部的一个上校副官处长双景吾找上门来，神秘兮兮地对他说："何公要解决陈渠珍，我有一好计策！"

"什么计策？"何键问。

"陈渠珍不怕前门进虎，只怕后门进狼；不畏前攻，只恐后袭。如若何公联络贵州王家烈以重兵从贵州压迫湘西，则陈可以一击而溃。"

何键听了此话，认为此计确实不错，遂高兴地对双景吾道："你的主意很好！今后还望你多注意陈的动向，随时向我报告！"

"是！"双景吾满口应允，告辞回常德。这双景吾为何会找何键献策而倒陈渠珍呢？原来，双景吾是古丈县古阳镇人，因其善于投机、能说会道而得到了陈渠珍的信任，让他当了副官处长。双景吾住在凤凰时，曾将一婢女送入县女子小学读书，由这婢女引诱女生到家中，让其进行奸污。此事被人密告到陈渠珍处，陈怒而不发，从此却将其疏远，调任他当了三十四师驻常德办事处主任。双景吾由此暗恨陈渠珍，这才蓄意投何倒陈。

那何键接受双景吾的献计，便着手与贵州军阀王家烈进行联系。其时王家烈已被蒋介石特定为国民党第四次全国代表大会军代表，正好路过长沙，准备去南京开会。何键盛情款待他，留他在长沙住了一晚，两人密谈了很久。

何键对王家烈说："湘黔两省唇齿相依，许多事需要互相支持。"

王家烈点头道："正是！正是！我们两省应该密切合作，譬如这烟土，我可以从贵州多组织烟帮过境来湖南，运销的特定税就对贵省有利。而武器弹药我们黔军目前尚匮乏，期望能得到你的支持！"

"武器一事，我可以给你们想想办法。"何键道，"我要衡阳兵工厂马上给你们造一批重机枪，再到南京买一批枪支弹药给你，怎么样？"

"那就太感谢了！"王家烈说，"有了这批武器，我就可以增加一定实力，打败毛光翔就不在话下。到时我主黔省军政，我们之间就更好合作了。"

原来，前贵州省主席兼二十五军军长周西成曾联桂反蒋，结果被蒋介石支持的贵州四十三军军长李燊打败。李燊上台不久，又被周西成的副军长毛光翔和师长王家烈、犹国才等联合击败。毛光翔当了省主席，但上任后不为蒋介石所用，蒋介石遂又转向开始扶持王家烈。何键见蒋介石支持王家烈，于是也就应允提供武器支持他，但又提了一个要求："你若主持了黔省军政，还望能出兵湘西帮我解决陈渠珍，怎么样？"

"为何要打他？"王家烈问。

"他在湘西坐大称雄，谁也管不了他，这影响我们湖南统一啊！"何键说。

"好吧！只要你支持我打败了毛光翔，我一定帮你解决湘西问题！"王家烈作了允诺。

两人经过一番密谋，终于达成了协议。不久，王家烈开完会回到湖南洪江，得到了何键的武器补充，很快扩成了好几个团的兵力，接着便率部直趋贵阳，并在蒋介石支持下，迫使毛光翔交出了省主席和二十五军军长大权。

毛光翔退出贵阳后，暗中又联络副军长犹国材、师长蒋再珍和宋醒，共同密谋出兵倒王。混战中，王家烈退至榕江，并调洪江驻防的何知重部合力反攻。此时，毛光翔、犹国材已重夺得贵阳，并电令在黔东铜仁驻防的教导师师长车鸣翼，出兵截击驰援王家烈的何知重部。车鸣翼接电令后，又派代表到凤凰向陈渠珍求援。陈渠珍经过一番分析，认为贵州省内的这场争斗十分激烈，王家烈虽然当了主席，然而所掌兵力有限，反对他的这一方势力不可小觑，而何键忙于剿共不可能出兵援助王家烈。蒋介石对他的支持也只不过是暂时的利用，一旦王家烈战败，蒋介石不会再扶他。陈渠珍决计派李可达率一个纵队去黔援毛驱王。

李可达奉命即日率部起程，到铜仁后与车鸣翼部相汇合，两支部队兵分三路，准备截击由洪江从波州返贵州的何知重部。谁知何知重部率两个团日夜兼程，未等李可达、车鸣翼部到来，即已偷渡潕水，由天柱、黎平西上与王家烈主力汇合，车、李二部扑了空，转而配合毛光翔部对王家烈实行夹击。双方在龙里县发生一场激战，不料，李可达部的魏建铭临阵反戈一击，致使车、李二部损失惨重，全线溃退。王家烈乘机打败车、李联军，旋又打败毛光翔、犹国材、蒋再珍部，复又占据贵阳，重掌黔省军政大权。李可达受挫后，只得带了部分残兵，重又回到了凤凰。

第十八章　田应诏病逝凤凰
龙天胜惨遭剥皮

且说王家烈再掌黔省军政大权后，何键即连续去电促王家烈履行前约，出兵打击陈渠珍。王家烈也派少将师长廖忠、中将参军王天赐率两个团去攻黔东，准备拿下铜仁后再进攻凤凰的陈渠珍。

在铜仁驻守的车鸣翼获悉王家烈派兵来攻后，又派人向凤凰的陈渠珍求援，陈渠珍再派李可达出任援黔军总指挥，谭文烈为副总指挥，率领三个团分两路向铜仁增援而去。

送走李可达出征军的当晚，忽有田应诏的一位随从匆匆找到陈渠珍说："陈师长，田镇守使患了重病，他想见你一面！"

陈渠珍随即连夜来到田应诏家里，只见烛光摇曳之下，田应诏躺在床上已经病入膏肓，气息奄奄。原来，田应诏自将军政大权彻底交给陈渠珍后，近数年先是在各地游历了一段时间，而后便回到了凤凰故居生活，只以休闲为乐，又研究过佛经道教学说，本想把身体调养好，无奈他嗜食鸦片，中毒太深，体内精力终被耗空，近日病倒在床便难动弹了。此时陈渠珍来到田的卧房，握着他枯瘦的手轻声问道："军门，你怎么样啦？"

田应诏微睁着眼，吃力地回道："玉鋆，我……恐怕不行了，阎王爷要招我去呢。"

"别这么想！你的病会好的！"陈渠珍安慰道，"我给你再想法去请个名医来看看，一定要治好病！"

"不用了！这城中的名医我都请过。"田应诏缓缓道，"病势至此，已经难活，我自明白。达人知命，人固有一死，我当坦然待之。只是瞑目之日，尚有两事不能放心，想面告于你。"

"请说吧，我一定记着！"

"一事为公。把湘西统领好，不是易事，你要记住以前的教训，不要让外来势力吞并。我听说贵州王家烈与何键勾结，想图谋湘西，你有足够警惕吗？"

"我会有办法应付的！"陈渠珍回道，"这次王家烈已出兵进攻铜仁，我已派李可达赴黔再援车鸣翼，只要作战顺利，凤凰当不会受威胁！"

"你有警惕就好。"田应诏道，"另一事是为私。我死后，妻妾孩子没有依靠了，还望你多照应。"

"军门尽请放心，这两件事玉整一定记在心里。"陈渠珍又保证道，"只要我在，决不会亏待您的家人！"

"好吧！你记住这两件事，我也就瞑目了。"田应诏说罢，忽然一口痰堵住喉咙，不禁猛咳起来，全身痉挛不止，一旁侍候的小妾赶忙给他捶背扶腰。让他将痰吐了，才又渐渐平缓下来。

陈渠珍见田应诏痰中夹有不少血，显见其病确实不轻。他又俯身安慰几句后，方才告辞回府。

此后，田应诏又吃过一名中医开的几付中药，但仍不见好转。当无情的病魔再次在一个深夜发作之后，这位曾经在雨花台为辛亥革命苦苦奋战过的志士和统领过湘西的著名将领，停止了脉搏的跳动。其时是1933年1月10日，享年56岁。

陈渠珍听说田应诏病逝的消息后，心中一阵悲痛。毕竟曾经患难与共，并且是提携自己的老上司，没有田应诏的栽培提拔就不会有他今日之出息。想到田应诏对自己的种种关爱推荐，陈渠珍忍不住流下热泪。在田应诏的灵堂前，陈渠珍率部属恭恭敬敬地鞠躬三次，以示哀悼告别，同时写了一副挽联相赠。其联曰：

富贵与功名相同，前佐东征，后为西狩，以只身任风雨飘摇，耿耿斯心，公所鉴也。

患难如生死之异，大则继命，私者托孤，有此心唯天日可表，遥遥后事，我自任之。

为田应诏办完后事，陈渠珍又一头扑到黔东的战局之中。其时李可达和谭文烈已率部来到白水洞、尖岩山永川洞一带，经过几次激烈战斗，黔军廖怀忠部损失惨重，廖的部属罗俊臣、邓国周溃败后逃至贵阳，被王家烈当场枪毙。廖怀忠不敢回贵阳，带着一个团拖到凤凰，投向陈渠珍。剩下中将参军王天赐，兵力不够，无法攻打铜仁，只得撤兵回了贵阳。

王家烈经此失败仍不甘心，过了不久又派师长柏辉章率蒋德铭、李维亚、万式炯三个团东伐铜仁，企图得逞后再攻湘西。在铜仁的车鸣翼部又写信向陈渠珍求助。陈渠珍这次除派李可达率三个团去增援外，又抽调周燮卿率第三旅作李可达的后援，一同向铜仁进兵。周燮卿和李可达分别在猫猫岩、尖岩山等地与柏辉章的黔兵展开激战，柏辉章渐觉抵挡不住，请求王家烈派兵增援，王家烈却因蒋介石派了何浚来黔逼其改组省政府，已感处境十分困难，而何键驻芷江的十九师因奉命防守湘赣边区红军，也无法前来配合作战。王家烈见何键屡次失约，对陈渠珍反而转变了看法，遂决定与陈部休战讲和，于是指示柏辉章在黔东停止进攻，并与李可达达成停战协议。李可达经请示陈渠珍后，也同意重修旧好。双方最后在铜仁举行了谈判，经过一番讨价还价，王家烈同意向陈渠珍赔偿战争损失 20 万元，车鸣翼部则出让铜仁给了王家烈。

当谈判达成协议后，柏辉章于 1934 年 2 月来到凤凰，此行除带来 20 万赔款之外，还带了许多茅台美酒来犒劳陈的部队。陈渠珍则举行盛大宴会款待了柏辉章一行。酒席上，柏辉章对陈渠珍道："玉公宽宏大量，不计前嫌，使我们两军重新修好，在下表示十分感谢。"

陈渠珍道："俗话说不打不相识，我们湘西部队从来都很讲义气，既然你们愿意讲和我们当然很欢迎。其实我们之间本来就无冤无仇，如若不是危及到我们地方的切身利益，我们也绝不会轻易出战。"

"过去的事就让它过去吧！从今天起。我们修好睦邻，决不再相互侵犯，怎么样？"柏辉章端起酒杯说。

"行！君子一言，驷马难追！咱们就这么办！这杯酒就叫和气酒，咱们干杯吧！"陈渠珍举起杯来建议道。

众人于是一同起身，彼此碰杯后将酒一饮而尽。

柏辉章一行走了之后，李可达在当晚的一次军事会议上向陈渠珍建议道："师座，黔军内部现在矛盾重重，我们这时若向贵阳进军，可有把握打败王家烈，把王打败，这贵州省主席位子就非你莫属！"

"对！玉公请下决心吧！"新近才投靠的黔军旅长廖怀忠也赞成道："只要你愿意，我们就拥护你当黔省主席！如果这时去进攻，保证可以成功。"

　　除了李可达、廖怀忠外，从黔军投过来的皮德沛、杨其昌、雷鸣九等首领也都极力主张去打贵阳，拥护陈渠珍当贵州省主席。周燮卿此时也气冲冲地说："玉公，你就答应吧！大家都拥戴你！你现在势力已很雄厚，有两万多人的兵马，还怕什么，有枪就是王，这江山又不是哪一个人的，黔省主席高位你不坐白不坐！你当了主席，我们也就可弄个师长军长干干嘛！"

　　"诸位都说完了吗？"陈渠珍这时望了望大家，见无人再发言才缓缓说道，"大家的好意我都领了！打到贵阳去，我们确实有一定实力。不过，现在黔省虽内乱，但我们却不能乘人之危，去抢那主席位子，做那不仁义之事！我的想法还是就在湘西，这里才是我们的命根子。只要把湘西经营好，我们就一定能立于不败之地！"

　　众人见陈渠珍仍执意守在湘西，并不动心图谋黔省，也就不再相劝了。

　　粉碎了来自黔省的武力威胁，陈渠珍一时心情舒畅。住在凤凰原镇守使府内，他请了一个戏班子，连续看了几天杂剧。

　　有一天，陈渠珍看完戏从戏院出来，忽有一个约50多岁的苗民扑通一声跪在了他的面前，口里直叫道："陈大人，请救我女儿一命！"

　　陈渠珍让那苗民站起来，然后问道："你叫什么名字？为何事要救你女儿命？"

　　"我叫吴荣真，是毛都塘人。我女儿叫吴妹者，嫁给龙云飞兄弟龙滕甲做了妻子。现在龙云飞要把我女儿处死，说她犯了罪……"

　　"犯了什么罪？请你到我府中慢慢说吧！"

　　陈渠珍于是回到原镇守使署内，细听那苗民讲述详细缘由。

　　凤凰毛都塘乡，一个山清水秀的地方。这一年，农民吴荣真的女儿吴妹者满了18岁，因为相貌漂亮，有一次上街被大田守备龙滕甲看中了。龙滕甲托人说媒要娶吴妹者为妻。吴荣真不敢得罪龙滕甲，因龙家有权有势，其亲哥是龙云飞，时在江山镇总兵营任游击司令，后又升为陈渠珍部下的第三团团长，于是应允了这门婚事。吴妹者过门之后，两口子关系尚好，还生了一个孩子。谁知过了几年，那龙滕甲突然患了精神病，不久发狂癫而死。吴妹者年轻守寡，带着一个孩子，从此生活暗淡，十分苦闷。

　　忽一日，江山镇来了一位裁缝师傅，叫龙天胜，只有28岁，长得年轻英俊，一手缝衣服的活计十分出色。龙天胜是大田人，早年在乡里学艺多年，吴妹者以前跟丈夫在大田住过，和他早已认识，此时龙天胜到了江山镇一个大户人家来缝衣，吴妹者于是主动请他道："龙师傅，我扯了几丈布，请你也到我家去，给我和我小孩做几套衣服，行吗？"

"当然行，我给这一家做完就到你家去！"龙天胜满口应允。

过了两日，龙天胜给那大户人家把衣服缝完了，就应邀到了吴妹者家。

吴妹者的住房是一栋木楼房，家里条件好，不愁吃不愁穿，只可惜男人死得早，使得空荡荡的房子缺少了一种生气。

龙天胜一来，那缝纫机一踩响，往日寂静的木楼里就有了欢快的笑语。

"来，我给你量量身子，看腰有多大，裤有多高，肩有多宽，袖有多长。"龙天胜拿着皮尺说。

吴妹者含笑站过来，任他在身上比量着。两个人面对面，身体挨得是那么近，相互间的异性气息弄得彼此都有些晕乎了。

"你这身材多好！"龙天胜情不自禁地夸赞说，"穿上我缝的衣服，保你更加漂亮动人！"

"我都三十多了，还漂亮吗？"吴妹者说。

"三十女人一枝花，怎么不漂亮？"龙天胜又夸赞道。

"你多大年纪？"

"我28啦！"

"找媳妇没有？"

"哪里去找啊！"龙天胜摇头道，"像我这种手艺人，谁瞧得起？"

"俗话说家有千金，不如薄艺在身！你有这手艺有何不好？"吴妹者道，"肯定是你要求条件高吧！"

"不，不，我条件不高。"

"那你要找个什么样的女人？"

"就像你呗！"龙天胜看着吴妹者道，"能找到像你这样的媳妇，我就心满意足了！"

"你别拿我开玩笑！"

"我是真话！"龙天胜认真地说，"如果你不嫌的话，我想娶你做媳妇！"

"这……怕不可能！"吴妹者有些羞怯地说。

"为什么不可能？"龙天胜连忙追问。

"我怕……这个家有龙云飞在，他不会允许的！"

"寡妇再嫁，有何不可，他龙云飞管得着？"

"我是真有些怕他啊……"

"别怕，别怕，有我哩！"龙天胜为她壮胆，同时，伸手一把抱住吴妹者，就在她脸上亲了一下。吴妹者忽然奋力推开他道："你别这样，怎能猴急！小心别人看见！"说罢径自回房去了。

这天晚上，龙天胜睡在隔壁一间房里，夜里睡不着，半夜轻声轻脚推那吴妹者的房门，门却闩着，只得回了自己房间。那吴妹者心里也似猫抓似的未能入睡，但她却控制住了自己。

到第二天晚上，龙天胜顾自睡得迷迷糊糊的，半夜里，忽觉身边有个人，一摸，竟是赤裸的吴妹者，顿时惊奇不已，俩人一个如干柴，一个如烈火，彼此碰在一起，便熊熊燃烧起来。

有了这一夜风流，接着就一发难收，随后两个多月里，俩人如胶似漆，夜夜偷情，难分难离。渐渐地，日子久了。外面便有了风言风语。吴妹者这时有些害怕了，龙天胜却安慰她道："你怕什么，我早晚要娶你正式做老婆！"吴妹者说："你要娶我，除非龙云飞死了！不然我们的好事就办不成！"

"要龙云飞死也不难，他惹得我火起，我也有办法治他的！"龙天胜说。吴妹者毕竟怕闹出乱子，不得不打发龙天胜先回老家再说。临走，又让他带去了她和小孩的一些衣物，预备以后正式嫁给他。

龙天胜走后没几天，此事终被龙云飞听说了。不守妇道，败坏门风，这是他最忌听到的自家人丑事。为了以示惩罚，他随即派人到大田抓获了龙天胜，并在其家里搜出了吴妹者和孩子的衣服。见了这衣物证据，龙云飞更怒不可遏。他令手下将龙天胜和吴妹者分别关押起来，一面严刑拷打逼问口供，一面送信给吴妹者的父亲，逼他派自己的儿子来亲手开枪毙杀吴妹者。吴荣真得悉此情，便飞快来到县城找陈渠珍求情，给他女儿保条命。

陈渠珍了解此事详情后，觉得这类风流案败坏道德，龙云飞惩罚没有什么错。但是否就要将两人处死，也可视情给予宽容通融，于是便给龙云飞写了一简信，略云：

"惊闻吴妹者龙天胜犯下私通之罪，按理其罪固然可惩，然其父只有一女，是否可饶其一死，望请三思！"

吴荣真得了陈渠珍的信，便飞快又赶到数十里外的江山镇。待他来到龙云飞家里，却见女儿早已倒在了血泊之中。原来，龙云飞见吴荣真来到，便强令吴荣真的一个侄儿吴如能亲手开枪打死了吴妹者。吴荣真来迟一步，只得悲痛万分地将女儿的尸体运回老家安葬了事。

龙天胜这天却死得更惨。龙云飞派人拷打招供后，便将他押到龙滕甲坟前做了一番"谢坟"的鬼事。几个人将龙天胜强行按跪在坟前，一位苗老司焚香喷酒，口中念念有词地做了一阵仪式。然后，有人端起一竹筒白酒，将那龙天胜灌醉得不省人事。接着，便将他拖至附近一棵大古树边，两手两脚岔开，用那几寸长的铁钉，将他的两只手掌和两个脚后跟钉在树上，再由一个名叫龙占标的凶手手执锋利的尖刀，先从其头部眉毛割起，然后一刀一刀从脸上割到身上，直到将他的皮剥了，又剖腹剜了心，几个人才扬长而去。

事后，有一位姓罗的乞丐来到树下，将龙天胜的尸首卸下，丢进了树对面坡上的一个天坑里。

龙天胜死的当日，正值江山镇赶集，街上有许多人目睹了这一残忍无比的剥皮惨杀，那龙云飞亦在现场监督。龙天胜被活活剥皮处死之后，人们闻之无不骇然。而陈渠珍得知吴妹者和龙天胜已被处死，亦觉不好怎么干涉，此事也就没人去追究了。

第十九章　贺英牺牲洞长湾
贺龙处决熊贡卿

　　再说贺龙、邓中夏率领的红二军团撤至鹤峰不久，部队即缩编成了红三军，军长是贺龙，军政委开初是邓中夏，红三军与红九师在刘猴集会师后，万涛接替邓中夏担任政委。一个多月后，万涛被撤职，由夏曦担任。且说1933年1月，红三军在洪湖受挫后，经千里转战又回到了湖北鹤峰。3月的一天，部队全部集中到麻水一带，准备开展第三次大规模的肃反。这一天，贺龙含着烟袋正埋头抽着闷烟。忽然，一阵马蹄声响起。有位叫徐焕然的游击队员骑马来到贺龙的住宅门前报告道："贺军长，香大姐让我送封信给您！"

　　"啊，请进来坐吧！"贺龙招呼徐焕然坐下，然后关心地问道，"你们近来的处境还好吧？"

　　"不怎么好啊！"徐焕然回答道，"覃福斋的团防时刻都在盯着我们的踪迹，我们已交战好几次了！游击队人手太少，团防人多枪多，气焰很嚣张，香大姐要我送信来，就是想请红三军派部队去我们太平镇一带开展工作，打击一下团防的气焰，不知你们抽得成部队不？"

　　徐焕然说罢，就将贺英写的信交给了贺龙。贺龙拆开一看，只见里面写道："我处团防近来在太平一带活动很猖獗，游击队盼望红军主力部队能抽一部分来此工作，不然处境十分艰难，请见信后即予回复。"

　　贺龙看完信，眉头不由紧锁着，他转身来到隔壁房间，找到时任红三军政委的夏曦道："我大姐贺香姑写来一封信，要红三军派部队去开展工作，打击一下团防势力，你看怎样？"说罢，将信递给了夏曦。夏曦看了看信道："现在我们集中部队正要开展肃反，暂时不能调任何人员，你回信转告一下情况吧！"

"肃反也不能影响工作嘛！"贺龙道，"待打击了敌人，再开展整顿也不迟！"

"不！肃反就是为了更好打击敌人！"夏曦坚持己见道，"这次，我们还要抓几个大改组派头头，到时进行公审，好让群众都提高觉悟，不上阶级敌人的当嘛！"

"还抓哪几个头头？"贺龙又问。

"这个，暂时还不能说！"夏曦卖关子道，"到时你就知道了，这些改组派头头是必须要抓要杀的！"

贺龙不好再细问，因为他没有权力，肃反方面，有个专门的委员会，直接由夏曦负责领导。贺龙只好回到自己房间，对等着他的徐焕然答复道："你回去告诉香大姐，现在红军要集中搞整顿肃反，暂时抽不出部队去太平，你们自己要小心和敌人周旋！"

徐焕然于是返回太平镇，对贺香姑汇报说："贺军长说抽不出部队来太平工作，他要我们自己小心与敌人周旋。"

"为什么抽不出部队？"贺香姑问。

"听说红军要集中搞肃反，还要抓一大批改组派！"

"又要抓改组派？"贺英听此一说，不由得担忧地说，"现在敌人从四面八方来围剿我们，主力部队怎能集中不动，专搞内部肃反？真不知他们是怎么回事。"

"我看贺军长也心事重重啊！"徐焕然道，"他好像和那个夏政委很合不来呢。听人说他们俩经常有争议。"

"唉，大敌当前，内部就是要团结才能打赢敌人啊！"贺香姑感叹地说，"我们还是办好自己的事，现在更要提高警惕，别让团防队钻了我们的空子！"

贺香姑又继续带领游击队和敌人像捉迷藏似的周旋着。为了不让敌人发现踪迹，有时一天要换几处地方。过了数日，从红三军方面传来一个惊人的消息：红三军第九师师长段德昌被夏曦下令捕杀了！红三军肃反委员会宣布段德昌是改组派，为此对他进行公审处决。据说，贺龙为此和夏曦有过争执，贺龙认为段德昌无罪，但夏曦却坚持要杀他。贺龙保不住段德昌，公审时流下了热泪。许多红军战士也很不理解，夏曦为什么杀段德昌这样的指挥员呢？贺香姑听罢这个消息感到迷惘而惊愕：红军的领导人是怎么回事？为何总是与内部人过不去？眼看敌人在不断加强围剿，而红军内部却还在如此"肃反",又搞内耗,贺香姑不禁感到心忧如焚。近半年多来,由于各地团防的追剿,贺英的游击队处境越来越艰难。去年秋天,割耳台一仗,贺英所部损失很大,跟随她的得力女将龚连香牺牲,张月圆被敌人抓去了,她的身边只剩下二三十个游击队员了。尽管队伍损失很大,形势越来越险恶,但贺英仍然带着革命队伍顽强地和敌人继续战斗。

1933年5月5日,这是一个令人难忘的日子。贺英于当天晚上率部来到了洞长湾村居住。一切都是保密的。进村之后,贺英与十多个游击队员分住几个农户家里,晚上睡觉时,门外还派了一个哨兵唐友清站岗。此时,谁也没想到,该村农会里出了一个叛徒许黄生,为了一点赏钱而跑到数十里外的团防队长覃福斋处告密道:"覃队长,快去抓贺英吧,她带着队伍到了洞长湾!"

"有多少人?"覃福斋问。

"大概二三十个吧!人不多!"

"你看清楚了?真是贺英?"

"看清楚了。我还和贺英打个招呼,安排他们住下来后,才脱身跑出来。"

"好!给老子带路,马上去袭击!"覃斋福随即传令100多士兵集合,又邀集神兵队长吴大坤、申海清带200多神兵一起出发,直向洞长湾扑去。

临近天亮时分,众团防和神兵便将洞长湾团团包围了。覃福斋指挥几十个兵丁,悄悄逼近了贺英住宅。放哨的游击队员唐友清发觉情况不对,正欲开枪报警时,敌人的枪弹便如雨点般扫射过来,唐友清当场被打死。睡在农户家的贺英听到枪声,匆忙爬起来大叫道:"快,大家快突围,我来掩护!"说罢,手持双枪跃身来到大门,"啪啪啪……"接连朝外打了几发子弹。冲在前面的一个团防士兵"唉哟"一声被击中倒在了地上。

"打!给老子用机枪打!"覃福斋在后面狂叫指挥。

"啪啪啪……"一阵密集的机枪扫来,贺英接连被打中了腿部和胸部,她顿时倒在了血泊之中。

与此同时,在另外几间房子内,游击队员也和敌人展开相互对射。经过一番激烈的枪战,游击队终于寡不敌众,除了徐焕然、廖汉生、向楚汉等少数队员冲出去外,贺英、贺戌妹和20多名游击队员英勇牺牲。

两天后,徐焕然等人辗转来到红三军军部,向贺龙悲痛地报告道:"军长,香大姐战死了!"贺龙听罢大吃一惊:"她是怎么死的?"

"团防覃福斋前晚来偷袭洞长湾，我们猝不及防，香大姐掩护大家撤退，自己却被打死了！"徐焕然接着将详细经过说了一遍。

"大姐啊！我没帮到你忙啊！"贺龙痛苦之极，在心里自责着。他想，假如两个月前，应贺英请求派部队去把覃福斋的团防部队打击一下，贺英处境也许会好得多，可那时夏曦不同意派部队去，自己也没再想办法去支援一下。想到这里，贺龙深深觉得很对不起大姐。

"贺炳炎，你给我去洞长湾一趟，将贺英她们的尸骨收拾一下，要带点钱去！"贺龙找来团长贺炳炎，给他交代了一下为贺英办后事的任务。

贺炳炎领命而去，贺龙呆在房里，一动不动，久久沉浸在万分悲痛之中。此时此刻，他想起了香姑大姐的种种往事。

1927 年，南昌起义之前，贺英来到武昌，买了一批武器运回桑植，那时，她就很有预见地支持他跟随共产党闹革命，并且鼓励他说："你只管大胆地干，在外面不行，就回家乡来，乡亲们会支持你的！"后来南昌起义失败，他回到桑植，是贺英坚决支持才使他在家乡又拉起了队伍。

1928 年 9 月，当贺龙领导的红军队伍在石门受到重大挫折，部队只剩 72 条枪回到堰垭一带时，又是贺英带了一批粮食、布匹和银元支援红军，使贺龙的这支红军能够重新整编，焕发生机。

1930 年 12 月，贺龙与邓中夏率领的红二军团从扬林寺失利后撤退到鹤峰，又是贺英帮助收编了四川土著军队甘占元、张轩等部 3000 余人的武装，才使红军在受损失后得到了一次及时补充……

想到贺英这些年来对红军所作出的种种贡献，贺龙不禁对自己的大姐更充满了一种铭心刻骨的怀念之情。如今，大姐虽然远去了，但她未竟的革命事业一定还要继续下去。这时，红三军的二路指挥覃辅臣忽然又来找他道："军长，段德昌无辜被杀，听说夏曦又捕了工炳南，我看他对一切人都在怀疑！再这样下去，他会不会怀疑到我头上，怕也难说哩！你可要为我想个办法啊！"

"我派你去陈渠珍那里做策反工作，怎么样？"贺龙沉思了一下，忽然轻声征求他意见道，"我让你去凤凰，这样可以避免他们借肃反怀疑牵连你。你到了陈渠珍处，可以灵活与他谈判，只要他不打红军，我们可以不侵犯他！"

"好吧！那我就听你的！"覃辅臣答道，"陈渠珍这个人，你我和他都有过交往，他还是比较讲交情的，我相信只要红军不主动打他，他是可以保持中立的。"

"只要能中立就能达到我们的目的！"贺龙道，"我们现在迫切需要的是休整部队。少树一个敌人，对我们的发展就更有利！"

"我走后，夏曦那里会不会查问？"覃辅臣又问。

"不要紧，过后我会向他说明。"贺龙说。

"那我就走了！"覃辅臣站起了身。

"祝你此去马到成功！"贺龙伸手和他握了握，覃辅臣便告辞出来，然后悄然去了凤凰。

转眼又过数月。红三军在敌人的围剿下，疲于应付作战，部队损失很大。到1933年底，全军只剩下3000余人，加上缺粮、缺衣、缺弹、缺药和不断肃反，部队已濒临毁灭的边缘。

1934年1月初，红三军辗转来到了龙山茨岩塘一带进行活动。一个天寒地冻的下午，有位商人打扮的"山货客"来到红三军军部门前。站岗的哨兵喝问道："什么人？"

"我是做生意的商人！"

"到这里干什么？"

"我要找一下你们的贺军长！"

"找他干啥？"

"有重要事啊！我必须当面和他说！"

"请你等一下！"一位哨兵进去请示后，即带这商人到了贺龙的军部会客房里。

"你是何方来客？我怎么没见过你？"贺龙坐在一张桌子边问。

"我叫梁素佛，是熊贡卿派来的！"

"啊，是熊贡卿的人。他不是在长沙当参议员吗？派你来干啥？"贺龙想起来了，几年前他在担任澧州镇守使时，省府曾派了一个官方代表驻在澧州，那代表就是熊贡卿，与他有过一段交往，是个官场政客，后来听说当了国民政府参议员。

"熊参议员要我来告诉你，他想和您见面谈一谈，不知您是否愿意？"

"谈什么呢？"贺龙说，"他的意思是劝告我吗？"

"是啊！"梁素佛道，"他想亲自来您这里与您面晤，您看行不行？"

"好，这事我可以考虑一下，等会儿我再告诉你！"

贺龙派人将梁素佛带到另一客房去等待，自己找着夏曦和关向应把情况说明了一下，三个人商量一会儿，大家都觉得有必要应允熊贡卿来会谈，以便摸清他的真实意图后再作处置决定。

贺龙遂到会客室对梁素佛道："请你回去转告熊参议员，就说我贺龙欢迎他来面晤，我们好好谈谈。"

梁素佛即起身告辞："我这就回去转告，请贺军长等着吧！熊参议员现住在龙山城里，或许后天我就可以与他一道再来见您！"

两天之后，穿着长袍大褂、头戴博士帽的熊贡卿，果然坐着轿子来到了茨岩塘。

贺龙在木屋的客室会见了他。寒暄了一会儿，熊贡卿打量着那简陋的住房和桌椅陈设说："您是当过镇守使和军长的人，现在过这种艰苦生活怎么习惯哟？"

"怎么不习惯，我本来就是一介草民，是赶骡子出身的，你忘了？"贺龙回道。

"可是你现在的处境这么艰难，跟共产党干还有什么希望？"熊贡卿顿了顿又道，"听说共产党对你这样的人也并不怎么信任，你们内部不断肃反，连段德昌这样的人都被杀了，难道他们不会怀疑你？"

贺龙听了这话默不作声。其实他对共产党并不怀疑，虽然在夏曦的领导下他也感到压抑，许多事不可理解，譬如无止境的肃反，已弄得人人自危，夏曦甚至也怀疑过他，有一次还缴了他的警卫员的枪，只是由于他的愤怒夏曦才没敢对他动手。此后他对夏曦便有所警惕了，甚至也怀疑夏曦的种种作法有问题，但他并不怀疑共产党的整个领导会有什么错。对夏曦这样人的看法也只能闷在心里，因为必须得和他共事，组织上还要服从他，贺龙还有什么可说呢？此时他很明白熊贡卿游说的目的，但表面上却不动声色地说："你还有什么来意，都请讲吧！"

熊贡卿这时对一旁的警卫员看了看，贺龙挥挥手，左右的人都离开了。熊贡卿于是又神秘地说："我这次找你，是蒋主席亲自要我来的！蒋公让我来劝劝你，只要你脱离共产党，高官厚禄由你挑！当个省长或在中央任职都可以。怎么样，这价码够高了。再说，识时务者为俊杰，现在的形势你也要看清，跟共产党干决没出息。蒋介石已组织了几十万大军，正在对各边区红军大规模清剿！要不了多久，红军就会彻底扫灭。到那时你就是想再回头也来不及了，所以我劝你早拿主意，现在就投奔蒋主席为最好!"

"你说完了吗?"贺龙又问。

"完了，我的来意就是这些!"

"好，你等着，过明日我再给你答复!"

贺龙仍不动声色地这样作了回答，然后命人把熊贡卿带了出去，并将他软禁起来。

接着，贺龙找来夏曦和关向应，向二人仔细汇报了与熊贡卿会谈的经过。三个人经过一番研究，认为熊贡卿此来即是做说客，又有当奸细的嫌疑，为防他回去报告军情，遂决定对他进行公审处决。

第二天上午，红三军所有部队便在茨岩塘集合了。贺龙站在一块岩石上发表讲话:"蒋介石派了一个说客熊贡卿来劝说，这是对我们红军的一个极大侮辱。同时他又是个奸细，不能放他回去，所以我们要枪毙这个坏蛋……"

这时，几个战士把熊贡卿押上台来，熊贡卿的腿像筛糠一般不断抖动。当贺龙宣布要枪毙他时，熊贡卿忽然大叫道:"贺胡子，你不能这样做，我抗议! 两军交战，不斩来使，你们为什么要杀我?"

"谁让你来做奸细? 做说客? 把他毙了!"贺龙一挥手，几个红军就像拖猪一般，将熊贡卿拖到了不远的野地里。接着，只听"啪啪"两声枪响，熊贡卿就一命呜呼了。

第二十章　覃辅臣谈判陈渠珍
周燮卿惨败十万坪

却说覃辅臣在鹤峰麻水接受贺龙交给的特殊任务后，即经桑植来到大庸，与陈渠珍的部下——驻大庸的顾家齐旅长取得了联系。顾家齐又派人护送覃辅臣，从大庸经永顺、保靖、永绥、乾城来到了凤凰。陈渠珍在自己的公馆内热情款待了覃辅臣。酒席间，陈渠珍道："辅臣兄，你我都是同年人（两人同生于1882年），我没记错吧？你是3月生的，我是9月生的，咱们可算是老庚嘛！"

"没错，玉公记性真好！"覃辅臣回道，"按出生我比你痴长几月，算起来我们确实是同年老庚！这且不说，过去，我还是你的老部属。民国八年，我们在大庸教子垭接受改编，贺云卿那时任支队长，我是副支队长，你忘了吗？"

"哪里能忘！"陈渠珍高兴地说，"贺云卿任我的支队长时，我就见他气度不凡，颇有大志，所以后来送他人了川军，让他远走高飞，却不知你和他是怎么相识的？能说说吗？"

"我与他的交情比较早！"覃辅臣道，"我们教子垭与桑植相距很近，贺云卿早年和他父亲一起赶过骡子，我父亲也赶过骡子。那时我们两家就相识。后来我考中秀才，捐了监生，不久任了县参议员和教字垭团防局长，贺云卿则拖队伍参加了讨袁军，1918年，我为贺云卿除掉他的仇人朱云吾。贺云卿后来又救过我们一家性命，所以我和他的交情很深。贺云卿当澧州镇守使时，就委任我当了大庸县长，北伐时又委任我任团长，贺云卿当了红军，我就任了他的二路指挥。这后来的经过你就很清楚了吧。"

"如此说来，你与云卿也算得生死之交。"陈渠珍道，"贺云卿假如不跟共产党走，他现在早就做大官了。真不知他为何选择了这条路！"

覃辅臣道："贺云卿的选择没有错，将来的天下必是共产党的。我和他都信仰共产主义。陈统领，你是我们的老上司，我也衷心劝你信仰共产主义，跟共产党干革命，保证你将来的前途要光明得多！"

陈渠珍道："人各有志，我对入什么党都无兴趣。孔子曰：'君子聚而不讼。群而不党。'一入党派，就免不了钩心斗角，所以我哪派都不愿入。不过，我现在的军队，名义上是国民党的军队，有时我不能不奉令行事，但给你说句心底话，我是不愿让自己的军队去与红军作战的，你们和国民党部队作战，我可以取中立态度或虚与应付嘛！只要红军不打我，我决不去打红军。我的这个态度在今年元月份给贺云卿的信中就已说过，但没有得到你们的答复响应。红军占了桑植又向桃子溪进攻，逼得周燮卿和你们又打了一仗，你说这次冲突能怪谁呢？"

覃辅臣又道："你那次的信我转给云卿看过，他没有回复，那是因为有别的原因。现在，贺云卿专门派我来，就是想和你协商沟通。今后我们可以互不侵犯！"

"如果这样，当然很好！"陈渠珍道，"我非常欢迎协商谈判！你们可派常驻代表住在我这里。我们好加强联系。"

"我就是来做联络代表的。准备长期住你这里，如果你欢迎的话！"覃辅臣又道。

"好吧，你能常住这儿最好！"陈渠珍端起酒杯道，"来，今日这酒一为你洗尘，二为我们的友好协商合作干杯。"

两人举起杯碰了碰，然后各自一饮而尽。

酒醉饭饱后，陈渠珍吩咐黑旗大队长田宝生道："你带覃指挥到虹桥蒋家客栈住下，他的安全由你负责！"

"是！"田宝生点头应允，接着便带覃辅臣往城东走去。穿过约半里多街道巷子，迎面即到东门城楼。再过城门不远，便见一座气势非凡的古石拱桥横跨在沱江之上。覃辅臣问此桥为何名，田宝生道："名叫虹桥，因为形如彩虹。"原来，这桥不仅形如彩虹，颜色也呈红色。因为桥身全用当地的天然红条石砌成。它长有百余米，下有三孔二墩。桥面之上，还别具一格地建有屋顶，可避风雨，中间有两米宽的人行道长廊，桥的两头各建数十间木屋，里面开设了百货、饮食等店铺。其中桥南有一商家姓蒋，是个大户人家。田宝生把覃辅臣带至蒋家对主人介绍说："这是陈老统的贵客，要我安排在你家住下，你要多关照！别出差错！"

蒋老板点头道："你放心，住我这里万无一失。"说罢，就给覃辅臣安排一间大卧房住下。此房正面对沱江，侧面望去，可见虹桥全景，那清澈碧绿的江面上，还隐约映着虹桥的侧影。覃辅臣不禁赞叹道；"真乃人间仙境！"

过了一段时间，贺龙又派了一个姓粟的参谋来到凤凰，对覃辅臣道："你亲家（指贺龙）拜托你，还想弄点东西。"覃辅臣明白是要弄点钱和军火，遂找到陈渠珍道："云卿现在缺钱缺弹，想找你支援一点，你能不能帮帮忙？"陈渠珍想了想应允道："就给你8000光洋和三箱子弹吧！"随即命人把光洋和子弹送来，让那姓粟的参谋用骡马驮了回去。

此事不久走漏了风声，在常德任办事处处长的双景吾打听到了这个秘密，遂向何键告了密。何键立即来电追问："近闻共匪覃辅臣到凤凰活动，请将此人扣押交省处理。"陈渠珍接电话后不予理睬，只回电道："覃辅臣一事纯系讹传，血口喷人。"何键见陈渠珍不肯交人，一时对他亦无可奈何。

又过了数月，红三军在贵州印江县木黄与红六军团会师，这两支队伍合在一起，实力大增。红三军此时奉中央命令又恢复了红二军团番号。红二、六军团汇合后组成了新的领导班子，贺龙担任军团长，任弼时任政治委员。红二、六军团汇合不久，即发动了湘西攻势。1934年10月30日，红二、六军团虚晃一枪占领了四川酉阳，接着往东一拐于11月7日占领永顺。何键急令陈渠珍出兵堵截。陈渠珍眼见红军打到了永顺，连忙从凤凰赶到乾城，召开了所有团以上军官参加的紧急会议。会上，他要大家发表意见。王尚质道："红军两支部队合在一起，来势很猛，锐不可挡，永顺一带，贺龙又很熟悉地理环境，在此形势下我觉得不可贸然进攻，可实行坚壁清野之策。只以沅陵为支点，守住沅、酉两岸重镇，互为策应。现在湘鄂剿匪总指挥徐源泉已指令驻防藕池的张万信、周万仞两个师开往津澧，防止红军东窜。等这两个师到了津澧，我们再与其配合进剿，则可将红军一举歼灭。"

周燮卿紧接着发言道："红军转战黔东鄂西已疲惫不堪，现在刚来永顺，立脚未稳，我们应该乘其不备马上出兵，将永顺夺回。如若现在按兵不动，上面追究责任也不好交待。"

众军官对这两种截然相反的看法，也都纷纷表态，有的支持第一种意见，有的支持第二种意见，彼此争论不休。陈渠珍最后总结道："我决定采纳主张打的意见！为什么要打？因为红军到了永顺就好比进了我们屋里，何键会说，红军到了你屋里你都不打，这不是'窝共、通共'吗？追究起来脱不了责任，这是一。其二，我们要防止红军再向东扩展。如果不打，对我们的威胁就更大了。基于这两点考虑，我决定马上进兵。只要能把红军逼出湘西境内，也就好交差了。"

陈渠珍说毕，就宣布组成"湘鄂川剿匪指挥部"，委派龚仁杰为指挥官，周燮卿为副指挥官。下辖杨其昌、皮德沛等四路纵队，总计有十个团。一万多人枪。

分派妥当，各路剿共部队就在龚、周二人的统率下分四路纵队浩浩荡荡开始向永顺进击。

11 月 13 日下午，龚仁杰、周燮卿率部来到永顺。其时，城内红军已经撤出，城西花桥被焚。周燮卿一面命人给陈渠珍报捷，说共军畏而远缩，我已入城，准备追击，一面得意地对龚仁杰说："贺胡子还没有打照面就吓跑，咱们要赶快追！"龚仁杰道："我们还是听陈老统的统一指挥，看他怎么回电。"陈渠珍闻讯红军不战而走，怀疑其中有诈，于是回电："贺龙假败有计，慎勿追击！"可是周燮卿哪里能听，他坚持挥师进击，并命皮德沛师一马当先，紧紧跟踪红军向前挺进。

且说红二、六军团不战而退，其实是早就给敌军设好的一个圈套。焚毁花桥，沿途丢弃物资，显得匆忙败退，只是一种迷惑敌人的假象。谁知周燮卿骄横无比，认为红军是真的害怕而在败退。红军越退，他就越追，龚仁杰劝他不住，陈渠珍的电令他也不听，从永顺开始追击时，他还将队伍摆成梯队形进击，后来见红军并未还击，便干脆改成一字长蛇阵，只管鱼贯卸尾而行。追了三天之后，迎面到了龙家寨。此地离永顺已有 90 多里。从龙家寨往前有个峡谷，南北长有 15 华里，东西最宽处只有 4 里，此地名叫十万坪。红军来到这里之后，贺龙即说："我们在此地设伏吧，这地方很好！"众指挥员也觉此处是个天然的埋伏之地，中间容留大量的敌人进来，两侧的山坡平缓，树林茂密，便于隐蔽，遂都非常赞成。贺龙和任弼时就在中间山坡边的一棵大树下召集会议，详细布置了各部伏击任务。贺龙这日十分兴奋，过去在红三军时与夏曦难以合作而表现出的迷惘痛苦心情，在与六军团汇合后已渐渐消失。任弼时对于贺龙很尊重，会师之后的进军计划都采纳了贺龙的建议。在酉阳虚晃一枪再转向永顺，就是贺龙出的好点子。此时在十万坪打埋伏，又是贺龙拍板定下的一着妙棋。"这十万坪就是一个大口袋。"贺龙指着地图对众指挥员说，"口袋的口子在官庄。等敌人进来，王震就率四十九团把那口子紧紧扎住，关门打狗。其余各部埋伏在两侧山上，一发起攻击就要猛打猛冲！"贺龙分派任务之后，又传达命令，让每个人都用树枝伪装好，不准点火，不准讲话，没有命令不准开枪。一切安排就绪后，红军就伏在两侧山上，静等着敌军往里钻。

11月16日下午4时左右，周燮卿率领的两个旅率先浩浩荡荡地追了过来，进入了伏击圈内。贺龙一声令下，红军枪炮齐射。接着，冲锋号一吹，漫山遍野的红军就如潮水般冲下山来。周燮卿的士兵猛然遭此袭击，顿时惊慌失措。那平地狭窄，无处隐蔽，红军四下一围，敌军便如鸭子扑水一般，只向四处乱窜逃命。周燮卿到了此时才知中了红军埋伏，心里暗自叫苦，匆忙中他传令部队拼命抵抗，一面发电请求救援，后又经过好一阵厮杀，才带着部分队伍狼狈逃出重围。红军一部跟着追击，在把总河又歼灭一部敌军，这一仗总计毙敌1000多人，俘敌2000余人，缴枪2200余枝。

在乾城坐镇指挥的陈渠珍，当日下午收到周燮卿电，内称："我军中伏，几遭覆灭，损失惨重，急望增援。"陈渠珍看完急电叹道："周燮卿有勇无谋，不是贺龙的对手。他要活捉云卿，恐怕云卿要活捉燮卿了！"后又获报，周燮卿、龚仁杰等已率残部突围逃出，才又稍稍放心。

红二、六军团十万坪大捷后，又乘胜再占领永顺。接着按中革军委指令，向沅陵常德方面进击。12月8日，红二、六军团兵分三路向沅陵城发起猛烈进攻。何键这时电令陈渠珍坚守沅陵，陈渠珍除令戴季韬固守沅陵之外，又增派周燮卿残部和王尚质团、顾家齐旅增援沅陵。红军激战一天，未能克城，乃转而沿沅水东下，突然奔袭桃源梧溪河的敌军，将罗启疆的一个团歼灭，又击溃一个团，从而乘势占领了桃源县城，直逼常德外围。红二、六军团的攻势令湘军惊恐万状，何键接连去电向蒋介石告急，蒋介石急令第二十六师紧急驰援，又派兵将追堵红一方面军的4个师开往湘黔边境，防止红二、六军团与红一方面军会师。

贺龙在完成牵制任务后，又率部杀回大庸、永顺，并以塔卧为中心，建立了湘鄂川黔边根据地。此时蒋介石又抽调大批人马来围剿二、六军团，并任命何键担任"追剿"湘鄂川黔红军的总司令。何键早就想拔掉陈渠珍这个眼中钉，这时乘机向陈渠珍施加舆论压力，说红四军二路指挥覃辅臣隐藏在凤凰，要陈渠珍查办此事。陈渠珍不愿执行，暗中召见覃辅臣道："我与云卿本想结好，可是红军占了永顺、大庸、桑植，现在舆论压力很大，何键说我窝共，容你藏凤凰不交，你看这事怎么办？"

覃辅臣道："我是受红军指派到你这里来的谈判代表，此事光明正大，又有什么可怕的？他们诬你窝共，这丝毫没有道理。为不使你受牵连，我准备去面见何键，直接向他解释申明，看他还有何话说。"

"可是，你自动去，他若扣押你怎么办？"陈渠珍又担心地说，"我看你不必冒这风险，干脆回红军部队去算了！"

"不，我现在不能回！"覃辅臣道，"我若回去，何键岂不给你栽赃，说你将我放走，又成了新的罪证？我自动找何键去，他的诬言不攻自破，对你也就没有什么可攻击的了。"

"你这样做，实乃侠肝义胆，叫我怎么过意得去？"陈渠珍不禁十分感慨。

"好汉做事好汉当嘛！"覃辅臣说。

过了几日，覃辅臣果真辞别陈渠珍，从凤凰经沅陵、常德到了长沙。何键见覃辅臣自投罗网而来，一时颇感意外。他立刻命人将覃辅臣看押起来，并亲自审问："你到凤凰到底干什么？与陈渠珍是什么关系？"

覃辅臣道："我是红军的代表，到凤凰与陈渠珍谈判的。我们期望与三十四师达成互不进攻的条约，但是陈渠珍没有同意，谈判没有成功，红军就进占了永顺，并把陈渠珍堵剿红军的部队打败了，这是众所周知的事实，还有什么可说？"

"陈渠珍是不是给你们红军提供过弹药武器和其他物资？"

"这是废话！陈渠珍给红军武器，他又怎么会和红军作战？红军与陈渠珍是誓不两立的，没有任何关系！"

何键见覃辅臣拒不承认与陈渠珍有什么关系，只好命人将覃辅臣解送到常德，由第四路剿共总指挥部军法处秘书丁维藩审处。

丁维藩将其囚禁于行署附近豪绅吴义丰的高墙深院内。吴义丰素仰覃辅臣正义刚直，乃暗中与其交谈并买通狱吏，常设宴招待他。

有一日深夜，月光高照，繁星闪烁，吴义丰又让狱吏请覃辅臣到院子中喝酒。席间，吴义丰道："辅臣兄品行磊落，有若日月，真令我辈钦佩不已。假若你前些时不去长沙主动找何司令，也不会身陷囹圄。致有今日囚禁。想来真令人痛惜！"

覃辅臣道："我只是想当面见见何键，以便澄清事实，不再牵累于陈渠珍而已。谁知何键竟将我扣押。两军交战不斩来使，我作为红军代表。他把我关押在这里是没有任何道理的！何键这样做，说明他实在是一个小人！"

吴义丰又道："你现在还有什么想法？何司令、丁秘书长让你改变政治立场。申明脱离共产党就可放你，你打算怎办？"

"这是痴心妄想！他们想让我转变政治态度，我决不会听命！跟共产党干革命，这是我的志向，决不会改变。"

"看来，你确实是一条宁折不弯的好汉！"吴义丰举起酒杯道，"来，为你的大义凛然我们干一杯！"

覃辅臣也不推让，将酒一饮而尽。借着酒劲，再望满天月光，他不禁抚今追昔，伤时感怀，悲愤难抑，遂要吴义丰拿出笔墨，当场作了一首小诗：

> 韩非孤愤奈若何，
>
> 高唱文山正气歌；
>
> 三尺龙泉凝壮志。
>
> 凭君日后斩蛟鼍！

吴义丰看罢这诗，连声称赞写得有气魄，并将此诗珍藏了下来。

又过数日。丁维藩重将覃辅臣收进常德监狱，并派人入监探看覃辅臣，要他拿出一万光洋可保活命。覃辅臣厉声拒绝道："我的田产房屋都变卖充军饷了，哪里来一万光洋？就是有，我也不会给！"

丁维藩捞不到光洋，遂指使人在饭菜中下了毒，将覃辅臣毒死在常德监狱中。

第二十一章　陈渠珍被迫辞职
宋濂泉抗租反陈

　　何键借"通共"之名没能整倒陈渠珍，遂又借"追剿"红军为名，先后将陈光中、李云杰、王东原、章亮基等几个师的兵力调至印江、铜仁、大庸、永顺一带，从而在尾追红军的同时，对陈部构成了包围之势。接着，何键于1935年元月24日下令，让新编三十四师按乙种师3旅6团编制进行缩编，由总指挥按月点名发饷，多余人员全部遣散。照此命令，陈渠珍部队的3万多人将缩减到5000多人。

　　陈渠珍接到此令后，在乾城召集了一次团以上军官会议，讨论是否执行何键命令。会上，多数人都发言表示了对何键阴谋手段的愤慨。在几次援黔出征中立下汗马功劳的旅长李可达主张拒绝执行何键命令，并与何键决一雌雄。李可达还认为，汉光武帝时派伏波将军马援进攻武陵蛮而困死于壶头山，清乾隆嘉庆年间，四川总督和琳奉命镇压苗民起义而败死于军中，那个时候武器仅有刀矛火炮，现在湘西武装拥有3万之众，装备亦很精良，足可以与何键的兵力对抗，如果陈渠珍愿打，他愿作前驱，就是战死也无怨无悔。在十万坪围剿红军中受挫的旅长周燮卿说："以往玉公常说何键不怀好意，我头脑简单，理会不深，今日始知何键狼心狗肺。如玉公下令与何决战，我誓以一旅之众，解决李觉、章亮基两个师。不然，我们只好各奔前程。"

　　继李可达、周燮卿发言后，其他众多军官也都纷纷发言主张与何键一战，但顾家齐旅长却一直没有表态。原来，何键此前已对他进行了拉拢并调他到庐山军官训练团训练，结业回来时，又专门接见他并给他许了愿，让他取代陈渠珍而当师长。顾家齐受宠若惊，于是将陈渠珍内部情况倾吐一尽，并表示愿作内应。陈渠珍也曾接到三十四师驻长沙办事处处长滕风藻的密信，得知顾已被何键拉拢，所以对他也有了戒心，但两人表面上都没有表露什么。此时，陈渠珍见多数人倾向于决战，而顾家齐等少数人不肯表态，他最后便发表意见道："诸位发表的意见都有可取之处，如若我们与何键决战，也未必全军覆灭。但现在何键'挟天子以令诸候'，名正言顺。我们不能抗衡，再则，古人有言，力尽之民，仁者不用也；功大而息民，用兵之道也。当前民急财竭，决不能再把湘西子弟当成我与何键拼杀的炮灰。"

陈渠珍如此表态之后。众人也就只好听命进行整编。结果，新编三十四师从原来的近3万人减到了5000人，编余的二万多人，有的划到了保安团，有的则遣散回了乡。改编后的三十四师，被划归为二十八军代军长陶广指挥，陈渠珍名义上仍是师长，但实际上却被剥夺权力，不能过问三十四师的事，一切由顾家齐代理。1935年11月后，红二、六军团从桑植刘家坪出发长征，离开了湘西，何键又以封锁红军为借口，将三十四师调离湘西。陈渠珍此时知道何键不怀好意，遂以"年事已大，不适应军旅"为由提出辞呈，要求在家看守。何键便宣布以顾家齐为代理师长，戴季韬为副师长。陈渠珍则只保留了湘西屯务处处长一职。1936年2月，三十四师集中于醴陵整编。顾家齐正式升任师长。李可达因不服顾家齐指挥不辞而别，回了贵州思南家乡，其缺由谭文烈替代，周燮卿也要求脱离三十四师，被何键调至暂编十一旅任旅长。1937年8月，三十四师调往宁波，旋被再次改编为陆军一二八师，不久便投入到抗日前线作战去了。

陈渠珍失去三十四师的兵权后，利用担任屯务处长之职，又千方百计抓枪杆子，将原有屯务军整编为3个营、3个直属大队和11个县大队。整编中，陈渠珍撤了宋濂泉的永绥县屯务军指挥职务，将其降为屯务军第一营营长，另派亲信刘鹄卿任第一营副营长，率部进驻到永绥麻栗场，实际上是要架空宋濂泉。与此同时，陈渠珍又下令在永绥设督征处，要清查宋濂泉的历年屯务收支账目，并增派刘昶率一屯务军大队到永绥进行督征。刘昶将一个中队驻扎县城，一个中队驻茶峒。自率一个中队驻弸诺。陈渠珍为何对宋濂泉要大动干戈呢？这其中有个缘故。陈渠珍在当湘西巡防军统领时，驻永绥的管带是宋海涛，陈宋之间人关系还不错。宋海涛1929年去世后，陈渠珍顾念宋海涛之情，任命宋海涛的侄儿宋濂泉当了七县屯务指挥官。这宋濂泉年轻气盛，上任后不仅不给陈渠珍请安问候，连近两年应交的屯务也拖着不肯交了。陈渠珍此时被解除了师长之职正窝一肚子火，于是决定彻底清查宋濂泉的账目。宋濂泉数年来借屯务之名，榨取勒索中饱私囊，账目本就一塌糊涂，此时亦无法交待清楚，遂也作好了抗屯反陈的准备。

且说刘鹊卿和刘昶率部到永绥后，即买了许多棕绳准备捆绑抗屯苗民。刘昶到弭诺还将守备龙胜兴之母及其同寨屯户十一余人捆晒于烈日之下，想借此作一惩戒威慑，谁知此举反而激起丁屯户的仇恨。由于苗民抗租不交，陈渠珍认为其幕后是宋濂泉在捣鬼。于是在 6 月 22 日下了一道电令给刘昶驻县城的屯务军中队。命该部扣押宋濂泉。那接电的报务员名叫龙炳灵，原是宋濂泉安插的亲信。龙炳灵获得该电令后，立即找到宋濂泉："陈渠珍来屯要扣押你，你快想办法吧！"

宋濂泉闻报大惊，遂让龙炳灵回中队去继续注意动向，一面赶紧招来董平，黄汉浦等亲信，率领旧部连夜袭击驻县城的屯务军，将刘昶的这个中队缴了械。接着，宋濂泉又写了一个通知，吩咐董平道："你赶快带人到各乡去，要各乡守备立刻集合人马去攻打弭诺！"董平随即拿了通知，带着二十多个兵士去各乡发动苗民进攻弭诺的刘昶营部。宋濂泉又亲带人马奔袭茶峒的屯务军。当晚。茶峒的屯务军闻讯撤往弭诺，刘昶于 24 日晨又将两个中队人马往麻栗场撤退。此时，宋濂泉率部紧紧追赶，双方在弭诺交火打了一阵，刘昶的部队慌忙中丢下了二十多支枪，逃到麻栗场后才与刘鹊卿部相汇合，两支部队架了十多挺机枪将各路口封锁，宋濂泉率领苗兵乡丁千余人将麻栗场包围，但是连续打了几天都未能攻克。

此时陈渠珍已接到刘鹊卿等的战况报告，随即电令保靖的朱喜全，凤凰的滕久琢、傅英率了 3 个营增援。他本人也亲自到排碧进行指挥。陈渠珍派一个营沿公路前进，从正面佯攻吸引宋濂泉的主力，另两个营分南北急进攻县城，准备截断宋部的归路，以图一举将其歼灭。其时，宋濂泉的贾凤昌、白义方两支"客军"发起冲锋，被陈部傅英所率人马击退。"抗屯"部队一时乱了阵脚，宋濂泉遂下令撤回永绥。陈渠珍还欲乘胜追击，忽接二十八军军长陶广来电，命令双方火速停战。等候省府派员调处。陈渠珍自知这是何键对自己不容，只得接受调解，也就下令把部队撤走了。此次反陈抗屯事件，时称"永绥事变"。

双方战斗结束后，宋濂泉在城内坐立不安。反陈抗屯，毕竟是与上司作对，上面要怪罪怎么办呢？这一想便冷汗直冒。他于是找来智囊向备三和黄汉浦进行商议，并将陶广来电说省里要派代表视察解决战后事宜的情况作了通报。向备三道:"省方来人,你当指挥出面谈不好,不如找个癫子老壳来背祸源头,这样,不管省方是什么态度都好进退。"黄汉浦也立刻赞成:"这是条金蝉脱壳的好主意,可以用!"宋濂泉便道:"谁肯来背这个祸源头?"向备三推荐一个人道:"找吴恒良吧。"宋濂泉对吴恒良很熟悉,这是个哥老会的龙头大哥,曾在永顺向子云部下当过副官,后解职回了家,过去还把他当作土匪打过,他现在肯承这个头吗?宋濂泉表示怀疑。但向备三却很有把握地说,只要用得上他,保证能把他请来。原来这向备三是哥老会的老么,当然想推自己的龙头大爷。宋濂泉又征求黄汉浦意见,黄汉浦也说,吴恒良这个人,屁股挂在屋柱上,田无丘,地无角,能找这样的人领头再好也没有了。宋濂泉于是下决心道:"你就去请他吧,你对他说,过去的事既往不咎,只要他肯来担这个担子,我决不亏待他。"

黄汉浦此时又道:"我们找了一个头,还要再找一个副手,这个副手可以当苗民头头,让他领头向省府代表请愿!"

宋濂泉立刻说:"这个建议好,要找谁才合适呢?"

黄汉浦道:"那年我们不是捉了一个红苗小子去凤凰关押了一年多吗?他的才学高得很,又和陈渠珍有冤孽,他家又是大财主,屯租量很大,拉他入伙一定很卖力。"

宋濂泉经其提醒立刻想起来了。那是 1927 年时。唐家湾一个大户财主隆登甲的儿子叫隆子雍,在省城读书时参加工农运动。被指控为共产党分子,跑回家乡来避乱,省府电令将其捉拿,在凤凰关押了一年多,后来还是他的老师时任县长的王秉丞为其求情。又花了银子才担保释放。现在正在乡里教书。昨日响应抗屯号召。一道去弭诺打过刘昶。宋濂泉当下拍腿道:"对,这着棋是再高明不过了,就麻烦你们赶快去请吧!"

黄汉浦和向备三便分头去当说客。三天后,吴恒良和隆子雍就先后被请来了。那吴恒良约 40 来岁,嘴上胡子拉碴,个头不高不矮。隆子雍只有 30 来岁,长得个头高大,敦敦实实,一表人才。宋濂泉高兴地会见了二人,寒暄几句后便商议道:"我们这次抗屯打了陈渠珍,他肯定不会干休。省里即将要来人调处,我不知上面是什么态度。如要怪罪我们,我想只有继续抵抗。而我出面很有不便,所以想请你们二位承头,可组织一支抗屯队伍闹一闹,恒良就当总指挥,子雍当副总指挥,你俩看怎么样?"

吴恒良道:"只要你信得过,我愿意效劳。"

隆子雍道："我们应该做两手准备，一手组织抗屯队伍，准备继续抵抗；一手组织诉愿团，召开请愿代表会，发动苗民，在省代表来视察时与其据理力争，要求革除不合理的屯租。如果能通过正当渠道解决屯租问题就最好，若政府不答应，我们就要抗屯。"

"对！对！就是这个意思！"宋濂泉只想转移自己的祸源头，让别人把事情闹得越大越好，所以他对隆子雍的建议非常欣赏，他说："你的建议和我的想法不谋而合，我们就这样办。"

商议妥当后，宋濂泉便通知了约300余人的永绥县解除屯租诉愿团代表到县城里来开会，这些代表有的是乡长、区长、镇长，有的是苗民知名人士和公法团体代表。与此同时，由何键派出的省府代表杨孔书也到了永绥，并受到了宋濂泉的热情接待。当晚的招待宴席上，杨孔书便将此番来意告诉了宋濂泉，大意是屯租屯防是老规矩，可考虑减免旧欠而不能提废除。宋濂泉在晚宴后即把省方之意告诉了黄汉浦，黄汉浦按宋的旨意再交代吴恒良和隆子雍，让他俩在杨委员面前说话小心点。吴恒良觉得这事有些难办了。隆子雍却早打定主意，只等开会时看形势再说。

第二天，诉愿团在县党部按时开会。弭诺乡的汉人代表袁义民被推为主席主持会议，组织讨论战后是否交屯租事宜。省方代表杨孔书端坐于台上临阵监视。讨论开始，穿着对襟衣戴着帕子的苗民隆子雍第一个登台发言道："对于屯租问题，我的主张是坚决彻底废除！为什么坚决废除屯租？理由有几点。其一，屯防屯租已有一百多年历史，它是清嘉庆年间，凤凰厅同知傅鼐'总理边务'时'以苗养兵'制定的政策，最初制定时就很不合理。它把广大苗民的田土多半没收归公有，这些公田就是所谓'屯田'或'官田'。当初的屯田即是强行掠夺而来，这本身就已很不合理，所以我们有理由要将屯田废除，再分回给广大苗民。其二，各县屯田召佃收租的标准不一，有的是'均三留七，均四留六'或'均五留五'，而独永绥县却无标准，每年总数要交齐二万七千余担，且不管是丰年还是歉年，这种收租法极不合理！按照屯田计算，平均摊在我们租户头上的租谷比其余有屯各县都要沉重。若再和全国各地区农民种田纳钱粮相比。我们苗民的屯租量要多几十倍，试问这种屯租法还有什么合理性可言？其三，由于连年屯租盘剥，苗民生活在水深火热之中，这种屯田制还不革除，老百姓还有什么活路？我们苗民有首歌道：'朝耕土，夕耕土，年年月月欠屯租；男耕田，女耕田，子子孙孙欠粮钱。一年四季替人锄，苗家没有一块土；一年四季替人耕，苗家没有地安身。'这首歌就是对我们苗民生活的真实反映，也是对屯田制的控诉。其四，近两年我们苗区连遭旱灾，有的田地绝收，官府纳租照常不少，试问这样的屯田收租还有什么合理可言？不把它废除，我们苗民的生活就会永远暗无天日！这一次陈渠珍派屯兵前来催租，我们苗民实乃忍无可忍才举兵对抗，屯田屯租一日不废除，广大的苗民就会反抗不止。你们说，是这样的景况吗？"

"对！对！我们就是要彻底废除不合理的屯田制！"众多的代表齐声叫喊着。本来，有许多苗民代表还弄不清屯租的来历，还认为屯租是全国统一的赋政，听了隆子雍的演说后，才知道屯租是苗民区的独有现象，于是更觉愤愤不平，所以隆子雍发言完毕，大家立刻报以热烈的掌声表示了鼓励赞成。

第二个登台发言的是黄汉浦。他按照宋濂泉和省代表旨意，提出减免历年旧欠，新租可以从秋收后再计算，但开会的代表们竟没一个人赞成。省代表杨孔书看形势不妙，不得已亲自上阵，讲演了半小时。大意是说屯租屯防乃陈规旧矩，推行一百多年来，对安定湘西秩序，发展湘西建设起了不可磨灭的作用，现在仍然要依靠屯租屯防才能稳定局面，所以宜留不宜废。

此时隆子雍当即反驳道："请问省府代表，屯防屯政是清奴傅鼐设立镇压苗民的苛政，现在清朝早已倒台，堂堂民国为什么还要沿袭这种酷政？"

省府代表杨孔书竟无言以对，他转而问旁人道："这位苗民代表叫什么名字？"会议主席袁义民凑近他耳旁道："他叫隆子雍，是苗民中享有盛誉的知识分子。"杨孔书顿了顿才回答道："隆代表提出的问题事关重大，此事怎能说废就废，你不要管这么宽嘛？"

隆子雍针锋相对地又问道："照省府代表说来，民主共和是招牌，苗民有苦诉愿是管得宽？我是代表苗民讲话的，我不管这事管什么？"

杨孔书这时为摆脱尴尬境地，只好把口气缓和下来道："你提的废屯问题，要等候政府酌情解决，目前不能借此抗租！"

一直在台上坐着静观不言的宋濂泉，眼看气氛紧张，怕不好收，遂指使向备三和黄汉浦想法圆场。黄汉浦便又发言道："今天这事难讨论出结果，我提议，要想废屯升科，我们可以派代表去省府诉愿，反映情况，等省府再作答复后执行，怎么样？"

"好，这是个好办法。"向备三立刻响应道，"大家有想法就朝省里提，现在可以选一选代表。"

众人立刻都表示赞成。于是大家举手表决，当场推荐出隆子雍、向备三、黄汉浦等五人为代表，准备去省城长沙请愿。省府代表杨孔书由此才摆脱尴尬，也表示可向上再反映民意，待省府研究后再予定夺。

此会开过之后，杨孔书即代表省府拿出了一个《永绥事件善后办法》，内中规定：（一）永绥屯租积欠拟暂停催收，俟派员赴乾、绥监督清算后，再行呈请处理；（二）此次事变曲直，俟派员查实，另行呈核；（三）永绥义勇队给养，由该县公法筹措，不敷之数，由二十八军酌予津贴，队长一职暂由该县县长兼任。此《善后小法》公布之后，陈渠珍觉得杨孔书代表省府明显对宋濂泉有所偏袒，而且这屯租之事又惹起了民变，倘若处理不当。将来更有麻烦。思之再三，陈渠珍终于痛下决心。干脆辞去了屯务处长之职，其职交给了第三区专员公署专员余范传。至此，陈渠珍将在湘西的军政之权全部交出。何键另给他任命了一个"长沙绥靖公署参议"和省府委员的闲职。是年9月，陈渠珍携带家眷经沅陵乘船到了长沙，在麻园岭闲居了一段时光，并根据自己以往在西藏的亲身经历，写成了一部优美惊险的游记。他将此书取名为《艽野尘梦》。此书出版后，在当时亦获得过一定声誉。

第二十二章　隆子雍领头上诉
石维珍龙潭举义

隆子雍等被选为诉愿团代表后，接着便起草了一份诉愿宣言和一份快邮代电，然后从永绥乘车来到省城长沙，直接向省府交涉诉愿。省主席何键接见了几位代表。隆子雍将《永绥解除屯租诉愿宣言》与《快邮代电》当面呈给了何键。何键展开《宣言》，只见上面写道：

窃永绥蹙居湘边，地仅百里，野无大农，市无大贾，素号瘠贫。民苗等生长斯土，一蹶莫展，非地力未尽，人甘废惰，实系有屯务之枷锁在。清乾、嘉间，傅鼐强取民田而均之，即使寸土归公，复取已均之田，佃租吾人，年纳谷二万七千余担，号曰屯租，无论丰歉，不增不减，从此吸髓敲骨，竭尽岁之所得，不足以供饲畜。而吾绥十三万民众，遂永堕于万劫不复之地狱也矣。查湘西有屯七县中，地大于绥一倍或数倍者，尚有均三留七、均七留三，何独吾绥负罪深重，创巨痛深，其恶例实全球所无，为永绥所独有。百年以来，坐令绥人喘息奔走于屯租之下，犹不暇给，甚至卖妻鬻女，甚至倾家荡产，更甚而至于辗转沟壑然后已。吁！谁为厉阶？傅鼐之弱民政策，清廷受其愚，绥人中其毒也。且查均田之初，傅鼐以绥民剥削已尽，定有义学、膏火、课谷、试资、育婴、老小、残废、红白等费。苗弁苗兵催租口粮等谷，小恩小惠，聊事牢笼。然租额过重，本实先剥，不数十年已富者贫，而贫者死矣。迨及清末明初，凤凰以道署所在，袭封建之余孽，窃剥削之毒手，藉民小学，取前项政学慈善等谷，一举而安，并前此仅有之小恩小惠，亦不可得。一般催租官吏，复凭藉势力、因缘为奸，取尽锱铢，凶于豺虎，嗟嗟绥民，既已落井，复下之石，此又吾人之颠连困苦，无所告诉者。政府在远闻查或有未周，偶有所得，鞭长或苦不及。吾人除自求解放，自脱枷锁，更有何求！窃谓屯谷之毒，宜拔而不宜留。世五百年不弊之法，吾人安能久处轭桎之下，供人鞭挞哉！兹经全县父老、各公法团、各区乡镇长、各乡民众代表，集议改租为粮，减轻负担；公推代表，分途请愿案。经大会决定，一致通过。秉愚公之成，太行何阻；效精卫之拙，恨海终填，棉力虽薄，继续可以成线；屋漏且残，补苴终难遍体；刮垢磨光，是在吾侪所愿。政府明察，悯兹孑遗，海内贤达，赓此同调，庶既代沐，不再戕以斧柯，惊弦之禽，或可安如窠曰。全体绥民曷任祷祝，谨此宣言。

何键看罢宣言，再看那《快邮代电》，内容也大致相同，其中就有"不避斧钺，冒昧陈词，欲请解除屯谷之苛政，……改收租为升科，俾得与全国民众平等待遇……呈请钧座俯赐察核示遵，毋任泥首，万祷待命之至"等语。后附有各区乡请愿代表数十人名单。何键见这宣言与代电诉愿写得意气激昂，情理恳切，且有抗租趋势，乃不得不表示愿意"改革屯政"，并应允免去1933年至1935年三年屯租"累欠之屯租谷"，减免1936年"屯租借贷之一成"，同时宣布从1937年起"减免屯租两成"。至此，省府对抗租苗民算作出了一定让步，但由于屯田制仍未宣布取消，隆子雍等苗民代表并不满意。宋濂泉此时见转移祸源目的已达到，也就偃旗息鼓，转变了抗屯的态度。新任湘西屯务处长余范传将亲信李卧南调至永绥任县长，为保屯征租反而更变本加厉地对苗民进行压榨，这样一来，苗民与官府原有的矛盾不仅没有消失而且更加激化起来。

且说隆子雍从省城请愿回乡后，在民乐乡大土寨举行了一次苗民集会。会上，隆子雍向苗民演说道："这次我们到省府请愿，要求革除屯政，省府虽未应允废除屯政，但已作了让步决定，已往历年的欠租已被免除，这是我们斗争的初步胜利，但离我们提出的目标还远远不够。现在屯政还没有宣布废除，不合理的交租依然存在。为了大家长远的利益，我们要进一步团结抗租，并准备武装战斗，只有坚决举兵抗租，才能彻底动摇官府的屯政基础。只要官府不取消屯租酷政，我们就要反抗到底！"

隆子雍的演说得到了与会苗民的热烈响应。参加聚会的清隆、铅藏、石栏、弭诺四个乡的代表也都纷纷上台发言，表示要坚决抗屯到底。会议演讲完毕，隆子雍又当场主持举行了"倒旗枪"活动，这是苗族起义前的一种祭旗誓师的巫教仪式，即拉倒敌方战旗，升起自己战旗。接着，隆子雍又和各乡来的代表龙云超、石维珍等喝了血酒拜了把，从此，举义活动便提上了日程。

大土寨集会后，隆子雍为防暗探便转入了地下策划，不公开露面。一些公开活动均由其亲属舅父龙云超代理出席。

转眼到了腊月十四日。这一日清早，龙潭乡的苗民石启云和石维珍忽然来到上五里乡唐家湾村，找到隆子雍家。石启云向隆子雍报告道："隆指挥，我们虾公坡今日开血堂会议，想请你去指导！"

隆子雍道："你打算怎么办？"

石启云说："大家一起喝血酒，准备起事向乡长石达轩开刀！"

"为什么去杀他？"隆子雍问。

"你不知道，这石达轩作恶太多，我们乡里人对他都恨之入骨。"石启云又撩开衣服指着身上的一条条伤痕说，"前日他和几个仓兵逼我家交租，我说没有交的，他们翻箱倒柜，把我妻子坐月子的几十个鸡蛋也抢走了，我与他们讲理，反被他们捆绑吊打了一顿！你说这石达轩可不可恶，此仇我一定要报！"

"石达轩还暗杀了我叔父石春禄！"石维珍又道，"我叔父石春禄去年到凤凰屯务处告了石达轩的状，石达轩买活宋濂泉，将我叔父在凤凰关押了一年多，今年初释放回来，石达轩又派人把他在路上杀了。像这样的血案，不报仇就不解恨。"

隆子雍听了两人的控诉，立刻表态道："好！石达轩既是这等恶人，杀之也不为过。你们杀了他就可以公开举义活动，但一定要周密计划好再行动，千万不要盲目举动以招损失！至于吃血酒一事，可让龙云超代我去一趟！"

商议妥当，隆子雍便请来舅父龙云超，仔细嘱咐了他一番。那龙云超已有50余岁，家在果儿寨居住，曾经当过保长，有着丰富的办事经验，也是一个屯田大户，早对屯租十分不满，受外甥隆子雍影响，参加抗租非常积极。隆子雍从省城回来转入地下活动后，他就一直充当保护人，专门代理隆子雍去联络四乡苗民抗租举义事宜。此时接受任务后，龙云超即和石维珍、石启云一道向虾公坡走去。

那虾公坡坐落在一个山寨半坡上，上面有块平地，平日是苗民练拳习武的一个场地。这日因为要开会，坪场上还搭了一个草棚，草棚正前方摆了一块长石条，上点香烛，因为天气很冷，场上还烧了两堆柴火。在人会场的路口上，还摆放着一个大背笼，每个入会者来开会时，都往背笼里丢一块一百文的铜钱。

石维珍、石启云带龙云超赶到会场不久，附近各寨以及龙潭乡、上五乡、下五乡的部分屯户代表都陆续到齐了，计有40余人。会议开始，大家围坐在火堆旁，苗民张巴柱道："今天我们聚会，一要喝血酒拜把，二要商议举事大计。首先我提议我们要杀死守备石达轩，为石春禄兄弟报仇。石春禄去年和我一块到凤凰告状，状没告响，反被抓去坐了一年多牢，后来释放了，又被石达轩暗杀，我们杀石达轩，就是要报冤仇血恨。"

石维珍接着道："现在抗屯举义，我也赞成巴柱兄的提议，就从杀石达轩开始！我和石启云已把此事告诉了隆子雍老师，他是我们苗民的领头人，隆老师派龙云超大哥来参加我们的会议，现在请他来作指导！"

龙云超从火堆旁站起来说："各位兄弟，我受隆子雍的嘱托前来参加你们的会议。子雍是我们苗家的领头好汉。他和几个代表到县、省请愿，逼使省府作了让步，应允减掉欠租，但是屯租制还没有宣布废除。现在我们的目标是彻底废除屯租制酷政，而要达到这一目标。就必须用起义来进行反抗斗争！你们乡如带头起义，给全县苗民就作了一个榜样，到时大家都会响应。所以子雍也很支持。不过，现在年关已到，我们可先聚会商议吃酒拜把，等到过完年再相机行事，你们看如何？"

"有道理！咱们杀屯官，也要选个好日子！"

石启云表示赞成。众人也觉得等过了年再行动为最好。

"我们可以先将计划商定！"石维珍又道，"明人不做暗事，杀屯官要杀在青天白日之下！不管年前或年后动手，我们可推选几个壮士组成刺杀队，到时就可行动。"

"对！"石启云又道："谁要杀了石达轩，就给300元光洋作洗手钱！"

众人于是提名推选，很快便推出石维珍、石维金、石老挽、石玉章、石树林、石保玉、石生富七人做刺杀队员，并由石维珍领头。推选刚刚完毕，忽有一苗民上了坡来到会场道："你们要举事吧？我可以参加吗？"

大家都认得此人叫吴继臣，是土地坪人，与乡守备石达轩平日关系不错，此刻他跑来干什么？他会不会泄密？石启云立即对众人道："多一个人就多一份力量。让吴继臣也参加我们的聚会吧！"于是大家同意，并让吴继臣也加入了刺杀队。

行动组成人员商议完毕，接着便是喝猫血酒。此时，早已从外村请来的一位公道正直的苗民石友生，用6吊钱从一户人家里买来一只大黑猫，提到场上后，当众念念有词、将那黑猫大骂了一通，骂过之后，便手起刀落，把猫砍死，让那猫血滴入一大竹筒白酒内。众人遂跪于石案前，石友生领头咒词道："一把钢刀五寸长，倒下平地来砍香。上不认兄刀下死，下不认弟刀下亡。真的同娘同爷，假的同猫同血。上不斩天，下不斩地，单斩抛人卖客。哪个反水，就像这只假的猫，就像这炷香！"

咒词念毕，又由石友生领头，各人将香一刀砍成两截，再念誓词道："若我不仁不义，反心倒意，照香行事！"发完誓，各人再喝一口血酒。血酒喝过，巫师张巴柱又做了一通"法事"，口里念着："石春禄，你要在黄泉之下显灵，助我杀死石达轩，为你报仇雪恨。"

如此歃血盟誓完毕，众人便散会。石启云等人走下坡来。忽见吴继臣匆匆向龙潭方向走去。石启云便叫着："吴继臣，你到哪去？"

吴继臣回头应允道："我到龙潭乡场上有点事！"说罢，就大步直往前奔去。

石启云疑心他是去告密，因为吴继臣的住屋在相反方向的土地坪，但吴继臣说去龙潭乡场有事，他亦不好阻拦，想到他此去万一告密，岂不坏了起义的大事？石启云遂等石维珍走下坡后商议道："这吴继臣恐怕靠不住，我看他行色匆匆，咱们要防范啊！"

石维珍看了看远去的吴继臣，立刻下决心道："不怕一万，只怕万一！他要去告密就糟了！咱们干脆动手吧！"

二人于是招集队伍，直向龙潭冲去。刚下龙潭河，迎面来到古老桥，正巧，只见外号"都都夸"的石金福千总领着四个仓兵正在寨里催租要粮。石金福一手拿枪，一手拿着铁链，威胁两个老婆婆道："你们要赶快交租，抗租者，要杀几个给你们看看！不怕你们寨里又山苗王。"两位老太婆见此阵势，吓得只讲好话，求宽限时日。石金福又道："限你们明天交齐租，不交租的要捱索子！"说罢，将手里的铁链抖得直响。石维珍远望见这情景，手一挥叫道："'千总都都夸'又在逼人交租，大家快去将他杀了！"

众人于是拿着梭镖鸟枪呐喊着向寨内冲来，石金福见惹怒众苗民，知道大事不好，吓得赶紧就跑。刚跑不远，就被苗民石仁华等人堵在石海成院子里杀死了。仓兵吴老六窜进苗民石甲云屋子，躲进床下，用口大锅将头罩住，亦被几个苗民搜出，一阵乱刺捅死了。另一个仓兵杨再兴跑到田坝边水田里，被苗民石林舞着柴刀追下田砍死。还有一个仓兵石昌林跑到新场时亦被苗民砍死。

当石金福与三个仓兵被打死时，守备石达轩的长子石长寿正从杨家寨玩耍回来，听到仓兵被杀消息，吓得赶紧就跑，众苗民跟着就追。石长寿跑到天王庙街口时，迎面遇到苗民唐兴华和石维刚两个踩土回来，追赶的苗民就高喊："快拦住石长寿，莫让他跑了！"唐兴华与石维刚即操起铁锹，几下就将石长寿砍死了。

石维珍又领人向龙潭街追来。此时，石达轩和二儿石老碑在街上打牌，吴继臣果然已抢先一步告密："石守备，你还不快跑，石维珍他们起事了！"

石达轩闻报立刻就跑。二儿石老碑慌忙回去取枪，迎面遇到追赶的队伍，吓得往龙潭河边跑去，石维珍追下河坝，一刀将石老碑结果了性命。石达轩这时逃上清隆坡，然后钻进竹林，躲进了屯户饶满老家。石维珍领着队伍围山搜寻，来到了竹林边时？饶满老嘴一歪，向众人暗示石达轩藏在屋内。石玉章一脚踢开房门，石维珍持刀跳进屋里。石达轩跪地求饶道："侄子呀，你怎么也和人家干这种事，求你给叔留条命！"石维珍道："你恶粮恶钱，不顾百姓死活，留你一条命，不知要害死多少人！"说罢，一刀就将石达轩的头砍落在地。众苗民涌进来，又一阵乱刀，将石达轩砍成了几截，还把钱和谷子塞进了他的血嘴。

石维珍领头杀了石达轩等人后，当夜即带了部分队伍去唐家湾找隆子雍。隆子雍说："你们还没准备好，怎么就贸然起义？"

石维珍道："我们原计划等过完年再动手，谁知今日聚会出了奸细，那吴继臣闯了来开会，散会后又跑回去告密，我们见情况不对，当机决断，提前行动！"

隆子雍听罢详细经过便道："事已至此，人也杀了，事已大露了，你就赶快回去借民枪组织武装队伍，准备打仗吧！"

于是，按照隆子雍的吩咐，石维珍率部来到龙潭，第二天，在街上张贴了石达轩的罪状，又将那屯仓打开，让屯户把屯粮挑得干干净净，同时砍了区公所的电话线，放火烧掉了铅藏屯仓。

过了几日，县长李卧南在接到石维珍率苗民起义的消息后，于2月2日命屯务军11大队队长罗静平率60多人枪开进了龙潭，并驻扎在饶章保家里。罗静平扬言要搜剿肇事苗民。

这时，明濠寨的龙正波带来一帮苗民参加了石维珍的举义队伍。龙正波对众人说："事情搞起来就要搞到底，缩不得脑壳。屯务军来了，你不打他，他要打你，井水不犯河水是做不到的，伸起脑壳让人家砍，不如拿起刀枪同他们对着干。趁他们刚到龙潭立足未稳，杀他个措手不及。"大家听了很赞成。于是众苗民趁黑包围了屯务军驻地，并放起三连炮和雷公炮虚张声势。屯务军听到枪炮响，慌忙爬起来偷偷上了凉子山。

第二天，上千苗民又将凉子山层层包围起来。凉子山上的屯务军有三个兵在鸡卡树张老大的屋里煮饭，在挑饭上山时又被苗民杀了两个，剩下一个班长扔下饭担逃上了山。屯务军没有早饭吃，只得烧火用脸盆炒黄豆吃。到晨雾散后，石维珍组织苗民往上进攻，但几次冲锋都被屯务军打退。屯务军见苗民人多，也不敢贸然往下冲。双方僵持了半天，罗静平派了中队长张大忠下山同石维珍谈判，并说罗大队长愿邀石维珍上山砍香拜把，结为兄弟，一道抗屯举义。石维珍信以为真，遂同张大忠一起上了山，并与罗静平在山上结了盟。到日暮时分，石维珍命令苗民撤了围，让罗静平带屯务军下了山，石维珍还用酒肉进行了款待。屯务军假意缴了 20 枝旧枪。第二天天刚亮，罗静平就使用"金蝉脱壳"之计，借口去堵卡，阻击县城来兵，骗得石维珍信任，然后带着屯务兵匆忙逃回了县城。

龙潭举义不久，水绥县政府印发了《告民众书》。内中这样告诫道："你们这几天来，受着别人愚弄，聚众捣蛋，杀政府的人，烧政府的谷，接二连三地闹个不休，闯出这样的大祸来，本要严办你们的，惟念你们系受着别人的鼓动。或系自己有别的痛苦，下情不得上达咧。本府为爱护你们起见，马上推委员前来抚慰你们，开导你们，要你们停止一切不法的行动，作正当的解决。……希望你们立时觉悟，及早回头……尚敢执迷不悟，试问你们那几杆土枪能抵抗得住吗？你们要晓得现在的政府，力量特别大。政府的军队特别多，一营不足，可以增到一团；一团不足，可以增到一旅一师；一旅一师不足，可以增到无数师。军队来时，并可用汽车装运，虽路隔千里，顷刻可达。到那时，你们的家要破，人要杀，田墓庐舍，均要成废墟，那就后悔莫及了。亲爱的民众们，醒来吧！"

龙潭起义后，众多苗民见到这一传单后，不仅没有"醒来"，相反，举义活动反而像干柴一样，轰轰烈烈地在全县迅速燃烧起来。

第二十三章　梁明元设伏杀常健
唐家湾苗民遭枪击

　　龙潭起义后的第二天，隆子雍为防官军搜捕，悄然住进了唐家湾对门坡的一户苗民家里。当日夜里，龙云超摸黑找来，对隆子雍道："长潭木沟寨的梁明元带了6个人到了你家想见见你，和你拜把抗屯。"

　　隆子雍问："这人怎么样？"

　　龙云超道："很不错，是个好汉！他曾在县屯务军龙治安大队当过兵，任过班长，据说作战很勇敢。有一次跟龙治安攻打卫城龙角洞的土匪，别人都不敢进洞，他带一班人顶着棉被冲进去，结果死了9个弟兄，最后硬将土匪消灭了。"

　　"他后来怎么不当兵了？"隆子雍又问。

　　"听说他和宋濂泉的亲信向忠合不来，两年前屯务军整编，他就被遣散回了家。走时他还拖了一支枪，前几日又联络了6个人，想尽快扯旗起义。"

　　"好吧！既是这等好角色，我就去见见！"

　　两人说毕，隆子雍就随龙云超下山回了唐家湾家里。梁明元几人早已在此等候多时，经龙云超介绍，二人相识了。隆子雍见这梁明元生得敦敦实实、虎虎有英雄之气，不觉大喜道："听我舅说你是个好汉，见你相貌果然不凡！"梁明元道："我也久仰你隆子雍大名，今特来投拜结义，共同抗屯，不知你欢迎不？"

　　"欢迎，怎不欢迎！抗屯举义就是不怕人多。"隆子雍道，"像你这样有过打仗经验的军人就更难得了！"

　　两人热情谈过一阵，便又按照苗家习俗锤猫吃血，正式结为拜把兄弟。按照年龄计算，隆子雍大梁明元5岁为兄，梁明元为弟。

154

结义完毕，梁明元便商量道："龙潭乡已经起义，我想在长潭马上响应，把那乡长常健的枪也夺了，你看如何？"

"最好能说服他交枪一起抗屯，不要乱杀人为好！"隆子雍道，"乱杀人就会树敌太多，对抗屯反而不利。"

"我可以试试，看能不能说动他，"梁明元道，"万一他不肯，我们也要夺枪举义！"

隆子雍道："你就找他借枪试试吧！"

梁明元于是按隆子雍的交待，决定立刻回去举事。

第二天，梁明元回到乡里，便约乡长常健到家中打牌。那常健是长潭乡灯笼坪人，与梁明元所住木构寨相距很近，中间只隔几条田坎，平日彼此都很熟悉。梁明元一邀请，常健就带几个乡丁到了他家中。几圈牌打过，梁明元就试探问道："梁乡长，听说龙潭都革屯烧仓搞事了，我们是不是也要搞事？"常健是个很自负的人，听了这话也没引起足够警觉，只是不以为然地说："龙潭人是在瞎搞，和政府作对还不是鸡蛋碰石头？我劝你不要学他们，就凭你那三、四支枪，莫说打别人，就是我，你也打不赢，你可别胡思乱想。"

"我不过说着玩玩！"梁明元不动声色地玩着牌，心里却想，这家伙不仅不愿革屯，而且还不把自己放在眼里。看来找他借枪或是拉他参加革屯都是不可能了，只好另想夺枪计策。

过了几日，适逢正月十八长潭略坝乡场赶集，常健带着 12 个枪兵到了乡场上。在一块坪坝地旁，苗民们玩年举行了上刀梯的表演。只听一阵锣鼓响后，一个年青的苗家后生踩着锋利的刀刃，一步一步攀上去，到了刀梯顶，再作一个金鸡展翅的亮相，围观的上千人群中爆发出一阵热烈的掌声。上刀梯表演完毕，常健立刻抓住时机作了一番讲演："各位乡亲，本乡长奉县府之令，今年要继续征收屯租。依法收租乃百年定律，抗屯犯上，法理难容。俗话说'三十夜吃腊肉，有盐（言）在先'。凡是欠租者要赶快交，到时莫说我乡长翻脸无情！"

常健说毕，就带枪兵到略坝一家酒馆去吃饭，个个酒醉饭饱之后，方才离开略坝向长潭乡公所走去。常健此时骑在一匹骡子上，众兵丁前呼后拥，显得威风十足。一个多小时后，常健一行来到排手的飞山庙地段，迎面忽见山林路上走过来三四十人，每人手中都举着火把，最前面的领头者是梁明元。

原来，梁明元这天探得常健的行踪，已在此守候多时，准备夺枪起事。

"你们去哪里？"此时，常健仍未意识到大祸临头，只骑在骡子上带着醉意问。

"我们到岩寨去有事！"梁明元回答。

"不要搞乱事！"常健又以教训的口吻道。

"哪个还去搞那些乱事。"梁明元边说边走，双方正要擦身而过，忽然，梁明元后面的一位后生龙德水用稻草裹着的梭镖往常健胸部刺来，常健猝不及防，口里喊了一声"唉，打！"叫声未完，梁明元复一刀，就将常健砍下骡子。接着又有几人冲上来，将常健砍得血肉模糊。那些兵士顿时都呆如木鸡，一个个吓懵了头，也不敢开枪。众苗民拥上来，立刻将他们缴了械，其中一个兵士罗纪林，端着一挺机枪跑了两丈多远，梁明元大声喝道："要死你就跑，要活就莫跑！我们今天革屯，只杀乡长一人，不连累大家。你们愿意抗屯就和我们一起干，不愿意可以回家生产，只要不为非作歹，我们革屯军保护你们的生命财产。"那罗纪林便将机枪扔了，乖乖举手投了降。

梁明元率队就这样一下夺了12枝长短枪和一挺机枪。旗开得胜，梁明元乘胜下山，连夜到处张贴标语，并把下寨河、窝勺、长潭三处屯仓都打开了，除了留一部分作军粮外，其余都分给了农户，然后点一把火，将屯仓全烧了。

梁明元起义革屯之举，很快便得到了永绥、保靖苗民的支持响应。数日之后，新寨的汉民邓世弟带着一帮人马投奔了梁明元。接着，龙潭乡的石维珍、龙正波也带队与梁明元汇合了。众苗民遂拥戴梁明元为革屯军大队长，石维珍为副大队长，龙正波、邓世弟等为队长。革屯军很快有了数百人枪。

永绥县长李卧南获知梁明元起义并与石维珍部汇合，其势迅速扩展，而县保安团兵力有限已无可奈何时，急得他如坐针毡，只得一面申报省里求援，一面向邻县保靖求救，以解燃眉之急。保靖县府随即派了保安团一个营，由朱熙全带着到了永绥协剿革屯军。

那朱熙全将部队安扎在太平乡朝戒寨，打算凭险固守，以待省里来的援军，因为朝戒寨前有一道300多米长、3米多高的土墙，湘川公路从墙脚延伸过去，寨子的两侧和寨后都有两米多高的陡坎可作天然屏障。围墙四周密密麻麻长满了三针鸡爪刺，犹如一道刺篱。进寨只有两座门楼可通过。朱熙全在寨前墙上安了4挺机枪，配备了轻重火力，如果从正面进攻，是很难冲进去的。为了拔掉这颗钉子。梁明元进行过几次袭扰，都未能攻进寨去。到了农历二月的一个晚上，梁明元召集各部开会又商定了一个"引蛇出洞围而歼之"的计策。

是夜，星光惨淡，万籁俱寂。梁明元挑选了梁顺兰、陆重喜二位勇士，一身青衣青裤打扮，打着绑脚，插着匕首，各人带着两枝快慢机短枪和4颗手榴弹，乘着夜色掩护，摸到了一处刺篱旁边。梁明元用一把锋利的镰刀，将刀口朝上拉割，不声不响将刺篱割开了一个缺口，然后穿过刺篱潜身到了一处土坎脚下。一位保安团的游动哨兵走了过来，梁顺兰朝哨兵丢了一颗石子，那哨兵将身子折回头喝道："谁？"此时梁明元与陆重喜纵身一跳上了土坎，接着用木把手榴弹向敌哨兵脑壳砸去，那哨兵来不及哼一声就毙了命。碉堡里的一个士兵似乎听到了响动，探头直问道："有什么情况吗？"梁明元学着对方的腔调回道："没有！"那碉堡里的敌人打了一个呵欠，把脑袋缩了回去。

三个人随即穿过一片竹林。往前来到了一处开阔地。正往前行时，忽有一敌人暗哨喝问道："什么人？"

"连老子都不认识，你大惊小怪什么！"梁明元装腔作势地临机应变回答着。那哨兵正在发愣，梁顺兰、陆重喜已从侧面绕过去，两把匕首插进去就结果了暗哨的性命。

梁明元三人再往前行，就摸到了屯务军的住所。此时，团防们均已入睡，三个人各向几间房内扫了几梭子弹，又扔了几颗手榴弹，直把敌人炸得哇哇乱叫。那团防营长朱熙全，恰巧被一枪打在屁股上，疼得他像一头发怒的公牛，大叫着："快给我打！别让革屯军跑啦！"

梁明元见袭扰目的达到，就虚张声势地叫道："一班掩护，二、三班快撤！"说罢，三个人便一溜烟顺着来路跑出了寨外。

朱熙全听枪声就知革屯军不多，便下令喝道："二连追击，一、三连坚守本营！"

保安团二连连长朱子昂接到命令，就带着一连人马向寨外三个人退却的方向追去。此时，早已在寨外等候的革屯军中队长梁含牛，见敌人上钩，立刻挥军接战，且战且退。朱子昂见革屯军败走，只管向前穷追不舍。追到沙子坳时，忽然革屯军伏兵齐出，团防队的这一个连被团团围住，朱子昂方觉中计，急忙指挥部队杀开一条血路，冲到一处桥边，又被石维珍率兵截住。此时，朝戎寨的朱熙全获知二连中了埋伏的报告后，即令三连驰援，但这个连未出寨门，即被梁明元率革屯军死死阻住，因而寸步难进。朱熙全见冲不出寨门，又怕大本营难保，索性也就不去援救了，结果那团防二连待援不至，最后都被歼灭，朱子昂也一命归天。

在朝戒寨打了一个伏击胜仗后，梁明元、石维珍来到唐家湾，与吴恒良、隆子雍、龙云超等人汇聚，商议成立了抗屯自卫军总指挥部。会上，吴恒良被推举为抗屯自卫军总指挥，隆子雍为副总指挥，梁明元为前敌指挥兼一团团长，石永安为二团团长，石维珍为三团团长，龙云超为独立团团长，抗屯队伍此时已达3000余人。

当革屯军的队伍正兴起之时，省主席何键令陶广速派六十二师开到了永绥。县长李卧南与该师先驱旅长刘建文经过商议，认为要扑灭抗屯烈火，必须重点捉拿苗民首领隆子雍。为此李卧南派了童书生、宋仲蓉为代表去唐家湾，以邀请隆子雍去县城商议"改革屯政"为诱饵，企图擒拿隆子雍。童书生、宋仲蓉来到弭诺，听说果耳寨抗屯队伍多，怕出危险而不敢去唐家湾。童、宋二人便转托隆子雍亲戚、原诉愿团成员弭诺乡老乡长石仕元和乡代表袁义民等人去唐家湾。石仕元等人经过果耳寨时，其随从石七妹因曾引屯务军打过龙云超部，现在冤家见面，龙云超的一位部下龙云林即杀了石七妹一梭镖，石七妹反开一枪没有打中，双方顿起冲突。幸经龙云超部下隆正云、陆老钱等人出面解围，才让石仕元、袁义民等人去了唐家湾。当日隆子雍不在家，其父隆登甲进行了接待。石仕元将县府要隆子雍去商谈"改革屯政"的来意讲明后，隆登甲即派人去转告儿子，但隆子雍恐县府有诈，没有应允去县城。石仕元与袁义民只得回弭诺，并转告了童书生、宋仲蓉。童、宋二人回到县城，将情况再报告给县长李卧南。李见此计不成，遂让六十二师钟强率了一个营去偷袭唐家湾，准备捉拿隆子雍全家大小。隆子雍却早有防备，当石仕元等人走后，他即将妻子、孩子和部分粮食物件转移到了龙门寨去，同时劝父亲道："我们都离开家吧，恐怕县府会派兵来袭击。"隆登甲说："你去躲一躲，我在家守着。明日还要种苞谷。"隆子雍劝不动父亲，只好率随从去了杨家寨。

第二天拂晓，钟强率400余正规军士兵已绕道来到唐家湾，将小寨团团包围。其时隆登甲刚刚起床，他给牲口喂了料，准备叫帮工来耕种包谷时，迎面有枪声响起。隆登甲返身进屋，叫醒家丁隆保登等一块往外冲，刚跑出大门不远，便被清剿军一梭子机枪打死在地。随着清剿军狂轰乱射，唐家湾另有几户人家遭到了袭击，七个苗民顷刻都死在了枪弹之中。

听到枪声响起，隆子雍带了几个随从赶紧向唐家湾冲来，并打了一梭子连枪，在杨家寨驻扎的龙云超、梁明元、石维珍，也迅速率部赶到唐家湾进行助战，清剿军营长钟强因弄不清到底来了多少革屯军，只得匆匆下令撤出唐家湾，把队伍又撤回到弭诺。

清剿军撤走后，隆子雍率部回到唐家湾，将死难的父亲和几个苗民安葬了。当晚，革屯军几个首领又开会进行商议。会上，龙云超道："官军杀了我们这么多人，我们要为死难的乡亲报仇！"梁明元道："咱们去攻打弭诺吧，一定要把六十二师的嚣张气焰压一压！"隆子雍道："现在敌强我弱，六十二师是正规军，我们不能轻易去硬拼，要保存实力。"龙云超又道："难道你不报杀父之仇？"隆子雍说："君子报仇，十年不晚！只要革屯军不倒，总有报仇的一天。现在，敌人势大力强，我们应当避其锋芒。我建议大家分头进行潜伏，把部队分散开来，等到六十二师正规军撤退后，再集中队伍大干一场。"

"对，子雍说的有道理！"吴恒良道，"留得青山在，不愁没柴烧！咱们只要把实力保存下来，等清剿军一走，就可以东山再起。"

于是众头领赞成各自分散进行活动。吴恒良隐蔽到了保靖、永顺交界地带，梁明元隐蔽到了永绥、保靖交界地带，石维珍和龙正波隐蔽到了永绥太阳山，石永安带人到凤凰两头羊躲了起来，隆子雍和龙云超带队伍上了大土寨。大土寨在五岭山的腹部，其处一个小平台地，站在平台上，可以看到六十二师驻弭诺、猫儿各地营部的活动情况。

隆子雍到大土寨后，因人户稀少没有住处，便让部队搭了几个竹棚。这一日上午，隆子雍正坐在一处岩石上沉思时，一位士兵忽然跑来报告道："我们捉到了中官龙献权，马上要开刀，请指挥去看看，也出口冤气！"

隆子雍随那士兵到了一棵大树边，只见树上绑着一个苗族男子，约30多岁。抗屯士兵隆花边手执一把锋利的快刀，正准备拿他开膛破肚。

隆子雍上前问："你们是怎么抓到他的？"

隆花边回道："他自己送肉上砧板，跑到这里来的"

隆子雍又道："龙献权，你到这里来干什么？"

隆献权道："我是来投奔革屯军的，看你们盖竹棚，还专门送来了一个簸子。想不到我一来就被隆花边抓住了，还要杀我。"

"即是这样，赶快把他放了！"隆子雍发话道。

"他是个屯官，为什么要放？"隆花边拿着刀不服气地说，"要放就放他回'老家'去！"

隆子雍耐心解释道："龙献权过去只是乡里的一个小屯官，革屯之后他已甩手不干了。再说，我们的政策是愿意投靠到革屯军这边的都欢迎。俗话说，冤家要少，朋友要多，我们革屯，不是所有屯官都要杀。一个虾公起不了浪，一根光棍撑不了天。大家不要鼠目寸光，孤立自己。我们要杀的只是少数坚决与我们为敌的人！"

隆花边又道："人家把你老子都杀了，你做得这样的'猪脑壳'，我做不得。"说罢，举起刀来，仍坚持要杀。

"住手！"隆子雍大喝道，"你要不听，那么谁杀龙献权，谁就要抵命！"

隆花边听了这命令，举起的刀终于放了下来，憋着一肚子气走开了。那龙献权随即也被士兵们松了绑，放回了家。

第二十四章　龙云超五岭抗敌
吴恒良当家奏捷

隆子雍到大土寨驻扎不久，忽一日，有位叫石玉峰的人前来拜访。隆子雍与他会面后道："当年我在凤凰坐大牢，还多亏你相救哇！"

"那都是过去的事了，不足挂齿！"石玉峰回道。原来，这石玉峰多年前曾在陈渠珍部下当过副官，隆子雍1927年从长沙回乡被捕捉到凤凰后，石玉峰曾大力营救过他出狱。后来，陈渠珍的部队缩编，石玉峰就回到了猫儿乡。

"你这次上山，有什么事吗？"隆子雍问。

"我是受人之托，专程来找你呀。"石玉峰道，"现在弭诺驻军营长钟强已经调往茶峒，新任的叫黄福全，他想谋求政治解决革屯问题，要和你进行谈判，为此找到你的亲戚石仕元，要他帮忙牵线找你。石仕元说他上次到了唐家湾，与你父亲见过，你父亲出事后，他和你也没有联系了，所以又托我来与你联系，你看是不是下山去一趟，与黄福全到猫儿乡举行一次谈判。"

"谈判可以，但你要他上山来！"隆子雍道，"我们也希望和平解决革屯问题，只要政府同意废屯升科。本来我们就不想武装对抗，现在是被迫走上这条路。既然他们有心谈判解决问题，你就请他上山来谈嘛，但不许带兵来，我保证他个人的生命安全！"

"好吧！我就将你的意思转告给他！"

石玉峰于是回到弭诺，将情况给石仕元和黄福全作了报告。黄福全见隆子雍不肯下山，如果自己不去会见，反被人笑话无胆量，遂要石仕元和石玉峰以全家性命作担保，他决定空手去会见隆子雍。第二天一早，由石仕元的表弟龙永清帮黄福全牵着马，两人约莫走了三个多小时就到了大土寨。其时已到近午时分，隆子雍在寨中以礼接待了黄福全。黄见隆子雍长得白净秀气，虽然一身苗民打扮，却掩不住秀才的儒雅举止，于是会谈开始就问："你是个知识分子，怎么要上山为匪？"

隆子雍反问他道："我们不打家劫舍，不抢劫行凶，何以说我们是土匪？"

黄福全道："你们杀官烧仓，不是土匪是什么？"

隆子雍哈哈大笑道："看来你也是一个糊涂营长！"

黄福全又反问："我糊涂在什么地方？"

隆子雍便告诉他道："屯田屯租是一百多年前清奴傅鼐在苗区强制推行的残酷苛政，如今到了民国二十多年还在延续，实行屯租制度，将苗民已逼到倾家荡产地步。去年我们公开诉愿，并到长沙会谈，省政府应允废屯升科，并将历年旧欠一概豁免，如今朝令夕改，置苗民于死地，苗民出于无奈，不得已才合群抗租。杀屯官、烧屯仓，实乃官逼民反，出于自卫，你们何以反控为匪？现在的官军愚弄人民，手段残忍，这和清奴镇压苗民有何两样？"

隆子雍一番话说得义正词严，黄福全一时无言以对。接着，隆子雍又指着满山满岭黄土地道："现在苗民青黄不接，山上葛根、蕨根都挖来充饥，你却反诬苗民为匪，于心何忍？"

"是我错怪你们了！"黄福全真诚道歉说，"我从前只知屯租制乃天经地义的国法，却不知这条制度延续这么久确实不合理，它逼得苗民无路可走才不得已造反。如此看来，你们的行为只是旨在谋求改革屯政，决不能与土匪相提并论。我回去一定把苗民的实情向上司转告，也期望你们不要再把事态扩大，可以等政府来合理解决！"

"好！你这样的表态我满意！"隆子雍道，"只要政府不把苗民抗屯当成土匪，我们可以接受政府调解，静候政府合理解决屯政问题！"

"就这样说定了！"黄福全随即站起身来，准备启程下山。隆子雍又留他吃了一顿饭，然后才派人将他送下山去。

且说黄福全回弶诺后，立即将他与隆子雍会面的情况向旅长刘建文和永绥县长李卧南作了报告，请示上司郑重考虑用政治改革办法解决屯租问题。但李卧南和刘建文仍坚持要抓捕革屯军首领，并严令部队加紧清剿革屯军。黄福全奉命向五岭进剿。此时隆子雍将部队交给龙云超指挥，自己只带了几个随从转移到了湘黔边境，准备到贵州镇远找黔军旅长罗启疆帮忙，通过电台向南京政府申诉抗屯始末，并向全国发通告，争取得到舆论支持，以求在政治上取得主动权。

　　隆子雍走后，龙云超率部驻守在五岭继续斗争。此时，刘建文派了1500余名正规军和1000多名保安队屯务军士兵合围五岭山。龙云超与各路抗屯自卫军取得联系，决定由石永安守摩天岭和大塘岭，石维珍据守枫木岭，龙玉清据守大猫岭，由石维珍与龙山晁跃庭派来的一支部队（外号三五八）据守子腊岭，龙云超率部队据守大土岭。这五岭因曲曲弯弯，有七河八岔，到处是茶山刺蓬，阴森隐蔽，因而易守难攻。刘建文的正规军虽然人员不少，但攻进山之后，由于山大林密，处处受到阻击。革屯军利用有利地形，将清剿的官兵打死打伤60余人。刘建文见清剿难以奏效，只得下令把部队又撤回弭诺、猫儿、龙潭等有城墙的乡公所去驻守。

　　五岭山之战后，龙云超来到贵州镇远，在黔军罗启疆的旅部找到隆子雍道：“六十二师在五岭被我们教训了一下，打击了他们的嚣张气焰，但是官军驻在交通重镇仍不肯撤走，我们现在该怎么办呢？”

　　隆子雍道：“你回去马上联系吴恒良，要他把革屯部队集合起来，成立抗日革屯军，这样可以把声势造得更大。”

　　龙云超又问：“你给南京政府申诉情况如何？”

　　隆子雍道：“现在已有眉目。我通过罗启疆已与本县人龙矫取得联系。龙矫现在国民党嫡系部队当旅长，他是张治中在黄埔军校的学生，两人关系很好。近日龙矫要我到南京去会见张治中，据说张治中有可能代替何键到湖南主政，如果他能来，那我们的屯租问题就有望得到彻底解决。我这次去就是要专门谈革屯问题。”

　　“好呀，这条路若能走通那就太好了！”龙云超听此一说后深受鼓舞。

　　“我们一方面要争取从上层活动成功，另方面还要以抗日的名义继续革屯，只有把声势造得更大，才能迫使蒋介石政府最终让步废除屯政！所以，你回去要吴恒良抓紧把队伍集中起来，大胆造反！”

　　两人商议妥当，龙云超就回永绥找吴恒良去了。隆子雍则经湘川边境到了四川涪陵，再坐江轮东下到了南京。在龙矫的引荐下，隆子雍在南京得到了国民党上将张治中的会见。张治中对隆子雍道：“你们湘西苗民反映的屯政问题我已经知道了，如果蒋委员长派我去湖南主政，这一问题我一定会合理把它解决！”

　　隆子雍道：“张将军若能到湖南主政，那就太好了！我们苗民期盼有真正能为民作主的清官来革除屯政，不然苗民的日子不好过，湘西也就没有一天能得到安宁。"

"你回去耐心等着吧！苗民革屯问题我相信一定会得到解决。"张治中最后这样回答。

从张治中寓所出来，隆子雍又与龙矫在一家店子商谈了一阵。龙矫告诉他："现在何键在湖南的日子不好过，湘西革屯问题搞得他很头痛，CC派又在南京活动，捣他的鬼，他迟早会被挤出湖南的。"

隆子雍道："我听说湘西的龙云飞也在准备组织革屯起义，不知是真是假？"

龙矫道："龙云飞和CC派的张炯、杨光辉等人前不久在武汉还开过一次秘密会议，准备回去拖队大干一场哩！其矛头都是对着何键，实际上就是想靠革屯起义来倒何而已！"

"龙云飞为何会出头冒这个险？"

"你不知道，这是陈渠珍的主意！他在长沙不好公开反何，暗里则指使龙云飞借革屯闹事，CC派也很欣赏这个主意，只要龙云飞闹起来了，弄得湘西不好收拾，CC派的人就会在蒋老头儿面前攻击何键，那时何键必被调走或去职。据说现在蒋老头儿就有心让张治中去替代何键主湘，只是暂时未定下来！根据目前这种局势，你回去还可与龙云飞取得联系，一同革屯造反，把声势搞得更大些，苗民屯政问题自然会得到彻底解决！"

"好！如果是这样的局势，我们就更有信心了。"

隆子雍在南京摸清了上层动向，随即打道回府，准备回去组织革屯军再大干一场。

再说龙云超从贵州镇远回来之后，立刻派人带信到秀山找到了吴恒良，并将隆子雍的交待转告给他。吴恒良于是从秀山返回永绥龙潭乡豆往寨，并召集各路革屯军的首领开了一次重要会议。会上吴恒良说："原来我和隆子雍等人搞和平诉愿，认为通过诉愿能解决问题，哪知搞了一年之久，和省政府谈判，磨破了嘴皮，不仅不能解决问题，反而遭到了悬赏缉捕。何键口口声声要俟清丈田土完毕方废屯升科，这是骗人的鬼话。前不久凤凰龙云飞在武汉参加了一次秘密会议，他回来告诉我说，国民党内部也是钩心斗角，上边也有人支持我们，要我们在永绥大干。隆子雍从贵州带来消息，他利用罗启疆的电台向南京政府申诉抗屯始末，也得到了舆论支持。现在他又到南京去活动了，他让我们集中队伍只管大干，并把番号更改一下，因为全国目前都在掀起抗日热潮，我们队伍又有贵州的代表参加，所以我提议我们的番号改为'黔湘苗民革屯抗日军'。"

吴恒良这番话得到了众人的称赞，大家都同意他提的建议，这支革屯军的番号就这样确定了。接着，众人又推举吴恒良为总指挥，吴亦不推辞，并当即以总指挥名义宣布，任命隆子雍为副总指挥，梁明元为第一团团长，石永安为第二团团长，石维珍为第三团团长，龙正波为第四团团长，董平为特务团团长，龙云超为独立团团长。其时梁明元并不在会场，事后吴恒良派石生富给他送信，梁明元不接受他的任命，并说："省军不在时吴恒良像老鼠见了猫，躲得无影无踪，现在他当总指挥，封我为团长，我以前封的团长怎么办？他当他的总指挥，我当我的前敌指挥。"石生富将情况告诉吴恒良，吴恒良宽容地说："既然他不服我，就让他自立山头吧。他说我革屯无功，我们就好好干一番让他看。"吴、梁二人此后虽有分歧，但在对敌问题上还是一致的。

豆往寨会议之后，吴恒良便统率了多路革屯军，成为革屯起义中的一支主要力量。这支革屯军在成立的当月曾攻打长庆屯，将一个乡长一个千总击毙，缴枪30多枝，并占领了龙潭乡。这一日傍晚，吴恒良正在指挥部研究活动计划，被派驻永绥城探听消息的副官石里伯忽然回来报告道："总指挥，明天乾城县保安团团长张铁香要来永绥督剿革屯军。听说永绥屯务营和保靖保安团长朱德轩要率队到麻栗场接应。"

"好哇，朱德轩敢到永绥来，我们就打他的伏击。"吴恒良闻报后高兴地说，"这一次六十二师正规军调走了，光他们保安团和屯务军的兵力，我们就好对付了。"

"咱们的兵力是不是够用？"

"没问题，凤凰龙云飞派他的儿子龙文才带了麻老维的200多人枪也增援我们来了。"吴恒良说，"只要我们相互配合好，歼灭朱德轩一部是没有问题的。"

吴恒良遂连夜紧急布置了兵力，让各团队伍迅速开往当家寨一带进行埋伏，由石维珍部打右侧，石永安部打左侧，龙正波与凤凰龙文才部攻中部大路，吴恒良率董平部从后阻击去永绥的道路。

第二天天刚蒙蒙亮，朱德轩派陈超率团防队与永绥的龙治安屯务军约500多人，出永绥城沿公路向麻栗场而来。到当家寨一带时，团防队的尖兵班发现龙文才和麻老维的部队正从望高坡方向朝当家坳走来，于是立即隐蔽起来，当时天有雾，麻部士兵没有发现保安团，等到近前时，保安团尖兵班突然一阵火力猛射，麻部仓促应战，损失了一些人枪。接着，保安团迅速抢占了当家坳制高点。麻老维重新部署人马，向山头发起冲锋，被保安团数次击退。此时，吴恒良派援兵赶到当家坳，石维珍从右侧压过来，梁明元从后面包抄过来，团防队和屯务军陷入重重包围中。眼看屯务军抵挡不住，往永绥方向退去，扼守退路的董平正欲下山堵截，忽听龙治安大声叫道："董平，咱们都是哥们儿，请你放开一条生路！"董平过去与龙治安一道当过屯务军，后被宋濂泉派到吴恒良身边当了革屯军，此时碍于情面，不免有些犹豫，于是请示吴恒良："龙治安屯务军是宋濂泉的队伍，就放他一马，让他们过去吧！"吴恒良心想自己也是靠宋濂泉的支持才拖起队伍的，便点头道："让他们过去，专打后面的团防队。"

董平随即下令不准阻击，龙治安乘机率屯务军冲出包围圈，退回了永绥城，而后面的团防队也乘机一起从缺口冲出来，直向保靖方向退去。

麻老维、吴恒良、梁明元等率队伍随后追赶，将保安团歼灭了数十人。追到永绥县城，立刻团团将永绥城包围起来。麻老维鼓动士兵们："我们要杀进城去，准抢准掳，要向宋濂泉讨还血债。"原来，宋濂泉过去曾将麻老维当成土匪围剿过，所以这次麻老维欲乘机借革屯军的力量报仇。而吴恒良这时却犹豫了，他找来龙云超、梁明元、石维珍等人商议："我看现在咱们不能攻城，若攻进去，约束不住麻老维，城里居民可都要吃大亏！"

龙云超也赞成道："不攻城就赶快撤吧。我们可比不得麻老维，他们是洪水，一阵就过去。我们和宋家有些交情，难撕破面子。大老维和宋濂泉有杀父之仇，巴不得拿宋濂泉开膛挖心，我们卖力为人家打冤家干吗？"

石维珍、梁明元、龙永安等人也赞成不攻进城。恰在这时，城内绅商派人送来不少大洋，期望革屯军不要攻城。吴恒良于是命令放弃攻城，将队伍撤到了龙潭豆往寨去，梁明元则率队回了下寨河，剩下龙文才和麻老维，见永绥的革屯军全部撤走，也不得不把队伍撤了回去。

第二十五章　龙云飞攻占乾城
隆子雍智取茶峒

当永绥的苗民正举行大规模革屯起义之时，凤凰县的龙云飞亦紧锣密鼓在山江镇成立了"湘西革屯抗日救国军"，并自任司令，同时任命田儒礼为前敌总指挥，隆和清任左翼支队司令。隆清富任右翼支队司令，石光寿任中路支队司令。

龙云飞要打的第一仗是攻乾州城。战前他召集部属开会："这次我们为什么要去打乾州？因为乾州是余范传的专署所在地，把乾州城打下，影响就很大。把余范传打倒了，就等于斩掉了何键一个爪牙，同时也为我们的老师长陈渠珍报了一仇。陈师长被何键搞得很惨，他被何键解除了兵权，现在住在长沙只挂个虚衔，上个月他召我出面拖队举义，让我去武汉参加了CC派倒何会议。上面有人支持，我们就尽管大干。把事情闹大了，何键弹压不住地方起义，到时必然就会被免职。所以我们要打好这一仗！"

"攻下乾州城，我们要为陈老统争口气。"田儒礼接着道，"陈老师长就是想回乾州他的公馆来住一住。如果我们把何键打倒了，老师长就可能东山再起，重回湘西主政哩！"

"咱们的口号就是'革屯、抗日、倒何！'"龙云飞道，"革屯抗日是个口号，倒何才是我们最要紧的目标，大家心里要有数！"

龙云飞布置完毕，就要田儒礼迅速到乾州展开侦查。田儒礼派了自己的外甥谢志祥和另外几个侦探到乾州城去刺探情报。

且说谢志祥和另两个侦探张云卿、田觉先一起装成商人模样，在一个下午混进了乾州城去。他们在城内一条街上正东张西望观察地形时，一队巡逻的团防突然迎面走来，将三人叫住了。

"干什么的?"为首的一个团防排长厉声问。

"我……我们是做生意的!"谢志祥有些慌神,毕竟是当农民刚参加革屯队伍,第一次侦察敌情露了马脚。

"做什么生意,给我搜!"

几个士兵一阵乱摸,在谢志祥和张云卿身上分别搜出了一些鸦片,而田觉先身上什么也没有。

"你们做贩毒生意吗?这是违法,跟我们走一趟!"

"长官,求你高抬贵手,我们只是做小本买卖,其实是当农民的!"

"当农民?家住哪里?"

"我们是凤凰的!"

"凤凰的?该不是革屯军的探子吧?"

"不!不!我们不是革屯军。"

"你叫什么名字?"

"谢志祥!"

"你呢?"

"张云卿!"

"他呢?"

"他不是和我俩一起的,我不认识他。"谢志祥灵机一动说。

"好吧!就请你俩到局里走一趟。"

团防们不由分说,就将谢志祥和张云卿带进了县城监狱关押了起来,而田觉先却侥幸脱险。

当晚一场搜查,另有三名革屯军也在旅店里被捕获,押进了监狱。团防们经过严刑拷打,弄清了这几个人都是革屯军,准备在三天后将捕获的这五个革屯军处决。

再说田觉先脱险后,急忙来到北门城边,在一个僻静处与打入守军的一个排长滕钱青接上了头。

"余范传昨日去了长沙,给母亲做寿去了,现在城里只有一个保安营,营长是黄斌臣。如果要攻城的话,这几天可是一个好机会。"滕钱青轻声将城内的布防情况告诉了田觉先。

"我马上回去报告,你要做好内应准备。"田觉先叮嘱他道。

"放心,你们从北门来,这里归我驻防,我开城门迎接。"

"好，就这么办！"

田觉先立刻出城，连夜回到凤凰，将乾城的情况作了汇报。田儒礼将这一情况很快报告给龙云飞，并一起制定了攻城的详细方案。

1937 年 9 月 8 日深夜，龙云飞统兵 2000 余人急行军来到乾州，乘着黑夜，神不知鬼不觉地将乾城从三面包围了起来。9 月 9 日凌晨一点，前敌指挥田儒礼带兵来到北门城外，随着几声巴掌拍响，在城楼上接应的滕钱青立刻下令打开了北门城门，革屯军随即一涌而人。田儒礼指挥士兵首先攻进监狱，将谢志祥、张云卿等五人救了出来。接着，革屯军又冲向军火库，夺取了九挺机枪和大批枪械。与此同时，由游击司令吴兆田和副司令龙汉英率领的革屯军从西北角也登梯进入城内，并兵分两路，一路直扑西门将城门打开，一路前去封锁守敌的营房，其他涌进城门的革屯军则控制各条街道。不一会儿，城内西、南、北门都被革屯军占领了，只有东门被保安团营长黄斌臣率一连人据守着，双方激烈扫射，天亮后仍未攻下。

约莫上午 9 点钟，龙云飞从城外来到城内陈渠珍的公馆内，准备亲自指挥攻打东门城楼。这时候，城内有名的士绅吴阁臣领着另两名绅士前来求见："龙司令，求你们别再打了，这样打下去，乾州城会毁于战火，城里老百姓要吃大亏了！"

龙云飞道："要想我们不打，除非保安团出城。"

吴阁臣说："我去说服他们，如果他们撤出城去，你们就莫打了！"

"行！"龙云飞爽快地答应了。

吴阁臣等人于是又来到东门，对黄斌臣喊话："黄营长，你们快撤走吧！为了不伤城里的百姓，求你们撤走！只要你们撤出城去，龙司令这边就不打了！"

黄斌臣道："我要出城去，上司追究失守责任怎么办？"

"你只管出城，上司若追究责任，一切由我吴某承担！"

黄斌臣听了吴阁臣的劝告，于是下令将保安团往所里（今吉首）撤走。整个乾州就被龙云飞的革屯军全部占领了。

正在长沙给母亲做寿的余范传，当日中午得知乾州城被龙云飞攻占的消息后顿时吓得面无人色。事后，他不得不向省府"引咎辞职"，而何键获此消息后也大吃一惊。他急忙电请二十集团军总司令杨森援助。杨森命令东下抗日途经所里的郭汝栋部刘海涛团留下，以七日为期解乾州城之急。但该团围住乾州城，仅攻打了两日即离开了。龙云飞率部在乾州城一直住了十八天，才主动撤退回到凤凰总兵营。

在总兵营经过一段短期休整，龙云飞又召集部属道："上一次我们打了乾州城，取得了很大胜利。这一次我们要去打凤凰城，大家有什么想法，请谈谈。"

田儒礼说："凤凰城是我们的家乡，陈老统的亲属不少，我们大家也有不少亲属，如果我们去进攻，只怕对这些亲友不利。"

"对，攻凤凰城我们要好好权衡！兔子都不吃窝边草嘛！"支队司令隆和清也说，"如果攻得不好，只怕老师长也要怪罪我们的！"

"你们有所不知，这打凤凰城，就是陈老统的主意。"龙云飞哈哈笑着。

众人都觉惊奇，陈渠珍为啥要革屯军打凤凰？

龙云飞慢慢解释道："我们打了乾州，何键对陈老统已起了疑心，他怀疑陈老统与我们革屯军有联系。倘若不打凤凰，老师长的日子就更加不好过了！所以，我们打凤凰，何键对陈师长就不好挑剔了，因为老师长的家也被我们打了，何键还有什么话可说？不过，我们攻凤凰，只是做做样子，不是真要杀进城去，那会引起混乱。咱们只要围而不攻，多造造声势就行了。"

众部属听了龙云飞的这番解说，方才恍然大悟，于是纷纷赞成照这个方案去办。

是年 10 月 31 日夜，龙云飞率领凤凰革屯军和各部官兵，兵分两路向凤凰城挺进。第二天黎明，龙部即把凤凰城四面包围了起来。接着，革屯军对城外的观音碉堡发起猛烈进攻，守敌被迫放弃小碉堡而退守到了大碉堡内。此时，在城内的守军只有何键部下关鼎良团的一个营，兵力很薄弱，革屯军有 2000 余人枪，如若强行攻击是完全可以打进城的，但是龙云飞只下令围而不攻，结果，围了五天之后，随着麻阳团防部队的援军到来，革屯军便又全部撤回了总兵营去。

再说隆子雍从南京回来之后，在永绥豆往寨与吴恒良汇合了。吴恒良高兴地说："子雍，现在我们革屯军刚刚打了胜仗，差点攻进县城去了！我考虑到怕约束不住麻老维这帮人，才没有攻进去。革屯军现在的力量比以往任何时候都强大哩！"

隆子雍道："很好，我们就是要这样大干！我这次到南京也见到了张治中，看上面的意思，我们只要把事情闹大了，何键到时就会被逼走。如果张治中来主湘的话，他应允一定会把屯租问题彻底解决。"

"如果革屯成功，以后我们的部队怎么办？"吴恒良又问。

"我们现在可以把名称再改一下，以抗日的名义出现，以后队伍拉大了，政府必然会来收编的。现在全国已进入抗战时期，我想是抗日的队伍，政府一定会容纳。"

"那就这样办吧！最好我们开个会统一一下。"

"对，是要开次会。"隆子雍道，"我们还要重点抓好军纪整顿。我已草拟了一份《革屯抗日军指挥部布告》，要求行军所至，纪律严明，保民保商，买卖公平。我们的口号是'废屯升科，抗日救国'。要严禁一切抢劫、扰民事件，若有违反，立即惩处，决不徇情。"

"好，就照你拟的这个纲领办！"

两人商议妥当，随即举行了第二次重要会议。会议决定，将原黔湘革屯抗日军改为"川黔湘鄂四省边区革屯抗日军"。吴恒良再次被推为总指挥，隆子雍为副总指挥，梁明元为前敌指挥兼第一团团长，石永安为第二团团长，石维珍为第三团团长，龙正波为第四团团长，董平为警卫团团长，龙云超为独立团团长。

豆往寨二次会议之后，永绥革屯军打出了抗日的旗帜，影响就更大了，队伍也扩展到了三四千人。这支革屯军在9月间曾攻打长庆屯，将吉洞乡乡长陈大安和另一个总千击毙，缴枪30多枝。

10月中旬，隆子雍和吴恒良经过一番策划，决定智取茶峒镇，作为革屯抗日军总指部的驻地。其时，茶峒镇士绅害怕革屯军攻城，特地请了四川茂蓉团防局的文戴章率200多人枪协助守城，茶峒镇老乡长侯凤岗与县屯务军的一支驻军亦有数百人枪，守城势力还是比较雄厚的。隆子雍和吴恒良事先将革屯军各路人马埋伏在茶峒四周，并搜集了五对军号，分发给各个团部。一切布置妥当后，隆子雍便带了四个随从，随着城内一支接亲的队伍混进了茶峒城。天快黑的时候，隆子雍一行来到老乡长侯凤岗门前，并拿出一张罗启疆的名片递给门卫。那门卫立刻把名片送进去，侯老乡长见是罗启疆的名片，忙吩咐让客人进来。

一行人来到客房，侯凤岗一看不是罗启疆而是隆子雍，顿时惊恐地问："你……你来干什么？"

隆子雍嘿嘿笑道："侯老乡长，实不相瞒，我们是专门来做说客的。"

侯凤岗又问："给谁做说客？"

"给有良心的中国人！"

"你不要卖弄有天无日的那一套了，说吧，你们到底想干什么？"

"好吧，我告诉你：我们是要借茶峒来做革屯抗日军总指挥部的驻地！"

"嘿，你们胃口真不小，竟然吃到我侯凤岗头上来了。我要是不借，你敢怎么样？"

"不借？吴恒良要打，只怕到时对你更不利吧？"

"你们要打，我就拿你作为人质，先把你宰了，看你沾到什么光？"

"你宰我一个隆子雍有什么光彩？有本事去宰日本鬼子嘛！况且我是为了你的身家性命才来做说客的，你能这样对待我吗？"

"唉呀，你这真是给我出难题……"侯凤岗想了想又道，"既然你已来了，就请先休息吧。至于你说的事，待我考虑考虑再说。"

侯凤岗说罢，就叫人将隆子雍和他的四个随从一起送到自家堡子里的高楼上去睡觉，外面还放了层层岗哨，以防这几个人作乱或逃跑。将隆子雍等安排好后，他立即抓起电话一阵乱摇，准备向县府求援，要县里派兵增援茶峒，可是那电话却摇不通，原来城外电话线早已被革屯军割断了。

侯凤岗眼见电话不通，顿时急得像热锅上的蚂蚁。他想，革屯军借道茶峒，若依了他们，县府会找麻烦，若不依的话，又怕革屯军强攻茶峒会更吃亏。他坐立不安地想了一晚上，仍没想出一个能保全身家性命和财产安全的好办法来。

那隆子雍和随从住进堡里后，倒美美睡了一觉。到天亮时，隆子雍便吩咐随从将府上的帐竿取下，穿上"川黔湘鄂边区革屯抗日军"的大旗，从住房窗子里伸出去。顿时，只见军旗飘扬，城外各处军号齐鸣，无数的革屯军已把茶峒围得水泄不通。城内驻守的屯务军和团防队这时惊慌失措，官兵们涌上城墙正欲抵抗之时，却见侯凤岗家的堡子上已插上革屯抗日军的大旗，于是个个都呆若木鸡，吓得魂飞魄散。

侯凤岗听到军号声，忙来到院坝，一眼看见自家堡子里已飘起了革屯抗日军大旗，方才明白自己中了隆子雍的计。侯老乡长平日本来就是个胆小怕事的迂夫子，此时见自己私通革屯抗日军的罪名恐怕已无法洗清，气得大叫大嚷道："隆子雍，你这人怎么这样毒，我害在你手上了！"

隆子雍也来到院子里道："老乡长，我这是救了你，你怎么倒埋怨我？"

"你怎么救了我?"

"我看你下不了决心,才帮你下决心,把旗帜插到堡子上,表明你是向着革屯军的,这不是救你是什么? 你还不赶快把城门打开,让革屯军进来?"

"你那队伍不会乱来吧?"

"这你放心。如有人乱来,我们军法从事,我隆子雍保证你一家平安无事。"

"那县府责怪问罪怎么办?"

"这好办。"隆子雍低声对他道,"你就说是罗启疆母亲要这么干的。"

原来,黔军旅长罗启疆的母亲就住在这城内,隆子雍的父亲与罗启疆一家曾是世交。侯凤岗随即只好求罗母出面,由罗的母亲出面调停和解,使屯务军和团防队都不敢轻举妄动,然后将城门大开,将革屯抗日军迎进了城内。屯务军和团防队驻扎于江西会馆和天王庙,革屯军则驻扎于侯凤岗家和马王庙等地,四个城门亦由革屯军接管防守,双方在城内上街都不准带枪,防止冲突。这样,茶峒就成了抗日革屯军指挥部所在地。

第二十六章　革屯军接受抗日
张治中视察湘西

永绥、凤凰革屯抗日军的不断兴起壮大，使国民党当局者惊恐万状。CC派乘机向蒋介石进言，说何键没有治湘才能，蒋介石最终下决心将何键调离，并派张治中来湘主政。

1937年11月26日，张治中和新任省府秘书长陶履谦一行从南京乘火车到达长沙车站。一下车，张治中与前来迎接的省府委员们握手时就问："谁是陈渠珍？""我就是！"在旁迎接的陈渠珍听到张治中点名问他，不禁受宠若惊。张治中随即握住他的手道："我在南京多次听贺贵严主任介绍过你，说你是湘西王。湘西的事情你可要多出力呀。"

陈渠珍见张治中如此看重自己，感动地说："只要张省长用得着，我陈渠珍愿效犬马之劳。"

过了几日，张治中果然又来到麻园岭陈渠珍的寓所专门拜访他："玉鍪，你是湘西王，对湘西苗民的历史必定很熟悉，我想听你谈谈解决湘西苗民问题的良策。"

陈渠珍道："湘西苗族的祖先最早可追溯到古代蚩尤、盘瓠等先生为首领的部落。特别是蚩尤部落势力很大，在中国历史上占有重要地位。后来，黄帝杀了蚩尤，其部落就分化为三苗，而古史中的'黔中蛮'、'武陵蛮'、'五溪蛮'、'澧中蛮'、'酉溪蛮'等等，大都是指散居在我们湖南西部的'蛮尤'部落分化后的各苗蛮集团。《史记·五帝本纪》中还记载'三苗在江淮荆州数为乱，于是舜归言于帝（尧），请流共工于幽陵，以变北狄；放歡兜于崇山，以变南蛮；迁三苗于三危，以变西戎；殛鲧于羽山，以变东夷，四罪而天下服。'此文中所说的'放歡兜于崇山'，据说这崇山就在湘西大庸县境

174

内，有的说在永绥县境内，究竟在哪一处还有待进一步考证。而从舜到清，历代王朝中，苗蛮集团都时有反叛起义，比如汉光武帝时，武陵蛮相单程反叛，伏波将军马援，也曾率大兵征剿过五溪。武陵蛮在壶头山乘高守险阻止马援军队八个多月，汉军因疾病而死亡者大半，马援也病死于军中。唐朝时，武陵人以雷满为领袖，于公元883年至885年，先后举义攻占过朗州（今常德市）、衡州、澧州等地；元末时，苗族首领吴天保领导举义，攻占过靖、沅、辰等州县；明朝洪武年间，苗蛮集团'蛮僚人'覃垕，率众起义，后被镇压；清朝时，苗民亦曾多次起义，比较有名的是由吴陇登、石柳邓、石三保、吴八月、吴廷礼、吴半生等人领导，前后坚持了十二年之久的'乾嘉起义'。这一次湘西苗民的革屯起义，比起历史上的那些苗民大起义还算不了什么，如果处置好，这样的起义可以很快平息下去，如果处置得不好，其后果也难以预料。"

张治中听了陈渠珍这番话，不禁频频点头道："玉鍪对湘西苗民历史真是了如指掌！解决苗民屯务问题，少不了由你出面来主持啰！我想就在沅陵设个专署，以三个月为期，由省府委员轮流当主任，以便主持解决湘西问题。这第一任主任，就请你主持如何？"

"我已50多岁了，才学又疏浅，怕难以收拾局面哩！"陈渠珍故作谦虚地说。

"你正年富力强，身体很好嘛！"张治中道，"湘西那些武装首领大都是你的部下，你去治理这方土地人事，应是最好的人选。这事就这样定了，你就不必谦让了吧！"

陈渠珍见张治中诚恳相请让他出山，亦不再谦让推辞，于是抓紧准备，在1938年开春之后，即在一班护卫的护送下，春风得意地到沅陵走马上任了。

且说这沅陵行署新设之后，共管辖第三、第四、第七三个行政督察区，范围包括沅陵、辰溪、大庸、桑植、永顺、泸溪、乾城、龙山、保靖、古丈、永绥、凤凰、麻阳、溆浦、黔阳、绥宁、会同、芷江、靖县、通道、晃县共21个县，可谓是个大湘西的范畴。

陈渠珍一上任，立即实行剿抚兼施的老办法，派人与龙云飞和吴恒良等部进行联系。

龙云飞本来就是陈渠珍的旧部，在接到陈的招抚信后，他立即表示愿受收编。吴恒良对于收编也很愿意，只是心底还有些不大放心，他派隆子雍、唐载阳等人到沅陵去进行谈判。根据陈渠珍的安排，省方派了石爱三等人为代表。谈判开始，革屯军代表杨矩廷说："这次谈判，不知道省政府把我们当什么看待，若像保安团那样把我们看作'土匪'，就没有谈判可言。我们革屯军是代表苗民反对屯田制度的，不烧杀不掳掠，是有组织有纪律的队伍。这是我要首先声明的。"省方代表石爱三答道："以前纯属误会。这次，你们是以革屯军代表被请来谈判的。不过，湘西屯政施行已久，历来相安无事，且为苗民所接受，即或拖欠屯租，亦可磋商，和平解决，毋须付诸武力，扰乱秩序，威胁政府，此为中央所不许。"杨矩廷又提出："革屯军旨在彻底革除不合理的屯田制度，不只是为了酌情减免，屯制一日不除，革屯一日不止。省府若明令取消湘西屯制，我们革屯军愿接受改编，但不编入保安大队或保安团，要求编入正规军，赴前线抗日救国。"石爱三又接着说："农民纳粮，自古皆然，皇粮国税乃国人义务，苗民若不纳粮，则有违事理，故只能减少数额。"杨矩廷马上反驳道："请问省府是否实行三民主义?"石爱三回答说："孙总理的三民主义从中央至地方，无不彻底奉行。"隆子雍趁势追问："既然如此，三民主义中明文规定国内各民族统一平等，我们苗民自垦自耕，为什么上缴政府的粮额要比汉区高百分之八十? 苗民究竟得了政府什么恩惠? 如此不平，岂不与孙总理的三民主义背道而驰? 屯制不革，我等将诉诸中央。"石爱三等省方代表听了此话，都感理屈词穷，无言以对。后又经数次谈判，省方代表答应将改屯制一事反映上报重新研究。不久，湖南省府终于明令有屯七县全部废屯升科，改租纳钱，湘西苗区七县百余年屯租屯防制宣告结束。

革屯军谈判代表在赢得谈判胜利后，亦作出让步，决定让革屯军接受政府收编。1938 年 4 月，由陈渠珍主持，在沅陵召开了有龙云飞、吴恒良、杨光耀、梁明元、龙文才、王汉文、朱德轩等数十名湘西军政府首脑参加的收编会议，决定统一收编二百多个大小武装集团共两万多人枪，从而结束了湘西的"革屯"运动。

且说永绥革屯军谈判代表自接受省方代表提出的收编要求后，许多绿林首领不愿离乡接受改编，遂纷纷脱队或拖队走了，省方代表派人在茶峒点编时，只点了龙云超、董平、石永安、石维珍等部的人员，而拥有人枪较多的梁明元由于对吴恒良当指挥有意见，开始迟迟不愿接受点编。隆子雍获知情况后，只身来到麻栗场劝梁明元道："我们当初都是拜把弟兄，大家发过誓要有福共享，有难同当。现在我们革屯目的已经达到，政府需要我们去抗日，咱们应该接受整编，为国家分忧啊！不然，山河破碎，日寇欲灭我中华，难道我们当军人的能坐视不管？"

梁明元道："抗日道理我都懂，只是将士们对收编后让吴恒良当团长有意见。现在宋濂泉已提议让黄信初当团长，你看如何？"

隆子雍道："黄信初是宋濂泉推荐的人，此人过去在国民党军当过团长，但我们与他没打过交道，不知深浅，怎好屈身相事？依我看，咱们不如就拥护吴恒良当团长更为可靠，因为吴恒良毕竟和我们大家都很熟悉，大家相处了几年，彼此知心，也易于相处嘛！"

"好吧！"梁明元觉得隆子雍说的有些道理，遂下决心道，"那就这样定吧，明日一早我让部队集合听编。"

第二天一早，梁明元在尖岩将部队集合。他在队前向官兵们训话："我们革屯军最近派代表已和省府谈判达成协议，政府已宣布废除屯田制，我们革屯的目的已经达到！按照省府的要求，我们决定接受政府收编，部队收编后，将开往前线去抗日，去打日本鬼子，保卫祖国，这是我们的光荣任务！"

"报告梁指挥，我们不愿被收编！"队列中忽有一连长郭玉清大声叫道，"让我们去当炮灰，和日本人打仗，这是省里的阴谋，我们不要上当！"

"对！我们反对被收编！咱们宁愿上山当绿林好汉！"邓世芳等连排长齐声叫嚷道。

梁明元见这几位部下竟敢公开反对，不由勃然大怒，他随即脸一沉，厉声喝道："现在我们已是抗日革屯军了，吃人民饭不去抗日救国，拯救民族，你们想做什么？"说罢，即令警卫排将几挺机枪架起来，接着大声向众军士喝道："不做抗日军，去做喽啰兵，破坏革屯荣誉，要你们何用？不如先打死你们，再打死我自己，落得个干净！"

隆子雍眼见剑拔弩张，气氛十分紧张，连忙走上前劝阻梁明元道："算了，你不要和他们计较。他们不想听编，也不是对你有意见，对这些人要慢慢做思想工作！"接着，隆子雍又对军士们大声道："我们革屯军打的是抗日旗号，咱们可不能叶公好龙。现在国家危亡，民族发生危机，正需要我们爱国出力的时候，咱们应当服从指挥，坚决听从命令，去打日本侵略者，这才是真正的好汉！有不同意见者，可以个别到团部来讲清原因，如属特殊情况，我们可以准许离队，但决不能私自拖枪逃走，如有发现，将军法处置！"

隆子雍说完后，众军士没有人再敢吱声。于是，当晚，梁部的 1000 余人马全部听候了点编。

至此，永绥的革屯军由于部分武装的脱离，原定一个旅的编制，因人员不足，最终只编了一个大团，由吴恒良当了团长，隆子雍为副团长，梁明元、石永安、石维珍、龙云超等人分别任各营营长。凤凰的革屯军则编了一个旅，龙云飞当了旅长。整编后的革屯军分别被调入暂五师、暂六师到前线去参加抗战。革屯军首领隆子雍于 1941 年 5 月患肺病在湘潭病逝；龙云超于 1939 年在溆浦县驻防时，因年老辞职回籍，1944 年 8 月在家病故；石维珍后从暂五师离队回原籍，1946 年被永绥县政府逮捕，在解往酉阳国民党川黔湘鄂四省边区绥靖公署途中被暗杀；梁明元于 1941 年 1 月调入国民党中央军校武冈分校受训，因遭诬陷逃回原籍，旋被四省边区清剿总指挥部诱捕，1941 年 6 月 17 日被杀害在永绥县天王庙山下；吴恒良在参加抗日战争胜利后退役，1948 年 9 月任湖南省第九行政督察区保安副司令，1949 年 10 月在芷江向人民解放军投诚，1953 年 6 月在永绥县病逝。以上便是几位著名永绥籍革屯军首领的最后归宿，此是后话。

再说陈渠珍当了沅陵行署主任，收编了湘西各路武装，使湘西澧沅上游大部分地区的骚乱局面安定下来后，得到了张治中的高度信任和赞许。1938 年 5 月 31 日，张治中率教育厅长朱径农等一行人从长沙专程来到湘西，作了为期一周的考察。在陈渠珍的陪同下，张治中先后到了沅陵、辰溪、芷江、麻阳、凤凰、乾城、永绥等县视察。一路上，他见到各县局面比较安定，散匪正在清剿，民训搞得很有生气，各项建设亦在筹划，公务人员比较负责。回到沅陵，他不由得在会上赞扬陈渠珍道："玉鍪先生居此数十年，其仁爱侠义之风，在民间构成坚强之信仰。以言绥靖湘西之适宜人选，余信余之所见不差。"同时他又说，"我经过的地方，有人民拦路滋泣呼号的情况，一路收到的禀帖有几百件之多，要求惩治盗匪劣痞的占第一位；其次就是控诉地方官员的压迫剥削……，这是政治失修腐败不堪的反映。我们应清夜自思，勤政爱民。"并指示陈渠珍继续加强军事，肃清匪患，推广教育，兴办工业。陈渠珍按照张治中的训示，加紧进行各项整治。三个月的任期转眼即到，由于他在任使时，湘西各县的治安明显有了起色，张治中对他信任有加，三个月后，不仅要他继续担任行署主任，而且给他写了一沓亲笔介绍信，让他到武汉国民政府去参见蒋介石等要人。陈渠珍拿着介绍信，到武汉第一次见到了蒋介石。蒋不冷不热地对他说："你就是湘西的陈渠珍吗？听张文白说过。你干得不错嘛。现在国府要迁到重庆，湘西是西南大门，战略位置极为重要，今后安定湘西的责任就交给你，好好干吧！"说完，蒋介石不等陈渠珍回话，即拂袖而去。陈渠珍原准备好的满腹呈辞，一字也没有说。回到寓所，他觉得兴味索然，原拟去拜见陈果夫、陈诚等的计划也取消了。他匆忙回到长沙，告诉张治中："委员长对人太轻侮，我有点受不了。别的大人物我也不想再去拜见了。"张治中遗憾地说："你毕竟带有几分山野土气。很多有名人物、高级将领，欲求见蒋介石一面而不可得，他能接见你而且勉励你，就可谓特别了！"陈渠珍对此不以为然，张治中也不再多言，遂又让他回湘西去抓安定工作。此时，湘西南部的芷江、洪江、晃县等地匪患仍很严重，陈渠珍回到沅陵，即亲率官兵到芷江、洪江一带，先后剿灭了杨国雄、蒋铁生、黄百川、姚凤亭、吴代等巨匪，从而初步平息了境内为害甚烈的几股土匪。

第二十七章　顾家齐辞职返乡
湘西军重被整编

　　且说陈渠珍荣任沅陵行署主任，并在张治中的领导下把湘西刚刚治理得稍有起色之时，由于日军日益逼近，人心一片恐慌，省城长沙发生了一场意外的"文夕"大火，造成了重大损失。张治中为此深感内疚，并准备在救灾及善后工作结束后主动向国民党中央政府引咎辞职。其时，陈渠珍亦奉命到长沙参加一段救灾工作。当看到省城满目疮痍，再想到张治中离开湖南后还不知道谁来主湘，如果新来的上司难相知的话，自己的命运岂不又要发生转折？

　　想到这里，陈渠珍不禁产生了一种彷徨无依的感受。住在麻园岭私寓，陈渠珍接连数日深居简出，默然无语。一天傍晚，忽有门卫报告，一二八师师长顾家齐登门来访。想到这位老部下过去投靠何键，逼使自己交出了三十四师的军权，陈渠珍对他早心存芥蒂，然而毕竟两人并未撕破面子，顾家齐表面上对他一直还是很尊重的。如今分别了两年，顾家齐一二八师在前线打击日寇的战况，陈渠珍时有所闻，但并不得其详。此刻顾家齐忽然主动来访，陈渠珍便走出门外相迎："你怎么回到了长沙？不是在前线指挥抗战吗？"

　　顾家齐回道："一言难尽啊，待我慢慢向您汇报。我今天是专来向老师长问好的！"

　　"好，请进屋坐吧！"

　　陈渠珍招呼这位老部下和两个护兵进屋坐定，然后命家人奉上茶水。顾家齐接过来喝上一口道："老师长，我从前线来没有什么好礼物带来，就送您一把缴获的日本宝剑，请你过目！"说罢，命护卫将宝剑双手送上。陈渠珍接过宝剑一看，见那剑匣十分漂亮，剑柄上还镶着一颗玛瑙石。细细端详，又见那剑刃锋利无比，随即问道："这剑是谁的?"

顾家齐道："估计是日军一个团级官佐佩带的武器，是我们在嘉善前线打日本鬼子时缴获的战利品。"

陈渠珍把短剑收下又道："听说一二八师在嘉善一战打得十分激烈，后来牯塘一仗又溃败了，你们为此还吃了官司，究竟怎么回事呢?"

顾家齐神色沉重地说："我要汇报的就是这些事情的真实内幕。"说罢，就将一二八师在前线抗战的历程概述了一番。

原来顾家齐自担任一二八师师长之后，于 1937 年 11 月奉第十集团军总部命令，率部从宁波赶赴淞沪嘉善，上级要求该部固守四天，阻止从金山卫登陆的日军，以保障淞沪抗战部队撤退。当时日军凭借飞机大炮的掩护，以优势兵力轮番向守军一二八师阵地进攻。顾家齐沉着指挥，竟以劣势装备抗击强敌达七天七夜，直到接防部队赶来才撤下战场。关于这次战斗的详情，当时的报刊曾有不少报道。著名作家沈从文也写了一篇《莫错过这千载难逢的报国机会》的文章，记述了一二八师在嘉善战斗中的许多动人事迹。文中有这样一段话："只要想想，一师人开到前线去，血战七昼夜，白天敌人三四十架飞机轮流来轰炸，晚上部队又得趁方便夜袭，有些同乡工事和后方隔绝了，七昼夜不吃、不睡。血战的结果，四个团长受伤，四个团副死去三个伤一个，十二个营长死去七个伤五个，连排长死去三分之二，负伤三分之一。兵士更难计。看看这个数目，就可知道同乡在前线的牺牲如何大如何壮烈。他们为的是什么? 不是爱国家，拥护全面抗战，谁能如此勇敢牺牲? 这个部队向来是被人误解轻视的。总以为是土匪，是从土匪窝出来的破烂队伍。由于长官识大体，士兵能服从，为地方争气，为国家争气，一切从远处看，这点委屈上下都始终忍受。苦一点，忍受下去。待遇薄一点，忍受下去。三年来转调各处，上下吃苦，毫不灰心，一直到全师被一列火车，半夜由杭州载运赴前线去，从一个破烂不堪的车站下车，无一个参谋人员指挥，无一向导带路，在湿雾迷蒙中搜寻派定防守的国防工事。全城人已走空，只剩下一个县长，手提一串编了号码的国防工事地堡钥匙，把钥匙交给了来接防的副师长，便随同那一列军车走了。刚刚得到位置，天一亮，大队敌机即来轰炸。你想想看，被敌人轰炸了整整七天! 直到任务完成后，才奉命调回后方休整。一些兴奋过度，饥疲交攻，面目和衣服全是血污和泥土的剩余官兵，集中在杭州车站旁，听候训话，还是默然忍受! 谁不是母亲十月怀胎血肉做成的身体？谁无妻室儿女？谁不对生活有点希望和野心？可是知道国家事大，个人事小，就始终只有忍受。死的死了，早在责任所在土地上烂了。受伤的由于当时战事过于激烈，来不及救护，留在阵地，被敌人刺杀，同样烂掉了。仅有一些未负伤的，至今还在前线作游击战（前不久报上刊登一勇士手杀敌人，烧汽船七艘，就是我们同乡所做的）。负伤退回后方治疗的，创伤刚好，还不到休养期满，又已经于 12 月前作为荣誉军团，在常德接收了新的补充兵，赶上前线。这些人急急忙忙跑到炮火下去，有什么好处？作官长的何尝不会在家享福？作下级军官的何尝不会在家休息？不顾大局的何尝不可以上山落草？可是战事教育了他们，他们都知道要国家存在，个人方能够存在。国家破亡，个人除了作无心肝的汉奸，狗彘不如，国一亡，男的行将成为敌人的牛马，女的不拘老幼都得受污侮。他们知道这种情形清清楚楚，不忍看中国人受苦，所以他们不顾一切，继续上前线作战，他们的口号是哪怕剩一兵、一卒、一粒子弹、一只手，还是不屈服，不后退；这才像个湖南人！才像个镇筸人！……"

从沈从文的这段详细描述中，我们可以看出一二八师在嘉善血战中付出的是多么惨重的代价。该师 7000 余人，伤亡达 4000 余人，而日本鬼子也被击毙了 2000 余人。战后不久，一二八师奉命南撤至诸暨县大章村进行了补充整训。接着，该师被编入七十军，奉命开赴江西参加武汉保卫战。在江西牯塘战役中，顾家齐率部去增援预备第三师，谁知一二八师尚在途中，预三师却已溃退下来，牯塘阵地随即丢失。接替张发奎指挥第三集团军的李汉魂，为推卸责任，不仅不念一二八师火速增援之劳，反电告武汉卫戍司令部总司令陈诚说："该师一经接触，即溃不成军。"国民党军事委员会随即电令该部，撤至德安，师长顾家齐速赴武汉，接受军法执行总监的审判。

顾家齐接到此电令后，一时气愤难平，他部下的军官们更是怒火冲天，少将旅长刘文华、谭文烈，团长沈岳荃、陈范等，一个个都气得大骂军委会瞎了眼。一二八师血战嘉善，又血战牯塘，牺牲者尸积如山，血流成河，军委会不仅不奖，反而要师长去受审，这实在太不公平了。众军官都劝顾家齐不要去接受审判。但顾家齐考虑如若不去，更难讨回公道，所以他毅然带了师参谋长赵季平和几个警卫到了武汉。

在军事法庭上，经过顾家齐的详细陈述和赵季平出庭以大量证据力争，军事当局最后撤销了对顾家齐的起诉。与此同时，在派系林立的蒋军倾轧之中，一二八师竟被取消了番号，顾家齐此时被任命为七十军副军长，实际上，这个副军长已丢失实权，所以顾家齐坚持不肯到任。他一气之下，又返回了长沙。

陈渠珍听罢顾家齐的述说之后，默然沉思了几分钟才对顾家齐道："修之，你可把我们湘西这支部队的老本都蚀光了！"

"这……这事也不能怪我呀！"顾家齐觉出老师长显然对自己有责备之意，不由得一阵紧张。

"虽不能怪你，可你也有责任啊！"陈渠珍尽力显得平淡但又毫不含糊地教训这个昔日的部下，"嘉善之战你们打了七天七夜，上司原只要求你们坚守四天！你为何要拼消耗打那么久？"

"那时援军未到，我不敢贸然命令部队撤退啊！"顾家齐解释道。

"你不必解说！"陈渠珍不由得激动地提高嗓音指责道，"为了打日本鬼子，你的勇敢精神肯定是可嘉的，可是，作为指挥员，光有拼命精神是不够的，你是带兵的人，要懂得爱惜我们的战士，爱惜战士的生命！作战不光要勇敢，更要有计谋，拼了命作战能说明什么？我们的目的是要消灭敌人，保存自己，这是我经常给你们强调的战术，可是你恰恰忘记了这最重要的后一条，只有保存好自己，才能更好消灭敌人。你带一个师，7000湘西子弟死伤4000余人，还有2000多人被收编了，一个师现在化为乌有，试问你回湘西去怎么向父老乡亲交账？他们日夜盼着自己的子弟归来，我们该怎么交代？"

陈渠珍这番话说完，顾家齐顿觉心中一阵冰凉，他没料到老师长会这样来指责他。难道自己为拯救国家民族危亡，与日寇浴血奋战竟会错了？要保存自己才能消灭敌人，这战术原则他并非不懂，可是军人的天职就是执行命令，上级严令守住阵地，难道这也能打折扣？不管怎样，为了国家危亡与日寇作战的精神是决不会错的，只是现在一个师的兵力伤亡大部，其余又被收编，这责任自己也确实有一份！想到那些死难的弟兄，他们不会死而复生，自己回了湘西，确实也无法向乡亲们交代啊！

想到这里，顾家齐也不再吱声，只默默地听从着训导。陈渠珍见他不吭声，遂又缓和了口气说道："现在事已至此，悔已无用了。还望你汲取教训，好自为之啊！"

"是，我将好好反思一下！"顾家齐赶忙表示了一下诚意，然后便告辞出了门去。

又过了一段时日，薛岳来到长沙，接替张治中当了省府主席，张治中则调回重庆当了蒋介石侍从室主任。张治中临行之前，介绍陈渠珍与薛岳见了面。陈渠珍见薛岳是矮个子的广东人，见面谈过几句，觉其有几分傲气，与有儒将风度的张治中相比，气质有天壤之别。陈渠珍料知难与其共事，遂向张治中提出辞职，张治中答应回重庆后设法为陈渠珍谋职，但暂时数月还要他继续在沅陵任职。陈渠珍只得返回沅陵，仍按张治中原来发的指令，继续进行了一段清剿土匪和安定地方的工作。

薛岳以第九战区司令官兼任湖南省主席以后，即按蒋介石的指令，将刘峙的湘鄂川黔剿匪司令部、谷正伦的宪兵司令部和康泽的别动队三支国民党的嫡系部队开进了湘西驻扎，同时将省府由沅陵迁往耒阳。为防陈渠珍拥兵自重，薛岳决意把陈渠珍调出湘西。1939 年 3 月初，薛岳在长沙召见陈渠珍道："现奉中央军事委员会命令，为了统一抗日，要将各地所有部队进行整编，决定湘西各部暂编为新编陆军第六军，军下编第五、第六师，仍由你担任军长。"陈渠珍知其是"调虎离山"之计，当即推辞道："我年纪已大，不适军旅，军长一职，实难胜任。"薛岳性情急躁，见陈渠珍如此态度，便不高兴地说："这是委座命令，本人无权改变。你还是服从命令赶快回去准备，带部队开往抗日前线吧！"

陈渠珍见推辞不掉，只得怏怏走出府外。他与心腹滕凤藻在街上行走一阵，迎面来到紫荆街，见东向一宅高悬"吴竟成寓"四个大字，那是长沙有名气的相命先生的住宅。陈渠珍对命相之说素来相信，此时不觉又找上门去，请那吴竟成给自己看相。吴竟成对他的五官细看了看，又问过他的生辰八字，再翻阅了一阵相书，方才一本正经地说："公相实属可贵，打不死，杀不死，骂不死，穷不死，饿不死，累不死，苦不死，气不死。"陈渠珍连听了这八个"不死"，感到句句都正中下怀，不禁对这相命先生的话深信不疑，于是掏出纸钞酬谢。

数日后，陈渠珍回到乾城，很快便接到了改编的正式命令。由于他坚辞不肯就职，张治中从中调停，召他去重庆谋职，军长一职便交给了薛岳派的心腹副军长沈久成代理。

第二十八章　龙溪口闯过险关
陈渠珍退隐南川

　　1938 年 2 月，陈渠珍带着十余侍卫，分乘两部吉普经泸溪，榆树湾开往芷江国民党宪兵司令部。路上，护卫长滕久琢道："听说宪兵司令长官谷正伦是条吃人的老虎，他就在芷江，陈统领这么找上门去，不是羊入虎口么？"

　　陈笑着说："他谷正伦是老虎，可我陈渠珍不是绵羊，要想吃掉我，就怕他还缺副好牙口！现在我偏去他那里，倒要看这个宪兵司令，到底是真老虎，还是纸老虎！"

　　车轮飞转，穿山越水，日方偏西到了芷江，陈渠珍一行来到了宪兵司令部。

　　护卫长送上名片。卫士报告了谷正伦。谷一见名片，立即假装殷勤来迎接陈渠珍。

　　谷正伦高大个子，穿一身黄呢子军装，腰系牛皮带，脸方口阔，鹰鼻鹞眼，走上前来说："先生大驾光临，有失远迎。"

　　陈上前握手说："我奉命前来视察剿匪，现住县府，特来拜望。"

　　谷正伦说："哪里！哪里！先生为公而来，何不住此？"

　　陈渠珍："不便打扰，特来请示，看有何指示。"

　　谷正伦稍停一下问："先生在此有多少时日？"

　　陈略加思索回答："多则半月少则十日。"

　　谷正伦："是该多住儿日。"谷随命左右，快摆筵席，欢迎绥靖公署主任陈渠珍。

　　筵席上，谷为陈斟酒，"来，干了这杯！"陈端酒喝了。

　　谷正伦道："陈统领，前日我去过密函，你们专署里的许和钧是共党分子，破坏抗日，怎么还没抓捕送来。"

陈渠珍回道："这个许和钧，消息灵通，还没等我抓捕，就已离开我部不知去向了。"其实，陈在接到那密函后，已悄然告知许和钧，让他脱逃了。

谷正伦道："你们应该协助追查，有情况随时相告。"

陈渠珍道："当然，我们查到了，会告诉贵部的。"

席散，陈渠珍与随从乘车到了县府住下。

晚上，谷正伦打电话给省府："喂，薛司令吗？我是谷正伦。现在陈渠珍到了芷江，你不是想干掉他吗，这可是个好机会，薛司令，你看怎么办？"

薛岳对陈早有不满，听罢谷正伦电话，立刻回道："好家伙，你就动手吧。"

谷正伦问："以什么名义干掉他？"

薛岳想想道："以煽动军民，破坏抗日为名嘛！"

谷正伦随即心领神会，决定要趁机动手。

当日深夜，住芷江的新编第一旅刘文华旅长来到县招待所见陈，陈忙接入室内问道："刘旅长，有何急事，深夜来见。"

刘旅长问："玉公准备在此住几日？"

陈渠珍道："两三天，还准备来看你和田希耕、张专员、谭司令。"

刘旅长悄然道："谷正伦在你走后与薛岳通过电话，他们可能要暗杀你，在此逗留，凶多吉少。特来奉劝玉公，迅速脱离虎口。"

陈渠珍从容道："我要到重庆去，龙须口那一关怎么过？"

刘旅长道："我安排，你放心吧。"

陈渠珍道："明日走行吗？"

刘旅长看了看表关切地说："现在已经是十二点半，立即准备，马上动身，事不宜迟。我亲自送玉公出城。"

陈渠珍立即叫醒司机，刘旅长和他的四个卫士坐车在前，陈渠珍坐车居中，护卫长居车断后，开出县政府。车刚转弯，八个宪兵一齐上前拦车喝道："什么人，给老子站住！不准动！"

车上坐的刘旅长的四个卫士跳下车来，用手扣着连枪的扳机，怒目而视，说："这是剿匪指挥长的车，马上要回指挥部，你们瞎了眼吗？"

宪兵们叉开两腿，提着手枪："谷司令有令，任何车不准通行。"

刘旅长怒声呵斥："混账，指挥长的车，是你们拦得了的吗！要是耽误了剿匪的事情，你们负得起这个责吗？"

宪兵哑口无言，领头的又看到确是剿匪指挥部车，慢慢闪开。刘旅长挥手说："走！"

警卫上了车，三部小车，"嗡"的一声，离开了城区。刘文华下车告别，陈渠珍两部小车向西南方向急驶。

一宪兵打电话报告："喂，陈渠珍的车走了！"

司令部参谋："哼，他跑不了的！"

天渐渐亮了，车子闯过了大关、小关快到龙溪口。

陈渠珍："这里是一道险关，过去贺龙的红军在此与国民党激战，由于对手占据地势，红军损失很大，如果谷正伦在前面架设两挺机枪，我们很难冲过的。"

卫士们说："那我们就和他们拼了。"

陈渠珍说："大家先别冲动，还是见机行事吧！"

众人脸色沉重，没有人作声。

晨曦照着大地，车子在高山狭谷中飞奔，很快到了龙溪口，当车子驶进一个缓坡的狭道，果然有宪兵机枪架在那里埋伏着。

一个宪兵挎着盒子枪，拿着"青天白日满地红"的国旗挥舞着大叫"停车！停车！"车子缓缓地行驶着。

护卫长滕久琢脸色愈发沉重，咬牙道："这一关，只怕要拼命了！"

另一护卫："干脆不要下车，趁这些混蛋没注意，直接冲关！就算车子打烂了，我们就背玉公走，是死是活，就看玉公的福分了！"

话音未落，只听"砰砰！"两枪，前面一个挥旗子的宪兵厉声喝道："下车，都给老子下车！要不然，老子就开枪了。"

滕久琢正准备冲关，忽然看到前面竟然架设了四挺重机枪，而且路口也被栏栅堵死了，根本不可能冲过去！

挥旗子的宪兵脸上露出狰狞的笑容，走到车门口："陈统领，等你好久啦，下车吧！"

滕久琢道："既然你知道是陈统领，你还敢如此无理？！"

宪兵冷笑一声："少废话，再不下车，别怪兄弟们不客气！"

说完这话，宪兵将旗子一举，身后的宪兵全部将枪口对准了车子。

陈渠珍眼看情势不对，一把按住护卫长的肩膀，缓缓站起来："好，既然诸位盛情相邀，我还是恭敬不如从命吧！"

宪兵一声冷笑："还是陈统领识时务啊，请下车吧！"

护卫长："你——"

宪兵白眼一翻，又将旗子一举，正要发话。忽然一声枪响，旗子的杆子竟然被打断，直接掉在地上！

宪兵的脸色大变，回头大喝："谁开的枪?!"

正在千钧一发的紧张时刻，一个穿着剿匪部队军服的彪形大汉，带领五个壮士，四支手枪，一挺机枪，突然冲上公路，出现在宪兵的后面，放声吼道："都给老子老实点！"

陈渠珍一看，不由眼睛放光："飞天虎!!"

来人正是飞天虎曹振亚，他冲陈渠珍叫到："玉公，有我飞天虎在，没人敢乱来！"

宪兵队长声音颤抖："你，你就是飞天虎?"

曹振亚手一举，"砰！"的又是一枪，宪兵队长头上的帽子被打飞了，对方吓得脸色惨白，连忙抱着脑袋，一句话都不敢说了。整个宪兵队也跟着一动不敢动。

曹振亚："老子就是飞天虎，奉命保护陈统领，谁敢乱来，老子的子弹可不长眼睛。"

各位宪兵面面相觑，这时候，曹振亚同来的人已经将枪顶上了宪兵的腰，同时喊起来："把枪放下，听到没有!!"

宪兵队长看着曹振亚的枪口，乖乖放下了枪，别的宪兵也纷纷仿效，将枪放下。

陈渠珍走过去，一把握住曹振亚的手，感激万分："要不是你飞天虎，我这个总指挥，只怕出不了龙溪口这一关啊。"

曹振亚看了看汗如雨下的宪兵队长，冷冷道："陈统领的车你们也敢拦，好大的胆子啊！"

宪兵领头的忙回答说："这是谷司令的命令，我，我们也没办法啊！"

护卫长滕久琢道："陈统领刚见过你们谷司令，和谷司令说得好好的，他怎么会拦陈统领的车？我看，就是你在造谣！"

宪兵头头："不敢，不敢！谷司令部刚来电，要我们请陈统领回去，说是由要事商量，我们当兵的，只有执行上级的命令啊！"

曹振亚道:"命令? 玉公是湘西绥靖公署主任兼第六军军长,谷正伦算个屁! 要是再啰唆,别怪老子不客气!"

宪兵队长看到曹振亚的样子,又惊又怕:"飞天虎大哥,玉公是咱们的长官,咱们哪敢对玉公不利! 谷司令请他回去,肯定是有要事商量,绝无他意啊!"

曹振亚随着小车缓缓前进,他边走边挥手大喊,"绝无他意? 那就好! 玉公日理万机,哪有时间跟谷正伦废话,你让开一条道,我飞天虎就放你一条生路!"

关口的宪兵忐忑不安:"这,这是谷司令的命令啊!"

话音未落,曹振亚手起枪响,对方一声惨叫,捂着胸口倒了下去,曹振亚大吼:"谁敢挡道,老子格杀勿论!"

众宪兵大惊,脸色惨白,没有人敢说一句话了。很快,路障被移开,曹振亚对陈渠珍道:"陈统领,您请上车,我的手下就在前面接应,我一会儿就过去拜会您!"

陈渠珍冲曹振亚点点头,对司机说:"开车!"

陈渠珍出了龙溪口,宪兵队长轻声道:"曹,曹大哥,陈统领已经走了,您,就放过兄弟们吧!"

曹振亚冷笑:"放过你们? 要是你们跟谷正伦告密,说是我飞天虎坏了大事,那我以后还能活吗?"

宪兵队长脸色大变,连连摇手:"绝对不敢,绝对不敢! 我会在电报里说,接到司令部电话时,总指挥车子已经冲过了关口,来不及追堵!"

曹振亚道:"哼,还算你机灵,要不然,你们谁也别想活过今天!"

宪兵队长连连擦汗:"谢谢曹,曹大哥,我们以后再也不敢了,再也不敢了!"

曹振亚一挥手:"兄弟们,缴了他们的械,走!"

等曹振亚离开老远,宪兵队长仍在发抖,一个宪兵走过来,问:"队长,现在怎么办?"

宪兵队长吼起来:"怎么办? 马上回去,告诉总部,陈渠珍跑了!"

宪兵队离开后,车子来到路旁一家酒店门口停下,曹振亚喊人摆上饭菜,请陈渠珍一行进早餐。

陈渠珍问曹振亚:"飞天虎,你今天及时赶到,救了我一命啊!"

曹振亚边喝酒边摆手，说："自从玉公去了省城，我被编到了省军的刘文华手下，负责这一带的剿匪护路。听说玉公今天要过龙溪口，昨天半夜，我就带了两连人，埋伏在附近，没想到还真帮上忙了！"

陈渠珍举杯："来，飞天虎，我敬你一杯！感谢你的救命之恩！我保证，只要陈渠珍还有一口气在，决不会忘记兄弟的大恩。"

曹振亚连忙举杯："玉公，你言重了！要不是玉公当年招安，我曹振亚哪有今天啊！对了，玉公，您以后有什么打算？"

陈渠珍一饮而尽："咳，薛岳这个人，和我过不去。我现在奉军委命令去重庆，想必另有安排；我在不在湘西，都希望你在此国难当头之际，服从上级命令，爱护百姓，为抗战尽一份公民应尽之责。"

曹振亚摇头："现在国民党越来越坏，贪污腐化，无所不为，跟当年的北军一个德行，我早就看不下去了！这次又得罪谷正伦，如果不走，日后必遭报复，我想，还是拖队上山，过从前的逍遥日子，也省得遭人白眼，受人暗算！"

陈渠珍一听，立即劝道："游离绿林，终非长策，尽管存心善良，日后必无好的结果。丈夫有志应英勇杀敌，为国尽忠，为民尽孝。"

曹振亚叹了口气说："玉公如果走了，我还有什么干头，到处都是贪官污吏，我就算是个英雄，也没有用武之地啊。"

陈渠珍："如果你愿意好好干，我可以给你写个手谕，让你回老家永顺去当个警察局长，保一方平安。要是经费困难，我先给你一千大洋，作为购置军火的军费。"

说罢，拔笔写了一个手谕，道："你拿这条找刘旅长，要他拨付款并帮你办调离手续，我们走了！"

曹振亚接过纸条道："多谢统领关照！"

陈渠珍与他握手道："再见！"

过了数日，陈渠珍一行终于辗转到了重庆。一天上午，他率几名随从坐车到桂园亭下。几个人下车来到张治中寓所前。

张治中迎出门道："玉公，一路辛苦了！"

陈渠珍道："不算什么。我接到你的电文，就只想早来重庆。"

张治中道："进屋坐吧！"一行人进屋坐下。

张治中接着问："你辞职之事我已向委座汇报了。你好好休息两天，我再带你去见委座，看安排个什么职务合适。"

陈渠珍道："你是最了解我的人，我不当军长，只想谋个闲职。"

张治中又道："我在湘西工作期间，深蒙足下支持，于心感激不已。离湘之际，我曾竭力推荐由你主政湖南，奈何人微言轻，未获上峰介准。现在你来重庆，我会再尽力引荐。"

陈渠珍回道："多谢你操心关照！"

张治中道："你就休息几日吧！等着消息。"

陈渠珍说："好，我等着，不急！"

陈渠珍回到寓所等了一个星期，张治中就招他来，高兴地告诉他道："据悉委座已同意你任军事厅厅长，不知先生可就否？"

陈渠珍："要我当军事厅厅长，要穿军装，见了大的官要敬礼，我年近花甲，要向青年军官敬礼，实不方便。同时门户很多，要做事，先要拜门户，好像庙宇拜菩萨一样，那一尊菩萨敬不好，他就会弄得你头晕肚痛，不亦乐乎！我生性鲁莽是干不得的。"

张治中大笑："玉公说话，真是幽默！不过官场险恶，犹胜战场，明枪易躲，暗箭难防啊！"要么"你就留住重庆，你我颇为投缘，也好有个知己啊。"

陈渠珍道："我无官一身轻。只有个空衔，留在重庆也不方便，拖累你。"

张治中道："你想去何处？"

陈渠珍道："薛岳在湖南，我是不能回去做他的刀下鬼，不过南川离这里不远，杨其昌就在南川当师长，多次要我前往，盛情难却，我就去那里避避风头，静待湖南局势的变化。"

张治中坦诚地说："玉鏊，你真想好了？不愿留在重庆？"

陈渠珍道："没必要了，我在此多承你关照，重庆虽好，乃非久留之地，准备明日即赴南川。"

张治中道："那就行。不过，你的性格是太刚直了。"并笑着说："以后你要柔和些，你爱读老庄，老庄说，'大刚若柔，柔弱处上'难道你忘记了？"

陈渠珍道："我意已决，不必再麻烦委座。还是去南川吧。"

张治中道："也好，那你就好自为之，再见了！"

陈渠珍伸手与他相握："再见！"

陈渠珍走出办公楼，张治中望着他的背影，轻轻摇了摇头："这个湘西王，越老越长脾气啊！"其时，张治中和何应钦本来曾力推他出任湘鄂川黔绥靖公署主任之职，但因受到陈诚阻挠而没有当成。后来，陈渠珍在与友人谈及他到重庆见蒋介石的情况时曾说："蒋介石的住房有许多狗洞，我就不丧失人格去钻狗洞，求一官半职。"由于他个性刚直，又不肯屈节求人，蒋介石和陈诚对他有了疑心，并指责陈渠珍曾在湘西"养匪纵匪，放匪收匪"，曾下手令欲将陈渠珍扣押，幸得国民党军委办公厅主任贺贵严担保，才免遭捕押。陈渠珍经此折腾，对政治已心灰意冷，于是要求隐退。所以，他打定主意，干脆去了生身母亲金氏的故乡——四川南县黄家湾闲住去了。

第二十九章　盐井寨"麻王"出世
"布将帅"苗区盛织

再说湘西苗民革屯军被收编后，苗区的各项苛捐杂税仍然很多，永绥一带的苗民暗地里又在酝酿一场新的暴动。

1941年4月，永绥县卫城乡盐井寨的苗民麻巴隆家里生了个儿子，据说这孩子模样奇特，头上长着三绺头发，眼睛生就"两对"瞳孔，额头闪亮，像个柚子。一天早晨，麻巴隆的妻子在火塘边给孩子洗澡，本寨有个私塾先生吴金良（贵州人）来串门，看到婴儿这般模样便问："你家伢儿几时生的?"麻巴隆妻子说："孩子是前日早饭后生的。"私塾先生排算了一下，惊喜地说："哎呀，你家孩子属蛇，辰日巳时生，与仁宗同庚，相貌甚像仁宗皇帝，将来不是王爷就是将相，是个大角色!"事后，这吴金良又跟同村的苗民麻老伴和麻老魁讲："麻巴隆家里出'王'了。"麻老伴、麻老魁早想造反，于是就以此事为由，号召苗民反抗官府。麻老伴逢人便说，他看过无字"天书"，能调兵打仗，并说麻巴隆的小孩是"麻王"出世，"麻王"封他为"掌簿先生"，还说"麻王"一旦登基坐殿，苗家就可免除捐款、抓丁、无粮无盐之苦。麻老魁则对人说，"麻王"封他为大将帅，号召大家跟他"布将帅"（即跳仙），跟"麻王"保驾。还说"麻王"神力无边，能封住官兵枪炮，枪打不进，刀砍不入，大家要跟着"麻王"打天下，杀尽恶人，才能过好日子。麻巴隆有两个妹妹，是远近闻名的"仙娘"（女巫师），也四处宣传苗家出"麻王"了，并说"麻王"喜欢好人，只接受好人朝拜，"麻王"仇恨恶人，不许恶人朝拜；对于存心不良的人，"麻王"将派阴兵阴将将他斩死。不几天，盐井寨的近亲远戚，闻讯都来到盐井寨朝拜"麻王"，麻巴隆的亲家石光丙，也从弭诺白果树赶到盐井朝拜。不到一个月，朝拜的远近苗民络绎不绝。

弭诺扫把寨一伙人走到牛角寨前,其中有个龙老克听说"麻王"不许恶人朝拜,他怕处罚,停下来不敢去了。卫城的苗民龙振金,贵州松桃苗民龙光宗,凤凰米良苗妇吴春妹,乾州的苗民麻琴保等人都自称是"麻王"的将帅,分别带人到盐井学"仙法",取"仙水";盐井附近马岩的龙求生亦自称大将,龙祥汉自称二将;麻栗场溜豆的龙正保自称将帅。这年从5月到9月,前往盐井寨朝拜的有十余万人之多。一时,盐井寨的路边草都踩平了,岩板坐光了,纸钱灰烬堆起三尺高,遍地是爆竹纸屑。在麻老伴、麻老魁的发起之下,苗民很快组成了一支120人的钢枪队和240人的火枪队,还有几十对军号,准备攻打卫城乡公所和永绥县政府。

苗民即将起义的消息传出后,卫城乡乡长吴选青带了50多个枪兵,于1942年元月的一个大雪天开往盐井寨,企图把"麻王"与"布将帅"义军一网打尽,谁知麻老魁带50多人早已埋伏在梳子山山腰路旁,当吴选青的乡兵接近时,突然开枪袭击,吴选青一面率兵撤退到螺丝洞,一面派人飞报县政府。县长黄颖川又立即上告省府,省府命令驻永绥江防部队立即进剿。

1942年2月10日,县长黄颖川带着警察,配合江防部队陈精文部共300余人,分两路向卫城、弭诺进剿。11日清晨,官兵到达距盐井寨七八里路的马颈坳。此时,"布将帅"义军麻国玉带领队伍80余人,自认为刀枪不入,勇猛冲向马颈坳,边冲边喊:"我们枪打不进,刀砍不入,冲呀!"当冲到距官军二三十米时,官军的枪突然开火了,麻国玉中弹倒下,后面的"布将帅"弟兄依然奋不顾身向前冲,双方火力交织,只打得桐树叶子纷纷落地。义军几经冲击,未能冲进坳口,只好转移。官军追赶义军不放,又把一位从贵州来的副将帅打死了。官兵继续向前追击,到达坪鲁时,追在前面的一个士兵忽然叫道:"喂,这里有个土罐。"

几个士兵好奇地一看,那土罐有一尺来高,像老百姓家里的腌菜坛子,封口被红布蒙着,里面不知放着什么。

"这是谁放的罐子?里面是不是有光洋?"

一个姓王的班长说:"有没有光洋,老子摸一摸就晓得了。"说罢,即把红布揭开,将手伸进去。手刚伸进去,忽然他大叫一声"唉哟"!早已被罐中的毒蛇咬了一口。众兵士吓得都倒吸了一口冷气。

"这是苗民义军放的蛊,你们也敢动。"一位姓张的连长走过来吼道,"赶快走,快追苗兵。"原来,这位张连长听人说过苗民的放蛊风俗。苗民放蛊又称"放草鬼"，其蛊是将虫、蛇、蚊、蚁、蛙之类蓄于罐中，置放在山麓或路边草丛中，可以祸人。触蛊者会生病或被虫蛇咬死。蛊罐一旦被人毁掉，则放蛊人必死。那麻老魁为阻击官军，便有意在这路边也放了蛊，官军不知是计，那王班长竟被毒蛇咬伤，很快便中毒身亡。此时，埋伏在芭茅岭的义军又乘机袭击，官军被打死了几人。张连长命令机枪掩护。一阵密集的子弹射过去，在芭茅岭上的麻老魁突然中弹，晃了几晃也倒地毙命。麻老伴见麻老魁已死，再无心恋战，即下令撤退，并将麻老魁的尸体抬下山去。官军这时也不敢再往前追，就自动撤退了。当晚，麻老伴又请了一巫师来作法"赶尸"，据说那是在夜深人静的时候，由巫师在死者身上作法，喝叫其尸起身行走，中间不能停顿，不能遇到人，其尸就会被赶到要去的地方。那巫师将麻老魁的尸身一起赶到盐井寨，第二天才埋藏。

13日晨，官军在一叛变苗民龙再发的带领下，再抄小路来袭盐井寨，将该寨财物掳掠一空，房屋全部烧毁。这时，麻老伴、麻巴隆等人带着"麻王"已转移到了松桃县大小干溪、大小寨营和盘石、黄连一带，继续坚持"布将帅"运动，同年3月6日攻打过松桃县城，后又消灭保安团一个营，整个起义前后坚持了一年之久才被镇压下去。

在盐井寨苗民起义的同时，凤凰县苗民在"抗丁、抗捐、抗食盐垄断"的号召下，也点燃了"布将帅"运动的烈火。凤凰苗民的义军首领为吴国范，原为凤凰旧司坪苗寨人。1942年5月初，吴国范听说米良乡夯来苗寨闹起了"布将帅"，领头的是石老双，他到永绥盐井取来了"仙水"，哪个喝了，就能腾空登仙，封刀封枪。寨上人暗地商量派人去夯来取"仙水"，好多人当时不敢去。吴国范即到夯来与石老双取得了联系。石老双对吴国范说："'仙水'没有，这是我发动和联络人的手段。不过，我有一种药，煨成药水，喝了就会提神发劲，外人以为是仙水，这药水就是麻王送的。"石老双又教给吴国范跳的动作，男的打布伞，女的拿黑手帕，边跳边旋边舞，口喊"封刀封枪"。吴国范回寨后，即把寨里的年轻人喊拢来，向大家讲了石老双得仙水闹跳仙的事，叫大家也闹起来。接着，吴国范也将自己泡制的"仙水"让两个苗民喝了，说是麻王的"仙水"，那个喝了，就会"登仙"，刀枪不入，枪打不进。很快，这"跳仙"的奇事就传遍了竿子坪一带的苗乡，吴国范也就成了凤凰"布将帅"的主要领头人。

到了5月17日，吴国范即带着各寨组织起来的70多个苗民，拿着刀枪包围了犁口嘴的警察，缴了这个哨所的 12 条枪，然后又攻占了竿子坪乡公所和得胜营乡公所，并将乡公所的户口册、盐粮簿、公文、地契等全部烧毁。义军初战获胜后，又分兵攻打过乾州城，但未能攻下，再去围攻凤凰城，也没有攻进去就失败了。"布将帅"运动在凤凰前后共坚持了八个多月。为了平息苗民暴动，凤凰县长李宗琪其时采取"以苗治苗"的手段，派沱江镇镇长吴运陶勾结牛岩的头面人物，把躲藏在山上和隐蔽在他乡的"布将帅"成员吴国范、吴春妹、龙召德骗回来，然后将吴国范逮捕充了壮丁，将龙召德惨杀，吴春妹在狱中触墙自尽。李宗琪进而又榨取苗民的钱财，宣布凡参加"布将帅"的人必须赔偿政府的枪支弹药，摊派总额达 4 万元，并限期交清，过期加罚。在达到目的以后，李宗琪又以"维护官箴，以释仇怨"为由，玩弄两面派手法，下令将摊派赔款的吴运陶等人逮捕入狱，并假意允诺，将其所敲诈的 4 万元巨款退还给起义者。事实上，这笔款的大部分已被其贪污。同时，李宗琪释放了另一个"布将帅"仙师吴妹红。这样，李宗琪的治苗才干得到了省府的"赏识"，省府发来的嘉奖电文称他"善治苗疆，才类傅公；平息妖匪，措施得宜"。不久，李宗琪被提升为常德县县长（常德为甲级县，县长为副专员级）。李离开凤凰时雇了 30 多个挑夫搬运他搜刮来的财物。他启程的那天早晨，凤凰城东门口的城墙上有人贴了一首诗讽刺他：

> 太上携得"交通"去，此地空余省银行；
> "关金"一去不复返，凤凰人民泪汪汪；
> 牛岩点点异族血，竿子处处豪士光；
> 从今流尽沱江水，邑族遗恨不可忘。

第三十章　瞿伯阶怒杀妻弟
"叫驴子"缴枪救母

平息了湘西苗区"布将帅"运动，国民党政府又先后调集兵力，在抗日战争时期对瞿伯阶等土匪武装进行过多次围剿。

瞿伯阶是龙山县二所乡人，因其出生在庚子年（1900年）丁亥月乙卯日子时，算命先生说他是"六乙鼠贵"之命，将来会当个鼠王。果不其然，瞿伯阶小时就爱玩枪习武，放荡不羁。由于其祖父在前清中过举人，家里薄有田产，但到其父手里，家产已被耗尽。瞿伯阶平时又只爱交朋结友，讲哥儿们义气。23岁的时候，他投到族叔瞿代亮龙山部下当了团防兵。三年后，瞿代亮被四川土匪王树清设伏杀死，瞿伯阶替代族叔当了团防队长。不久，他与妻弟张明富合股拖队，势力日益扩大。其时，龙山最大的团防师兴吾为分裂瞿部，用计收编他，封他个副连长，而其同伙张明富反被委任连长，瞿伯阶对此很不满。二人终分道扬镳。不久，瞿伯阶拖队投靠到来凤卯洞彭树安部当了一个连长。师兴吾遂指示张明富讨伐彭树安。张明富奉命来到漫水，混战中，张明富将瞿伯阶妹妹的孩子和公公捉住枪杀了。瞿伯阶为报仇，率部连夜奔袭，在一个凌晨将张明富住的院子包围了起来。因为自己的老婆与张明富是姐弟关系，他怕走漏风声连家都没回，故其老婆也一点也不知道。考虑到双方交火后会误伤族人，瞿伯阶下令不准乱开枪。但是，瞿伯阶包围张明富的家后，张的部下很快就守住了院子，并从院内不断向外射击。

瞿伯阶的部下们这时纷纷催促道："连长，下命令吧，我们快进攻！"

瞿伯阶想想道："不行，我们不能乱打！让我哄他出来吧！"说罢，即隐蔽在一山坡边叫道："张明富，你个畜生听着，你杀了我妹妹的公公和孩子，我现在报仇来了！有种的你就出来，咱们在外面来打！你不敢出来就不是好汉！"

张明富在院子内听了喊话，立刻激怒道："瞿大老鼠，你以为老子怕你？出来打就出来打！"说罢，就全身披挂，带着他的随身宝贝——短枪、刺刀、汉阳造三件武器，径直打开大门竟旋风似地冲了出来。待他刚刚冲过一条田坎，瞿伯阶早已瞄准好并扣动了扳机，只听"啪"的一声枪响，张明富胸部中弹，立刻栽倒在地。

瞿伯阶随即跑过来，用短枪指着他道："张明富，你还有什么话讲？"

张明富倒在地上尚未死，他喘着气挣扎着说："瞿老鼠，我……我搞不过你，你……你不要说啦……补我一枪吧！"

瞿伯阶满足他的请求，补了他一枪，张明富身子抖了抖便没了气息。瞿伯阶拔出刀来，又一刀割下了张明富的头。接着，便大声对院子内喊道："弟兄们，张明富坏事做绝，他的头已被我砍了！你们不要再反抗，我和你们大家无冤无仇，我不会杀你们的！你们愿跟我瞿伯阶干的，我都欢迎！不愿干的，可以离开。"

顿时，张明富手下的几十名士兵都高叫着："瞿连长，我们愿意跟你一起干！"

瞿伯阶就这样轻而易举地获得了张明富的全部人枪。当日下午，瞿伯阶率部返回，又将张明富的头送到了彭树安的面前，彭树安感叹地说："伯阶有胆，说到做到，不愧为勇士也！"说罢，又命后勤人员杀猪摆酒，为瞿伯阶除掉张明富而欢宴庆贺。

又过一段时日，地头蛇彭树安被人又暗杀了，瞿伯阶又投奔到来凤向作安部当了连长。向作安与龙山师兴吾是死对头，师兴吾为争取瞿伯阶脱离向作安，这时派其叔父瞿列成去来凤招瞿，并答应要人给人，要枪给枪，要官给官，不计前嫌。瞿弃向投师，师只给他一个副营长空衔，不给一人一枪，瞿认为师不讲信用，心里很不满。师兴吾病死，其弟师兴周掌实权，对瞿亦不信任，特别是红军包围龙山城的战斗结束后，师把瞿的守城功劳全记在师的妹夫贾玉昌头上，瞿伯阶一气之下又拖队出走到了明溪乡，并与明溪的另一股武装首领王继安砍香拜把，合成一股，从此有了一百六十余条枪，队伍渐渐拉大了。

1937年，抗日战争爆发后，湘西的部队要整编北上抗日。这时，瞿住在老兴。国民党的正规军进驻龙山，要瞿受编。瞿派胞弟瞿兴景将人枪带至桂塘坝。一天晚上，国民党部队突然将瞿兴景部包围缴械，并将瞿兴景等四十多人全部杀害，瞿伯阶的驻地也被包围，瞿夺路逃生，妻儿被捉进龙山县城。

这次收编受骗后，瞿伯阶便抱着"成则为王，败则为寇"的态度，决心大干到底。1937 年 8 月，他到四川酉阳老寨一个亲戚彭继才处，借得人枪二百余，一夜奔至龙山城下，叫开城门，打死警佐，捉住县长，放出在押的妻儿和所有犯人，又自称团长，在县城占据数日才弃城而去。

1941 年，蒋介石任命傅仲芳为剿匪总司令，命令傅彻底肃清匪患，维护公路交通治安。瞿伯阶此时带几百人在湘鄂川边境活动，几番打击之后，他感到部队已人困马乏，不堪忍受，遂又通过二所乡乡长瞿兴孝对傅仲芳说："瞿伯阶有意保命缴枪，不知总司令意下如何？"傅仲芳打算将湘西土匪一网打尽，对瞿兴孝说："你回去告诉瞿伯阶，不要缴枪，把他所有的人枪收拢来，编成队伍，由他派一个亲信带出去。"瞿伯阶本无洗手之心，考虑好汉不吃眼前亏，他就将计就计，将部分人枪带到了沅陵。这支队伍一去就被改编，傅仲芳又说瞿伯阶没有把枪缴完，追逼瞿伯阶再缴。瞿伯阶经此追逼，更决心不再缴了，他把剩下的枪让亲信带走分散埋藏，留下的人"趴壕"（隐蔽）成了农民，他自己带了老婆和几个亲信，跑到湖北鹤峰他老婆的一个老表家里隐藏了起来，傅仲芳下令搜捕他，也没有抓到。

过了几个月，等到国民党部队宣告"匪患肃清"撤走后，瞿伯阶又回到龙山二所乡，把埋藏的枪起出来，四处"趴壕"的人又归拢来，很快又集合起七百多人枪，开始了四处打劫。

1942 年春，永顺县的彭春荣带着一支队伍来到龙山洗车河，此队伍一来，瞿伯阶的实力随即又壮大起来。

原来，这彭春荣是永顺石堤西人，1914 年生。彭有个很响的浑名叫"彭叫驴子"，据说是因为彭在年轻时当兵，每次作战好大声叫嚣；或说彭在给其族兄彭春荃当护兵时被毒打，呼叫之声闻于数里，且其两耳卷长，因而呼之"叫驴子"。"彭叫驴子"的祖父是个贡生，也有不少家产，但到其父手里已经败落。15 岁时，为求生计，"彭叫驴子"投奔到在永顺保安团当三营长的族兄彭春荃手下当护兵，因经常挨打受骂，只干一年多就不干了。1935 年，石堤西凤栖坪农会主席、赤卫队长彭传绪，同红军一起打土豪，斗争过当地桐油坪的保长刘四俩兄弟。红军离开后，保长刘四为报复砍了彭传绪的头。彭传绪是彭春荣的族侄，俩人小时候亲密相处，情谊深厚。彭传绪遭杀害后，彭叫驴子很悲痛。1935年冬天的一个夜里，彭叫驴子独自持枪摸到桐油坪，将保长刘四兄弟用枪打死。

彭叫驴子杀了保长刘四兄弟后，即被国民党政府四处缉拿。彭归不得屋，便持枪上山自保，从此开始了绿林生涯。不久，彭叫驴子联络吴猴子、周怀玉等数十人一起，大家一块喝了鸡血酒，宣誓结盟成弟兄，又宣布成立了湘鄂边游击队，由彭叫驴子任了队长。

盟誓完毕后，彭叫驴子又道："弟兄们，从现在起，咱们捆到了一起，有难同当，有福共享！明天晚上，我们就去罗子庄，把张干如干掉，他那里有好几支枪。搞到枪了，咱们再拖队到桑植、鹤峰去打游击，另外，我们这支队伍要专打豪绅富人，不搞穷人，不准奸淫妇女，这是个纪律，大家要记住。"

众人听令便分头去作准备。第二天傍晚，彭叫驴子从老家把那支藏着的长枪也取了来，接着，彭叫驴子就在这天夜里，率部突然袭击了二十多里外的罗子庄，将保长张干如杀死，夺了几个保丁的枪。随后，彭叫驴子又把队伍拖到桑植、鹤峰一带，先后杀了几个乡长和保长，不到一年，就先后搞了三四十支长短枪。然后把队伍又拖回了石堤西。

彭叫驴子频繁出击，使得当地的土豪富绅一个个都吓得谈虎色变。国民党一八四旅谢龙旅长率领清剿部队追来追去，却始终没抓到彭叫驴子一根毫毛。一天上午，谢旅长正一筹莫展之时，外龙乡乡长向玉汝忽然跑来给他出一主意道："我看抓彭叫驴子也不难，只要把他母亲抓去，他必然会自己出来解救的，到那时就可以手到擒来。"

谢龙想了想道："这倒是个好办法！但不知他母亲在不在家？"

向玉汝道："不在老家！她躲到我们乡的梭柯寨去了，那里有她一个亲姐姐。你可马上派人去抓，听说彭叫驴子在母亲面前是个大孝子！"

谢旅长听罢，立刻点头道："好！就这么办！"遂授意手下的田连长，由他带队到梭柯寨，果然将彭叫驴子的母亲周锡兰抓住了，然后押解进了永顺城。

进了城内天后宫，谢旅长亲自对彭叫驴子的母亲进行了一番审讯。并劝道："老婆子，你的儿子当了土匪，你知不知道呀！"

周老太答道："我知道，但我这儿子自小脾气就很犟，我管不住他，拿他没办法！"

谢旅长又道："你是他母亲，你要劝一劝他嘛！只要劝他回心转意，来自首改过自新，不再当土匪干坏事，我们可以对他给予宽大处理！"

周老太道："我见不着他，要是他肯自首，我当然会劝他做好人的！"

谢旅长于是命人把周老太带下去，好好看管，并不准虐待。同时派人四处放风，要彭叫驴子缴枪自首，可予宽大处理。

过了一段时间，彭叫驴子在山中获悉母亲被抓，果然坐立不安了。他和部下们商议说："我3岁就死了父亲，母亲为把我们弟兄抚养成人吃尽了苦头。现在为我的事，母亲又受到连累，我不能让她老人家再受苦了。"

吴应侯便道："你想怎么办？是打进城去解救吗？"

"以我们这点人枪，攻城是不行的。悄悄袭击也不一定能成功"。彭叫驴子道："我想只有去自首，才能把母亲救回来！"

"你要自首？这怎么行？他们不会放过你的！"其部下董波臣又道："他们设了此计，还要把你捉拿归案，你怎能自投罗网？"

"不要紧，我可以随机应变！只要能把我母亲救出，就是死也值得！"彭叫驴子下决心道。

"既然如此，那我们就只好遵命了！"董波臣表示愿意随同一起去自首。

第二天，救母心切的彭叫驴子，要吴应侯掌握好山上的部分人枪，自己便带了董波臣、向吉武等部属，挑了十多支枪，进城去接受招安。一伙人来到一八四旅旅部，彭春荣就对士兵说："我是彭叫驴子，给你们缴枪来了，请给谢旅长通报！"卫兵连忙跑进去作了请示。谢旅长听说叫驴子上门来了，心里又惊又喜，忙叫手下增设了护卫，才叫这一行人进去。彭叫驴子挑着枪进门后就说："谢旅长，我缴枪来了，你快放我母亲吧！"

谢旅长见这彭叫驴子不仅胆子天大，还生得英俊高大，长得一表人才，嘴里不禁连连称赞道："你真是个孝子，是个角色！你缴了枪就在我这里好好干，我给你任个连长，怎么样？"

"不敢当！不敢当！"彭叫驴子连忙说："多谢旅长的好意！不过，我是来接我的娘回家的，不求来当官，只求旅长放我娘回家。我自己愿意回家做阳春。"

"你不愿当兵也可以！"谢旅长脑子一转道："你回去做阳春，我怕你又待不住哩！这样吧，你先在这里学习学习，我请一位先生给你教点书，让你读点书识字点，也好开开脑筋。至于你的母亲嘛，现在我就可以把她放了！"

彭叫驴子听了这番话，只得点头道："多谢多谢，只要把我母亲放了，我愿意在这里学习学习！"

谢旅长随即传令，将彭春荣的母亲释放了，并让彭叫驴子的几个部属把老人送了回去。

彭叫驴子本不想留下，但又没有办法。于是只装作高兴的样子，天天跟一位先生在旅部读书识字，谢旅长还派了两个兵专门"侍候"他，实是监视他，怕他逃跑。但过了一月，两个士兵对他的监视渐渐松懈。一天傍晚，彭叫驴子乘士兵吃饭之机，悄悄溜出了大门，然后乘夜幕直向家乡跑回去了。

不久，彭叫驴子又上山拖起了队伍。

石堤西区长袁霞楼，接着带枪兵多次进行追捕，彭叫驴子在1937年冬的一个深夜，带着20多人袭击石堤西关帝庙，将睡在庙内屋中的袁霞楼和7个兵士击毙。袁霞楼死后，彭春荃当了石堤区区长。彭春荃一上任就抄了彭春荣的家，霸占了彭春荣原来的妻子符芝兰，还带兵四处追捕彭春荣。1939年9月2日中午，彭春荣带十多个弟兄突然来到彭春荃的家门前，将正在晒谷场上记账的彭春荃几菜刀砍死，又将彭的5个护兵缴了枪。

石堤西两任区长被杀后，新区长就再不敢来了，石堤西便成了无人管的地方，彭叫驴子拉的队伍也越来越大，从数十人渐渐发展到了一两千人。当傅仲芳的部队开进湘西进剿后，彭春荣为躲避打击，也将部队四处分散"爬壕"。国民党正规军一走，他又集中部队开始活动。永顺专署保安司令部赵崇炬率部对彭追剿，彭春荣率队撤到龙山境内，经联系，彭春荣与瞿伯阶决定合股联合行动，将组建的队伍称为"湘鄂川边区民众抗日游击指挥部"，瞿伯阶任司令，来自四川酉阳的杨树成任副司令，彭春荣任总指挥。

1942年4月，赵崇炬带领保安九、十、十一大队和龙山、桑植警察共三千余人，再次进剿来到龙山二梭乡、贾田溪一带。此时，瞿伯阶和彭春荣未作抵抗，将部队经贾坝、洛塔、水河坪、茨岩、大安、乌雅河等地，带到了桑植猫子垭街上。赵崇炬一路尾追，接近猫子垭时，被瞿伯阶和彭春荣的部队设伏包围在一座小山上。瞿伯阶和彭春荣指挥士兵从山脚放火，命士兵借火向山上猛冲，赵部前不能进，后不能退，损失惨重，赵崇炬亦被山火活活烧死。

赵崇炬部被歼灭后，国民党当局大为震惊。湖南省主席兼第九战区司令官薛岳，立刻下令将第八行政督察区专员仇硕夫解职，任命顾家齐为该专区专员兼保安团司令。限期清剿永顺龙山的所有土匪。顾家齐到永顺上任后，先派人将赵副司令的遗体运回永顺城，并开了个追悼大会，披麻戴孝作了隆重安葬。然后，召集属下各级官员开了一个清剿动员大会。会上，他谈笑风生，显得很有把握地说："瞿伯阶、彭叫驴子的土匪队伍，不过是些乌合之众。大家不必害怕担忧。这伙土匪就是钻天入地，我们也要将他们抓回来。我这次上任，还准备了两双草鞋，穿一双剿瞿伯阶和彭叫驴子；若是没剿到，就穿另一双自动回家。"顾家齐如此表态之后，便派了侦擦四处寻找，准备一旦探听到消息，即率部去亲自征剿。

再说猫子垭一场遭遇战获胜后，瞿伯阶又率部往永顺开去。他知道官军不会善罢甘休，因已暴露目标，原想在八大公山一带活动的计划也只好放弃。两日后，瞿伯阶率部来到永顺沙堤，与彭叫驴子的队伍又合在了一起。彭叫驴子建议说："塔卧有两个保安连，守备松懈，我们可去吃掉！"。瞿伯阶点头赞同："好！只有两个连，容易解决！"。

当晚，二人即率部连夜奔袭，将塔卧两百多保安团人员包围起来。枪声一响，睡梦中的保安士兵未作多大反抗，便一个个缴枪做了俘虏。第二天，塔卧失守的消息传到县城，顾家齐闻报感到十分吃惊。他立刻传令保安团和警察大队一起出动，三千多人马直向塔卧扑来。彭叫驴子见顾家齐倾巢而来，立刻笑呵呵地对瞿伯阶道："好，老子正要引蛇出洞。顾家齐出来，永顺城这下空了，我们正好抄他的老窝。"

彭叫驴子随即派人传令给隐蔽在吊井岩一带活动的七大队梁海卿，让他尽快进攻永顺县城。这时，永顺警察中队长曹子西的队伍已到塔卧附近的蟠龙山，彭叫驴子的大队长米老六率部与曹子西的警察中队发生了一场激战。曹子西在伤亡四十余名警察后，不得不率部溃退。刚退下去，顾家齐率保安团主力已赶到了。随着一阵激烈的枪炮声响起，保安团毫不费劲地就攻上了蟠龙山山顶。可是，彭叫驴子的队伍不见了一个人影。原来，那梁海卿自接到彭叫驴子的攻城命令，即率部下四百余人枪，连夜赶到了永顺。到天亮时分，只见大雾迷漫，几米外看不清人影。梁海卿高兴地说："此乃天助我也！"遂率队伍从东门发起进攻。其时，县长曹恢先清早起来，正和各机关职员在操坪举行升旗仪式，旗子才升到半腰，东门关帝庙方向就传来了激烈的枪声。众职员慌忙四下躲避。曹县长见势不妙，也赶忙逃到大西门边一户姓陈的居民家里藏了起来。这时的街上，只碰到几个警察边打边退，一直退到了县政府内。梁海卿挥兵进入县府，将那几个警察打死，再放一把火，把那县政府的几栋木房就全烧了。接着，梁海卿率部进攻专署，由于遭到守军顽强抵抗，梁部没能攻下来。与此同时，梁部还攻打了监狱和银行，监狱未被打开，银行却攻进了，抢走了大量银钱。因为害怕在县城久呆不利，梁海卿怂恿部属在街上又抢劫了大量布匹商品，直到中午时分，才将队伍撤出城去。等到保安团赶回县城，梁海卿率队早离开了。

　　顾家齐回到永顺城，他为自己粗率用兵未能保境安民而深感不安。接着，他将此次失误的详细经过向上司作了自责检查，并等待着省府给自己以严厉处分。而猫子垭之战后，瞿伯阶和彭春荣部声势大振，该部不久竟发展到一万五千多人，成为湘鄂川边危及国民党地方统治的最大一支武装力量。

第三十一章　保安团清剿张平
"叫驴子"柯溪殒命

　　当瞿伯阶合股彭春荣，队伍拉得越来越大之时，湘西古丈的另一土匪首领张平，也靠打家劫舍起家，闹得地方鸡犬不宁。国民党地方政府几次派兵清剿，其势力却反而越剿越大。

　　张平又名张大治，生于1906年4月，古丈县李家洞张家沱人。张平的祖父曾是地方上一大财主，其父因科举不中而吞鸦片自杀，其母改嫁。小时的张平靠祖父抚养，祖父张朝玉对他娇生惯养，宠爱纵容。张平从小野蛮成性，9岁时在李家洞读书时，就用砚池把老师向正学砸得头破血流。因其品行恶劣，曾先后被李家洞、桐木溪、芭蕉冲等学堂开除。此后，张平在家不务正业，玩枪弄棍，滋事挑衅，成为李家洞地方的小恶霸。

　　张平15岁时，娶了第一个妻子向丁丁，婚后两年，向丁丁不堪张平无辜毒打，不久就丢下不满周岁的女儿张桃英，吞服鸦片自尽了。16岁时，张平花一百多元大洋买了一枝汉阳枪，成天扛枪游荡，狩猎打靶，当地百姓都不敢惹他。18岁时，张平吃喝嫖赌，样样俱全，连自己的婶娘都被他长期霸占。为此，李家洞团防副局长张廷富曾经劝导过他，张平却怀恨在心。1924年冬月19日晚上，张平邀集张大美等三人闯进张廷富家，将张廷富一家六口残酷杀害，然后逃至沅陵县桐木溪等地，混了一年多又回到了李家洞。这时，石门寨团防局长张兴楼带人追捕张平，几次围剿都没有抓住他。1928年，张平经人介绍，投奔到沅陵任团长的舒安卿手下当了副官，给舒安卿看守清水坪的庄园。此期间他探得张兴楼去县城开会的消息，暗里守候在吴家坪后山坡，等张兴楼路过时，冷不防射击，当场将张兴楼击毙在稻田里。

　　抗日战争爆发后不久，舒安卿所在的一二八师开到前线抗日，后来，部队被改编，舒安卿带着伤残兵员回到家乡，张平为受伤的舒安卿熬汤煎药，阿谀殷勤，博得舒安卿的好感。舒遂收张平为义子，并推荐他到古丈县警察局任职，不久当了警察中队长。有了这个官职之后，张平更加为所欲为。他带着警察在乡下横行霸道，打死十多个无辜百姓，又挑起地方武装势力互相残杀，从中渔利。由于张平残害百姓，危害地方，百姓纷纷向永顺专署和沅陵专署告状，永顺专署布告各地通缉张平。1940 年 10 月，张平被撤职重新回到李家洞老巢为匪。1941 年 6 月 5 日，张平纠集一百多人冲进石门寨，将该寨洗劫一空，寨主张楚才的妻儿及几个保镖被打死。张楚才家破人亡，跑到省里告状。1942 年 7 月，省政府派沅陵县保安团营长李前耐、连长曾广继，带领一连正规部队和乡兵约二百余人，从乌宿出发，到李家洞剿拿张平。张平闻讯，带 28 个弟兄在寨中伏击，共打死保安团 13 人，保安团当即撤回。同年 8 月，省政府再从沅陵调海军陆战队一个连增援清剿，张平采用假投降办法缴了一些烂枪，又用几缸鸦片和银洋，先后买通了保安团营长李前耐和陆战队连长刘富亮，使其向上谎报军情，并将追剿部队撤了回去。此后，张平又派吴家坪保长舒鑫，在鱼儿溪用计绑了张楚才，再用刺刀剖腹，然后捆上石磨，沉入酉水河中。

张平为谋求官职做护身符，又托人送鸦片和银洋给古丈县党部及县政府大小官员。有钱买得鬼推磨，张平靠这个手段，在 1943 年 2 月又加入了国民党。同年 10 月，张平用搜刮来的钱财，在李家洞修建了住宅，又筑了碉堡和石围墙，在新屋上大梁时，张平大摆酒宴，晚上打夜靶，凉水坡财主瞿生振的儿子瞿永茂，打靶百发百中，此人是张平的外甥，又是胡小衡的女婿。张平见他枪法好，很是嫉恨。第二天瞿永茂辞行后，在淘金溪界上，张平派人将瞿永茂击毙。

瞿生振怕张平灭九族，遂携带家小逃到沅陵控告张平。1944 年 3 月 14 日，国民党七十四军又派一个连围剿张平，刚到天台山，就被张平手下的一个匪徒打死一个排长，七十四军便扬言要踏平李家洞，剿灭张平。张平见势不妙，跑到古丈县给新任县长陈立谟送鸦片，请他游说七十四军，同时，派人抬两缸鸦片到沅陵"酬劳"，七十四军也以四箱弹药作为回赠，接着收兵回省。后来，有人说七十四军进剿与张家村的向开运、向开国和土墙坡的向丁浩有关，张平又派人将向开国一家五口、向开运一家三口、向丁浩一家三口，以及陈国道等人全部杀害。1944 年 9 月，古丈县爆发了一场以向爱国为首的土家农民反土地陈报运动,一千五百多农民拿着刀枪向李家洞进逼。事变的当天上午,有探子张大旺急匆匆跑进张平的屋报告道:"乡长,不好了,有人攻打我们来了。"

"谁打来了!"张平一惊,慌忙甩掉烟枪,怀里拔出了短枪。

"是仁爱乡、西南乡的农民,他们有好多人哩!"

"我以为是谁,原来是些泥腿杆子!"张平嘿嘿一笑道:"不怕他们人多,给老子只管阻击!"话音刚落,就听远方传来阵阵枪声。只见上千暴动农民正执着百余支步枪,几百支火枪以及梭镖、大刀,在向李家洞呐喊挺进。原来,这些人都是仁爱乡和西南乡的农民。仁爱乡和西南乡过去叫田王二保,归永顺管辖。当地俗语称:"田王二保,岩多土少。"以前两个保的村民只出夫,不纳粮。这次重新划分乡村,两保划为仁爱乡和西南乡后,地方归古丈乡管辖。新任县长陈立漠要求新划乡一律都要上交钱粮,两乡的人觉得吃了亏。以向天锡为首的农民,遂组织农民成立了反"土地呈报"总指挥部,动员了上千农民,很快把几个丈量土地的编丈员赶走了,接着又将县里派来弹压的保安连击退了。众多农民拿着武器经官坝、草翁、草塘、河蓬到清水坪,直向李家洞冲来,想把张平的武装首先打垮,然后进攻古丈县城。

张平见两乡农军来势迅猛,急忙组织部下飞跑到枫香塘进行阻击。双方交火打了一阵,农军死伤了数十人,张平的两个老弟兄和十多个兵丁也被打死。眼看抵挡不住,张平率部后撤到干田坳,农军又跟着赶了上来。正在张平感到危急之时,陈立漠派来的保安团突然增援来了。保安团带来了重机枪和迫击炮,一阵猛烈射击,农军队伍招架不住,很快溃散!张平乘机发起反攻,七百多农军被包围枪杀了,另有二百多人被活捉。张平获胜之后仍不解恨,他吩咐七阎王向国万道:"去,给老子选两个俘虏,杀了给死了的弟兄们祭坟。把两人剥了皮,做我的马鞍。"

向国万领旨,遂带了几个刽子手,从捉来的战俘中选出了绰号"陀螺""胖哥"两名年轻后生,将其衣裤扒掉,然后赤裸绑在树上,再浇些白酒,割心剔肝,祭了坟,再一刀一刀从头到脚剥了皮。两张人皮后来果真制成马鞍,就成了张平的坐垫。

干田坳一仗,张平因镇压农民暴动有功还得到了省地县各级上司的赏识,连省主席薛岳都送来了锦旗,永顺专员还亲到古丈为张平"庆功"。

张平残暴歹毒之极,为什么国民党政府多次派兵清剿都无法消灭他?原因就在张平善用两面手段。一方面他强硬抵抗，另一方面则用鸦片和金钱拉拢。古丈县长陈立谟被他买活之后，张平就更加官运亨通。到了1944年10月，古丈县成立清乡司令部，身为恶魔土匪的张平，竟然摇身一变成了清乡司令。从此，国民党正规军再未清剿他，而在湘西清剿土匪的总司令傅仲芳，只把注意力全部放到了追剿瞿伯阶和彭春荣的身上。

自从永顺专署保安副司令赵崇炬在1942年4月清剿时被烧死之后，瞿伯阶和彭春荣部又频繁活动，不断袭击国民党正规军。消息传到配都重庆，国民军事委员会主席蒋介石坐立不安。一日下午5点左右，蒋介石又接到湘鄂川黔边区清剿总指挥傅正芳的电传报告，内称彭叫驴子部约八九千人围攻黄石，将军库的五千箱子弹已劫掠一空。为此，蒋介石感到十分吃惊。进入1944年的夏季以来，因为日军大举进犯湖南，军事委员会原拟定的衡阳会战计划已受到重大挫折，衡阳守军以不足4个师的兵力，坚守孤城47天后，终被日军突破。衡阳不保，广西的失守已经难免。下一步，日军有可能进攻湘西，并沿湘川公路直入四川，进而威胁战时首都重庆。蒋介石意识到，湘西的安危事关重大，而湘西匪患不除，势必会造成更大损害。所以他考虑一番对策后，即拿起笔来给第六战区司令长官孙连仲及湘鄂川黔四省边区清剿总指挥傅仲芳分别拟了一道电令。其文略称："桑（植）、永（顺）、沅（陵）、大（庸）间彭春荣股匪，希即加紧剿办，迅速歼灭。"

电文拟好后，蒋介石才叫来副官，吩咐立刻发出。当日夜里，接到蒋介石电令的第六战区司令长官司孙连仲，又根据蒋介石的指令精神，给湘鄂川黔四省边区各县发了一道悬赏通缉令，文内略称："兹查湘西桑永沅大间股匪彭春荣等流窜各边境，频频作案，危害甚巨，……各县应遵照上令，严行并村筑寨，详查户口，认清匪源而绝根株。匪若集股逃窜，追剿部队不分境域，猛击穷追，务歼灭之。……凡生擒或击毙梁海卿、吴应侯、王家仁、贾松青者，赏洋壹万元；生擒或击毙潘月樵、宋湘灵者，赏洋两万元；生擒或击毙彭春荣、瞿伯阶者，赏洋十万元。"

湘鄂川黔四省边区清剿总指挥傅仲芳，接到蒋介石的电令和孙连仲的悬赏通缉后，立刻又召集下属团队以上指挥官会议，决定调正规军八十六军三个团、十八师三个团、独立旅一个团、五十五师一个团、一四二师一个团、一四九师一个团，加上江防总队一个大队，湘警第九、第十六两个大队，总计14个团的兵力，分驻湘鄂川黔边界几个重点县进行大清剿。

会议开完后，傅仲芳便亲带3个团到了永顺县城坐镇指挥。1944年10月至11月，在一个多月的时间里，傅仲芳的部队先后在永顺县贺虎溪、七溪和石门县与湖北鹤峰县交界的南北墩，以及永顺县乌龙山等地，与彭春荣部进行了四次激战。前两次激战，双方未分胜负，第三次激战，彭春荣部全歼国民党军四二五团，第四次激战，彭春荣部损失惨重，血战四天四夜后突围出来，部队只剩下一百多人。此时瞿伯阶在龙山八面山亦被八十六军打败。两人各率残部退至桑植八大公山后再次合股，经过一番整顿，重又聚集了一千多人枪，准备再回永顺一带活动。

1946年4月，瞿伯阶和彭春荣率部在陈家河一带冲破国民党一六三师清剿，接着来到了大庸温塘。此前，有算命先生曾给彭叫驴子算过命，劝他不宜多动，因为这一年是狗年，彭叫驴子是属虎的，虎与狗不相容。狗在势头上，虎就要注意，要不就会虎落平川被犬欺。所以，算命先生说，要等过了三、五、九月，才能出头。彭叫驴子半信半疑，瞿伯阶道："算命先生的话也不一定说得准。再说，现在是四月，出去问题不大。等到了五月，再找个地方去隐蔽吧！"彭叫驴子于是不再犹豫，二人率部来到温塘，有人又说，驴子见温塘，恐怕兆头不好。彭叫驴子不以为然。往前再到麻阳坪，在一油栈吃了早饭。油栈的人说，柯溪云朝坡、包包山、索利包都有人驻守碉堡。瞿伯阶听了，主张攻打碉堡。彭春荣认为都是本地人，打起来老百姓会吃亏，只要说通了，可以过路的。于是，彭春荣带着队伍走在前面。走到离云朝坡碉堡约两三百米，要上袁家垭的时候，碉堡里的枪响了。走在前面的士兵随即请示道："总指挥！打不打？"

"不要打！我来看看。"彭春荣试图喊话一试。彭叫驴子让队伍停下，作好隐蔽。自己则跑到前面，想观看一下地势。此处是一个朝天坡，约在300米开外的坡上，有一处十几栋房屋的寨子，寨上修筑有一个碉堡，刚才的枪声，即是从碉堡里射出。原来这碉堡里驻守着保长向桐山和地主胡子义，这胡子义同彭叫驴子互有过杀子之仇，这些人早就奉命守卡，哪里肯听他的喊话。向桐山清早听说有土匪来过山了，估计是彭叫驴子的队伍，即命手下人守住碉堡，当彭叫驴子的队伍一露头，就下令开枪向山下射击了。那彭叫驴子对此情况毫无所知。他这时站在一个农家菜园的枇杷树下，一只手撑着枇杷树，向山头碉堡内的人喊话道："喂，你们不要打枪！我们只借道过路，不会打你们……"

话未说完，碉堡里一排密集的子弹射来，彭叫驴子的胸部忽然中了一颗子弹，他一手捂着胸部，口里直骂着："狗日的，这一炮打得好，这一炮打得好。"说着，头一歪，那只撑树的手无力的滑落下来，整个身躯就栽倒在枇杷树下。

"指挥官，指挥官！"几个侍卫忙上前扶住他，将他迅速背出危险地段，放到了柯溪一栋民房的屋角边。侍卫们紧忙检查他的伤势，发现他的左胸乳部已被击中，鲜血渗满了他胸部。一件白色内衣和蓝色便衣都染成了红色。他的脸渐渐变成了青紫，瞳孔也变色外凸了。

"指挥官，指挥官！"众护卫急切地悲叫着，但彭叫驴子却没了一点气息。

走在后面的瞿伯阶这时跑上来，拉开彭叫驴子的衣服看了看渗血的伤口，口里又叫了几声："叫驴子，叫驴子！"见彭叫驴子竟无反应，乃知彭叫驴子确已被打死。心中顿时亦泛起无限悲痛。然而，此时他却只强忍着吩咐大家道："你们莫慌，不要声张！"说罢，叫人拿白布来，将彭叫驴子的尸体裹了，上面再盖了黄油布，然后命人抬走。

大名鼎鼎曾被蒋介石悬赏十万元捉拿的"彭叫驴子"，就这样死在了柯溪地方自卫队士兵的枪口之下。

彭春荣死后，瞿伯阶传令秘不发丧，并当即撤退绕道往龙山方向而去。当日下午暴雨如注，瞿伯阶率部来到赛香山，第二天，来到永顺与龙山交界的正河，方将彭春荣的尸体悄悄掩埋。不久，国民党一六三师陈兰亭部跟踪清剿，到正河挖掘了彭春荣的坟墓，又将其首级割下，挂在来凤等地示众。瞿伯阶经此打击，遂又将部队拖往龙山"趴壕"去了。

第三十二章　南川夜谈谋自立
　　　　　石门兵变遭杀戮

　　再说陈渠珍到四川南川后，在已故生母的老家黄家湾一住数年。此期间正值抗战的艰难岁月。陈渠珍为维持生计，在黄家湾办了一家"三一棉毛纺织厂"，并先后研制出了"三一纺纱机"、"弹花机"、"灌田机"等机械产品，大大提高了生产工效，在重庆、成都等地促销时深受人们欢迎。

　　由于形势所迫，陈渠珍此时对于政治已经淡薄且不想过问了。然而，他的一些旧部属还时常来看望他，并不时给他带来一些有关湘西的新信息。1942 年 7 月上旬的一个傍晚，陈渠珍正在家闭门读书之时，有两位年轻的军官忽然登门拜见。这两位军官一个叫吴光烈，一个叫田兴超。两人都是原新六军暂五师二旅旅长陈范所部第十五团军官，吴光烈为团长，田兴超为团副。陈渠珍见了这两位旧部属十分高兴，热情款待一番后便问："你俩为何进川来了？"

　　"我们奉命被调成都中央军校高教班受训，为此专来拜访您！"吴光烈回道。

　　"能到中央军校受训，是重视你俩啰？"

　　"不，恰恰是想排斥我们，才将我俩调来培训。"田兴超道。

　　"这是为什么？"陈渠珍问。

　　"您还不知道吗？"吴光烈又道，"自从您调离后，蒋介石和薛岳对我们湘西官兵很不放心，处处歧视排斥。我们就像无娘的崽，受尽他们的虐待，军饷被他们克扣，新六军的番号也被取消了，暂五师已编归七十三军，暂六师编归了七十九军。陈范旅长已调任六战区长官司令部少将高参，是个无职无权的虚衔。我和田兴超调来受训，回去后还不知调往何处。团长、副团长一职已安排郑果和王一夫担任，他们是七十三军军长彭位仁和副军长兼暂五师师长汪之斌的亲信。现在暂五师的原营团长都已被调，权力基本上都控制在汪之斌手中。"

"他们搞的手段是釜底抽薪啊！"田兴超说，"我们就像砧板上的菜，任他们宰割。像您当统领时对我们亲如手足，爱如兄弟，有饭大家吃，有衣大家穿，同命运，共甘苦的日子再也不会有了。"

吴光烈和田兴超的这番话，顿时激起了陈渠珍对蒋介石和薛岳的仇恨。他对二人道："我们湘西子弟，从贵州提督田兴恕起，从不后人。或力捍长沙，或转战黔中，或纵横中原，或喋血江淮；护国护法，保境息民，御侮抗日，湘西子弟何时落于人后？我看，你们现在也要有志气，当前应设法与去延安的朱早观取得联系，见机行事，图谋自立！"

"对！我俩正在考虑未来的出路。"吴光烈说，"玉公对我们的指点一定不错，等培训结业后，我们一定要有所行动！"

如此商谈完毕，吴光烈和田兴超在南川住了一晚。第二天，两人告辞后到了成都，到国民党中央军校高教班报到。

一年之后，吴光烈和田兴超从军校毕业，又结伴到陈渠珍处拜访并住了一晚，陈渠珍与二人促膝交谈了大半夜。吴光烈和田兴超表示，回部队后将见机行事，发动兵变，成功后再请玉鍪出山。

几日后，吴光烈和田兴超回到了七十三军部队所在地石门。副军长兼暂五师代师长汪之斌只命令他们在军部待命。田兴超便请假回了凤凰，准备协助陈范旅长在凤凰做策反工作。吴光烈则乘机串访了其族侄——十五团二营营长吴镐、三营营长王吉全及十四团三营营长宋益兴、二营营长唐国钧、一营连长田应昭、田丹、林盛泉、七十九军中校军械主任田牧等人。

1943年10月7日，吴光烈召集吴镐、王吉全、宋益兴、田牧、唐国钧等在白槎开了一次秘密会议。会上，吴光烈向大家讲了自己和田兴超两次到四川南川拜访陈渠珍的情况，并转述了玉鍪"希望湘西子弟有志气，设法与朱早观取得联系"的意图，接着将举行兵变的计划向大家作了陈述，并问众人意见如何？与会者都表示：湘西部队处处受人歧视，现在再不能任人宰割了，大家都表示愿意举兵起义。吴光烈于是又鼓动说："现在大部队正在长沙参加第四次会战，看样子又要吃败仗，准备向四川撤退，我们若举事成功，可以沿澧水往石门磨市、所市和湖北五峰拉走。那里是大山区，我们再联合分散在那一带的游击部队，开展抗日游击战争，发展壮大实力。现在陈范旅长已到凤凰，同当地各部队进行联络，准备组织一个抗日游击纵队，到时候我们再回转湘西，两边汇合，然后请玉整出山。如果我们齐心，军队和地方一起动作，一定会取得成功。"众人纷纷表示赞成。会议最后决定在"双十节"晚上实行兵变，把新派来的军官一齐干掉，然后拖队向湖北方向游击。

此会召开后的第三天，事机未发却泄了密。关于这次泄密原因，其时的当事人之一唐国钧在晚年的回忆文章中曾有过详细的记述，大意是：10月8日下午，十五团三营营长王吉全在营部会餐，喝得大醉，竟将吴光烈写给他的一封信丢失在床上，被该营中尉书记陈苏樵发现。陈素与王有矛盾，见了这信大吃一惊，遂越级向汪之斌做了报告。汪立即下令，首先将吴光烈、吴镐、王吉全扣押了起来。接着，第二天又让十四团团长通知各营营长、连长到团部召开军事会议。会议刚开不久，副军长兼师长汪之斌即来到团部训话："正当国家民族危亡之际，有些人置国家民族危亡于不顾，勾结共匪企图发动武装叛乱，罪不容赦。尔等不精诚团结，身为国民党将士，辜负了蒋总裁的栽培。我宣布：三团团长吴光烈、十五团二营营长吴镐、三营营长王吉全已于昨晚在军部被扣押了。据我们的情报，现在，我下令将二营营长唐国钧、三营营长宋益兴、连长杨树成、林盛泉、田丹……扣起来！"汪之斌话音刚落，早已准备好的兵士们便一拥而上，将唐国钧等五人逮捕了。

唐国钧、宋益兴等被逮捕后，汪之斌亲自审讯："你们与吴光烈究竟搞些什么？我平时注意到你两人成绩不错，为人忠厚，做事负责，华容之战中几个营长战功显赫，尤其是唐国钧营，掩护全师撤退，最后还将一个完完整整的营安全带到沅江县城，功劳不小呀……滨湖战役中，你又创造出全师之冠的成绩，我正要把你提拔为中校副团长，你怎么在这节骨眼上干出这样的事来，可惜呀！"唐国钧辩解道："报告师座，这次吴光烈从成都回来，途中到南川看望老师长陈渠珍，诉说了湘西部队是无娘之子，任意让人宰割，作战时总担负攻坚任务，滨湖之战，军部未派援军接应，我师伤亡惨重，结果差点被日寇全歼，而上面迟迟不下撤退命令，这不是军部另眼相看湘西子弟兵么？前些日，吴光烈在我营部吃过一餐饭，说了些不满的话，但未言明要武装叛变，我亦未作任何表示。近来，我与宋益兴每天都到工地上去视察，从不擅离职守，对党国一贯忠贞，严守抗战守土之责，如何谈到有谋反之举？请师座明察。"

汪之斌说："我与军座深知你与宋营长的为人，但十五团三营中尉书记陈苏樵已搞到了吴光烈写给王吉全的谋反信，到师部告发了，现在人证物证俱在，王吉全也招供了，并说搞武装叛变是以唐国钧与宋益兴营为骨干，你们还要抵赖吗？"汪之斌说到这里，脸上已有了愠怒之色。

十四团团长陈运武此时站起来解围道："报告师座，唐宋两人平时屡立战功，效忠党国，为人忠厚，尽职尽责，深得师座厚爱，然一时鬼迷心窍，误入歧途，以致受到吴光烈之牵连，我看师座根据两人平时和战时表现，在军座面前多开脱几句，挽救挽救他们。"

汪之斌沉默一阵后说："好，事已如此，念你等跟我忠心耿耿，哪有看见你们有杀身之祸而不救之理？现在我写一封亲笔信给军座，为你们两人求情。"说罢，就挥笔写了一封简信，然后让唐、宋二人分别过目，就命枪兵将二人解送到了军部。

当晚，七十三军军长彭位仁阴沉着脸，又审讯了两人一番。

"你们同吴光烈要干什么？"彭位仁瓮声瓮气地问。

唐国钧回道："报告军座，我们与吴光烈没有搞什么。"

"混蛋，吴光烈给王吉全的信都到了我这里，人证物证俱在还要抵赖！"

"吴光烈与王吉全通信的事我是一概不知。如果发现我们与吴光烈有谋反书信往来，愿受军法处置。"

"漂亮。"彭位仁冷笑着，拿起汪之斌的信摆弄一下又道，"没有同谋就好。团长、师长都替你们求情了。根据我平时的观察，你们还是好样的，怎么糊涂地干起掉脑袋的事来了？法不留情呀！好吧，还是听候军法处置吧！"随即命人将唐、宋两人押了起来。

次日早饭后，唐、宋二人又被押到了军法处进行听审。军法处长对唐、宋二人说："吴光烈搞武装叛变，你们虽未同谋，但知情不报，本应受到军法严惩，念你们平时表现很好，团长、师长、军座出面说情，所以对你俩从宽处理。我现在就要审讯吴光烈、吴镐和王吉全三人，你们坐到屋里听审，不准声张，听见了吗？"

唐、宋两人被押进屋内，过了一会儿，六个士兵将吴镐、王吉全押了上来。

军法官问："你俩是怎样与吴光烈一起搞武装叛变的？"

王吉全道："根本没有此事，请法官明查。"

"胡说，你要抵赖，小心皮肉受苦。"

王吉全又道："没有这种事，吴光烈何时给我写过信？"

军法官震怒道："现在人证俱在，吴光烈都已招认了，你还嘴硬？"说罢，即将吴光烈写给他的信给王吉全看，王看后低头不语。

审讯员将审讯记录念了一遍，要王吉全和吴镐按了手印，然后将两人押了下去，同时，将吴光烈押了上来。

军法官审问道："吴光烈，你过去是团长、我们的同事，今天是罪犯，我是奉命来审讯你。王吉全和吴镐都招认了，你给王吉全写的信我们已拿到，现在请你如实坦白。"

吴光烈说："我刚从军校回来，光杆子一个，说我搞武装叛变，这是陷害。你们是有意把我置于死地。"

"胡说，你要抵赖，刑法伺候！"审讯官说罢，即命人对吴光烈严加施刑，用鞭子抽，坐老虎凳，但吴光烈始终不肯招供。

又一个月后，吴光烈、吴镐、王吉全三人被审讯官宣判了死刑，押至石门城外澧水河边的宝塔之下枪毙了。唐国钧、宋益兴二人被以知情不报罪判了两年徒刑，并解回原籍执行。其他受牵连者也分别被判刑作了惩处。与此同时，在凤凰活动的陈范，在事情败露后朝重庆方向逃跑，被特务打死在贵定。田兴超回凤凰老家老岩桥躲过了追捕，次年却病死在家中。

一场酝酿中的石门武装起义就这样被扼杀了。此时，远在川南的陈渠珍获悉兵变事败的消息，不禁扼腕叹息不已。悲痛之余，他挥泪作了两首诗悼念："蜀道崎岖不易行，溟蒙云雾绕川城。羁身迢迢千里外，藏剑夜夜匣中鸣。""锦绣河山虽已碎，兴亡事业未卜中。倚栏纵目穷千里，慷慨悲歌壮士雄。"

石门兵变未遂，对陈渠珍的处境亦有所影响。其时蒋介石、陈诚等国民党首脑人物，认为他是"百足之虫，死而不僵"，因而再次加强了对他的监视。陈渠珍在川南待不下去了，旋经张治中、陈果夫、贺贵严等人的帮忙活动，有关方面批准他迁居到了贵州印江，在萧氏公馆又住了两年多，直到抗战胜利后，才由陈果夫请蒋介石释去了对陈渠珍的一切禁令，准予返回湘西。这样，陈渠珍在阔别故乡七年后，终于在 1946 年 11 月又回到了凤凰县镇筸城。

第三十三章　瞿伯阶受编武汉行辕
汪之斌出任永顺专员

当陈渠珍回到故乡凤凰之时，湘西的土匪以瞿伯阶为首，正处在"彭叫驴子"被剿灭的低潮时期。此时，国民党武汉行辕主任程潜决心要收编他。1947 年 1 月，陈潜派了一位名叫欧阳金的青洪帮头目来龙山找瞿伯阶。两人见面后，欧阳金对瞿伯阶说："程颂公有意收编你，他派我来联系，只要你接受收编，要什么名义给什么名义。"瞿伯阶当即允诺听编，但为收集队伍，瞿提出围剿的四川部队必须撤出龙山。欧阳金立即到来凤向上司报告，武汉行辕同意了瞿的要求。过了几日，川军果然撤走了。

瞿伯阶按约正准备收集队伍的时候，湖南省新任主席王东原也派人来联系收编了。瞿伯阶考虑程潜先派人来，其来头也大些，最后确定接受程潜收编。待瞿伯阶把队伍集中开到招头寨后，经清点只有七百多人，四百多条枪。瞿伯阶曾夸口说有上万人枪，现在程潜派人要当面点编，这使他慌了手脚。他于是派人到各乡各保，凡地方上的枪都借来应点，人也是一样，结果点了千把人，七百多枪。瞿伯阶暗想这点儿人枪只能编个把营，便又让人放烟幕，故弄玄虚说瞿伯阶还有许多好枪没拿出来，还有好多人住在山里，那点编的人受了瞿伯阶的好处，也加倍给他上报有四千多人，一千多条枪，结果得到程潜命令，将其队伍调往来凤。瞿伯阶听命服从了调动，不久，程潜又命他将队伍调往鹤峰，再调至长阳、资蚳，他都老实服调了。到长阳后，程潜又派人来点编队伍。瞿伯阶将几个支队轮流应付点数，又蒙混过了关。不久，瞿伯阶通过封官许愿让人四处招兵买马，又向川军一姓陈的旅长交涉，购买了两千余条枪和二十万发子弹，把部队实力搞得雄厚了。当武汉行辕再次派人前来宜都点编部队时，瞿伯阶又借人借枪，一次竟点了八千多人，四千多枪，点名之后，瞿伯阶正式提出要编一个师，程潜见他有这么多人枪，就给他封了一个暂编第十师师长职务，瞿伯阶觉得十分得意地接受了。自从第一次拖队上山搞绿林起，他就一直向往把队伍弄大，然后名正言顺地接受政府改编，成为一支正规部队。如今，他的愿望总算大致实现了。为了表示庆贺，接到任命书的当日，他举办了一次大型宴会，作了一次隆重的庆祝。接着，他又宣布将一二支队编为一个团，任命瞿波平为团长，贾松青为副团长；三、四支队为一个团，彭雨清、向敬海分别为正副团长。另给欧阳金一个补充团长的名义。原参谋长李国柱此时患病请了假，在里耶的瞿闵盛镇长投奔他来了，瞿伯阶就任命了他当参谋长。

瞿伯阶成立师部以后，起初驻防在宜都一带。他的部队自从被收编之后，各部冲突矛盾就一直不断。一天下午，机要员刘原忽然送来武汉行辕一纸电令，瞿伯阶接过一看，只见电令上写道："瞿师长，近日你部长江防线接连发生抢船事件，请你迅即调查并将案情呈报。"

瞿伯阶即派人把瞿波平找来吩咐道："我们驻守长江边，现在不断发生抢船事件，外人不知情况，还以为是我指挥部属干的勾当。你现在马上带人去调查，查清了案情，我将严惩不贷。"

瞿波平奉命之后，即带着一支便衣队到长江航线暗里作了一番调查。三天后，他回到师部向瞿伯阶报告道："案子我已查清了，这抢船的幕后主犯是欧阳金。"

瞿伯阶点头道："啊，是他！我就知道别人不会有这么大的胆子，只有他才会做这种蠢事。你马上派人把他抓来。"原来，这欧阳金是程潜派来收编瞿部的人，瞿伯阶觉得他收编有功，才委任他当了团长，不料他却仗着有功，做了有违军纪的事。

"他的部队怎么办？捕了他，会不会发生激变？"瞿波平道。

瞿伯阶道："怕什么，你带两个团去，干脆把他那一团人马缴了械！"

瞿波平接令，随即率了2团人马，于当日夜里突然包围了补充团，欧阳金猝不及防，一团人被缴了械，欧阳金本人也被瞿波平捉到了师部。

瞿伯阶亲自审问欧阳金道："你驻防长江边，为何要抢劫船只？"

欧阳金道："我部粮饷不足，劫船是为了补充士兵薪饷。"

瞿伯阶发怒道："胡说！照你这么说，你莫非还有理？"

欧阳金低头道："我知道错了，求你看在我牵线让你受招编的份上，饶我一命吧!"

瞿伯阶断然拒绝道:"军法无情!你犯了抢劫大罪,罪不容赦。"说罢,只一挥手,几个护卫就将欧阳金押到郊外,当即给予了枪毙。

将欧阳金枪毙后,瞿伯阶力图要整顿军纪,但是其部属不久又出了一个大乱子。一天夜里,团长彭雨清忽然跑到师部来报告道:"瞿师长,糊疤子跑了,他把他的队伍带走了。"

"什么?糊疤子敢把队伍拖走?"瞿伯阶一听有些懵了。原来,那"糊疤子"是向敬海的绰号,因他小的时候,家里失火被烧伤,有半边是疤子,一只眼睛向下扯着,故得了此绰号。向敬海跟瞿伯阶拖队起事早,又当过多年支队长,自以为劳苦功高。谁料这次收编,三四支队合编一个团,团长由彭雨清当了,他只当了副团长,对此他很有意见,并认为此事是参谋长瞿闵盛捣的鬼。为此还公开散布说:"部队能够存在,是两海的功劳",这"两海"指瞿波平(又名兴海)和他自己向敬海。所以,他擅将自己的部队人枪拖走了。

瞿伯阶当下对彭雨清道:"你把这个团要稳住,我马上让波平去追向敬海。"说罢,即让人把其族弟瞿波平找了来。"波平,你赶快带人去追糊疤子!他跑了,把部队拖走了。我要你马上去追。如果他不回来,就把他干掉。"

"是!"瞿波平遂率一团去追赶。该部日夜兼程赶回龙山,在板栗坪赶到了向敬海。瞿波平隔着几十米田坎向他喊话说:"向敬海,我奉命来收你的部队,你要好好干,就跟我一道回去,不回去就莫怪我不客气!"

向敬海道:"我对你和瞿师长都没什么意见,就是对瞿闵盛有意见,他当参谋长,在师长面前挑拨是非,把我团长职务搞掉了,我就是不满意!"

"你是不满意,可以提意见,但不能把部队拖走哇!"

"你告诉瞿师长,什么时瞿闵盛走了,我就回去。"

"我劝你莫犟,还是服从命令吧!"

"我不听又怎么样?"

"不听我就只好动家伙了!"

瞿波平刚刚说毕,只听"叭"的一声枪响,向敬海的脚已被打中了。这一枪是瞿波平的连长瞿兴生所打。

向敬海中弹,部下立刻乱了阵脚,瞿波平随即大喊道:"二团的兄弟们,你们赶快缴械,不然就要被消灭!"

向敬海的部属们顿时就乖乖将枪甩在地上。瞿波平手一挥，众士兵跑上前去，即把向敬海的几百人的枪支全收缴了。向敬海负伤无奈，只好承认错误。后来，瞿伯阶对他作了宽大处理，依旧让他当着副团长之职。

1948年，程潜调任湖南省主席，瞿伯阶师开往慈利王家厂驻防。此时的湘西又开始处于动荡的前夕。且说在永顺专署，这时新调来一位专员，他即是原七十三军的军长汪之斌，因受蒋介石排斥打击而常忧愤不平。

原来这汪之斌自处理石门兵变事件后，不久即被提升为七十三军军长。此时七十三军面临的局势已很危急。由于受石门兵变事件影响，部队士气已很低落，而日军正以4个团的优势兵力，从石门两侧发起猛烈进攻。七十三军被迫在石门背水与日军进行决战。终因敌众我寡，粮道阻绝，援军不至，部队被迫泅水向对河转移。转移之时遭到敌机轰炸扫射，七十三军全线溃退，暂五师师长彭士亮阵亡，失掉桃源热水坑战略要地，损失惨重。蒋介石闻讯震怒，严令汪之斌24小时内收复热水坑高地。命令一到，汪之斌火速进行战地整编，亲率一个师兵力，向日军猛烈反攻，将日军驱回桃源县城。这场战斗，汪部伤亡三千余人，日军也死伤不计其数。但战后蒋介石却电责汪之斌作战不力，军事失利，下令撤职，永不录用。汪接电报后，义愤填膺，于当晚在办公室给新任七十三军军长韩浚留言一纸道："韩军长，卑职已免，无颜在此久留，我决定速回老家。军部关印等，已交参谋长保管，请予查收。"汪之斌写完，即带一卫士轻装离队而去。次日清晨，接任的军长韩浚在军部看到汪之斌留下的纸条后，立即找到军需处刘处长说："你马上带几个人去追汪之斌，务必给他送去养老金。"刘处长即带士兵数人，迅速向永顺方向追去，至大庸后坪便赶上了汪之斌。刘处长道："汪军长，我奉韩军长令，给你送养老金来了，请你带回！"汪之斌道："你带了多少？""有法币4亿元。""钱倒是带了不少哇！"汪之斌点了点头道，"你告诉韩军长，此情我领了，但钱我不要，就充部队军饷用吧。我回家后，有几亩田栽种足可度日，不需要养老金。"

军需处长见这位老军长并不爱财，只好将钱又带回了军部。汪之斌分文未受，回到永顺长官老家，即闭门不出。由于受到蒋介石的打击，他心里十分憋闷。回想自己，从永顺县高等小学毕业后，即投笔从戎，先在上海当警察，后入湖南讲武堂学习，毕业后到赵恒惕师当过排长。1918年，被保送至保定陆军军官学校学习，毕业后分在湘军某部任营长。1922年在周澜部任副团长，奉命随团长鲁阳开在常德刺杀黔军总司令袁祖铭，被提升为团长，不久，转入王东原部，1935 年任十五师四十五旅旅长，驻防永顺，参与过"围剿"红军的军事。抗日战争时期，开始出任七十三军十五师师长，奉令开赴江浙，参加过"八一三"淞沪战役，守卫浏行，苦战月余，所部伤亡甚重。南京失守后，又被保送入重庆山洞陆军大学特 5 期将官班深造，毕业后，出任七十三军副军长兼暂编第五师师长。1941 年，日军聚集 4 个师团进攻长沙，守卫长沙的国民党第十军腹背受敌，日渐不支，该军军长向驻守在望城坡一带的七十三军求援，七十三军所属的十五师立即横渡湘江支援，援军快开至水陆洲时，日军 30 架飞机俯冲投弹扫射，十五师渡江受阻。正在此时，他率暂编五师用轻重机枪对空射击，迫使敌机远走高飞，十五师乘机乘舟飞登彼岸，使长沙转危为安。

1943 年 2 月上旬，驻衡阳的国民党四十四军遭日军强攻，急电求援，他又率部猛攻高桥，后又在七里峰、黑山铺、五峰岭一带辗转苦战 4 个多月，歼敌千余。回想这些年来追随王东原效忠蒋介石，在历次战斗中都身先士卒，立过汗马功劳，谁知这一次却被蒋介石以作战不力革除了军职，他心里感到不是滋味。为党国效忠的结果，却只落得被革职下场，为此他心里实有不甘。回家之后，他虽然不再涉足政局，但对时事的发展还是很关注的。1945 年，他的老上司王东原出任湖南省政府主席后，遂又聘汪之斌为省政府高级顾问，不久又任命汪为沅陵督察区专员兼保安司令。1947 年，汪之斌调回永顺任专员兼保安司令。由于汪年老体衰，加之受到蒋介石的排斥打击，晚年不思作为，在任毫无建树。王东原一走，他终被省政府解职回家，不久即病逝在故乡。此时，接任他当八区专员之职的是聂鹏升。聂鹏升雄心勃勃想干番事业，但到任不久，想不到在眼皮底下的永顺县内，却出了个令他意想不到的大乱子。

第三十四章　杨禹九建"戡建大队"
曹振亚率警察哗变

　　且说 1949 年元月 16 日下午 5 时左右，湘西永顺县城中心的县政府餐厅内，厨师们奉令摆起了两桌丰盛的宴席，那一盘盘喷香的鸡鸭鱼肉，直惹得人馋涎欲滴。

　　这两桌酒席，是县长杨禹九专为宴请两方面的客人所摆设的，一方客人是新组建的戡建人队的少校大队副彭久立等人；另一方客人是县警察局局长曹振亚等人。彭久立是本县城郊人，以前在抗日时当过国民党正规部队的一个营长，转业后回到乡里多年，前不久被新设于常德的十七绥靖公署看中，经过短暂培训就派回了永顺县负责组建"戡建大队"。曹振亚本是永顺县人，他自从得到陈渠珍手谕让其转业后，便回到永顺警察局当了局长。这两人在县里都是掌握武装的大头目。但彭久立眼下奉命成立戡建大队，手头并无人枪，一切得靠县长杨禹九撑腰，并要动员曹振亚将警察局和自卫队的人枪交出一个连来，包括一百多枝步枪和 9 挺机枪，才能组成一支武装队伍。曹振亚对此却极不满意，他自己不便直接对抗上级命令，却怂恿部下在协调会上大摆困难，极力拖延交枪之事。他的几个部下都是后来成了大土匪的有名人物：一个叫曹子西，此时在他手下任警察局一中队长；一个叫李兰初，此时任自卫总队长；一个叫向克武，此时任警察局第二中队长。此外还有警察第三中队长黄鹏和自卫总队中队长顾治国等人。这些亲信部下在县长杨禹九面前叫苦"放炮"，李兰初说："全县一共只有 10 挺轻机枪，有一挺是坏的，如果都交给戡建队，我们下乡缴匪又怎么办呢？"向克武说："枪交给你们了，士兵不愿去戡建队又怎么办呢？"杨禹九说："希望大家做工作，不要违背绥署的旨意。"会上出现了僵局，警察局不肯给戡建大队交枪，杨禹九拿他们没有办法，但他为执行公署命令，不得不反复做警察局的工作。特别是与曹振亚谈了多次。经过几天会议，杨禹九终于苦口婆心，说服曹振亚答应了交一部分人枪。今天这个宴会，就是为此专门宴请曹振亚和彭久立的，他希望这二人之间能够顺利移交好人和枪，不要发生什么意外才好。

过了不一会儿，应杨禹九的邀请而赴宴的人就都到齐了。来人均依次就座。设在第一席的为主座。彭永立、曹振亚正坐左右首位；下首主人席位是杨禹九和县府秘书曹瑞麟；客座席位东向是李兰初、向克武，西向是曹子西、黄鹏。其余赴宴者还有财政科长吴云荪、教育科长于尚文、建设科长黄子原以及戡建大队中校指导员姜小鸿、上尉搜剿中队长杨树人等人，他们都坐第二席。

酒宴开始，县长杨禹九首先站起来发话道："各位弟兄，我们开了3天的会议，今天就要散会了。按照绥靖公署的部署，我们这次会议的主要目的，就是要组建成立一个戡建大队，这也是形势的需要。大家知道，现在共军部队正饮马长江，蒋总统号召'戡乱救国'，常德十七绥靖公署要我们从政治、军事、经济、文化多方面进行总体战，实行'保纪纲，保伦常，保国土，保家乡，保卫湘西北'的五保政策，为此下令各县都要建立'戡建大队'，上面同时要求各方面都需大力支持，特别是县警察局要加强合作，要支援人和枪。通过这几天会议，相信大家都有了共识。在此我要感谢大家，为了我们的精诚合作和共同团结对抗共匪，我提议大家一起来干一杯！"

两桌酒席上的人随即都站起来，共同举杯一饮而尽。

一番觥筹交错，酒酣耳热之后，第二席上的人，便在"全福寿""高升"的叫声中开始了猜拳罚酒。但第一席上却很冷场。除了县长杨禹九和戡建大队副队长彭永立表现很高兴外，其余警察局、自卫队的人都乐不起来。特别是局长曹振亚，一副垂头丧气的样子，喝了几杯酒都默不作声。他心里还在犹豫着：戡建大队的组建，是要将他手下的人枪交出来，他如果交了，这警察局的势力明摆着就会被大大削弱；他如果不交，那么上级的命令，又怎能违抗？这会儿他心里还在盘算着：散会后，人和枪到底交还是不交？如果要交，交多少为宜？

就在曹振亚犹豫不决之时，警察局第二中队长向克武打破僵局发言说："杨县长，我看组建戡建大队虽有必要，但也不能把警察局的枪都交过去吧？"

"那当然。"杨县长回答说，"我不是已经说过警察局只要交一部分枪吗？

这事和你们曹局长已讲好了。"

"可到底要交多少?"

"最起码一个中队,也就是一百多人枪。"

"要交那么多?"

"这可是戡建大队,你们交一个中队我还人手不够哇。"彭久立插话道。

"你们人手不够,难道就白要我们的人枪?"曹子西不满地反问。

彭久立不吱声了。他虽然被绥靖公署司令部任命为少校大队副,并代行大队长职权,但实际上他手中现在什么也没有。他只有听杨禹九的安排。

杨禹九见气氛不好,忙又端起酒杯说:"来,大家都喝酒。这酒是咱永顺有名的三蛇酒,你们看,这三条银环蛇泡死还像活的,它们眼睛多亮。"众人看那酒瓶,果见那酒泡的银环蛇昂着头,眼睛像活的一样。杨县长摇晃着蛇酒,给众人各倒一杯又说:"咱们只管喝酒,这酒喝了活筋骨,祛风湿补身体,多喝点吧。这交枪的事,待会儿再商量!"

众人于是又把这杯酒喝下。待大家的杯子刚刚放下,自卫总队长李兰初突然起身来到曹振亚面前,将他手一拉,二人就来到了屋外。

在一个僻静处,俩人小声商议了几句话,再返回屋入席后,李兰初就横眉竖眼,眼珠鼓得像那个银环蛇。他的右手按在枪套内,左手猛一拳砸在桌上道:"枪交不交由我们,这没有什么好商量的。你们谁要逼枪都不行!"与此同时站在曹振亚身后的3个警卫也立刻拔出枪来,只等曹的一声令下就要动手。

见这阵势不对,戡建大队副队长彭久立赶紧脚底抹油溜走了,其余的人也跟着一哄而散。剩下县长杨禹九,只气得脸涨成猪肝色,却又大气都不敢吭一声。

曹振亚知道自己怂恿部下惹祸了,这犯上作乱的罪名可不是好玩的。但是一不做,二不休,他决定索性反叛到底。从县政府出来后,他就带着一帮部下回到警察局,并立刻吩咐加强岗哨警卫,同时通知所有在家的警察局自卫队小头目都来开会。

不一会儿,所有派出所长和自卫队分队长以上的官儿都到齐了,只有灵溪镇的所长刘坤不在家,据说陪客人到观音岩去了。曹振亚立刻向部属们作了通报。他对众人说,枪杆子就是命根子,交了枪就等于交了权,交了命。在眼下这乱世,拥有枪就拥有一切。所以,他决定拒不给彭久立交枪。为着防备县里报复，他要大家马上作好准备，把队伍全撤到石堤西去。

对于曹振亚的反叛，多数部属都表示赞同，只有个别人提出，万一县政府调动驻军那个营来攻打怎么办？曹振亚拍着胸脯说，永顺的驻军是汪援华的部队，他们之间早已是朋友，估计他是不会听命调遣的。

话虽如此说，曹振亚也不完全放心。他一面令部属赶紧收拾清理东西，准备夜半撤出城，一面抽出毛笔，给汪援华写了这样一封信：

援华兄：

我已与县府闹翻，他们要逼我交枪，枪我是不会交的，县城呆不住，我准备到石堤去当山大王。此事还望获得你的关照支持。如县里有什么举动，请及时告我一声。

愚弟振亚顿首

信写毕，他让一位警察连夜送到吊井岩去，汪援华这会儿还住在他的老家。另外，曹振亚又给他的表兄周海寰写了一封信，这位周海寰在县警察局任督察长职务，此时他还在龙家寨催租办债，曹振亚让他见信后立刻赶到石堤西来汇合。

做完这些准备，已晚上 10 点钟了。这时，夜已渐深，街上早已关门闭户，一片安静。曹振华传令队伍集合。瞬间，三百多名警察和县自卫队的土兵，个个都束装扎带，全副武装，手里拿着松明火把，黑压压地挤满了警察局的院子。

一个分队长从神甫那里牵来了一头骡子。曹振亚坐上去，然后大声说："今晚有紧急任务，咱们要下乡去清剿。"说着，就将手一挥道，"出发！"众警察随即浩浩荡荡簇拥着这位局长出发了。

两个多小时后，队伍来到了离城二十多里的五里铺，这里有一个伙铺。曹振亚传令休息一会儿。他下了骡子，一位警察从伙铺里走出来报告道："局长，这里有几个鱼贩子，挑得有好多的鱼！"

"好，好。让我看看。"曹振亚走进屋去，果见那地板上搁着 8 副挑子，里面全装着金黄的鲤鱼。

"把这些鱼都挑到石堤西去，明早咱们好好吃顿鱼肉！"曹局长下了命令。

"长官，我们这些鱼是挑到城里去卖的。你们要挑到石堤西，可要给钱呀！"几个鱼贩纷纷央求着。

"给什么屁钱！"曹振亚眼一瞪，凶声恶气地说，"老子们现在成了抢犯伯伯，你们不把鱼送我，还想要钱？是不是不要命了？"

鱼贩们吓得都不作声了。在几个枪兵的威逼下，8 个鱼贩只得挑着担子乖乖地跟着警察队伍把鱼送到了石堤西。

石堤西有个乡公所，此地距县城有五十多公里。其地山高村密，中间有个大坪坝。曹振亚带着队伍来到这里，已到天亮时分。

乡公所的乡兵和几名团防枪兵，闻讯早已来到了路口问候。

因为走了一夜夜路，警察们个个疲惫不堪。乡长挨家逐户分头进行安置，让他们住下来，并备办了酒菜款待这些枪兵。吃过饭后，这些警察便各自倒头美美睡了一个大白天的觉。

薄暮时分，警察局督察长周海寰从龙家寨出发，奉命来到了石堤西。周海寰一见到曹振亚就说："老表局长，你这步棋走得妙！警察局的人枪都带来了，让他们干着急！"

"我这是逼上梁山，没有办法啊！"曹振亚道。

"逼上梁山也好嘛！中国历来的英雄好汉不都是造反杀出来的？"周海寰进一步又说，"现在我们造反，这石堤西就是大泽乡，你曹局长就是陈涉王。我们都要拥护你！"

"这陈涉王只怕还不能提！"曹振亚到底怕事态进一步扩大而面有难色。

"你不要怕，既然已干起来了，我们就要扯起大旗！"周海寰又鼓动说。

"怎么个扯法？你说说。"

"我还没来得及想，不过咱总得有个名目。"周海寰搔了一下头又道，"我们何不找汪援华联系一下，要他一起干如何？"

"正合我意。"曹振亚点点头道，"汪援华现在也受到排挤，他又是个讲义气的朋友，我们可以去商量一下，以便定出个名目。"

"是不是就派人去？"周海寰问。

"昨晚我就派人送信去了。"曹振亚道，"现在等他回了信再说吧！"

"那我们就先休息一下，鼓动一下士气！"

"对，让弟兄们振作起来！"曹振亚说，"只要跟着我曹某，保证让大家都有官做！"

于是，这一伙枪兵在石堤西，喝酒盟誓，公开占山为王。

第三十五章　汪援华伺机变乱
聂鹏升被人软禁

　　驻防桑植、永顺、大庸的省保安十团团长汪援华，16 日深夜在吊井岩老家接到了曹振亚的来信。当夜他感到喜不自胜，因为前几日他接到省保安司令部的一份电报，内容是调他去邵阳"整训"，实际是想解除他的兵权。他是原湖南省主席王东原的旧部，王东原后来调任台湾省主席，走时将他这支部队放到了湘西，意欲让汪保存实力。但程潜离湘后，汪受到排斥。现在，他既不愿意离开湘西，又不敢违抗命令。正在他举棋难定之时，想不到曹振亚率先起来发难造了反，把人和枪都拖上山了。像他这样的保安团，在维持地方治安方面本负有重要责任，以他的军事实力，也完全可以镇住警察局，但此事发生后，永顺县政府并没有人通知他，他也乐得装聋作哑。况且曹振亚与他以往的私交也很深，这会儿送信来拉他入伙，他觉得此事正好"有机可乘"。

　　主意打定，汪援华立刻又找来"高参"冯泉作商议。这冯泉是衡阳人，1924 年参加过共产党，马日事变后受到通缉，逃亡中脱离了共产党组织。后来，他经同乡好友共产党员刘莘田的介绍，与共产党又取得联系。党组织经过研究决定，让他打入敌军做外围工作，刘莘田则与他保持私人关系。后来，冯泉考人中央军校江西分校，毕业后在军事机关工作了十多年。转业后，国民党湖南省政府派他到了桑植担任县长。在冯泉任桑植县长后，共产党地下组织又派刘莘田到桑植，冯泉将他任命为县政府主任秘书。在刘莘田的策动下，冯泉在任不断作着策反工作，桑植县的戡建大队也由于冯的拖延和反对而迟迟没有建立，为此十七绥靖公署呈报省府罢免了冯泉的县长之职。冯泉为人能说会道，又会作诗文，汪援华很看重他。在冯泉免职后，汪即让他到身边任了参谋长之职。冯泉此时得知曹振亚反叛了，立刻喜形于色地又帮汪援华分析形势，极力鼓动汪援华也拖起大旗宣布独立。汪援华反复掂量，俩

226

人最后商定，决定回函请曹振亚一起到桑植来详谈举义之事。

过了两日，接到汪援华回函的曹振亚，带着随从护兵，如约来到了桑植县城。在澧源书院的一栋木楼里，汪援华、曹振亚、冯泉、刘莘田四人见了面。彼此寒暄一阵之后，汪援华便说："今天没有别人，我们四位好好商量一下，这举义之事到底怎么个干法。请大家发表高见。"

"我现在已豁出去了。"曹振亚说，"老兄只要肯举义，咱们什么都好说。"

"你属下可以号召多少人？"冯泉问曹振亚。

"我把直属的警察局三个中队和自卫队的人都带上了山，近日各区乡派出所武装也来了不少，总计汇聚一两千人枪不成问题。"

"好！"冯泉应声道，"你那里一两千人，汪兄保安团正规军一千多，有三四千基本队伍，这声势就大了。我们可先占永顺县，再进攻十七绥靖公署。"

"对，杀到常德去，我们要打倒李默庵，将他这个龟司令捉住杀了才解恨。"曹振亚恨恨地说。

"我也是这样想哩。"刘莘田赞同地说"我们要干，就大干一场！以汪团长的雄厚实力，再加曹兄的力量，拿下常德应该不成问题。"

"我在辰溪还有一个营。"汪援华得意地说，"若干起来，还可把辰溪工厂都抢了，那才够劲！"

"好哇，这是一定可以干成的大买卖！"刘莘田又鼓动道。

"要我举义不成问题。"汪援华道。"现在的问题是找个什么名目为好？"

"对。"曹振亚马上接口道，"我上山后就在想这个问题，以什么名义为好，古人不是讲'名不正则言不顺'吗？我看，是不是就叫'湘鄂川黔边区人民自卫军'？"

"这个名称包括地域太大，与事实不太符合。"汪援华说。

"以这个名义怎样？"冯泉立刻出主意道，"我们打出'湘西北人民反压迫运动委员会'的旗帜，吸纳永顺军政各界有影响的人物参加。口号就是'打倒李默庵，拥护程潜将军，改善人民生活。'这个委员会下面再设军政委员会和反压迫人民自卫军。"

"好！好！这个提法好！"汪援华首先表示赞同，接着，曹振亚和刘莘田也都表态认为提法很好。

举义的名义就这样定下来了。接下来是任职问题：这个自卫军的总司令和副总司令由谁担任。冯泉提出由汪援华任总司令，曹振亚任副总司令，四个人都表示赞成。因为汪援华是少将出身，又任过暂五师副师长，现在虽只任团长，但实力很雄厚，所以曹振亚也赞成由他出头任总司令。

四个人把大致的行动计划策划完，又拟定了春节后在永顺举义的具体日期，然后才散会各自作准备。

再说曹振亚与县政府在宴会上闹翻后，县长杨禹九急得毫无办法，当晚他派人去监视警察局的动向，夜半时，监视人跑回来报告，曹振亚带着警察局的全部人枪向城外开拔了，警察局所有的武器弹药都被带走了。杨禹九没有派人阻拦，他知道拦也拦不住。县城的保安团驻军他也没去通告，因为保安团长汪援华与曹振亚的关系也很密切，他怕搬不动兵反碰一鼻子灰，所以干脆来个忍气吞声。直到弄清曹振亚拖队往石堤西方向去后，他才赶紧向绥靖公署和省府电话报告。省府和常德绥靖公署指示他密切注意曹部动向，同时命令正在长沙办事的八区专员聂鹏升火速赶回永顺处理这一事件。

聂鹏升接令之后，立刻从长沙坐汽车赶到常德，又从常德乘船来到王村，然后在几个护兵的陪同下，坐着滑竿，直向永顺赶来。

约莫下午5时左右，聂鹏升一行人到了县城附近的一座山垭上。几位轿夫在这里把滑竿停住，歇了口气。聂鹏升钻出滑竿，在一块大石上出神地站了一会儿。从这里往山下看去，只见整个永顺城尽收眼底。在城的四周，有群山环抱。那远处隆起的一座最大的山叫玉屏山，它是连接遥远的八面山的一条山脉。玉屏山的对面是闻名的花果山。群山之下，有几条河流汇于坪南。汇聚的一条大河叫猛洞河，而这山下的坪过去叫猛洞坪，后来称为灵溪。二百多年前，这里还是一片荒滩，只有城东15公里处，才有座有八百多年历史而被废弃了的老司城。根据《永顺县志》记载，永顺新城的修建始于清雍正八年，据说当时的省巡察使唐继祖和巡抚赵宏恩曾亲到此地视察选址，两人都认为此地为"天然一都会之地，千百年藏秘于此"，故而决定修建府署，下领保靖、永顺、龙山、桑植四县。永顺府附近的名胜古迹也很多，最著名的要数城南1.5公里处的"不二门"，那里有两座天然耸立高达数十米的石壁，这石壁顶端相偎并拢，底部分立两侧，形成天然石门。其中一侧石壁刻有"不二门"楷体大字，相传为观音大士据"不二法门"禅语所赐。不二门的外面临着猛洞河，里面倚着宝塔山，其状犹如神工鬼斧削就。不二门旁不远，还有观音岩、温泉等名胜景点。聂鹏升喜爱这里的山水好景，更相信这里是藏龙卧虎之地。永顺县与保靖相邻，保靖是他的故乡。聂鹏升从小在家乡读书，中学毕业直接考入黄埔军校，毕业后，到国民党正规军任过排、连、营、团长，师政治部主任，三十二军参谋长，十一集团军参谋长等职。他虽然是黄埔生，但最终因没得到重用，而不得不回到湖南，通过一番活动，才谋得永顺八区行政监察专员兼保五旅旅长职务。正当聂鹏升按十七绥署意图，准备通过组建"戡建大队"来把湘西武装抓在手的时候，想不到工作刚开头，永顺就出了这个乱子。现在，他思来想去，觉得只有先把曹振亚这支队伍安抚劝回，自己才能在永顺立住脚，而清剿和打击曹振亚则不会是好办法。主意打定，他就轻松地又上了滑竿，轿夫们很快便将他送到了专员公署。

听说聂鹏升来了，县长杨禹九连忙来到公署向这位专员作了详细汇报。事变发生经过谈完之后，杨禹九便请示说："曹振亚不仅抗令不交枪，还把队伍拖到石堤西，其反叛之心已昭然若揭，聂兄你看是不是马上组织队伍去打？"

"打什么？"聂专员立刻表态说，"都是几个好弟兄，趁一时的意气出走，没关系，他们是怕丢了枪做不成官，我有官给他们做还不行吗？等我把他们叫回来就是。"

"他们能叫回来吗？"

"让我试试吧。我马上写封信去。"聂鹏升自信能解决好这个乱子。

杨禹九只好告辞走了。聂专员随即拿起毛笔写道：

振亚兄：

听说你已将警察局队伍都带上山去了，这是负气出走吧？此事怪我不在家，其实你不交枪也没关系。我希望你能以大局为重。此次我刚从长沙归来，省保安司令部已任命我为保五旅旅长，我想请你来担任第一团团长，你觉得怎样？如果同意的话，就请你们都回城来。一切事都好商量。

聂鹏升即日于公署信写毕，聂专员便派人将亲笔信送到石堤西去了。

第二天，曹振亚即回了信。内容大意是，他们只恨杨禹九和彭久立，并不反对聂鹏升，并且答应很快就会回县城来。

待到正月初六，周海寰率领几百人枪率先回到县城。他一来就命令部下占领了县邮电局和县政府，并将县长杨禹九赶走了，接着又派人守住了专员公署，不让聂鹏升随便乱走，实际上是将他软禁了起来，并要他每天用电话向绥靖公署报告"平安无事"。聂鹏升到这时才意识到，他的姑息养奸更助长了曹振亚的反叛野心。果然，只过了几日，曹振亚和汪援华都回到了城内，并开始密谋大规模的举义活动了。

第三十六章　血酒结盟永顺城
默许"借道"埋祸根

转眼到了农历 1949 年正月中旬。这一天是个大晴日，夕阳在西边的山峦上渐渐消逝，夜的黑幕开始将整个永顺县城笼罩。此时，城中著名商家杨宏顺布号的木楼厅边，戒备森严，整栋楼房的外围布满了持枪的警兵，木楼的门口，有两个大红灯笼高挂着，在灯笼的照耀下，不时可见一帮帮人不断向这座木楼大门内走去。

到这布号来的人，都集中到了二楼厅房里。他们之中除了盟会的主角曹振亚、汪援华、周海寰、冯泉和来自泸溪的张玉琳、来自古丈的张大治等人外，还有永顺各界有头面的人物，如国民党的党团骨干、县参议长、参议员、专署、县府的科长秘书、学校的校长、八师附小主事、退役的军官、商会会长等等，大约 60 多人。这些人大都是曹振亚和汪援华事先计划好要邀请聚义的风流人物。他们中有不少人并不是自愿来的，只是在周海寰的亲兵"邀请"下，才不得不硬着头皮来出席这次结盟会。在结盟仪式开始前，来客们都各自坐在火盘边，一面烤火，一面嗑瓜子，或谈笑风生看热闹。在厅房的前台墙壁上，贴有一张大红纸，上书"关圣帝君神位"六个大字。红纸下面的一张方桌上设有香炉，两边各插有一根红蜡烛。一位勤务兵左手提着一只公鸡，右手拿着一把亮晃晃的刀子，那鸡公不时嘎嘎地叫着。

仪式开始，穿一身警服主持会议的曹振亚最先讲话。这位昔日八面威风的警察局长，自从带头哗变拖队上山以来，脸上一直透着一股阴郁的神色。但今日晚上，他却显得有几分高兴。他坦诚地对众人说："十七绥靖公署成立以来，主任李默庵对湘西北一直排斥打击，还要我们交枪成立什么戡建大队，搞得地方很不安宁。为了拯救地方人民，我们商量决定成立湘西北人民反压迫运动委员会，并将以'打倒李默庵，拥护程潜将军，改善人民生活'为行动纲领。为了坚定信心，一齐向李默庵开火，今晚特邀请诸位聚首盟誓。"

曹振亚说完，汪援华紧接着跛着一只腿走上了讲台。这位在国民党正规部队服过役的保安团长，数年前曾在抗日战争时伤过一只脚，其战斗经历在当时记者的报道中，很有些英雄传奇色彩。就凭这打过日本鬼子的不凡经历，他也常常流露出十分自负的神气。汪援华的脾气鲁莽率直，虽然肚子里没有多少文化，但骨子里野心却不小。这会儿他在讲话中极自信地说："共产党已经打到了长江边，形势很紧。我们要实现湘西地方自保，就一定要扯起独立的旗帜。而国民党和共产党都是难靠住的。我们只有独立地建立自己的自卫军，然后出兵讨伐把常德攻下，才能使湘西的地盘牢牢巩固。"最后，汪援华又说，"只要打起来，再支持三至五年，那时我们的二等兵都能当上团长，在座的诸位当然更是大功臣了。"

对于汪援华的这段讲话，参会的人都心领神会，因为汪的一番野心在此已表露无遗了。

汪援华讲完后，周海寰又接着发言讲了一阵。这位周海寰因是曹振亚的亲老表，过去在小学教过书，有点文化，又当过政府秘书，因而颇受曹振亚器重。周海寰此时引经据典地说："纵观历史，不造反者就难成大功。陈胜、吴广起义，推翻了秦朝统治；刘邦斩蛇起事，夺得汉家天下；李渊、李世民举义，奠定唐朝几百年基业。成吉思汗、朱元璋、努尔哈赤等英雄若不造反，又怎能成就帝王大业？现在，我们也要学古人揭竿而起，结盟举义，首先横扫十七绥靖公署，把李默庵打倒。待到把声势闹大了，实力雄厚了，也就可以割据一方，与共产党、国民党都可以抗衡。"

周海寰的一番煽动，使得众人更鸦雀无声。接下来，汪援华的参谋冯泉和省人事室科长周录芝等人也都先后讲了话，大意都是说：十七绥靖公署主任李默庵不打倒，湘西北地方就救不了。为了保卫湘西，就要走独立割据之路，大家要齐心协力，共同举义进行倒戈。

讲话结束后，结盟仪式就开始了。先是全体人员起身肃立，接着，参议员唐纯菁手捧一张红纸写的誓词在"关圣帝君神位"牌前的桌子边站定，另一位提大公鸡的勤务兵，用刀往鸡颈上一割，那鸡血就直冒出来，立刻滴在桌子上事先准备好白酒的大缸里。等到鸡血滴尽，白酒变成了血酒，唐纯菁就带领众人朗诵誓词：

"我自愿举义结盟，参加湘西北人民反压迫组织，打倒李默庵，拥护程潜将军，为拯救湘西人民，赴汤蹈火，在所不辞。入盟之后，一定听从组织指挥，决不叛变当卖客，若违誓言，绝子灭生，红炮子穿心。立誓人XXX。"

朗诵誓词完毕，就由汪援华领头，一个个地走到桌边，自报姓名和生辰八字，然后盛上一杯血酒一饮而尽。

众人喝罢血酒，正要继续开会议事时，门外忽有人高声叫道："聂专员到!"大家于是又起立恭迎。在曹振亚和汪援华的陪同下，聂专员神情黯淡地来到桌前，端起血酒喝了一杯。本来，聂鹏升对于这次聚首是很不情愿参加的，但抵不住汪、曹一再邀请，他不得不到会参加了结盟。

聂专员喝了血酒，大家便又坐下议起事来。汪援华询问众人对这次建立组织和行动纲领有没有意见，众人都说没有。于是，汪援华又进一步说："参加这次盟会的都是反压迫运动委员会的委员，现在还要推选出主任委员、副主任委员和秘书长来。"大家于是酝酿提名，很快便推出了三个人来，即由县参议长向乃根任主任委员，县中校长符正平为副主任委员，冯泉为秘书长。接着，会上又决定在委员会下设置军政委员会，由汪援华和曹振亚分任正副主任。军政委员会下再设左右两翼军。

左翼军总司令汪援华

副总司令曹振亚

周海寰

右翼军总司令张玉琳

副总司令张大治

杨光耀

关于军事行动的计划是：左翼军兵分三路进军常德，一路由汪援华指挥保安团绕山路，经大庸、慈利、黄石趋常德；二路由曹振亚为指挥，率"严"、"正"、"勇"、"勤"四个纵队二千余人，由王村乘船沿酉水南下，抵沅陵县城后再顺沅水东进常德。三路由黄鹏、向绪武、向质云率领，经古丈、泸溪赴辰溪，并与张玉琳的部队配合一起抢兵工厂武器，再向常、桃威胁。张大治则作为预备队使用。在关于进军常德的讨论中，有几位与会会员提出，军队应从沅陵县借道绕过，不要进城，以免扰民，此提议也得到了大家的赞同。

会员结盟仪式及有关军事行动会议直开到天亮时分，众人才疲惫不堪地各自散开回去休息。

到了 2 月 22 日，由汪援华和曹振亚牵头，军政委员会又专门召开了一次军事会议。会上确定了具体的出兵日期，并决定由周海寰担任前敌指挥，鲁邦典任永顺城防司令，其任务是维护地方治安秩序，同时监视看守专员聂鹏升，不让他乱说乱动。整个军事部署安排到位后，各路人马便分头行动起来。

从永顺沿西水下常德之间，有一座依山傍水的山城，它就是美丽的沅陵。

早在东汉时，沅陵就曾因伏波将军马援的远征五溪而闻名于史。清朝中叶以来，沅陵更设有道台管辖湘西数县城域。国民党统治时期，沅陵也一直是统治湘西部分地区的重镇。1949 年解放前夕，沅陵尚设有湖南九区专署，国民党十七绥靖公署在此也驻有湘西师管区指挥部，驻有兵力一千余人，总计武装约两千多人。

守备城防力量并不薄弱的沅陵县城，在永顺曹振亚、周海寰武装进攻之前，还没有人把这当回事。直到 2 月 26 日，沅陵县党部书记长兼《神州日报》社社长杨清漳、县参议长刘铭吾、县国大代表何沛霖等人，忽然都接到汪援华、曹振亚、周海寰关于要求"让永顺反压迫人民自卫军武装借道沅陵，直趋常德"的来信后，几个人才赶紧在杨清漳家里秘密商议了一阵。

杨清漳首先说："永顺这帮人胃口不小，他们想进攻常德，把十七绥靖公署打倒。现在要从我们沅陵县经过，我们是打还是不打，大家谈谈想法。"

"我看还是不打为好！"国大代表何沛霖说，"打起来老百姓遭殃。永顺这帮势力不可小觑，曹振亚、周海寰的队伍虽是些乌合之众，但汪援华的正规保安团却很有实力，汪自称总司令，他这个人野心可能不小，我们不能不防。"

"如果永顺方面的队伍倾巢出动，这防守压力是很大的。"保安团长邓德让也表示担忧。

"我看他们只是要'借道'并没有要打的意思，那就让他们过境吧！"县参议长刘铭吾也发表意见，"只要他们进城不骚扰抢劫，过一下也不成问题。"

杨清漳于是点头道："大家都赞成不打，那就给他们'借道'吧。不过，对方还提出要酒，要粮食，要银元，看来我们也得准备一点。"

"这要找王县长筹集。"刘铭吾说，"听说他今日下高彻头去了。"

"等他回来，马上要他办！"杨清漳道，"我们不和永顺方面对抗，对方就答应保证我们的身家和私宅安全。他们寄的布告都这样写着'士绅之家，严禁骚扰',不知你们几位收到没有。"

"有哩,我们都收到了。"大家都说。

"德让兄,你那个保安团是不是也撤一撤,避避锋芒?"

"要给他们借道,自然我得往城外撤一撤。"邓德让说。

"师管区的队伍怎么办?"杨清漳又问。

"他们的队伍在前面驻防,由马指挥负责,我们管不着。"

"那就由他吧。"杨清漳道,"永顺的人马来了,我们还要出面周旋应酬,总不要造成大的损失才好。"

几个人就这样密谋商谈了一会儿,最后决定妥协退让,默许借道过境,邓德让的保安团于是悄然撤离了城区。

与此同时,曹振亚、周海寰率领的 4 个武装纵队约 3 千多人,于 2 月 25 日冒着大雨从永顺城出发了。部队到了古丈罗依溪后,就兵分两路,一路 1000 余人由黄鹏、向绪伍、向质云等人率领,取道古丈、泸溪向辰溪进发,准备配合驻守兵工厂的张玉琳去抢夺兵工厂;另一路 2000 多人,则由周海寰率领浩浩荡荡直向沅陵县境开来。

第三十七章　马指挥夜郎自大
沅陵城惨遭洗劫

沅陵县县长大名叫王秉丞，因为"秉"与"兼"字相似，"承"与"臣"同音，所以百姓又戏称他为"王奸臣"。这位"王奸臣"在永顺"反压迫自卫军"进犯时，正在酉水上游一个叫高彻头的地方"铲烟"，即查禁所谓鸦片，实际上他自己却是个鸦片鬼。这天上午，他在乡公所的一张躺椅上，吸着鸦片过"神仙瘾"的时候，忽然，一阵急促的电话铃响了。

"找谁呀？"他拿起听筒问。

"找王县长。我是益平乡乡长陈岳球。"

"唔，陈乡长，你有什么事？""王奸臣"拖着官腔道："我就是王县长。"

"啊，县长大人，不好了，永顺的土匪来啦！"

"什么？永顺土匪来了？有多少人？""王奸臣"急切地问。

"起码几千人！他们已乘船从四方溪登陆，现在正向乌宿进军，恐怕很快就会来攻沅陵城。"

"来得好快呀！""王奸臣"曾经听说过永顺的"反压迫自卫军"要经沅陵去攻打常德，但没想到他们来得这么快，沅陵县的防守几乎一点准备都没有，他怕自己会陷入自卫军手中，于是在电话里敷衍几句，就赶忙叫人备轿，然后同一位军事科长一起，匆匆打道回府。

到了县政府，这位堂堂县长也不作任何交待，只拿了一架电话机，与军事科长一起坐船到河对岸的汽车站，准备坐汽车向常德开溜。

此时县政府内的那些职员们，眼见县长惊慌失措地逃跑了，于是也纷纷回家通知自己的亲属逃难。不一会儿，这消息一传十，十传百，百姓们都跟着惊慌起来。县城里的士绅听到这些消息，也三五成群地聚集在一起讨论了一番，讨论的结果是"传闻消息不见得可靠"，于是，众人又推举县参议长刘铭吾与国大代表何沛霖等，去把逃跑的县长"抓"回来。

刘铭吾等当即渡河来到汽车站，只见"王奸臣"穿着一套哔叽中山服外套，一件呢子大衣，正与军事科长一起准备上一辆卡车。刘铭吾立刻拍着他的肩道："王县长，你这是要朝哪去？"

"我要到常德去一趟。"

"去常德干吗？"

"办埋公事呀。"

"你撒谎！"

一位代表立刻戳穿他的谎言："现在城内盛传永顺自卫军就要来攻城了，你是想临阵脱逃吧？作为父母官，你这一跑，影响多不好。你就不怕上司追究你的责任吗！"

"我不是跑，我是真的有事。""王奸臣"还想狡辩。

"你还有什么事？县城内人心惶惶，你当县长的都不主这大事，像话嘛！"

"走，赶快回去，城里百姓等着你来商议守城大计哩！"

"你们知道永顺土匪到了哪儿？""王奸臣"又问。

"他们今晚驻在乌宿，暂时还未进城，这是我们刚刚接到乡下电话传来的消息。"刘铭吾证实说。

乌宿距县城还有30余里路程，"王奸臣"听了这一消息才稍稍放宽心。在众代表的监视下，他最后不得不跟着大家一起过河回县政府。

县长回城之后，立刻又召集全城士绅开了一个紧急会议商议应变对策。商讨中大家一致认为，永顺"反压迫自卫军"声明"假道攻常"想必与沅陵没什么大关系，因此决定办酒席60桌，另备光洋6000元、米300担，准备赠予对方，并要求他们从后山假道东下，不要进城，同时，将实际情形报告常德第十七绥靖区司令部。

办法定下后，县长"王奸臣"拿起电话就向常德十七绥靖区司令部曹副司令报告起来。当他正报告时，到泸溪出差的湘西师管区沅陵指挥所指挥官马叔明忽然来了。这位马叔明一向以自己当过正规军师长刚愎自用，对土匪根本瞧不起。在路途上，他刚刚闻知永顺"反压迫自卫军"要来进犯的消息，此时便不由分说地将王县长手中的电话夺了过来，并以自鸣得意的口气在电话中报告说："曹副司令吗？我是马叔明。我刚从保靖、泸溪回来，这里地方上传言永顺土匪要来进犯，其实没关系，不过一二百个'毛贼'，你不要放在心上，一切问题由我'保险'。"

马叔明这段糊涂而又像掩饰的电话报告，弄得在场参加应变会议的人们也糊涂起来。大家不便再说什么，一切只好听天由命，任他去处理。而县长"王奸臣"却很滑头，有了马叔明来指挥防务，第二天他乘人们不注意，又悄悄只身渡河潜逃了。

那马叔明打完电话后，却未对城防作特别部署，自己还在当晚带了张参谋长一同来到南门口的大商人孙松茂家里，打了一通宵的麻将。到第二天上午 9 点，沅陵汽车南站开来了 27 辆卡车，上面满载着常德十七绥靖区特务团二营的官兵。这支官兵是奉命来到沅陵剿匪守城的。

处在惊慌不安中的沅陵人，见到这支剿匪的国民党正规军到来，立刻都像吃了定心丸一样，安心了许多。为了表示慰问和欢迎，城内的地方官员们，将原准备欢迎永顺自卫军的鞭炮给特务营的官兵燃放了，60 桌酒席当然也转送了特务营。

在欢迎特务营到来的酒宴上，马叔明又洋洋自得地吹嘘说："我说没关系就没关系。我们的精锐部队特务营都来增援了，还怕打不过这些毛贼土匪？"

特务营在城内吃了午饭，营长就请示马指挥官如何行动。马指挥官让这个营开到距城 5 里外的白田头去布防。

"你们在白田头堵住土匪，不能让他们攻进城来！"马指挥这样叮嘱道。

"我们怎样联络呢？和友军又怎样识别？有没有什么标志？"

"随便罢。随便罢。"马指挥官竟不以为然地摆手发出这样的指令。

特务营长领命带着一营部队来到白田头村。该部有一个迫击炮连，部队一到村里，营长便下令抢占了后山的一个制高点，几门迫击炮也抬上了山头。

下午 4 时左右，永顺方面的"反压迫自卫军"出现了。双方互相射击，迫击炮、机关枪和步枪不断开火，直打得白田头一片热闹。此时，城内的百姓都纷纷跑上了山观看双方的战斗。有人提醒马指挥，不要让百姓看打仗，以免伤及百姓性命，而且城内也要实行戒严，以免发生意外。而马指挥却全不在乎地回答说："没有关系，没有关系。"

当天色渐渐黑下来之后，永顺反压迫自卫军不再进攻了，前线暂时恢复了平静。马指挥官在这一夜本想再邀约人打麻将，但因没有人再回应，他也就美美地睡了一觉。

第二天清晨，白田头方向又传来震耳欲聋的枪炮声。原来永顺的"反压迫自卫军"又开始进攻了。这一次"自卫军"发起的冲锋更猛烈了，但特务营坚守在白田头的一座山头上也打得很顽强。待自卫军冲到半山腰，守军才一起开火，机枪步枪射过一阵，"自卫军"在伤亡百人后，不得不撤了下去。

接连几次进攻失败之后，永顺"反压迫自卫军"的总指挥周海寰气得暴跳如雷，他拿着手枪亲自督阵，一面狂叫道："弟兄们，往前冲啊！把白田头拿下来，冲进沅陵城，任你们去享乐！"

周海寰此话一出，"自卫军"又蜂拥着不顾死活向前冲去。白田头的特务营最终抵不住大批"自卫军"的进攻，不得不放弃阵地，匆匆撤到了城郊边的溪口一带。

眼看特务营在白田头失守，马指挥官自知沅陵城难保。当永顺"自卫军"还未进城之前，他就在几个卫兵的护送下，匆匆逃过了河去。

马指挥一走，沅陵城顿时一片混乱，几里长的河沿上，到处都是抢着逃难渡河的人群。此时，特务营更无心恋战。到天黑之后，这支部队也悄然撤离到沅陵城的后山去了。在城内的沅陵保安团、警察大队和自卫队的武装人员，也早都望风而逃往了黄草尾。

当天夜里，永顺"反压迫自卫军"如潮水般乘胜冲进了沅陵县城。

来不及撤走的沅陵城的居民顿时遭了殃。

本来就是一些乌合之众组成的"自卫军"，这会儿都露出了土匪的贪婪残忍本性：烧杀掳抢，奸淫妇女，几乎无恶不作。整个晚上，只见火光四起，妇孺的哭喊声，匪徒的狂叫声与噼啪的冷枪声交织在一起，搅得全城没有片刻安静。"自卫军"进城不到半小时，由溪口向白田头的河道上，像蚂蚁似的拥着无数背着背笼和箩筐担子挑着"战利品"的人群，全城这时已进入抢劫状态中。

到天亮时分，永顺"反压迫自卫军"的总指挥周海寰进城了。他带着几十个护兵来到总爷巷杨清漳的院门外，一面敲门一面高声大叫道："杨书记长，杨书记长！"

杨清漳闻声走向堂屋当中，和周海寰握了手。周海寰说："杨书记长，沅陵的事，希望你和沅陵地方士绅来维持一下。"

杨清漳无可奈何地说："我尽力办，你放心。"

周海寰又道："凡是本城士绅的住宅，我们都会贴上告示，专门保护。"

说着，就叫人首先在杨清漳门前贴了一张告示，上面用毛笔书写着"指挥周示"，下面写着"本部住宅，禁止滋扰"八个大字。靠了这张告示，那杨清漳的住宅果然没人敢来捣乱。

周海寰与杨清漳会面之后，接着将指挥部设到了城中南门口的原湘西师管区司令部内。按周海寰的要求，杨清漳将向乃琪、刘翼经、何沛霖等地方绅士都通知到指挥部来，与周海寰见面。双方商议一番，达成了两条协议：立即停止抢劫奸淫行为；地方上负责每日供给"自卫军"白米50担、金圆券10万元以作副食费。

上午10点，周海寰带着十多张亲笔书写的"禁止奸淫掳抢"和十大"杀无赦"的告示上了街。在街上贴告示时，迎面碰上一个抢百姓布包的军士，周海寰为表示"军令森严"，当场枪毙了这个军士。

"杀无赦"的告示贴出去后起了一点作用，士兵的抢劫在大街上不见了，但目标却转移到后街后巷去了。

当周海寰率部攻克沅陵之时，总司令曹振亚还驻扎在古丈县的罗依溪，汪援华正在去桑植途中的塔卧。他们都没料到，军事行动如此顺利。周海寰进城后，在指挥部给曹振亚打电话说："我们已攻克沅陵，请曹司令赶来沅陵议事！"曹振亚立刻又给汪援华打电话告捷。接着，曹振亚于3月4日，汪援华于3月6日先后率部到达了沅陵县城。

沅陵失守的消息传出后，全省乃至全国舆论哗然。国民党省府赶紧派保二旅封锁了沅陵县城的对岸。汪、曹、周的"反压迫自卫军"原拟进攻常德的计划此时也难实施了，双方的武装力量以河为界，凭江对峙着。南岸保二旅发出通牒：限期三天，汪曹全军撤出沅陵城，否则开炮轰击。占据城内的汪、曹、周等人，则要求双方停火议和，不然就要渡江攻击。在双方僵持的几天内，周海寰又指挥士兵将师管区的仓库打开，抢得军服万余套，军鞋3万多双，又将中央银行保险库捣毁，掳出库存银洋近4万元、金圆券200余万。三天之后，南岸保二旅见期限已到，就向县城开炮轰击，炮弹着火烧毁了几十栋民房和铺子，由驿码头对准县城中南门码头组织发射的机枪网，整天进行射击，雨点般的子弹打在临江码头和街道出口处，所有的行人都成了射击目标。眼看炮火封锁，百姓跟着遭殃，城内的地方绅士何沛霖、刘铭吾、杨清漳、向乃琪以及天主教堂湘西主教美国人欧克兰等，一齐出面进行调停。此时，省府也改变策略，派来了省府委员戴季韬同保安副司令王劲修一起来主持议和。戴季韬由望城坡给汪援华通电话说："你们的部队占据沅陵县城，烧杀奸淫，给老百姓造成这么大损失，再不撤出，怎么对得起良心？"汪援华解释道："我是奉命由桑植开往长沙，行至大庸县境，闻讯沅陵出了乱子才率部赶来的。"戴季韬也不戳穿他的谎言，只是好言相劝道："你的部队是正规保安团，怎能对此不负责呢？"汪于是自责道："事起仓促，不幸县城受危，民众受难，顺铭（汪又名顺铭）一介武夫，未尽保土卫民的神圣职责，深感内疚。""你这话还差不多。"戴季韬遂又安慰他道，"事已至此，省府也不打算深究。我这次来就是受命与你们议和，只要你们撤出城并服从命令，省方答应委任你为保安第五旅旅长，曹振亚为副旅长之职，你们看如何？"

"好，季公指示我们绝对遵办！"汪援华终于表了态。

双方通话的第二天，汪援华、曹振亚、周海寰在城内仍按兵不动。此时，沅陵地方士绅刘翼经、何沛霖、向伯翔、唐金声四人冒着枪弹过河，赴望城坡谒见了省保安副司令王劲修和戴季韬委员，再度商议了一个具体的解决办法，决定正式委派汪援华为保安第五旅旅长，兼永顺、龙山清剿指挥，曹振亚副之。委任令由王副司令当场在一空白委任状上写就，交四个代表带回。与此同时；限汪、曹、周的部队于明晨8时前全部退出沅陵城。此外，又决定委派何沛霖为沅陵县县长。"自卫军"退出后，防备由何县长率地方团队接受。

当四位代表将委任状带过河送至汪援华和曹振亚手中后，两人连夜主持军中首领开会，对下属各首领依样画葫芦封了官，最后又商定了撤出计划。

第二天凌晨，汪援华、曹振亚和周海寰的部队开始撤向乌宿，到中午时分才全部撤完。沅陵城的一场浩劫，至此才告结束。事后官方统计，此次事变使沅陵城焚毁房屋达151栋，死伤人口一百余人，妇女被奸淫及掳去者百余人，损失财产达百余万银元。有目睹此城遭劫难的士英先生，曾作《竹枝词》数首在报上刊发记载：

> 养士原期用一朝，如何闻匪竟先逃。
> 年来只为筹兵饷，吸尽民脂刮民膏。
>
> 匪陷沅城不忍看，男遭残杀女强奸。
> 可怜遍地尽尸骨，团队如何不保安。
>
> 不必天天派大兵，纵然兜剿事难平。
> 如能以毒来攻毒，指顾成功是永清。

第三十八章　张玉琳辰溪劫枪
陈渠珍东山再起

1949年3月4日，当周海寰率部攻占沅陵城的第三日，在辰溪县的原汪援华部下的营长张玉琳，指挥湘西各路武装人马，将辰溪兵工厂的武器库也抢劫一空。

按照永顺结盟会上的计划，张玉琳在吃罢血酒后，第三天即从永顺经沅陵赶回了辰溪。接着，他通知泸溪徐汉章，麻阳龙飞天、胡振，怀化胡振华，辰溪米昭英等赶到辰溪县城，将永顺会议的情况详细告诉了大家，并要众人按永顺的决议配合行动。由于张玉琳的具体安排，各县便分头带领武装和民壮（民壮由乡长、保长带领）共一万三千多人，于3月4日下午和5日清早到达辰溪兵工厂附近。张玉琳命令该厂的3个自卫中队放下武器，随即打开仓库，得到库存的各种枪支两万一千多枝，"八二"、"六〇"炮五百多门，轻重机枪九百多挺，各种弹药三百多万发，除自己掌握大部分外，其余全部分发了出去。其中又以辰溪米昭英、石美豪，泸溪徐汉章，永顺向质云，向克武等首领分得最多。古丈县的张平，带着人马来迟了一步，他不甘心空手而回，赶紧到张玉琳家拜"码头"，张玉琳送给他八百枝"中正式"步枪，但有个条件，要他迅速离开辰溪。因为辰溪有永顺、泸溪、麻阳、沅陵、古丈各方面的人马，情况太复杂，张玉琳怕互相火并，混乱中夺走他好不容易抢来的武器。张平依了张玉琳的条件，得了八百枝新枪，当天下午就从辰溪开到泸溪县的浦市。这时张平匪性发作，打开了田赋管理处的粮库，还指名要大户送猪，送酒，浦市陷入一片混乱。

却说泸溪有一首领徐汉章，从小当过岩匠和裁缝，年轻时人民团当兵，后来拖队入匪，打家劫舍，成了拥有上千人枪的武装头目。在辰溪劫枪中，徐汉章共分得轻机枪66挺、重机枪3挺、手枪54枝、迫击炮5门、步枪

2824 枝、子弹 82 箱。有了这批武器弹药，徐汉章实力大增，他就将部队进行整编，共辖 4 个纵队，他自封为"军长"。当张平路经泸溪到浦市时，徐汉章怕张平侵占自己的地盘，忙写了一封信去，说他要进浦市，张平接信大惊，马上带队伍离开浦市回古丈去了。张平走后，徐汉章率部占领了浦市，3 月29 日攻进泸溪县城，自此，泸溪就成子徐汉章的天下。

辰溪兵工厂被抢之后，国民党上层要人更为惊骇。由于湘西连续出乱子，而全国又处于风雨飘摇的解放前夕，"三、二事变"发生后，省府主席程潜几次主持会议，曾商讨解决湘西问题的方案。会上争议不断，李默庵、刘嘉树等人力主派兵进行围剿，程潜一面火速派了保二旅去征剿，一面又派省府委员戴季韬去沅陵进行谈判，想采取以招抚为主的办法来稳定湘西局面。戴季韬在沅陵与汪援华等达成协议后回省府复命，省府再开会议商讨对策。会上，戴季韬汇报了沅陵问题的处置办法，李默庵、刘嘉树等人很不满意，认为汪、曹率部作乱，对这帮土匪只有清剿，而不肯承认其收编协议，程潜亦因汪、曹所部所提"打倒李默庵！拥护程潜主席！"的口号而大发脾气道"我是什么人，要土匪拥护？"会议随即做出了以武力去清剿的决定。戴季韬为此愤而辞去了省府委员之职。

又过数日，当辰溪兵库被抢事件发生后，程潜见湘西的事情更加闹大了，只得又派原九区专员陈迪光和绥靖高参杨春甫到辰溪与张玉琳谈判。陈迪光一行到辰溪，受到张玉琳的欢迎，因为陈当九区专员时，张玉琳曾任过他的少校大队长。俩人之间有较深的友谊。此次谈判进行得很顺利，张玉琳答应无条件接受招抚。省方表示不追究破坏兵工厂的责任，要是蒋介石追究起来，也由程主席出面承担。泸溪方面集合的人枪，则收编为省绥署直属第二纵队，共 3 个支队、9 个团，张玉琳被任命为纵队司令，米昭英为副司令。另外还增编泸溪、怀化两个保安团。

且说辰溪问题刚刚解决，湘西的黔阳接着又生了乱子。其时，黔阳县有个国大代表潘壮飞，在南京投票支持过程潜竞选副总统，程潜回湘任主席后，他曾两次拜见，程却没有安排他一官半职。他一气之下跑到辰溪找到张玉琳，想借张的人马趁火打劫。张玉琳当即拨给他一个连人枪，他接着就开到黔阳，把县城攻下了，又得人枪一千三百多，打算再进攻芷江去抢夺飞机场的库存武器。谁知，芷江的当地首领杨永清，已率队抢先一步将飞机场的武器全部弄到手。待潘壮飞去后，杨永清派代表列队"欢迎"，并提出与其"合作"，弄得潘啼笑皆非，只好同杨"合作"。

程潜得知杨永清动起来了，又大吃一惊。因为杨在北伐时就任过师长，在当地又是拥有一万多人枪的龙头大爷，若不制止他的行动，乱子会闹得更大。于是，程又采用老办法招抚，将杨收编为绥署直属第三纵队司令，潘壮飞为副司令。

其时，张玉琳接受了收编，但以为自己破坏兵工厂惹了大祸，怕蒋介石有朝一日会追究，暗地里又想通过老先生陈策与共产党取得联系，以便多一条后路。陈策曾是红二方面军的一个团长，参加过长征，抗日时期从延安派到湘西组织民众抗日，被国民党政府逮捕入狱，至抗战胜利时才释放，此时住在辰溪大风潭。陈策答应到长沙去找共产党地下组织联系。但他走后，泸溪县长刘英渠探得风声，当即向蒋介石和陈立夫写了份万言书，将湘西的事作了详细汇报，同时建议蒋介石将在美国"深造"的张中宁召回来掌握张玉琳，因为张中宁是张玉琳的族叔。蒋介石得此万言书，采纳了刘英渠的建议，当即电令张中宁从美国赶回重庆，并面授机宜："现在湘西动乱不堪，你去收拾一下。你可同阎部长商量，用个什么样的名义，将张玉琳等部加以整编。"张中宁遂又飞到广州，与国防部长阎锡山面商，决定以暂编第二军的名义进行整编，张中宁任军长，张玉琳为副军长。张中宁来到辰溪，受到张玉琳的热情接待，特别是收到蒋介石的亲笔信，更使张欣喜若狂。结果，张玉琳的两个纵队就扩编成暂二军，下辖3个师、9个团，共有人枪约3万，张中宁任军长，张玉琳为副军长。而陈策联系好的投奔共产党的计划，也就被张玉琳拒绝了。

张玉琳劫了辰溪兵库，又被蒋介石封为暂二军副军长，自此志得意满，又思图要报父兄之仇。原来，他的父亲张贤乐及哥哥张玉昆当年因当土匪，曾被省保安旅旅长陈汉章清剿，无路可逃时，二人带着几百人枪投靠到陈渠珍的独立十九师，陈渠珍将其收编后，张贤乐父子的队伍军纪败坏，抢劫财物，陈渠珍给予严厉斥责，张父子心怀不满，暗里图谋反水，事未发而被其部下告了密，陈渠珍即命戴季韬率两团人枪将张部包围缴械，并就地处决了张贤乐父子。其时张玉琳的年纪还不大。这些年他也算是卧薪尝胆，忍辱埋恨，现在有了相当实力，心想也该报仇了。他于是放出风声，扬言要血洗凤凰，去找陈老统算老账。

张玉琳放出血洗凤凰的风声后，陈渠珍便寝食难安了。原来，陈渠珍自抗战胜利时薛岳离湘，他辗转又回到老家凤凰定居后，湖南省主席王东原曾欢迎他出任政职，但他却拒绝了。他在复九区专员陈士的信中说："珍暮景日非，去死几何？搔首灰心，不自今始。"又向人说，"对时局则徒有悲观，对事业早已绝望，对政治毫无兴趣，对军事则有类谈虎。"他打算不再过问政事，并闭门著说度过了几年岁月。谁知到了 1949 年初，沅陵辰溪一动乱，凤凰县城一日三惊，谣言四起，陈渠珍在家终于待不住了。他本想迁居去铜仁，但凤凰县长田个石及本城士绅都来挽留，要他帮助"保境安民"，出面来维持地方治安。陈渠珍思虑再三，最终决定不再迁居。"三二事变"发生后，有一天深夜，他便主动召集包戈、印远雄、谭自平、田名瑜、沈荃、熊子霖、戴亚东等一班旧部心腹开了一次会议，会上，陈渠珍对众人说："听说最近时局很乱，汪援华和曹振亚攻占了沅陵，张玉琳抢劫了辰溪兵工厂，有这么回事吗？"

谭自平点头叹息："确有此事。我听说省府派戴季韬与汪援华和谈，让他们撤出了沅陵，不过程主席不信任汪援华，决定派周笃慕清剿他们，此外，李默庵也打算出兵，血洗湘西。汪援华、曹正亚也在联络人，准备跟周笃慕和李默庵对抗到底！"

印远雄道："听说季公为和谈的事，跟省府闹得很不愉快，辞去了省府委员的职务？"

陈渠珍点头："季公辞职，虽然考虑欠妥，但也不失为明哲保身！"

谭自平："省府要血洗湘西，清剿汪援华和曹振亚，这件事肯定会牵连玉公！玉公何不趁此机会，东山再起？"

大家互相观望了一下，包凯说："现在周笃慕、李默庵要血洗湘西，玉公如果以防剿自卫为名，保护湘西不受荼毒，人民免遭战火，不正可以保境安民，造福于湘西么！"

陈渠珍道："现在省府两路大军进剿湘西，我只不过糟老头子，要权没权，要钱没钱，要人没人，要枪没枪，贸然出山，还不是白白断送这条老命？！"

谭自平道："玉公统帅湘西三十年，德高望重，湘西各部的首领，大多是玉公旧部，只要您登高一呼，防剿自卫，汪援华、曹振亚等人肯定会来投靠，再加上湘西各县的警察局、自卫队和各县民团组织，玉公最少可以召集一万多人枪。"

陈渠珍摇头："人枪再多，不过是乌合之众，与国民党正规军交战，等于鸡蛋碰石头，我还是修养身心，过自己的太平日子吧！"

印远雄道："过了那一村，就没了这一店！玉公，不可错过时机啊！"

陈渠珍仍旧摇头，就在此时，陈的护卫匆匆忙忙来到说："老统领，这是您的信。"

陈拆信一看，原来是张玉琳写的来信：

玉鳌先生：

前日"三二事变"仓促，我自辰溪兵工厂得枪数万，募兵万余人，将维护社会秩序，保卫地方治安视为己任。近闻湘西一带治安混乱，先生年迈在家，不便治理，我特拟来凤凰请安，维持时局，绥靖湘西。

张玉琳上

陈渠珍看完信后，大惊，把信递给包戈看，包戈说："这封信杀气腾腾，分明就是张玉琳挑衅玉公的战书！这个张玉琳，要找您报当年杀父之仇，玉公，不可掉以轻心啊。"

陈渠珍点头叹息："是呀！张玉琳与我不共戴天。当年他的父亲张贤乐是辰溪、沅陵一带的大土匪，后被政府军队清剿，无路可逃，还是我将张贤乐收编为预备团团长，岂知这张贤乐父子不但不知恩图报，还准备叛逃造反。我被逼无奈，只有将张贤乐父子击毙；当时张玉琳只有14岁，我一时心软，就放他走了，如今张玉琳拥兵过万，要来找我报杀父之仇，也是人之常情啊。"

说完这些话，众人都脸色沉重，大家都感到情况严峻。

包凯思索良久，缓缓开口："玉公，张玉琳要来攻打凤凰，可能并不是件坏事！"

陈渠珍愕然："哦，你有什么高见？"

包凯继续说："张玉琳已经接受省府改编，协助周笃慕清剿汪援华，如果他要来攻打凤凰，必然违抗省府的命令，引起程主席和杨香甫的不满，玉公虽然无权无职，但威望犹在，如果将张玉琳的书信公开，湘西人必定群起响应，将张玉琳当作公敌。如此一来，不但张玉琳不攻自破，就连省府的清剿部队，也会受到牵制！玉公则可重新掌控湘西的军政大权，保境安民，造福百姓！"

印远雄跷起大拇指说："包将军真是高见，高见！"

谭自平连连点头，接上话头："包戈说得好！对付张玉琳，态度一定要强硬，玉公不妨与他针锋相对，写一封回信，以反围剿、反血洗、反踏平为口号，号召湘西百姓保护家园。然后再将这两封信向全国公开，争取全国舆论支持，不但让张玉琳四面受敌，还可以让程主席骑虎难下！"

陈渠珍听了大喜。道："好，好，你们两位真是我的诸葛亮！我马上给张玉琳回信！"

于是，陈渠珍挥笔写了一封回信：

玉琳阁下勋右：

顷诵大札，得知阁下拟来凤凰'请安'，实不敢当，凤凰山青水秀，世间罕有，加上此时春光明媚，正是游猎的黄金时节，如阁下不能来凤，我将前来辰拜望，雪峰山麓，辰水河畔，正好捕猎野兽，与民同乐。

陈渠珍

沈荃道："老统领，现在情势紧急，我看您还是离开凤凰，到铜仁去避一阵子吧。"

谭自平："对，张玉琳兵力强盛，一旦攻打凤凰，后果不堪设想。老统领还是避避风头！"

陈渠珍皱着眉头，没有吭声，然后望了望印瞎子和包戈。

包凯看着陈渠珍，说："玉公是湘西的当家长者，如果这个时候离开，必然大大打击士气，以我之见，玉公应该留下来，和湘西人民共同对敌！"

沈荃道："那，老统领的安全怎么办？"

包凯道："老统领的安全重要，凤凰和湘西的安全就不重要吗？我们马上组织人马，加强设防，其余的事情，自有天意。"

陈渠珍点头，说："包凯说得好！我既是湘西统领，就应该舍生取义，捍卫家园，岂可轻言逃离，置家乡父老于不顾！现在我意已决，誓与凤凰共存亡，请大家不必多言。"

包凯又道："现在应该马上成立凤凰县防剿委员会，由玉公担任主任委员，然后收集旧部，跟周笃慕、李默庵的部队打一场硬仗！"

谭自平点头："玉公，我看可以通知凤凰的重要人物，明天上午一起开会，宣布这个决定！"

陈渠珍看着包凯和谭自平："好！这个事情，就这样办吧！"

此会商议后，陈渠珍即在第二天正式出任了"凤凰县防剿委员会"主任之职，又新成立了自卫军，由谭自平当了指挥。陈渠珍东山再起后，张玉琳最终也没有去凤凰报仇。由于时局紧张，解放军已逼近湖南，当长沙和平解放之后，张玉琳见势不妙，和张中宁一起到了重庆，后来逃往了台湾，此是后话。

第三十九章　顾家齐遭人暗杀
田儒礼丧命沅陵

　　陈渠珍重新复出后，又极力想拉所有旧部重归旗下。偏偏这时他的老部下顾家齐却不听其言。顾家齐自从一二八师解散后，拒绝了到七十军任副军长的委任，后来回到湘西，被薛岳任命为第四区保安司令，驻防过乾城，不久调任第九保安司令，驻沅陵，1943年又调任八区专员兼保安司令，驻永顺。此期间他率部清剿"彭叫驴子"，却不料被"彭叫驴子"的部下乘虚攻入永顺城，使城内百姓受了损失，为此被革职回家。此后他不肯再复出政坛。陈渠珍、谭自平、熊子霖等人成立防剿委员会后，曾多次邀请他一道出山，他却说："这些扯烂污的事我不参加，打来打去都是湘西人，我要为子孙积点德。"于是闭门不出。顾家齐的态度惹恼了谭自平，也使陈渠珍不高兴。谭自平本来就和顾有矛盾，早在1926年，顾家齐奉陈渠珍之命枪决谭的好友、勾引黔军杨其昌师骚扰凤凰的刘祚国后，谭顾二人即结下仇怨，以后因同为袍泽，宿怨还不至于使谭萌发杀顾之意。但因程潜上台后，顾曾向程潜许诺，说他只要带3个团就可以收拾"三二"事变后兴起的湘西游杂武装，又说只要一个团就能收拾凤凰捣乱的"自卫军"，这话对谭自平是个威胁，因为他是自卫军的首领，于是谭自平起了杀意。

　　此时恰逢程潜召顾家齐到长沙去任省府委员，顾家齐准备5月8日动身。谭获得这一消息，就去请示陈渠珍，说顾要下长沙我们该怎么办。深谙"远庖厨"之道的陈渠珍说："这事该怎么办就怎么办，你还要来问我?"陈一直怀疑1935年何键借追剿红军把他逼下台，顾背叛过他；其次，还认为顾对他经济上的资助不及谭自平和戴季韬慷慨，因此衔恨于顾。当然，这种成见尚不至于使陈置顾于死地，关键是顾将破坏他重新出山割据湘西的计划，这才促使他暗示谭可以除掉顾。

5月7日，顾家齐到陈公馆去辞行，陈渠珍在警卫营长杨和清的陪同下送顾出公馆大门，想到顾将不久于人世，毕竟是多年的老部下，不禁落了几滴泪。其时，在常德的第十七绥靖主任兼司令李默庵已因"三二事变"辞职，宋希濂接任。宋原是湘鄂边区绥靖司令，此时，为争取陈渠珍，他派政工处长杨仲璞正在陈公馆小住，被陈待为上宾。杨闻听顾翌日只身赴长沙，便要与顾同行去常德，请陈将回复宋希濂的信件交给他。陈劝杨再逗留几日，杨以为眼下道路不清，与顾结伴安全些便一心要走，陈只得把回宋的信件交给了他，并立即通知谭自平切记不要打死杨仲璞。

5月8日早晨，顾家齐一行9人由凤乾大道到所里，然后乘车去长沙。下午来到张排寨时，被谭自平指派的连长侯尚仁率人拦住了汽车。车停下后，匪徒们高叫道："谁是杨仲璞，请下车。"杨仲璞却缩在车内不敢下来。此时，顾家齐的警卫已跳下车欲抽枪反抗，匪徒抢先下手，一阵猛射，当场将顾家齐等九人全部打死在车内，连杨仲璞也未能幸免于难。

顾家齐死后，谭自平深居简出，住宅周围日夜巡哨，生怕顾的人来报复。但此时政局动乱，谭的背后又有陈渠珍的庇护，后来也就无人去深究杀手了。顾家齐死时年55岁。过了三十多年后的1986年3月，经中共凤凰县委落实统战政策领导小组核实，决定对顾家齐按起义人员对待，此是后话。

陈渠珍在扫除对立障碍的同时，又以李默庵将要兴师血洗湘西为由，号召"保境安民"，并借"防剿委员会"之名，到处招集兵马，收罗旧部。很快，他的一些老部属如周燮卿、罗文杰、熊子霖、包凯、谭自平、陈士、龙恩铭、杨光耀、刘文蛟、沈荃、龙文才、黄大绶、田耀武等首领，均汇聚到了他的麾下。周燮卿和罗文杰还打出陈渠珍的牌子，在乾城成立了"湘鄂川黔四省边区自卫军政委员会"，陈渠珍为主任委员，周、罗为副主任委员。同时，陈渠珍又从老家麻阳龙家堡等地家族中召了两百余人，组成了一支手枪队，由其侄子陈远志任队长，专门负责他个人的警卫，又搜集所有各乡及警察队和自卫队的人枪，共组编成了4个纵队，共约三千多人枪。

到了四月上旬，由省府派定的刘嘉树、周笃恭、颜梧各率一旅兵力，分三路开始向沅陵、古丈、永顺等地进行清剿。陈渠珍为支持永顺"反压迫自卫军"，特组织了一支湘西自卫联军去与省军进行对抗。这支联军确定由熊子霖任司令，刘文蛟任副司令，包凯为参谋长。下辖五个纵队，分别由田儒礼、龙恩铭、田纯卿、刘森、田西耕为各纵队司令。

这支联军奉陈渠珍之命行军到古丈。熊子霖、刘文蛟、包凯在临时指挥所召集纵队司令商议前线军事行动。

参会的龙恩铭在指挥所内拿起望远镜，望了望远方沅陵二酉山的动静，然后转过身来，傲气十足地对众指挥官说："这个周笃慕，我看也没长三只眼，我们现在就出其不意，直接进攻沅陵二酉山，打他个屁滚尿流。"

包凯摇头："贤侄，老统领只要我们观察敌人动向，并没要我们进攻。"

龙恩铭说："老统领坐在家里，不知道前线情况嘛，再说，将在外，君命有所不受，参谋长，您说对不对？"

包凯道："老统领掌握全局，心中有数，没有他的指示，我们不可轻举妄动！"

龙恩铭看无法说服包凯，黑着脸走出临时指挥所。

龙恩铭的副官跟出来，问道："少司令，这个参谋长顽固不化，你打算怎么办？"

龙恩铭冷笑道："上有政策，下有对策！参谋长顽固不化，老子就自己行动！"

副官道："这，这不太好吧？参谋长可是老统领指派的啊！"

龙恩铭道："老统领是谁，那是我干爹！只要我打个漂亮仗，干爹自然对我另眼相待，到时候参谋长也不好再说什么，你说对不对！"

副官点头："对，对，少司令打算怎么行动？"

龙恩铭："你马上通知田儒礼，要他把队伍修整好，明天一早，我就跟他会合，直攻二酉山，记住，这件事情，不能让参谋长知道！"

副官应允道："是！"

第二天，天刚拂晓，龙恩铭、田儒礼果真率一千多乌合之众，开始进攻二酉山了。

包凯还在临时指挥部思考战事，一副官突然跑进来："参谋长，不好了，龙恩铭擅自行动，和田儒礼一起攻打二酉山去了！"

包凯猛然站起："什么？他们去攻打二酉山了？！"

副官道："他们瞒着参谋长，昨天晚上就开始准备，一大早就出动了！"

包凯拿起望远镜，远远望着龙恩铭的部队，连声叹息："这个龙恩铭，自以为是，非吃大亏不可！"

副官问："参谋长，我们怎么办？"

包凯走到墙壁面前，看着墙上的军事地图，自言自语："龙恩铭就要到二酉山，阻止已经来不及了，周笃慕就等着他羊入虎口呢！"

副官道："参谋长，龙恩铭是龙云飞的儿子，又是老统领的义子，我们快发兵增援吧！"

包凯摇头："周笃慕肯定有所防备，如果增援，正好中了圈套，伤亡更重！"

副官："那龙恩铭不是死路一条？"

包凯看着地图，忽然道："你马上传令，派两个小分队快速跟进，假袭二酉山的侧面，吸引敌人兵力。这里有条近道，直通二酉山的后方，我们的主力就从近道攻打二酉山，只要周笃慕派出主力，我们就马上撤退，千万不要强攻！这样一来，龙恩铭或许还能逃出来！"

副官道："是，我马上照办！"

副官离开，包凯颓然坐在指挥桌前道："这个龙恩铭，年轻气盛，真是太冲动了！"

龙恩铭不听劝阻，率队进攻二酉山，但在通向险峻深谷的二酉山的途中，就受到省军猛烈截击，这些未经训练的农军，一听机枪炮弹飞鸣，就吓得狼奔豚突，龙恩铭拔出手枪，向天上射击："慌什么，都给老子站住，谁敢逃跑，老子毙了谁！"

队伍镇定了一些，但在交战过程中，死伤很大，终于顶不住，只有后退，但在后退途中，又遭阻击，纷纷后退，前后受敌，乱作一团。龙恩铭开枪打倒两个逃兵，还是无济于事。

田儒礼道："恩铭，咱们顶不住了，现在怎么办啊？"

龙恩铭望着天空哀叹："我不听干爹的忠告，才落得如此下场，事已至此，只有死战到底，跟他们拼了！"

田儒礼道："事到如今，我们只有一起战死了！"

话音未落，敌军一阵子弹扫过来，不少自卫军纷纷倒地，田儒礼亦身中子弹，血流如注。临死前还对龙恩铭道："龙司令，你要活着出去，为，为兄弟们报仇！"说完，脑袋一歪，断了气，龙恩铭大吼一声，从地上站起来，开枪反击，将对方击毙，但自卫军此时乱吼乱叫，早已溃不成军，龙恩铭万分绝望，喃喃道："不当俘虏，我龙恩铭绝不当俘虏！"

说完这句话，龙恩铭将枪口对准了自己的太阳穴，正要扣动扳机，忽然看到对面的敌人纷纷倒地，原来是两支分队赶来救援了。

省军的部队终于退回山后，龙恩铭看着田儒礼的尸体以及溃败的军队，默然低下头，跟着救援分队一起撤退了。

过了数日，龙恩铭、包戈等率部狼狈回到凤凰。两个兵抬着重伤而死的田儒礼来到街上。

陈渠珍等到街头看望道："恩铭，我要你们观察敌军动向，不要进攻，你们怎么不听命令？"

龙恩铭道："干爹，这事都怪我，是我自作主张，攻打二酉山！"

包凯道："老统领，这件事情我也有错，是我监管不严，部队才受到这么大损失！"

陈渠珍道："哼，参谋长，这件事情不怪你，都是这个龙恩铭自高自大，不听号令，才弄得灰头土脸，损兵折将啊！"

龙恩铭："要不是参谋长及时救援，我连命都保不住，谢谢参谋长救命之恩呐！我知错了！"

陈渠珍点头："知错就好，年轻人，难免要吃点亏，关键是要吸取教训，以后不要再犯！"

包凯道："老统领，周笃慕已经撤出二酉山，看样子不会来攻打湘西了。"

陈渠珍："哦，周笃慕打了胜仗，怎么会撤出湘西呢？"

包凯道："我也不清楚，听说解放军前日已攻破武汉，直逼湖南，估计周笃慕是被程潜召回长沙，准备对付解放军吧！"

陈渠珍脸色一沉："有这种事？形势变化可真快呀！"

果然，只过数日，传闻省府早已改变策略，对湘西各路武装采取了招抚办法。5 月底，陈渠珍亦被省府再度任命为沅陵行署主任之职。但陈渠珍没有到沅陵上任，此时，他与宋希濂又达成了割据湘西，收编地方武装的新方案。

第四十章　宋希濂收编众匪首
瞿伯阶病逝太平山

1949 年 6 月初，陈渠珍在宋希濂的推举下，出任湘鄂边区绥靖副司令官，并设副司令部于乾州城。陈渠珍一身兼任了数职，此时便力图将混乱的湘西各派势力统归到麾下。他计划着要召开一次"三二"事变后的善后会议，重新明确各县武装头目们的势力范围，但召开这样一次会议，经费来源却尚无着落。正在他为经费问题绞尽脑汁之时，一日下午，凤凰县防剿委员会的谭自平忽然电话来报告说："一架飞机坠落在凤凰新德乡鱼井村内。机上载有不少银圆，当地老百姓捡到了许多。你看此事该怎么办？"

陈渠珍想想即作指示道："马上派人把现场封锁起来！所有银元都是国库的钱，必须如数上缴。"

"是！"谭自平放下电话，即下令由负责城防的大队长余子坤率人去保护现场。余子坤带了几十个士兵，第二天上午来到鱼井溪。只见那坠落后飞机已碎成无数残片，机头、机身、机翼全都分离，地面上撞了几个大坑，驾机的飞行员被甩得断肢残腿，血肉模糊，那飞机上满载的一箱箱银元，此时大部分被埋在泥土中，还有不少散落在飞机残骸的周围。上百名苗家男女老少，还在现场拾捡散落的银圆。

"哼，马上给我封锁现场，谁也不准抢国家的财宝。凡是拾到的银圆，要统统给我登记追回。"余子坤下着命令。

众士兵随即将现场封锁起来，同时把那些苗民围住，然后开始一个个调查登记。

余子坤亲自讯问一个戴青丝帕的苗家老人道："你是什么时候看到飞机掉下来的？"

老人如实说道："是昨日下午。当时我们好多人正在田里插秧。猛然间，听到天上一阵轰响，抬头一望，见一架飞机斜落了下来，那翅膀先脱落了一只，接着机头脱落，机身从我们头顶划过，就落在这鱼井溪里，'轰'的一声巨响，飞机就散架了。当时我们好害怕，大家都不敢靠近飞机，怕有炸弹爆炸。过了好一阵，见飞机没爆炸，大家才围拢来。"

"飞机落下后，有哪些人来现场看过？"

"有一二十多人最先赶到，后来两个寨的人都来了，有上百人。"

"你们拾到了多少光洋？"

"有的拾得多，有的拾得少。我只拾到十几块光洋。"

"不论你拾到多少，都要交出来！"余子坤说："这飞机上的银圆都是国家的财产，谁也不能乱动。拾到了就要退出来，知道吗？"

"退就退呗！我反正只拾到几块，都在身上带着，给你们就是了！"老人说罢，就从口袋里把几块光洋交了出来。余子坤遂让人造册作了登记。其余在场的苗民，一个个只好都把拾到的光洋退了出来。

"你们还有哪些没交的，还有藏在屋里的，全部都要退交出来。否则，一经查出有没交的，将要受国法处置！"余子坤又警告说。

众苗民这时都面面相觑，无可奈何。

不一会，新德乡乡长吴有凤也到了现场。余子坤又向他交代说："你是这里的乡长，百姓拾到的银圆都要退赔，没退交的，到时拿你是问。"

吴有凤便道："我们要赶紧追查，有些人捡到银圆都收藏了。咱们只有挨家挨户去清查。"

"对，就是挖地三尺，也要把他们收藏的银圆收缴回来。"余子坤狠狠地说。

吴有凤遂带枪兵到邻近的两个寨子去清查，所有在现场的苗民被搜身之后才一一放走。

余子坤接着指挥手下士兵，在飞机残骸的周围仔细清理失散的物资，共拾得银圆6万多元，加上从百姓家中强行搜来的银圆，共计获银圆约8万多元。

三天后，余子坤奉命将这批银元全部押解到乾州，当面给沅陵行署作了交办。陈渠珍这时又接到省府主席程潜的电话。程潜告诉他，财政署官员打来电话，声称这架失事飞机是从厦门起飞，准备经重庆加油后飞往兰州的，主要任务是运输光洋到兰州，机上共载有 50 箱计十万元光洋。是供给前线官兵的军饷，不料该飞机在飞抵凤凰境内腊尔山时，却突然失事坠落。财政署要求当地官员配合，把散落的光洋收缴上去。程潜批示陈渠珍赶快派人清理现场，争取把光洋收缴国库。陈渠珍口头应允，但光洋收缴后，却不肯解送上去。他料定局势已混乱不堪，财政署无暇顾及这批失落银圆。果然，此后省府和财政署都未追问光洋下落，陈渠珍有了这笔光洋，就解决了召开湘西善后会议的经费问题。

又过数日，陈渠珍便以湘鄂川黔边区绥靖司令副司令长官兼湖南省府委员、沅陵行署主任的身份，通知湘西各县军政首脑及知名人士代表聚合乾城，隆重召开一次"善后会议"。出席会议的代表计有一百余人。在此次会议举行前夕，陈渠珍已正式宣布就任"湘鄂边区绥靖司令部"副司令官，并发布了一项布告和六项禁令。其布告写道："窃渠珍患难余生，世缘久绝，原期淡泊自约，终此天年。猥荷层峰，不弃衰朽，以赞襄绥靖相嘱。自惟材轻任重，深惧不胜。唯值大难当前，国家民族危如累卵；湘西当残破之余，人民望治心切，公谊私情，均难推置。谨遵于 6 月 1 日在乾就职，并专案呈报在案。第念湘西此次动荡，情形复杂。收拾抚辑，刻不容缓。爰决定择期在乾城召开善后会议，集合各乡人士，尽先调整军事，再次协商整体方案。凡属各县武装部队，志愿为国报效者，由兼司令官指定在常、澧、汉寿一带点编为国防军；其志愿捍卫乡里者，就所属原籍，由渠珍编整为自卫军。"其六项禁令为：禁止烧杀淫掳；禁止擅提民枪；禁止自由派捐；禁止寻机报复；禁止假公济私；禁止造谣煽惑。

在湘西"善后会议"开幕式上，陈渠珍又发表讲话，称自己"年将古稀，论情论理，都应该休息。但湘西这次变乱，程主席、宋总司令不弃衰朽，以大义相责，要我出面收拾。渠珍为了地方的痛苦，为了程、宋两公的诚意，不能不勉强出来……"又说："现在的湘西，如同大火一般已燃烧到每个人的房子来了，在座诸君都有这种危险的。所以每个湘西人都应该负起救火的责任，只要群策群力，一德一心，我相信这大火一定可以扑灭的。……关于各县的纠纷，我决定于会议时间外，当各县代表个别商量，于无可解决中一定要求得一种合理的解决办法，总要使湘西从今以后不许乱放一枪，妄杀一人，自然平我二十年前所喊的口号'保境息民'，使人民得以安居乐业，这就算我收拾湘西善后唯一的目的。"

此次会议共开了三天，会上对军事问题争论得很激烈。与会者有人主张将湘西游杂武装编成一个师，下设旅团；有的主张编成几个相当旅的纵队。陈渠珍最后决定，将湘西八、九两个专区的部队，编成"中国人民革命军湘鄂边区湘西自卫军"，下设几个指挥部。任命谭自平为凤、麻、泸三县边区清剿指挥部指挥，张平为沅、古、泸三县边区清剿指挥部指挥，龙矫为永绥县长兼清剿指挥，田名瑜、黄鹤鸣为乾城清剿指挥，杨元玑为泸溪县清剿指挥，朱德轩为保靖县清剿指挥，熊子霖、龙文才为绥靖司令部直属一、二清剿指挥，原八区专员双景吾与九区专员陈士对调。其他各县军事行政首领各有衔封。经过这番调整，湘西紊乱的军政局面又渐趋统一了。

当湘西"善后会议"刚刚开毕，龙山县忽又传来了瞿伯阶病逝的消息。原来，那瞿伯阶自程潜主湘后，已奉令把部队又拖回湘西。1949 年春，当鸦片烟收获的季节到来之后，他带部队回到龙山，自己坐镇太平山，让部队抓紧到乡下收烟。此时，他已患病在身，却对部队的内讧仍放心不下。其时，程潜想抓一部分兵力，决定补充瞿伯阶一千条步枪，一百挺机枪。瞿伯阶派了军需田义汉到长沙去领枪，顺便给正在长沙的参谋长瞿闵盛写了一封信告知此事，谁知瞿闵盛见信后，起了坏心，暗中派人将田义汉杀了，所领枪支全部被其弄走。瞿伯阶见田义汉久去未归，只接到瞿闵盛的来信报告，说枪领到了手，已经起运。瞿伯阶心生怀疑，再派特务营长邓柏林到常德附近去接。邓柏林到常德碰上瞿闵盛，瞿闵盛哄骗他说："枪还没有完全领到手，只领到 10 挺轻机枪。"便把这些枪给了邓柏林。邓柏林暗里调查，风闻瞿闵盛和沅陵首领陈子贤常在一起，准备成立部队，他于是带着 l0 挺机枪回了龙山。邓柏林一走，瞿闵盛就招来一批人，用这些枪进行武装，正式成立了一个旅。瞿伯阶见邓柏林没有将枪带回，又知道瞿闵盛背叛他成立了部队，这一气之下，病就加重了。

到了 6 月初，瞿伯阶躺在床上已连续两日不能进食，连翻身都已很困难，他自知去日不多，赶忙让人到乡下将自己的族弟——第一团团长瞿波平叫到身边叮嘱道："我这次恐怕很危险，阎王爷要招我了。趁我没死，我现在就任命你代理我的师长职务，因为部队要有人掌握。我死了以后，你要好好搞。现在时局艰难，你只记住，千万莫脱离程潜。"

"大哥，你放心，我一定不辜负你的重托！"瞿波平俯身郑重作着保证。瞿伯阶随即又命人取来师部大印，当面交给了瞿波平。从此，瞿波平就成了这支队伍的首领。

又过了几日，瞿伯阶在一个深夜咽下最后一口气。瞿伯阶死后，由瞿波平主持，给他举行了隆重的葬礼。其时，国民党鄂西行署主任朱怀冰应邀来龙山，为死者作了"点主"仪式。"点主"即在殡葬之日，请一位有名望的人在灵牌写的"王"字上用红笔加一点成"主"字，名为"点主"。"点主"的人身份越显赫，丧家就越感到光彩。朱怀冰是时任湖北省主席朱鼎卿的堂兄，其资格较其弟还老，曾作过军长，只因与共产党作战，全军覆没，故被蒋介石怒逐到湖北省当了个民政厅长。此后，朱便常以元老身份周旋于政治舞台。

"点主"仪式上，出席的宾客有好几百人，各地"三山五岳"的人基本上都到了。"点主"之后，丧事便进入送葬之时。按照瞿伯阶生前的意愿，大家决定将他的遗体抬回老家的五把刀山安葬。因为县城离瞿家寨有近百里远，一路上翻山越岭，路不好走，瞿波平特派了一个连队护送。出殡之时，震耳欲聋的鞭炮和锣鼓唢呐声响个不停。此时由一个排的武装士兵在前面开道，接着护兵抬着瞿伯阶的画像，其后是两乘轿子，由两位亲属坐在轿内，分别搬着亡人立牌和亡人灵牌。依次又由两人抬着一纸扎的青狮白象，象征着保卫亡人在阴司途中不受鬼怪袭击。再后便是十六人抬的瞿伯阶的灵柩。灵柩之上有两台棺罩，罩顶有亭亭玉立的仙鹤。棺材之后是围鼓响手、放鞭炮者及撒纸钱者，再后是亲属和送葬的人们。这支长长的队伍穿过县城，几乎引得龙山城万人空巷，纷纷驻足观看。在龙山城绕城一圈之后，送葬队伍便折往乡间而去。沿途经过整一天跋涉，队伍从龙洋岩至贾田溪，直到当日傍晚，才将棺材抬至五把刀山作了隆重安葬。

瞿伯阶的出殡，在当时可算是盛况空前，轰动一时。作为一个靠打家劫舍拉队伍起家的人物，一生出入枪林弹雨，被国民党军多番清剿不死，最后被收编为国民党正规军的"师长"，到晚年病逝后还享此荣耀者，在一帮惯匪首领中实不多见。倘若再过半年，瞿伯阶绝不可能有这样的结局。

瞿伯阶死后不久，湘西乃至湖南的局势就更显明了，解放军已经南下，即将入湘，程潜暗地里频频和共产党接触，准备起义之事，而驻防常德的宋希濂这时还在奉命力图抓住湘鄂边的地方武装。7月1日，宋希濂经与陈渠珍商定，在常德召开了一次收编湘西各路武装的会议，各县具有军事实力的首领都派了代表来参加此会。会上，宋希濂当场宣布，将各县的武装都纳入到暂编军和暂编师的编制之下。陈子贤、张玉琳、石玉湘等被封为暂一、暂二军军长和副军长，田载龙、周燮卿、罗文杰、曹振亚、陈策勋、师兴周、张剑初、张平、瞿波平等均被任命为各暂编师的师长。宋希濂对于在湘西建立根据地抵抗共产党并无多大把握，但他奉了蒋介石命令不能不作抵抗的准备。此时坐镇广州的国防部长白崇禧也专门来到常德，在收编会上放了一通厥词："南京失陷，武汉不守，共军目的是要打通交通线，占领大城市。湘西偏处西陲，崇山峻岭，地形复杂，既利防守，又可制敌，用空室清野政策对付共产党是最好的策略。当年共军北上长征，经过广西，我们曾采用这个策略，收效不小。"

白崇禧的一番话，及时鼓动了湘西各路土匪武装首领的反共信心。经过一番对局势的讨论，各部都欣然接受了湘鄂边区绥靖司令官宋希濂的任命。就在湘西一帮地方武装首领还在醉心升官并整编队伍打算与解放军决一雌雄时，湖南省府主席程潜却审时度势，毅然同陈明仁将军一起在长沙宣布起义。程潜、陈明仁的这一举动，顿如晴天霹雳，震惊了整个西南地区所有的国民党军政人员。此后的路该往何处走，他们都不得不作慎重考虑。然而，即使国民党到了覆灭前夕，湘西乃至湖南的一些顽固派首领，仍然不知死活，欲作最后挣扎。新任国民党湖南省府主席的黄杰，还在芷江召开过一次军政联合应变会议，湘西各县的一些头目都到会了。黄杰在会上胡吹说："蒋总统正同美国商量，决定把东北划为原子弹轰炸区，华东南划为反攻区，华中划为歼灭区。上帝掌握人类命运的时代已被原子武器所代替，这是不可否认的现实。美苏矛盾日益激化，第三次世界大战迫在眉睫。共军在全国仅占了一些点和一些线，毕竟大片乡村还是掌握在我们的手里，望诸位充满必胜信心。"

黄杰的一番话在当时确实起了相当迷惑作用，湘西的一些反共头目，从此都盼望着"第三次世界大战"爆发，盼望着美国的原子弹"轰炸东北"，盼望着"台湾反攻"。殊不知黄杰的这些预言，到后来却被无情的事实证明不过是痴人说梦而已。

第四十一章　四十七军进占大庸
永顺专区宣告解放

　　程潜、陈明仁起义，湖南宣告和平解放之后，人民解放军得以迅速集结兵力，全力向湘西乃至整个大西南进军。在常德的宋希濂部，此时已往恩施撤退。

　　10月上旬，解放军兵分三路，从慈利、石门、沅陵转而进军湘西门户——大庸，准备为解放大西南打通通道。此时，从湖北溃退下来的国民党一二二军据守在大庸境内。一二二军辖二一七、三四五两个师，二一七师仅三千人，三四五师系南阳地方团队改编，人数虽有七千余人，但内部复杂，纪律很坏，所以这个军没有多大战斗力。一二二军军长名叫张绍勋，他在解放军到来之前，已在慈利甘堰、溪口、大庸关门岩、丁家溶、教子垭等地布下守军，妄图倚险抵抗，他自己则在大庸城内的文庙之内坐镇指挥。

　　10月14日至15日，解放军四十七军一三九师、一四〇师和一四一师分别突破了分水岭及溪口、关门岩等地防线，16日上午，解放军兵临大庸周围，占领了回龙观等制高点，并将全城包围。在解放军猛烈的炮火攻击下，城内守军吓得惊慌失措、满街乱窜。张绍勋被困在军指挥部内，连连去电向宋希濂告急，宋希濂回电指示他弃城向永顺方向突围，但张绍勋自觉军心已经涣散，就算能突围闯出第一关，也难闯过第二关，故心中犹豫不决。到了傍晚时分，解放军四一七团一营营长阎太云，带着一个尖兵排突然摸进城，途中捕获了一个一二二军的副官，由这副官领着连闯几道岗哨，来到一二二军军部，出其不意俘虏了张绍勋，并逼着张绍勋下令全军缴械投降。张绍勋无可奈何之下，即传令背号的士兵吹号集合，并命令驻守各处的守军约五千余人向解放军缴枪投降。

一二二军被歼之后，解放军立刻乘胜向桑植和永顺进军。此时，驻桑植和永顺的几大匪首都望风而逃，解放军一枪未放，就于 10 月 16 日和 19 日先后解放了桑植县城和永顺县城。10 月 21 日，被宋希濂收编的暂一军副军长汪援华在走投无路之际，率部在家乡吊井岩向解放军投诚。接着，以汪援华为首的代表，在 10 月 24 日向暂一军暂四、五师官兵写了一份《敬告暂一军暂四、五师及湘西人民自卫军永顺指挥部全体官兵书》，内容约略如下：

……

援华等顺应故乡父老兄弟姊妹们之愿望，尊重我全境人民之福利，报以人民解放军负责之命令，已于十月二十二日皆同肖代师长仰之亲到永顺县城洽商一切。深知今日的人民解放军是非常的开明、非常的宽大，不仅对我们的一切不咎既往，而且对于我们反压迫的运动，给予丰富的谅解和同情。

关于我暂四、五两师及地方部队，当承指示三点：

一、愿意参加人民解放军者，即指定地点听候改编，但须绝对服从命令，尊重群众利益。

二、愿意解除武装从事生产者，即指定地点缴械，人民解放军绝对保护生命财产之安全。

三、如怙恶为悛、执迷不悟、违反人民利益者，决视同土匪，彻底剿办。同时商得解放军负责人之许可暂四师在松柏场集结，暂五师在塔卧集结，永顺警察部队在颗砂集结。均限十月二十九日以前集结完毕。在集结期内，所需给食，由治安委员会统筹，并限文到日，即停止一切军事行动。

以上三点，敬请我全体官兵同志，再四思维，大势所趋，如洪水之就下，逆潮以冰，鲜不灭顶，时机稍纵即逝，为祸为福，系于一念之间。一念之善，则为天堂，则为革命斗士；一念之差，则为地狱，则为民族败类，则为民族罪人。

援华等自维一介武夫，戎马半生，苟有利于国家及人民，甚愿牺牲一切，凡有关我全体官兵生命幸福之所在，无不全力以赴。

纯菁等亦固感于国家地方之需要，不避艰辛，为我桑梓，遵入人民解放军之正轨。

我父老兄弟姊妹们，正热烈地兴奋地睁大着期望的眼睛，盼望我全体武装同志解放福音之到来。

暂一军副军长汪援华，暂五师代师长肖仰之，永顺县临时治安委员会主任委员唐纯菁，委员肖凤文、付家佑、彭馆容、王愚僧，符正平、向竟成、邹子宽、杨湘、黄仲庄、周子鸿、符培本、刘德辉、肖汉臣、陈铁民、陈远源、楚梦林、向乃根、李璧如、李海东、李绍唐、彭望尘谨启。

汪援华的这份告示发出不久，暂四师副师长向鸣岐即率残部两百余人从大青山来到县城缴械投诚。暂四师师长罗文杰此时已逃至龙山里耶，他原准备送眷属经重庆去台湾，走到酉阳受阻，最后被迫投诚。1950 年 12 月，"镇压反革命"运动开始后，罗文杰在沅陵住处服鸦片自杀，时年 57 岁。汪援华在投诚后，于 1950 年 12 月在镇反运动中被处决于沅陵。三十三年后，湖南省高级人民法院经复查决定，汪系投诚人员，属错杀，予以平反。此是后话。

当汪援华投诚之时，原八区专员聂鹏升正坐镇保靖不知如何是好。原来，当 3 月份曹振亚在县城将聂鹏升软禁之后，聂鹏升乘部队离开永顺去攻打沅陵之际，派了曹瑞田秘书悄悄与龙山的团防首领师兴周去联系。师兴周其时住在里耶。曹瑞田来后，师兴周问道："曹秘书从永顺至此，有何见教哇？"

曹瑞田道："我是受聂专员的委派特来找你的！聂专员现在遇到了危难。"

"呵，他有什么危难？"

"他被软禁了！"

"什么？他被谁软禁了？"

"你不知道吧？永顺的曹振亚、汪援华搞了兵变，他们率部攻打沅陵去了，聂专员被看管了起来。"曹瑞田遂将永顺兵变的情况作了详尽叙说。

师兴周听罢，神情复杂的又问："聂专员打算怎么办？"

"他派我来找你救援，永顺城防已经空虚，你只要派几个大队去就能攻下此城，救出聂专员。"

"那城里有多少兵力？"

"不多了，只有百把人留守，其余武装都打沅陵去了。"

"乘虚而入倒也不难。"师兴周权衡了一番又说：　"聂专员还有什么吩咐？"

"他给你委任了八区保安副司令，这是委任状。"曹瑞田说罢，即把一任命书递了过去。

师兴周接过任命书，立刻双眼放亮道："好，聂专员够朋友！他有了难，我理当发兵相救！"说罢，让人叫来心腹外甥贾奇才道："奇才，永顺城发生兵变出了乱子，曹振亚率兵叛变打沅陵去了，其城防已很空虚。现在聂专员被软禁在专署，我要你马上率部去救聂专员，务必把他接到龙山来。”

　　"好！舅舅尽请放心，我一定完成任务。"贾奇才点头道。随即奉命点了三百多人枪，由曹瑞田领着连夜向永顺县城开去。

　　一行队伍翻山越岭急行军，到天亮时分，即赶到了永顺县城外围隐蔽了起来。曹瑞田这时和贾奇才商量说："我先进城去看看情况，你们就在这里接应。"说罢，即悄然摸进城内，到专署找到了聂鹏升。两人随即带了一个卫士，从专署后门溜到了城内街上，接着来到小西门，与贾奇才的接应队伍相汇合了。此时，留守永顺县的城防司令鲁邦典接到部属报告，得知聂鹏升已逃走，待其派兵追到小西门时，聂鹏升在龙山接应队伍的前呼后拥下早已远离了。

　　经过一下午的疾走，聂鹏升离开永顺到了龙山边境。在猫儿滩宿过一夜后，第二天中午，又转移到了里耶。此时，师兴周从内溪棚专程赶到里耶，与聂鹏升在一家酒店相会了。

　　"聂专员，让你受惊了！"师兴周见面后关心地说。

　　"多谢你派兵相救！"聂鹏升回答道："我能侥幸跑出，全仗你的支持。"

　　"这是应该的！"师兴周说："你是堂堂专员，我岂能坐视不救！现在到了我的地盘，已经脱了险，你尽管放心，咱们好好喝一杯，为你压压惊！"

　　"好！好！这两日跑累了，我想就在里耶休整一下。"

　　在里耶休整了半月，聂鹏升招兵买马，最终集聚了五六百人枪。万事俱备之后，聂鹏升便将队伍分成三路纵队，一路由贾奇才为先锋，另两路分别以叶仲翔和黄心白为首，各率队伍相继出发，浩浩荡荡直向保靖开去。

　　此时，保靖县长黄宝辉闻讯龙山兵马到来，立刻派兄弟黄奇和部将彭天威等倾力守备。贾奇才率部来到保靖城郊，首先对梓童阁展开攻击，经过一番激战，贾部占领了梓童阁，守军撤进了城内。贾奇才再挥师攻城，接连攻了两日，因城防坚固，未能攻下。第三日，贾奇才将部下贾文渊找来吩咐道："保靖守军工事坚固，硬攻会吃亏。我想派你化装摸进城去，把守南门的贾绍胜说服过来，采取内外夹击办法，此城则必破无疑。"

　　"好，我去游说吧！"贾文渊应允道。

　　当日傍晚，贾文渊即穿了便装，带一个伙计一起混进城，到了贾绍胜的连部，即悄然劝告道："贾大哥，我是龙山贾家寨人，算起来咱们是同族兄弟。不瞒你说，我今日是受贾奇才之托，特意来拜访你的。"

"啊，贾奇才派你来有何贵干？"贾连长问。

"他让我转告你，让你不要为黄宝辉卖命。我们这次到保靖，是聂专员亲自带队的，保靖城绝难受住。如果你能归顺我们，贾奇才和聂专员会重用你，让你当大队长。"

贾绍胜掂量了一会，即点头道："好，承蒙贾大哥瞧得起我，我就归顺了他。这样吧，你回去转告贾大哥，让他凌晨来南门，我们来个里应外合，把黄宝辉和黄奇干掉。"

两人商议好后，贾文渊即连夜返身出城将进城策反情况向贾奇才作了报告。贾奇才遂部署人马，第二天凌晨，悄然率部来到城南门内，与贾绍胜的人马合在一起，向城内县府攻去，县长黄宝辉猝不及防，连忙带人从城西怆惶逃走了，其弟黄奇当即被乱枪打死。贾奇才率部很快攻占了保靖全城。聂鹏升随后也进了城来。因为贾奇才攻城有功，聂鹏升升任他当了保安副司令，让他指挥人马去攻永绥。贾奇才乘胜进军，在永绥城的天王庙、浮桥一带反复冲杀，很快打败了永绥张远耀、朱世希的守军，从而一鼓作气又攻占了永绥县城。后来，聂鹏升就靠着这股势力占据了保靖和永绥县。

当永顺解放之后，聂鹏升立刻召集部下商议对策。有几个绅士给他打气道："专座不必忧虑，保靖有酉水之险，民国二十三年，贺龙、萧克到永顺一年多，不是也没有渡过酉水吗？"聂鹏升长叹一声："今非昔比，他们连黄河、长江都跨过了，难道还怕你这小小的酉水不成？"众人无言以对。聂鹏升当下主动派人到永顺去与解放军联系。过了不久，解放军派两位军代表到了保靖，经过一番谈判，聂鹏升应允投诚并欢迎解放军入城。11月7日上午，四十七军一四一师派部队进入保靖。七天后，四十七军军长曹里怀也来到了该县。曹军长见了聂鹏升，对他投诚的行动给予鼓励，并表扬他为解放军进军大西南提供了很多方便。保靖解放之后，解放军又进驻花垣、龙山等县城。自此，湘西永顺专区所属几个县城全部宣告解放。

第四十二章 "湘西王"宣布起义 龙云飞拒绝投诚

1949年9月上旬，已任湘鄂边区绥靖副司令和沅陵行署专员的陈渠珍，带着亲信部下离开乾城，移住到了凤凰县与贵州接壤的黄丝桥。这黄丝桥在清乾隆年间就修有一座古城，周围有保存完好的城墙，以往是用兵要地，城上有炮台两座。陈渠珍的父亲早年在此亦带兵驻防过。

由于解放军进兵神速，湘西大部分县城都已相继解放，陈渠珍此时已不敢待在乾城或凤凰县城，所以到了这乡下居住。因他对共产党解放军还存有疑惧，眼看国民党大势已去，自己该何去何从，一时竟充满了迷茫。就在他住在黄丝桥正徘徊观望不定时，有一天，黄丝桥忽然来了两个找他的人。一个叫李振机，一个叫朱寿观（其哥朱早观是陈渠珍原来的部属，时在中央军委办公厅工作）。二人带来了一封四十七军副军长晏福生和联络部长顾凌申的规劝信。陈看过来信后，很客气地回了信，并表示愿弃暗投明。但李、朱二人走后，他心里仍然十分矛盾，尚未完全拿定主意。

9月30日，他原来的老部下王尚质奉省临时军政委员会之命，到湘西策动和平起义，并从乾城约了戴季韬一道到了黄丝桥。陈渠珍见到王尚质，很高兴地问道："谷仙，这些年你都到哪里去了，为何久不闻你的音讯？"

王尚质道："我在一二八师抗战时左臂负了伤，后来转业到交通界做事。长沙解放前夕，共产党地下组织找到我，让我弃暗投明，我思考很久，觉得只有跟了共产党才有出路，所以才归顺他们……"

"啊，原来你也投了共产党。"陈渠珍叹息一声，遂又两眼盯着王尚质道，"这么说，你此来是想劝说我也归顺？"

王尚质迎着他的目光真诚地说道："是的，老师长，我这次是受命而来。共产党第二野战军刘伯承司令员让我来转告你，奉劝你和平起义，并在解放军进军西南时，不抵抗他们过境，请您郑重考虑。"说罢，王尚质又将二野解放军的来函递给他。

陈渠珍接过函件，反复看过之后即对王尚质道："我若归顺了共产党，他们能容纳我，不追究过去的事吗？"

"我认为共产党是真诚讲信用的，他们不会欺骗你！"

"可现在的时局还未最后分出胜负，中共是否就能得天下，尚难断定呀！"

王尚质道："中共百万大军已挺进西南，全国各省都已将解放，你老难道还不相信？"

陈渠珍又道："暴风不终朝，暴雨不终日。共产党来势太猛，恐怕过两年就会垮台。离此不远有一苗寨，叫太平山，三面环水，悬崖峭壁，堪称天险。苗民和我关系好，我的第六个儿子已拜苗举人的儿子、县参议员龙辑五为义父。我可以带特务大队前去，备足三年粮食，决定固守两年，等待时机。"

王尚质又道："共产党已在中国奋斗二十八年，断非暴风骤雨可比。现在是大势所趋，人心所向，你老还不知道？国民党军队自淮海惨败，长江不守，现已无兵可战，无险可守，你老高瞻远瞩，岂不知螳臂挡车的道理？"

陈渠珍听罢惶然。他吸了口烟又道："我总觉得共产主义不合国情，因为中国自有传统之道呀！"

王尚质道："孔孟儒道影响中国两千年，耶稣基督教义也影响了世界两千年，这些都是唯心的。马克思主义是唯物的，合乎科学潮流，怎不适合中国国情？"

陈渠珍又道："解放区的情况，言人人殊，不能不令人害怕。"

王尚质道："那些谣言不足为信。共产党对待真心投降起义人员是宽大的，不然那么多国民党将领都归顺了，连张治中都投共了，事岂偶然？难道他不想替蒋介石效忠吗？"

王尚质这一席话，果然将陈渠珍的心触动了。他沉思一阵，扔下烟头说："蒋之垮台，想不到竟如此之快，你我关系太深，完全可以相信。但现在驻贵州国民党谷正伦的宪兵很厉害，不可不防呀！"

王尚质道："他们自己祸在眉睫，何足为虑？只是你老莫要迟疑，不然后悔莫及。"

陈渠珍遂应允道："好，就这样，请为我图之，我素来说了就做。"

王尚质得到陈渠珍的首肯，就立即回去转达了陈渠珍的愿望。陈渠珍也在当日打电话给凤凰县城的谭自平，告诉他已派秘书戴亚东回城有要事相告。当天下午，戴亚东回到凤凰城，向谭自平转达了陈渠珍准备接受和平解放的意图，并决定取消"县防剿委员会"，成立治安委员会，作为向人民政府成立前的过渡组织。同时，转告驻乾州的戴季韬做好"迎解"准备。为防止来自贵州方面的国民党驻军干涉，陈渠珍又将驻地移至老峒麻家。10月1日晚，电台收发员刘涛向他报告了毛泽东在天安门宣布新中国成立的消息。陈渠珍惊喜地说："看来共产党在全国的胜利已成定局，国民党彻底完蛋了，已经无可挽回。"接着，解放军四十七军的副军长晏福生和联络部长顾凌申又致函陈渠珍，请他到沅陵洽商原国民党行署和平移交和协助解放军共同肃清湘西匪患的事宜。信件由朱寿观和李振机带去。陈渠珍见信后，亲笔回复："朱、李两君再度入乡，拜谈赐书，承推许过当，如珍衰朽，曷克当此，捧涌回环，感悚无地，珍屯蹇一身，遭遇不测。浴新为多年老友，曾率笔及之，深荷谅鉴，感何可言……，珍避处乡间，从旁指导凤、乾两县组织治安委员会，改组农、工、学机构，以为解放之准备，深望凤乾早日解放，珍亦得以年届古稀之身，伏游于光天化日之下，幸何如之。黄丝桥逼近黔边，所受威胁甚大，珍乃移居苗乡。尊处有所使，苟力所逮及，自当慨然为区府诸公之臂助。七十老翁何所希冀，从此，得为解放区自由幸福之人民，于愿足矣。譬之疲牛羸马不堪负荷，宜纵之长林丰草，以终其天年，亦区府诸公之所赐也。"

陈渠珍回信后，当月下旬便又召集凤凰县旧军政人员和知名人士开了一次会议，谭自平、熊子霖、包凯、沈荃等人都表示"唯玉公指示为命"，愿意跟随陈渠珍和平起义。会上又决定成立县临时治安委员会，由该委员会负责筹集迎接和平解放事宜。11月7日，治安委员会按陈渠珍指示，由朱鹤楼、谭自平、王荣梧、包凯主持，在凤凰县初级中学大礼堂召开了各界人士包括机关、部队、乡（镇）长等100多人参加的大会，正式宣布和平起义。

11月9日下午，人民解放军二野二十八师先遣队进入凤凰县城，在凤凰稍事休整，又向西南挺进了。11月下旬，四十七军顾凌申部长来到乾州，直接与陈渠珍在乾州城陈渠珍公馆会晤商谈，最终达成了和平解放协议。陈渠珍随即移交了旧湘西行署印信、文件档案、财务、通讯设施和武器，同时宣布凤凰、乾城县和平解放，旧县府停止一切活动，并准备应解放军之邀去沅陵。

过了几日，陈渠珍又回到凤凰，在老峒苗乡告别了亲朋故旧，又往豹子洞龙辑五家去话别。那豹子洞位于沱江上游的黑潭江畔，地处悬崖峭壁，十分险要。陈渠珍在此会见了龙辑五，又派人把赋闲在家的龙云飞找来聚谈了一番。陈渠珍将自己在乾城与解放军代表谈判情况述说了一遍，接着说道："曾有不识时务的人，要我坚持抵抗。我想，共产党雄师百万，势如破竹。蒋介石那么多军队都被打得弃甲曳兵，江山丢尽，我们弹丸之地，岂能以卵击石？"

龙云飞听罢点头道："玉鋆此举高明，我等免受惊扰。"

陈渠珍又对他道："我俩都已衰老，不要搞烂地方，好让儿孙和老百姓有碗饭吃。若把地方搞烂了，死了都会遭骂的。"

龙云飞又问："你老看，现在怎么办？"

陈渠珍道："共产党要打倒地主、恶霸和官僚，这几条我俩都有份，跑不掉。现在有个办法，就是到北京去找张治中和贺云卿。当然，共产党有政策，伸手不打笑脸人，只要缴枪，投降，办招待，听号令，我想是不会有问题的。"

龙云飞又说："你若找张治中和贺云卿，我和你一起去。"

陈渠珍道："你不要去，你要在家守住，不要出事。"

龙云飞道："家里有自平、膏如，可以管好。"

陈渠珍道："膏如年轻，气躁，易出事，自平个性强，还是你在家撑得住。我去了会给你来信。"

龙云飞便道："那就依你的吧。"

陈渠珍认为说好了龙云飞，但没料到此次与龙云飞的会见成了最后的相见。

从豹子洞离开，陈渠珍便径往乾城。奉令前来接他的解放军干事罗雕，带着一班战士和两部卡车一辆吉普，早已在此等候。第二天上午，陈渠珍携带梅、杨两位年轻夫人及一个儿子即起程前往沅陵，同行的还有戴季韬、陈景尧、杨光耀、舒丹阶、黄翊湘等人。

陈渠珍与罗雕坐在吉普车内，几位解放军战士见到陈渠珍银须飘飘，两位夫人又那么年轻，不免窃窃私语开起玩笑来，罗雕听见，立即严肃制止。车到张排寨，陈渠珍下车观望了一番，对此处安全似乎还不放心。罗雕即令解放军搜索前进，发现并无情况后，才又开车前行。

当晚到了沅陵后，湘西军区和行署又为陈渠珍举行了欢迎大会。会上，陈渠珍心情激动地说："我在湘西几十年，毫无建树可言，回首往事，惭愧万分。今后，我一定尽最大努力，协助军区为安定地方贡献个人力量。"

陈渠珍在沅陵期间，被安排在四十七军的联络部内居住。此期间，陈渠珍按照要求，配合剿匪，给原来的一些老部下写过信，开导他们放下武器弃暗投明。而对陈渠珍本人的处置问题，当时的主管部门曾有过不同的意见。有人曾主张将陈杀掉，但材料报到中央后，毛泽东主席亲作批示，不仅不杀，在1950年4月还签名，正式任命陈渠珍为第一届湖南省人民政府委员。

同年6月，陈渠珍又被作为特邀人士，到北京参加了全国政治协商会议。会上，陈渠珍与刘文辉、熊克武、邓锡候等35人受到了毛泽东、朱德、刘少奇、周恩来等人的接见。会议期间贺龙还特地到会场看望过陈渠珍，后又与朱早观分别设家宴款待过他。会议结束后，毛泽东主席又会见陈渠珍，并对陈说："先生是湘西人，湘西兄弟民族很多，你回去时给我带一点礼物，就是新式农具，送给兄弟民族，并带我向大家问好。"接着，周总理便安排他到天津农具厂挑选了一批适用于山区生产的榨油机、抽水机等农具，运回了湘西行署。毛主席和周总理又分别赠送了500万元和80万元资金（改制前的人民币），让他回去继续开发湘西，发展湘西经济。陈渠珍感激万分，表示一定不负期望，为建设新湘西而努力。

从北京开会归来，陈渠珍在与中共湘西区党委书记兼湘西军区政委周赤萍的交谈中，了解到凤凰龙云飞及其侄子龙恩普、龙恩铭及唐汉云等发动了暴乱，攻打过得胜营，周赤萍请他设法争取龙云飞，说明只要龙云飞放下武器就可既往不咎并安排工作。陈渠珍欣然从命，于初秋时来到凤凰城，并派人将龙恩普岳父的兄弟吴文昌、吴才生从香炉山叫到家里说："龙云飞、龙膏如为什么要搞暴乱？我一再要你们靠拢人民政府和共产党，你们为什么听不进去？"并又问，"我写过两封信给龙云飞，他收到没有？"吴文昌说："没听说龙云飞收到您的信。"陈渠珍生气地说道："我再写一封信，请你务必转给他，要他不要三心二意！中央和省我都说好了，只要他投诚，绝没有危险！"说罢，就又给龙云飞写了一封信，交代要吴文昌一定送到。吴文昌和吴才生兄弟回去后，却一直没见龙云飞回信。陈渠珍在县城待了几天，见龙云飞拒绝规劝，只得同凤凰县委书记崔强等交换了情况，便又转回了沅陵，不久又去了长沙居住。

后来，龙云飞始终没有争取过来，解放军在劝降无效的情况下，发动万余军民围剿搜山，龙云飞无处可逃，最终于1950年元月20日在都里乡暴木林山上被击毙，死时65岁。据说陈渠珍在听说龙云飞被打死的消息后，曾深深地长叹了一口气。由于没能说服龙云飞投降，他不能不感到这是一件非常遗憾的事。

第四十三章　陈渠珍病逝长沙
残余匪彻底肃清

1952 年 2 月初，年已 70 的陈渠珍不幸患了喉癌，住进了长沙的一家医院。

病床上，被疾病折磨得十分枯槁消瘦的陈渠珍，微睁着双眼，怔怔地望着天花板出神地思索着什么。几个夫人和子女在一旁彻夜不离地守护着。

"爸爸，您有什么要交代的吗？"儿子陈同初躬身在旁轻轻问。

陈渠珍没有作声，他已经发不出声了，但他的手指却指了指儿子挂在胸部口袋的钢笔。陈同初取了笔，又找来一个笔记本道："您要写字吗？就写在这上面吧。"

陈渠珍接过笔，用颤抖的手慢慢在笔记本的一页空白纸上，写下了"审时度势知雄守雌"八个斜体大字。

陈同初明白了，这是父亲留给他们的最后遗言。一切的交代嘱咐以及陈渠珍毕生的做人观念要诀似乎都蕴含在这几个字中。

1952 年 2 月 8 日深夜，陈渠珍终因医治无效而闭上了眼睛。曾经影响湘西政局二十余年之久，有着政坛不倒翁之称的"湘西王"，就这样结束了他的一生。陈渠珍死后，湖南省人民政府、省委统战部等有关部门及他的生前好友都纷纷给他送花圈，表示深切的哀悼。

再说湘西地区自陈渠珍宣布和平起义后，一些顽固的土匪仍负隅顽抗。特别是暂一军军长陈子贤和酉阳地区专员庹贡庭，一起召集罗文杰、师兴周、瞿波平、罗文杰、陈士等 40 余湘西各县匪首代表，在龙山八面山腰的岩落村开了一次会议。会上，由陈子贤主持，宣布成立了"湘鄂川黔边防总司令部"，推选庹贡庭为总司令，陈子贤、师兴周为副司令，同时委任瞿波平为前敌总指挥，杨树臣为前敌副总指挥。就职仪式结束了，众人又歃血饮酒。这时，只见杀鸡者立在一张桌前，把那鸡头一刀砍断脖颈，将鸡血滴在了碗中。然后，杀鸡人将鸡和刀子往背后一抛，按兆头，若鸡头和刀口朝外，就象征兄弟的"一致对外"；若方向相反，则象征"内部有奸"，必然相互不和。此时，那杀鸡者一抛刀，只见鸡头和刀头却正好向内，大家一看兆头不好，心头顿觉不安。师兴周走过去，一脚将鸡头和刀子往外一踢，就带头走到桌前，对着立有"夫子"的小木牌跪下盟誓道："夫子在上，弟子在下，如有丢兄卖弟，奸妻淫妹，照鸡而死，照香而亡。"说罢，把香横在木板上，拦腰一刀砍断了。旁边事先站好的人立即捧上那滴有鸡血的酒给他道："赐你一杯红花酒，寿诞九十九。"其余人见总司令带了头，遂也照样盟誓砍香喝了血酒。

　　岩落科会议后，陈子贤想利用瞿波平和师兴周的部队，把八面山建成坚固的防守基地，以阻挡解放军的进攻。但是，没过几天，解放军四十七军一四一师四三二团郑波率领的一支解放军部队就打来了。瞿波平命部下放了几枪，就匆匆撤退跑了。解放军在后追赶，一口气追到了里耶，那师兴周和瞿闳盛还指望有瞿波平守着关卡，却不知解放军来得这么快，慌忙之下，师兴周和陈子贤、瞿闳盛等一伙人，没命地就往八面山奔跑而去。师兴周与陈子贤等人上了八面山后，先进燕子洞司令部躲了一晚。那燕子洞位于八面山顶一座孤峰下数十米处。其洞四周是悬崖绝壁，洞口一字排开有4个，中间相互间隔10余米。一、二、三洞间相互连通，第三洞与第四洞间却无通道。只在洞外有条丈余宽的裂缝，上搭一座木桥可以相通。师兴周本住在第四洞，第二天下午，他想到第三洞去查看一下兵力部署情况，刚走到木桥上，山顶忽然滚下一块石头，差点砸在他头上，使他虚惊了一场。接着，在第三洞旁又发现一只豹子伏在树丛下探头探脑张望，他抽出枪正欲打，豹子却飞快跑了。再仔细看树下，又见有一条被冻死的五步蛇。他遂叹口气道："怪事，怪事，今日好晦气，碰到岩崩、豹逃、蛇死三件事，兆头不好哩！这燕子洞不能住了。"

　　陈子贤道："不住这里，朝哪去？"

　　"要另找地方"。师兴周说罢，即让人把侄儿师文锦叫到洞口来嘱咐道："这个洞你要好好守住。我的司令部要设到西壁岭去。"

　　当晚，师兴周即把临时指挥部转移到了西壁岭与牛路口边的一个小村寨。接着，师兴周又派出几路人马对牛路口等险道作了防守，如此分派妥当，各路首领便领命而去，开始对各险道进行防守部署。

此时，解放军一四一师四二二团在八面山下的里耶镇已安营扎寨。过了一日，一四一师四二一团从龙山县城经召头寨赶到了内溪棚，师部命令该团从内溪棚由北面的西眉峡向八面山进攻，命令四二二团从里耶南面的大小岩洞向八面山进攻。

1950年元月18日凌晨五点，总攻命令下达了。四二二团用两个营的兵力，同时向大小岩门发起了猛攻。这两个岩门都很陡峻，坡度有七八十度，那岩门之上设有明碉暗堡，解放军一爬上去，就遭到守军的滚木擂石和枪弹阻击。解放军反复冲锋几次，结果都被打退了，有10多名战士被打死打伤，与此同时，在西眉峡四二一团，接连发起四次进攻，也先后都被守军用滚石擂木打退，有几名战士被打死。

眼看进攻受挫，双方出现了对峙的僵局。团长郑波心急如焚。第二天，寨民彭五宝主动上门，找到郑波献计，说从一小路可攻上顶。郑波即派了杨保才当突击连长，让他带一连人去上山偷袭。杨保才带着一连人，在山猴子彭五宝等3名向导的引领下，携着一些软绳、软梯、挠钩，到了大小岩门之间的一个叫易家堡的小村寨的背后。此处有一块白色岩壁。彭五宝对杨连长道："就从这里上，你们看我的，大家跟着来。"说罢，即腰缠软梯和绳子，一手举着挠钩，朝那岩壁上的一个树苑一钩，接着纵身一跳，两手握着杆子，双脚蹬着岩缝，只几下就爬上了三丈多高的岩壁之上。然后，他把软梯的一头系牢，另一头甩到岩下，供战士们攀登。他举着挠钩，又照刚才的方式继续往上攀登，攀上去后，又甩下软梯，让战士们跟着上。如此一级一级攀去，不到两小时，100多名解放军全部登上了山顶。连长杨保才遂朝团指挥所方向发射了3发信号弹。团长郑波见到信号，立即命一、二营发起佯攻。一时山下枪声大作，此时天刚刚亮，驻防大小岩门的守兵以为解放军又开始攻山了，立刻又放滚石擂木，并往山下不断射击。此时，杨保才将队伍分成两支，一支直扑大岩门，一支扑向小岩门。当邹宗仁、陈绍裘正督促守兵全力注意山下的解放军进攻时，不料山顶突然射下一排排密集的子弹，解放军突然出现在近旁的山上。守兵顿时乱了阵脚，一个个被迫停止抵抗，并举起双手当了俘虏。从西眉峡进攻的四二一团，这时也在炮兵的掩护下突破防线，攻上了八面山顶。两个团的人马汇合之后，在山上展开围剿。到下午五时，部队将东南方向的燕子洞包围了起来。燕子洞内，师兴周的侄儿师文锦带着一二百人守着洞口。看到解放军兵力强大，师文锦自知难于坚守。当日夜里，他带着守兵，乘着夜色从洞口外的缝隙中用绳子往下吊，最后悄然逃走了。第二天早上，围洞的解放军攻进洞去，只见洞内空寂无人，但在洞内深处，却缴获了几十支枪和 10 多万斤粮食及大量布匹、光洋、鸦片等物资，解放军发动山下的一百多青壮年农民，挑了半个月才把洞内的物资挑完。

在攻克八面山的同时，一四一师四二三团在大庸和桑植边界将暂五师曹振亚和刘和卿股匪击溃，而后奔袭桑植，再歼陈策勋股匪两百余人。

元月 19 日，解放军一三九师四一五团对辰溪长田湾暂二军八师石玉湘股匪进行合击，歼匪两百余人，石玉湘被迫向解放军投诚。元月下旬，解放军一四〇师对盘踞芷江、怀化和黔阳北部的杨永清、彭玉清、姚大榜、方世雄、肖德纯、曾庆明、周富全等股匪实行进剿，共歼匪八百余人。杨永清、姚大榜后逃至晃县西南地区，姚大榜于 11 月 20 日被击毙，总司令杨永清被生俘。

在沅陵一带，由湘西军区组织两个团一个营会同分区部队一起，自 1950 年 2 月上旬开始，对张玉琳部进行追剿，共歼匪一千余人，张玉琳只身逃至香港，其暂七师师长胡震和暂八师副师长胡振华率部缴枪投诚。

经过解放军四十七军组织的数次追剿打击，湘西各地的大股土匪基本都已歼灭，剩下一些残余股匪和原来气焰很嚣张的土匪头目，这时都一个个如惊弓之鸟，或隐藏于山林，或躲避于岩洞，或蜇匿于农户。原指望凭湘西特殊地理环境与共产党解放军周旋于一时，就像对付国民党军清剿土匪那样侥幸又"趴壕"过关，殊不知这一次共产党解放军发动广大的贫民农户，在群众斗争的海洋中，任你有再大的本事也插翅难逃，除了早一步追随蒋介石逃去台湾的头目之外，留在大陆的所有匪特几乎无一漏网。这里且说一下湘西几个有名土匪武装首领的最后归宿。

曾任古、沅、沪三县清剿指挥部总指挥、暂编十一师师长张平，自解放军进驻古丈后，欲负隅顽抗，经过解放军几次清剿，他身边的心腹都一个个被剿灭了，惟有他曾三次冲破包围，侥幸脱逃，最后一次，在李家洞一个三岔路口脱逃时，连枪都用掉了。1950 年 7 月 l0 日上午 10 点多钟，李家寨农民张高开的儿子张学意正在一个小盆地里劳动时，饿极了的张平突然窜来，要他快回家取点饭来，并威胁他不准走漏风声，否则杀他全家。张学意表面答应，立即回家告诉父亲，父子二人跑到区政府报告了情况。区里迅速组织战士民兵分三路包围了那个环山小盆地，很快就发现了张平。当张平拼命逃跑时，四周战士民兵一齐开枪，张平当即毙命于水田。有着"天见张平，日月不明；地见张平，草木不生；人见张平，九死一生"之称的这个匪首恶魔，就这样结束了可耻的下场。事后，他的首级被割下悬挂于古丈、沅陵县城，百姓奔走相告，争相观睹，拍手称快。

曾自封"军长"、后任暂九师副师长的泸溪县匪首徐汉章，在解放军进剿时多次对抗，在身边土匪被剿完后，他化名"陈秀云"，假装牛贩子逃离泸溪县境，窜到晃县又装成"瓦匠"潜伏下来。1952 年元月 11 日凌晨被捉拿归案。

原国民党暂六师师长师兴周，1950 年 1 月潜藏于八面山下内棚溪一家亲戚家中。他的大儿子师文禹其时在永顺八师读书，经解放军永顺军分区动员，到内棚溪找到其父进行劝说，师兴周于 2 月 11 日向驻扎在内棚溪的解放军某部投诚。

接瞿伯阶之职、任国民党暂十师师长之职的瞿波平，在解放军进剿龙山股匪时，曾率部作过几次抵抗，在走投无路之际，程潜派人给他送来一封信。信上写道："波平弟，听说你在龙山一带作反动活动，因为我和你哥的关系，希望你把人枪交给当地解放军，即来长沙见我。"瞿波平想到瞿伯阶临终前的叮嘱，让他不脱离程潜，他于是放弃抵抗，在 1950 年 9 月于龙山老兴乡向解放军投诚了。后来瞿波平被送到长沙，解放后在武汉市政府参事室工作。

原反共干将周燮卿，1949 年 11 月在永绥县雅酉寨成立"中国国民党反共忠义救国军"，自封司令，后在剿匪部队打击下，率残匪逃至贵州松桃县新庄村。1950 年 7 月 30 日，被解放军进剿活捉。同年 9 月在铜仁县被公审处决。

原国民党暂二师师长陈策勋，在解放军进驻桑植后，曾几次联系投诚又复反悔，在部下被剿灭后，只带一心腹隐藏在桑植县陈子界山林中。1950 年 4 月 26 日，陈策勋与妻侄陶香臣被搜山民兵刘芳才发觉并活捉。随后不久，陈策勋及其胞弟陈育勋在桑植县中学同时被公审枪毙。

原国民党暂五师师长曹振亚，在解放军解放永顺后，负隅顽抗不肯投诚。所率部队被击溃后，逃往鹤峰、桑植边境潜伏，改姓李，伪装教书先生。1950 年 11 月 25 日在桑植大木塘乡神州村被解放军击毙。

原国民党暂五师一旅旅长曹子西，1951 年 1 月 17 日在永顺竹墨寨农户张百川家找饭吃，张百川一面款待他们，一面暗中报告。18 日黎明前，解放军与民兵将曹子西等三人包围在山头并当场击毙。

原永顺县"反压迫自卫军"指挥周海寰，在率部攻占沅陵造成震惊全国的"湘西三二事变"后，回到永顺自称县长，后自称八区专员兼保安司令。解放军进驻永顺后，于1949年12月初率部向解放军缴械投诚。1950年12月被处决于沅陵。1983年6月在落实政策中平反并恢复投诚人员名誉。

原国民党暂五师三旅旅长李兰初，1949年秋拒绝投诚，率百余人枪躲进永顺松柏乡云庵山下的五连洞，妄图据险反抗。解放军四二二团二营和四二三团三营合围该洞，只用半天时间就攻破此洞，并将李兰初生擒归案。

原国民党暂五师二旅旅长向克武，1949年12月带着部属向绪武、姜永鸿、杨树仁以下官兵1300余人，到永顺城郊连洞乡谢家祠堂向解放军缴械投诚。此前，解放军一四一师政治部陈志霄等人深入虎穴说降了向克武，一时被广泛传颂。

从1949年10月到1950年底，湘西10余万土匪基本被肃清，但最后一个土匪覃国卿，直到1965年3月24日，才与其妻田玉莲双双在桑植县利福塔乡苦竹河后山的缸钵洞内被击毙。

湘西百年土匪，至此被彻底肃清。一部《大湘西演义》到此也要搁笔了。笔者最后作有几句俗语俚词，权作此书的结尾。

> 湘西边陲地，自古多豪俊。
>
> 武有田兴恕，文有熊希龄；
>
> 近推贺云卿，再数沈从文。
>
> 若论不倒翁，还推陈渠珍。
>
> 胜者犹为王，比如诸功臣；
>
> 败者犹为寇，比如诸土匪。
>
> 胜败皆如梦，飘飞如烟尘。

后　记

火热的夏天有火热的缘分。

记得 1999 年夏，正是火热的一天中午，友人吴菁请我吃火锅，吃得热汗淋漓之际，吴菁忽问我道："听说你最近写了一本有关历代文苑名人的书，不知销量怎样？"我说："这是一本常销书，销量嘛，还可以。"吴菁又道："你应该写畅销书！不要写常销书。"我说："你以为什么样的书畅销？""比如写湘西历史方面的书，你可以试试。湘西历史错综复杂，写这方面的演义书，保证会受欢迎。"

当时闲聊并没有拿定主意，但此后不久，我到湘西出差，自治州政协文史办的伍贤佑与曹冀湘同志，送了我几十本湘西文史资料，一下又激起了我研究湘西历史的兴趣。这些史料看完，我到湘西各县跑了一趟，搜集了不少县志和其他资料，并作了一些采访笔记。在完成了一些前期准备工作之后，我终于下决心开始构思写一本《大湘西演义》的书了。

2000 年夏，当火热的季节再次降临之时，我赤膊，只穿着裤衩，在没有空调的斗室里，正式进入了挥汗如雨的写作之中。因为还要当记者编辑，写作只能时断时续。半年多后，我写成了十多万字的初稿，征求一些友人意见，又加工作了一次大修改。这样数易其稿，直到一年多后才完成定稿。初稿完成后，我又和罗兆勇先生一道深入到湘西各县，先后拍摄了几十个胶卷的照片。这些照片配合书中内容，相信能使读者如临其境，会在阅读视觉上带来更多快感。

2001 年盛夏，又是炎热的一日，在张家界城区内的"大湘西餐饮店"内，我和几个友人围坐在"炖起了牛卵子大的泡"（友人语）的火锅边，汗流浃背地吃了一顿火锅。席间，做过书商的流云建议我道："你的那本书，要更名叫《大湘西演义》才好。"我说："叫《湘西演义》不是一样吗？"他说："这不一样，湘西的概念比较小，现在一般只指湘西自治州，实际上，以前的湘西地域要大得多，不然，你看这个火锅店都取名叫大湘西餐饮店哩！"此时，来自北京民族出版社的副编审覃代伦先生也立刻赞同道："取《大湘西演义》的名字好。这本书我已看过了几个章节（指我开始写的初稿本），感觉写得不错。如果配上罗先生的照片，效果一定很好。"覃先生的话令我和罗兆勇受到鼓舞，而这本《大湘西演义》的书名也就这样定下来了。

现在，回头来看，取《大湘西演义》的书名可能真比取《湘西演义》之名更贴切。因为，从这本书的内容来看，书中的主角"湘西王"陈渠珍统领湘西的时候，所管辖的地方有沅陵、辰溪、麻阳、芷江、溆浦、凤凰、乾州、泸溪、永绥、保靖、古丈、永顺、龙山、大庸、桑植、黔阳、绥宁、会同、靖县、通道、新晃等21县之多，范围已覆盖了现在的湘西自治州、张家界市以及常德地区、怀化地区的部分县市。所以，书名冠以"大湘西"是比较名符其实的。

还值得一提的是，书中所写的历史截止于半个世纪之前。如今数十年过去，湘西各县市都发生了天翻地覆的变化。比如古城凤凰，现在算是文物建筑保存得最完好的一个县，许多的历史遗迹旧址仍清晰可见。与之比邻的麻阳，却只见一片新城建筑，旧时的模样早已难辨。过去的沅陵城，曾经辉煌又历经劫难，现在由于五强溪水库的兴建，昔日沿河的繁华街道、码头已不见，而新修后的沅陵城推倒了几座山头，更难找见过去的踪迹。辰溪县城新旧建筑混杂，街道比以往开阔多了，而以往著名的辰溪兵工厂、军火库所在地，现在还可见到不少张着神秘大嘴的黑黝黝的幽深山洞。泸溪县在距老城十余公里远的地方已建新城，老城却已衰落不堪。以往称作"所里"的吉首，如今是湘西自治州的首府，各种新老建筑密密麻麻，因西部大开发在这里也挂上了号而使百姓振奋不已。曾是乾城县的乾州，现在已成了吉首市的一部分，昔日的旧址遗迹已很难寻觅。过去的永绥，解放后改称为花垣，其老城房子多已拆掉，今日的城区，集中建在一条长长的大街两旁。保靖县的旧址遗迹也多不存，新兴的县城建筑早已代替过去的狭矮老屋。永顺县旧时的木屋小巷现在一处也难见到，随处都是新修的街道和漂亮的建筑。与湖北来凤相邻的龙山，是自治州近年来变化最大的一个县城，其城区街道四通八达，宽阔整齐，以往的破烂县城一去不复返。旧时的桑植和大庸，如今变化巨大。

特别是大庸，已变成了旅游新城张家界市，一派崛起的新城建筑使人已无法辨识旧大庸的模样。其他诸如湘西的溆浦、芷江、会同、绥宁、通道、靖县、新晃等县市，也都和过去有了天壤之别。总之，大湘西的各个县市都非昔日可比了。解放后的湘西变化之快，足可以写成一本新的湘西演义了，但此书不想涉及太近，所以这本演义也就只写到解放初。

最后，我要深深地感谢给我提供诸多资料的伍贤佑、曹冀湘、陈俊杰、鲁岚、赵宗海等朋友；感谢在采访中给我提供过许多史料的瞿崇胜、瞿崇柏、冉启程、汪秀柱、彭传友、彭传望、隆爱文、隆炳贤、彭德伦、杨炳莲、张林军等同志。由于湘西历史极为复杂，各方面的人与事浩如烟海，要想把这些历史都展现出来，没有几十万甚至上百万字的篇幅是难以写好的，限于篇幅，我这本书也只能粗线条地将湘西百余年的一些主要人物事件加以叙述描绘，同时在写作中主要遵循以历史事实作依据，而只在细节的描写方面有所艺术加工的原则。本书引用有关资料，已在文后注明索引出处。文中错讹及浅陋之处，欢迎读者朋友多加指正。

作者

2002 年 9 月

再版后记

  《大湘西演义》自第一版问世之后，已获得很大反响。《文艺报》《中国文化报》《中国图书商报》《羊城晚报》《湖南日报》等20余家报刊电视新闻媒体先后作了报道。全国各地不少读者给本人来信，对此书给予了赞誉。一些作家、记者、评论家和教授撰文对此书给予好评。将《大湘西演义》改编成电视剧也正在筹划之中。

  现在，《大湘西演义》初版已告售罄，第二版又将发行。出版社编辑覃代伦先生和姚晓丹女士嘱我为再版写点文字，我觉得这本书的创作思想观念及手法在作品中已展露无遗，在此已无需多言。有两点有关个人的性情可以相告：一是做人方面，将韩愈的"仰不愧于天，俯不愧于人，内不愧于心"当成了自己的座右铭；二是作文方面，喜欢苏东坡老夫子的话："文章以体用为本，以文采为末"。故我的创作大都想要实现"言之有物"，而做不来玩"空手道"式的花样文章。如果这本书能使读者满意并有点收藏的实用价值，那也就是我最大的心愿！最后，我谨向关注这本书的广大读者及朋友们表示诚挚的谢意。

作者

2004 年 2 月 2 日

修订版后记

  此书第二版发行之后，目前市场早已售完。为满足读者需求，本人在第三次再版之际，特对本书的部分内容作了修订。其中，新增写的部分主要有：第十章"朱疤子枪杀使者陈统领除掉二虎"；第二十八章"龙溪口闯过险关陈渠珍退隐四川"；第三十章"瞿伯阶怒杀妻弟'叫驴子'缴枪救母"；第三十九章"顾家齐遭人暗杀田儒礼命丧沅陵"等。此外，对原书后几章节的内容也作了增添。经过此次修订，相信该书的内容进一步得到了充实，可读性也更强了。

作者

2010 年元月 20 日